Jacques Berndorf
Die Eifel-Connection

Vom Autor bei KBV erschienen:
Der letzte Agent
Requiem für einen Henker
Der Bär
Tatort Eifel (Hg.)
Mond über der Eifel
Die Nürburg-Papiere
Die Eifel-Connection
Eifel-Bullen
Eifel-Krieg
Magnetfeld des Bösen
Auf eigene Faust / Bis der Hass euch bindet
Eine Reise nach Genf
Der Bunker
Der Monat vor dem Mord
Der Reporter

Jacques Berndorf ist das Pseudonym des 1936 in Duisburg geborenen und 2022 in Dreis-Brück in der Eifel verstorbenen Journalisten, Sachbuch- und Romanautors Michael Preute. Sein erster Eifel-Krimi, *Eifel-Blues,* erschien 1989. In den Folgejahren entwickelte sich daraus eine deutschlandweit überaus populäre Romanserie mit Berndorfs Hauptfigur, dem Journalisten Siggi Baumeister.

Berndorf setzte mit seinen Romanen nicht nur die Eifel auf die bundesweite Krimi-Landkarte, er avancierte auch zu einem der erfolgreichsten deutschen Kriminalschriftsteller mit mehrfacher Millionen-Auflage. Sein Roman *Eifel-Schnee* wurde im Jahr 2000 für das ZDF verfilmt. Drei Jahre später erhielt er vom »Syndikat«, der Vereinigung deutschsprachiger Krimi-Autoren, den »Ehren-Glauser« für sein Lebenswerk.

Jacques Berndorf

Die Eifel-Connection

1. Auflage Juni 2011
2. Auflage Juli 2011
3. Auflage August 2011
4. Auflage November 2011
5. Auflage November 2012
6. Auflage November 2013
7. Auflage Januar 2017
8. Auflage November 2017
9. Auflage Juli 2023
10. Auflage November 2025

© KBV Verlags- und Mediengesellschaft mbH
Am Markt 7 · DE-54576 Hillesheim · Tel. +49 65 93 - 998 96-0
info@kbv-verlag.de · www.kbv-verlag.de

Bei Fragen zur Produktsicherheit wenden Sie sich bitte an unsere
Herstellung: info@kbv-verlag.de · Tel. +49 65 93 - 998 96-0

Umschlagillustration: Ralf Kramp
unter Verwendung von: © Petr Nad – www.fotolia.de
Redaktion: Volker Maria Neumann, Köln
Druck: Druckhaus Nord GmbH, Bremen
Printed in Germany
ISBN 978-3-942446-13-6 (Taschenbuch)
ISBN 978-3-95441-006-4 (eBook)

Meiner Frau gewidmet
Für Ernst Müller

»Sie sahen haargenau so aus wie eine Bande von erstklassigen Chicago-Gangstern, die einziehen, um das Todesurteil über einen geschlagenen Konkurrenten zu lesen. Wie ein Blitz ging mir auf, welche sonderbare psychologische und geistige Verwandtschaft zwischen den Operationen der Geldwirtschaft und denen der Syndikate besteht. Dieselben Gesichter, derselbe Ausdruck darauf, dieselben Manieren. Dieselbe Art sich zu kleiden und auch dieselbe überzogene Lässigkeit in den Bewegungen.«

Raymond Chandler
über eine Gruppe junger Manager
am 5. Mai 1949
in einem Brief an den
Werbefachmann Dale Warren

1. Kapitel

Die Sache mit dem Dr. Christian Schaad aus Mainz begann an einem Donnerstag im März, präzise am 3. März, ungefähr um 11 Uhr. Und sie konnte nur beginnen, weil er tot war, sehr tot.

Das wirkte zunächst sehr verwirrend und machte hilflos, weil niemand wusste, wer er eigentlich war und wie er in den Lavabruch in Walsdorf gekommen war. Denn Papiere hatte er keine bei sich. Sein sehr junges Gesicht war im Tod von namenlosem Schrecken verzerrt. Das sollte nicht verwundern, denn das Lebensende mit zweiundvierzig Jahren ist nun einmal etwas ungeheuer Brutales. Der Pathologe in der Rechtsmedizin in Mainz bescheinigte Schaad leicht burschikos, er sei alles in allem »fit wie ein Turnschuh« gewesen und von »außerordentlich guter Gesundheit«. Der Gesteinsbrocken aus Basalt, an dem er sich den Schädel eingeschlagen habe, sei unter den Hunderten von Brocken aus dem Deckgestein am Fuß der Steilwand einwandfrei herauszufinden gewesen, schließlich seien sowohl Blut als auch kleinste Knochensplitter und Hirnmasse an dem Stein gefunden worden. Menschliche Einwirkung, so der Wissenschaftler am Stahltisch, sei nahezu auszuschließen, also niemand habe erkennbar Schaad geschubst. Der Mann habe oben an der Kante gestanden, sich wahrscheinlich weit vorgebeugt, dann das Gleichgewicht verloren. Er sei zwölf Meter in die Tiefe gestürzt, niemand könne so etwas überleben. Während des Falls sei er mehrfach auf Vorsprünge geschlagen. Beide Oberschenkel seien gebrochen und sechs Rippen, sowie das linke Handgelenk – von all den massiven Blutergüssen am ganzen Körper nicht zu reden.

Emma schäumte vor Entrüstung und kommentierte: »Da würde ich aber genauer hinschauen, das glaube ich nicht! Ein junger Mann fällt nicht so einfach zwölf Meter tief, nicht, wenn er durchtrainiert ist und keinerlei Höhenangst hat. Nicht, wenn er als Wanderer die Eifel in sämtlichen Richtungen durchstreift hat. Schwachsinn, diese Beurteilung. Vollkommener Schwachsinn!«

Ich kann formulieren, dass ein leises Unbehagen blieb.

Wie auch immer, der Frühling war gekommen, in den Buchenwäldern und unter den Haselnusssträuchern blühten die ersten Buschwindröschen, an den Bachläufen färbten sich die Weiden. Die Erlen und Hartriegelgewächse waren in einen Rotschimmer getaucht, die Natur war aufgewacht und räkelte sich ausgiebig. In meinem Garten schickten die Narzissen und Tulpen die ersten grünen Spitzen ins Licht, und ich war gezwungen, die Ausscheidungen meines Katers Satchmo über die eiskalten Monate Häufchen für Häufchen mit der Schaufel abzuräumen. Während der Schneeplage nämlich war er zur Erledigung seiner Geschäfte jeweils exakt bis zum Schneerand gelaufen, um sofort wieder bibbernd um Einlass zu bitten. Auf diese Weise kam ich an eine perfekte Umrandung meiner Terrasse mit Scheißhaufen. Der wahre Kater von Welt kackt niemals im Schnee, der Arme könnte sich ja verkühlen.

Ja – und Schneewittchen tauchte kurz vor Weihnachten auf; eine kleine, rabenschwarze Katze, die aus irgendeinem Grund jeden Morgen beim ersten Licht die Dorfstraße locker hinuntertrudelte, um zielgenau meinen Hof anzulaufen. Der Name Schneewittchen kann möglicherweise irreführend sein, weil ich gar nicht weiß, ob sie ein weibliches Wesen ist, aber sie wirkt so. Anscheinend war sie gekommen, um meinen Kater zu knacken. Und der benahm sich äußerst kindisch, wahrscheinlich wird er jetzt senil.

Die Kleine schlüpfte unter dem Gartentor durch und näherte sich heiter. Sie wirkte so, als singe sie ein Kinderlied. Das hielt sie auch durch, als sie an Satchmo vorbeilief, der auf einem der Stühle auf der Terrasse vor sich hindöste. Die Kleine machte erst halt, als sie am Fressnapf angelangt war.

Aber sie fraß nicht. Stattdessen drehte sie ihren kleinen Kopf zu Satchmo, gelassen und ruhig, weil ein gut erzogenes Mädchen schließlich weiß, wie man sich zu benehmen hat.

Von Satchmo kam keinerlei Einwand.

Dann haute sie richtig rein, sie kannte keine Hemmungen. Plötzlich aber verschluckte sie sich und keuchte ein bisschen.

Satchmo bewegte sich jetzt, stellte sich auf die Beine, drückte den ganzen Körper in einen Bogen nach oben, leckte sich ausgiebig die rechte Pfote, machte sich sehr schön und eindrucksvoll, hüpfte von seinem Stuhl und schritt majestätisch auf die Kleine zu. Er haute ihr nicht eine runter, er blinzelte nur. Er fauchte nicht, er verteidigte sein Futter nicht, er setzte sich nur schön zurecht und drapierte sich mit dem eigenen Schwanz.

Schneewittchen fraß schleunigst weiter, weil man schließlich unter Eifler Scheunenkatzen weiß, dass schnelles Fressen sicheres Fressen ist.

Als der Napf leer war, machte sich eine Art peinliches Schweigen breit, wobei ich nicht sicher bin, ob die Kleine leise rülpste.

Satchmo jedenfalls bewegte sich träge in mein Wohnzimmer und hüpfte auf seinen Sessel, in dem ein Schaffell liegt. Dort rollte er sich zusammen, um weiterzudösen.

Die Kleine folgte ihm, hüpfte aber nicht auf den Sessel, stattdessen auf das benachbarte Sofa.

In diesem Moment erhob sich mein Kater zu seiner ganzen bedrohlichen Größe, sprang auf den Teppich, von dort weiter auf das Sofa und prügelte augenblicklich und wild auf die Kleine ein. Kein Wunder: Satchmo darf ausschließlich auf den

Sessel mit dem Fell, die Besteigung aller anderen Möbel im Wohnzimmer ist ihm strengstens verboten. Schneewittchen hatte seine Schmerzgrenze überschritten.

Seitdem übrigens bleibt sie immer am Fuß des Sessels von Satchmo hocken und legt sich erst dann lang und entspannt auf den Teppich vor seinem Schaffell, wenn er eingeschlafen ist. Ich finde alte Kerle zuweilen schon ziemlich widerlich.

Wie auch immer, der März neigte sich seinem Ende zu, Dr. Schaad war seit vierzehn Tagen tot und schon fast vergessen.

Nur Emma grummelte immer noch und fauchte voller Zynismus: »Da kommt ein Fachmann für Geologie in die Eifel und stürzt ausgerechnet in einem Steinbruch zu Tode. Es gibt Zeugen, die behaupten, er habe mit dem Gedanken gespielt, beim Landesamt für Geologie und Bergbau in Mainz die Brocken hinzuwerfen. Er war angeblich stinksauer auf seinen Arbeitgeber. Es gibt sogar Zeugen, die bekunden, er habe privat behauptet, dass man der Vulkaneifel die wichtigsten Berge und vulkanischen Erhebungen stehle. Dass die gesamte Landschaft verschwindet, weil ihre Berge verschwinden. Nur, weil bestimmte Leute den Hals nicht voll kriegen. Die Vulkaneifel, so soll er wörtlich formuliert haben, wird ihr Gesicht verlieren. Und niemand kommt auf die naheliegende Idee, es könnte Mord gewesen sein. Und obendrauf noch die Tatsache, dass die Gemeinden von den Unternehmern, die Steine und Vulkanaschen fördern und verkaufen, nicht mehr als sechzig Cent bis einen Euro pro Tonne bekommen. Das ist so beschämend wenig, dass man darüber in Depressionen fallen kann, verdammt noch mal! Und es gibt Andeutungen, dass Ortsbürgermeister und andere einflussreiche Leute dabei um viele Ecken mitverdienen. Ich will damit sagen: Das riecht auch unsauber nach Betrug, Bestechung und Vorteilnahme!«

Ich weiß nicht mehr, was ich Emma antwortete, ich weiß nur, dass ich ahnte, sie hatte recht. Und ich hatte ein mieses Gefühl im Bauch.

Aber es gab keine Spur zu einem Mord, nichts deutete auf menschliche Einwirkung hin, nichts auf Erpressung, nichts auf dunkle Zahlungen. Die Staatsanwaltschaft in Trier hatte sofort Todesermittlungsbeamte geschickt und beugte sich deren Spruch: Kein Fremdeinwirken feststellbar! Suizid nicht auszuschließen, aber sehr unwahrscheinlich. Bei telefonischen Befragungen im Kollegenkreis mehrfach als »völlig unmöglich« bezeichnet.

Es war der letzte Freitag im März, ich hockte nach zwei Scheiben Leberkäse mit zwei Spiegeleiern zum Mittagessen träge und bequem auf meinem Sofa herum, die beiden Katzen schliefen fest, im Haus war es ruhig, und ich war rüde gewillt, die nächsten Tage einfach vor mich hinzugammeln. Niemand wollte etwas von mir, nicht einmal ich selbst.

Ich las in der Goebbels-Biografie von Peter Longerich und fragte mich nicht allzu intensiv, ob dieser Goebbels nun ein geistiges Flachwasser gewesen war oder einfach abgrundtief böse – oder beides. Auf jeden Fall ein Ego von geradezu gigantischen Ausmaßen.

Dann rauschte der schwarze Volvo von Emma auf den Hof, und ich ahnte sofort Unheil, fand es aber idiotisch, so zu tun, als sei ich nicht da. Außerdem hatte es noch nie Sinn gemacht, ihr auszuweichen, weil sie selbst den schmalsten Notausgang immer sofort entdeckte und verschloss.

Sie knutschte mich sehr flüchtig im Hereinkommen und eroberte das erste Sofa im Wohnzimmer. Sie sagte: »Ich muss dir von Rodenstock erzählen, am liebsten hätte ich einen Schnaps, und zwar einen großen Schnaps mit einer Scheibe Schwarzbrot ohne alles, und einen Schluck Leitungswasser.«

»Treibst du es jetzt wie die Russen?«

Sie strahlte und nickte. Sie hatte ihre Haare von Rot auf Nachtschwarz umgefärbt mit zwei strahlend blauen Strähnen auf der linken Kopfseite. Angepasst an die Kühle des Wetters trug sie einen schwarzen Rollkragenpullover, dazu blaue Jeans und schwere, hellbraune Wintertreter, geschnürt mit leuchtend roten Bändern. Sie hatte blanke, große, strahlende Augen und sie sah nicht älter aus als Anfang vierzig, wenngleich sie weit über die Fünfzig war.

Ich goss ihr also einen Obstler von Liz Treis unten an der Mosel ein, holte ihr eine Scheibe Schwarzbrot und das Glas Wasser. »Was ist mit Rodenstock?«, fragte ich.

»Er macht eine Therapie!«, stellte sie fest. Das kam wie ein Fanfarenstoß.

»Heißt das, er hat nachgedacht?«

»Ja, genau das. Aber er war fast soweit, sich umzubringen.« Dann setzte sie vorwurfsvoll hinzu: »Du warst fast vier Wochen nicht mehr da.«

»Das ist richtig«, sagte ich. »Aber ich will mich von diesem Mann nicht mehr an die Wand quetschen lassen. Er ist mies drauf, benimmt sich unhöflich, bellt mich an, als hätte ich ihm was getan. Dein Mann ist unausstehlich, Emma, ein richtiges Ekel.«

»Es ist so, dass er sechs Tage lang im Rollstuhl saß, nicht ins Bett ging, sich nicht wusch, einfach da hockte und die Elefantenpille anstarrte.«

»Was, zum Teufel, ist eine Elefantenpille?«

»Ein Medikament, mit dem Tierärzte einen Elefanten umlegen, wenn sie ihn gründlich untersuchen wollen.«

»Woher hatte er die?«

»Das weiß ich nicht.« Dann begann sie unvermittelt zu weinen. »Und er hat gesagt, ich bräuchte mir keine Gedanken zu machen, das Zeug wirke sehr verlässlich. Er würde einfach ruckartig einschlafen und fertig.« Dann griff sie entschlossen zu dem Wasserglas mit dem Schnaps und trank ihn aus. »Also bin ich ... also, ich bin durchgedreht. Ausgerastet. Aber richtig! Hast du noch einen?«

»Mehrere«, nickte ich und goss ihr erneut ein.

»Scheißschnaps«, sagte sie in dem Versuch, tapfer zu sein.

»Wie bist du denn durchgedreht? Ich meine, was ...?«

»Na ja, ich habe seinen Rollstuhl genommen und ihn vor mir hergeschoben. So mit Schmackes, verstehst du? Ich habe geschrien, er könne mich sonst wo besuchen, und ähnliche Sachen. Ich habe die Haustür aufgemacht und ihn weitergeschoben, die Straße entlang. Bis zu der Kurve, du weißt schon.« Jetzt sah sie plötzlich zehn Jahre älter aus, sie war völlig erschöpft. »Und es regnete ja wie aus Eimern«, fuhr sie mit einer plötzlich veränderten Stimme fort, dumpf und hoffnungslos im Elend versunken.

Dann schwieg sie. Sie weinte still vor sich hin, sie trank nicht mehr von dem Schnaps.

»Wann war denn das?«

»Heute Morgen. So gegen acht.«

»Und?«

»Na, ja ...«

»Emma, ich bin kein Profiler!«

»Na, ja, er ist da in der Kurve im Wald runter ...« Dann weinte sie nicht mehr, dann fing sie unvermittelt an zu lachen, kicherte etwas blöd vor sich hin und schüttelte dazu den Kopf, als könne sie sich selbst nicht fassen.

»Gut, dein Ehemann ist also mit seinem Rollstuhl aus der Steilkurve in den Wald geflogen. Was hat er sich gebrochen?«

Es dauerte ziemlich lange. »Nichts, aber ...«

»Emma, ich kann nicht herumraten, ich weiß nichts.«
»Na ja, einer der Schulbusfahrer von Hens kam mit einem leeren Bus vorbei und muss an der Stelle ja langsam fahren ...«
»Und da hat er Rodenstock gesehen, und ihn aufgelesen.«
Sie sah mich augenblicklich vorwurfsvoll an. »Das geht an der Stelle doch gar nicht, Rodenstock lag mit seinem Rollstuhl doch gut vierzig Meter im Wald runter.«
Ich reagierte gar nicht, sie musste das erst einmal ordnen, und sie war sehr verwirrt.
»Also, der Busfahrer hat nur die Reifenspuren vom Rollstuhl im Matsch gesehen, im Gras und so.«
»Erzähl mir jetzt bloß nicht, dass er Rodenstock mit seinem Bus nachgefahren ist.«
»Wie bitte?« Ihr Gesicht verkrampfte sich etwas. »Du bist unmöglich, Baumeister. Nein, der Busfahrer hat angehalten, ist ausgestiegen. Dann hat er nachgeguckt und Rodenstock gesehen. Der brabbelte irgendetwas, und das konnte der Busfahrer nicht verstehen. Jedenfalls hat er versucht, ihm zu helfen. Aber er konnte nichts machen, Rodenstock war zu schwer, und Rodenstock hat nur rumgemotzt, und der Rollstuhl lag noch zwanzig Meter weiter. Dann haben sie den Notarzt und das DRK gerufen. Rodenstock hat dauernd rumgebrüllt, bis der Arzt ihm einfach eine Beruhigungsspritze gesetzt hat. Dann haben sie ihn in die Psychiatrie nach Wittlich gefahren. Und da ist er jetzt und musste erst mal körperlich untersucht werden. Da komme ich gerade her. Also, ich bin hinter dem Krankenwagen her, und habe Rodenstock nur noch einmal gesehen, als er auf einer Trage lag, in einem richtig miesen, grün gekachelten Raum mit einer traurigen Zimmerpalme und zwei sechs Wochen alten Illustrierten. Wahrscheinlich hatte er drei Kilo Diazepame im Bauch. Na-

türlich habe ich geheult. Er hat mich lange angeguckt, dann hat er schallend gelacht, dann hat er richtig boshaft geflüstert: ›Das war einwandfrei eine Tötungsabsicht!‹«

»Und? War es das?«

»Ein bisschen schon«, murmelte sie. »Und er hat mir gesagt, dass er in eine Therapie geht.« Dann trank sie ihren zweiten Schnaps.

»Aber eigentlich wollte ich ihm nichts Böses.« Sie fing an zu kichern: »Du hättest sein Gesicht sehen sollen, Baumeister. Blöd wie ein Karpfen.«

»Emma, die Wunderheilerin.«

»Na ja«, sagte sie, um dann schnell und angriffslustig zu fragen: »Wo ist eigentlich Gabi?«

»Die ist seit zehn Tagen in Stuttgart und verhandelt ihre Scheidung. Sie muss aus Versicherungsverträgen herausgeschrieben werden, aus Erbschaftsbestimmungen, aus Besitzunterlagen, sie muss die alten Verbindungen kappen, und wahrscheinlich auch ein bisschen mit ihrem Ex reden, damit die Stimmung friedlich bleibt.«

Sie verzog das Gesicht, als bereite ihr meine Antwort Schmerzen. »Das glaubst du doch selbst nicht.«

»Warum denn nicht?«

»Zehn Tage, Baumeister? Ruft sie dich wenigstens an?«

»Warum soll sie das denn tun?«

»Wann will sie denn hier wieder eintrudeln?«

»Herrgott, Emma!«

Sie sah mich sehr eindringlich an, dann flüsterte sie: »Ach, du verdammte Scheiße!«

Schneewittchen räkelte sich, wurde wach und strich um Emmas Beine.

»Fang bloß nicht an, dich wie mein Mann zu benehmen.«

»Es ist gut, Emma, es ist jetzt gut.«

Sie stand auf und nickte grimmig. Dann ging sie hinaus, setzte sich in ihr Auto und fuhr wie immer mit viel zu viel Gas vom Hof.

Der Buntspecht, der den ganzen Winter über mein Vogelhäuschen angeflogen hatte, hockte am Stamm des dicken Holunders und bearbeitete etwas verbissen die grüne, raue, schrundige Rinde. Das Dompfaffpärchen suchte im schmuddeligen Gras nach letzten körnigen Herrlichkeiten aus meinem Winterstreu. Es war alles so verdammt schnuckelig und niedlich, so richtig romantisch und aufgeräumt und rundum heiter und bis zum Erbrechen erbaulich.

Eine Stunde später war alles ganz anders.

Emma rief an und flötete aufgeräumt: »Wir haben eine Leiche, und Kischkewitz sagt, er kann im Moment nicht hin. Er steckt fest an der Mosel. Und die Kollegen feiern mehrheitlich krank. Also, Land unter auf ganzer Linie. Er flucht wie wild, aber er meint, dass es wichtig sei, dass sich jemand die Sache schnell ansieht. Jemand, auf den er sich verlassen kann. Kurzum: Er fragt, ob wir uns die Leiche ansehen können, er hat den Beamten vor Ort schon Bescheid gegeben. Offenbar war er sich sehr sicher, dass wir zusagen würden.« Sie unterdrückte ein Lachen. »Kischkewitz kennt dich und deine Neugierde sehr gut. Kommst du?«

»Jetzt? Am helllichten Tag?«

»Ja, am helllichten Tag.«

Ich machte mich sehr schnell auf den Weg, weil ich damit der Frage ausweichen konnte, ob ich Gabi anrufen sollte oder nicht. Ich scheuchte die Katzen ins Freie, damit sie gesund blieben.

Emma stand in Heyroth vor dem Haus, stieg zu und sagte mit einem Seitenblick: »Ich entschuldige mich für mein schlimmes Benehmen von wegen Gabi. Geht mich ja nichts an.«

»Es geht dich durchaus etwas an, aber ich kann es nicht ändern.«

»Oder so«, nickte sie. »Kennst du einen gewissen Norbert Bleckmann?«

»Wer ist das?«

»Der Tote.«

»Und wo ist er?«

»Sitzt in seinem Auto. Das Ermittlungsteam ist unterwegs. Kischkewitz schimpft wie ein Rohrspatz, weil er keine Leute hat. Zwei Selbstmorde, ein Bankraub, ein Verdacht auf Vergewaltigung, ein unbekannter Toter an der Mosel. Wittlich ist überlastet, Trier ist überlastet, Mayen hat selbst genug am Hut. Und es ist Sonnabend, die Welt findet nicht statt. Also nach Hillesheim.«

»Hillesheim?«

»Ja. Dieses Auto steht irgendwo auf einem Hügel, die Straße heißt Am Wegrain und ist eigentlich keine Straße. Na ja, wir werden sehen. Also Hillesheim, dann raus Richtung Jünkerath und Stadtkyll, dann irgendwo rechts. Da muss ein Streifenfahrzeug stehen.«

Ich tippte die Straße in mein Navi, und die freundliche Frau sagte: »In siebenhundert Metern links abbiegen.«

»Das ist schon mal falsch«, widersprach ich. »Da ist eine Baustelle mit Umleitung. Wer ist dieser Norbert Bleckmann?«

»Weiß ich nicht. Beruf Kaufmann.«

»Wann hat man ihn gefunden?«

»Ist noch nicht lange her. Da wollte ein Bauer mit seinem Traktor vorbei, und Bleckmann stand im Weg. Vor anderthalb Stunden.« Dann löste sie ihren Sicherheitsgurt, streckte sich nach vorn durch, atmete erleichtert auf und sagte: »Ich tu das mal in dein Handschuhfach. Das zwickt so am Hintern.« Dann klappte sie das Handschuhfach auf, legte ihre Achtunddreißiger hinein und klappte es wieder zu.

»Sag mal, bist du verrückt?« Ich wurde wütend. »Ich denke, der Kerl ist schon tot.«

»Ja, ja, die Macht der Gewohnheit«, murmelte sie demütig.

»Das fängt ja richtig gut an.«

»Schon gut, schon gut. Warum bist du so nervös?«

»Tut mir leid. Wir sind im Augenblick wohl beide nicht ganz alltagstauglich.«

Nach etwa dreißig Minuten befahl mir die Frau nach rechts abzubiegen. Es ging in eine kleine Neubausiedlung, an deren Ende ein Feldweg begann, der Am Wegrain hieß und eine braune Fahrspur für die Trecker hatte, in der Mitte eine Rippe aus grünem Gras. Es ging ungefähr zweihundert Meter geradeaus, dann in einem rechten Winkel nach links.

»Da sind die Polizisten«, sagte Emma. »Fahr nicht zu nahe heran.«

»Ich fotografiere«, sagte ich drohend.

»Ja, gut, aber bitte unauffällig.« Sie stieg aus und ging zu den Uniformierten, die neben ihrem Fahrzeug standen. Sie reichte ihnen die Hand, und sie sprachen miteinander. Es war klar, die kannten sich. Von früher, von weiß Gott woher. Wahrscheinlich von früheren Einsätzen. Als Frau von Kriminalrat a. D. Rodenstock war Emma jedem Eifeler Polizisten ein Begriff. Immerhin ist sie drüben in Holland selbst mal Polizeichefin gewesen. In einem anderen Leben.

Ich nahm die kleine Leica und trottete hinter ihr her.

Etwa fünfzig Meter entfernt stand eine überdimensionierte, schwarze Mercedes-Limousine, die Fahrertür stand offen.

Ich hörte, wie einer der Uniformierten sagte: »Wir haben nicht abgesperrt, weil hier nichts abzusperren ist. Am Ende der Welt.«

»Ich soll mich nur umsehen, hat Kriminalrat Kischkewitz gesagt. Was sagt Ihre Erfahrung?«

»Also, nach der Hautfarbe zu schließen, würde ich sagen, der Mann ist bestimmt zwölf Stunden tot. Die Haut ist grau bis leicht bläulich«, sagte der Polizist freundlich. »Keine Verletzung oder so was. Sieht so aus, als wäre er hierher gefahren und dann gestorben.«

»Und Sie haben ihm die Papiere abgenommen?«, fragte Emma.

»Ja, hier ist die Brieftasche. Alles drin. Personalausweis, Führerschein, Bankkarten und was man sonst so braucht. Sie steckte in der Innentasche des Jacketts links. Er ist aus Köln, fünfzig Jahre alt. Ein Paar hundert Euro in bar in einer silbernen Klammer in der linken Hosentasche. Kein Kleingeld. Es sieht nicht so aus, als habe ihn jemand durchsucht, die Kleidung ganz locker und normal. Also, wenn man von zwölf Stunden seit dem Exitus ausgeht, dann ist er hier gegen drei Uhr nachts gestorben, denke ich mal. Und er war allein. Es herrschte Nebel heute Nacht. Seine Tür, die offen stand, ist im Innenbereich ziemlich feucht. Der Schlüssel steckt.«

»Irgendeine Ahnung, warum er ausgerechnet hier geparkt hat?«, fragte Emma.

»Also, gleich vor dem Fahrzeug bricht das Gelände steil nach unten ab. Da liegt fünfzehn bis zwanzig Meter tiefer der Milchbetrieb von Sebastian Jaax, ungefähr neunzig Tiere. Mit dem kann dieser Mann nichts zu tun haben, ich habe den Bauern schon angerufen, der kann sich nicht vorstellen, was der Tote hier gewollt haben kann. Das hat man ja manchmal in der Eifel. Die Leute rauschen über die Bundesstraßen, sind müde, wollen mal ausspannen, mal was anderes sehen als das Licht vom Auto. Dann stellen sie sich irgendwohin, dösen, schlafen ein. Der hier ist gleich gestorben.«

Emma nickte und sagte etwas lauter zu mir gewandt: »Siggi, kannst du den Toten mal für mich aufnehmen? Nichts Besonderes, von beiden Seiten und so. Für den Fall, dass Kischkewitz eine spezielle Frage hat.«

»Das mache ich«, murmelte ich und lächelte die Polizisten an, die natürlich genau wussten, dass ich der Baumeister war, dass ich mit der Polizei eigentlich wenig zu tun hatte, aber den Kriminalrat Kischkewitz duzte. »Dann hätte ich aber noch eine Frage an die Fachleute«, murmelte ich »Was ist das denn für ein Schiff?«

»Genau das habe ich auch gefragt«, nickte der Polizist lächelnd.

Sein jüngerer Kollege strahlte ohne jeden Neid: »Das ist ein S 600, ich habe nachgeguckt. Langer Radstand, zwölf Zylinder, 517 PS. Der kostet ohne jedes Extra genau 156.580 Euro. Es gibt aber noch eine Version, die ein paar PS mehr hat und runde zehntausend mehr kostet. Aber der hier würde mir schon reichen.«

»Dann schauen wir mal«, bestimmte Emma.

Ich fotografierte. Der Tote sah gut und gepflegt aus, trug ein schwarzes T-Shirt zu einem grauen Anzug. Eine Breitling mit einem hellbraunen Lederarmband am rechten Handgelenk. Er war schlank, das Gesicht war schmal und energisch, der Kopf mit den graumelierten, kurzen Haaren war nach rechts auf die Schulter gefallen, eine Lehne rechts von ihm hatte verhindert, dass er wegrutschte.

Der jüngere Polizist murmelte: »Der sieht doch eigentlich friedlich aus.« Es klang so, als wolle er sich beruhigen.

»Er riecht ein bisschen streng, er ist natürlich ausgelaufen«, murmelte der ältere Beamte.

»Haben Sie in den Kofferraum geguckt?«, fragte Emma.

»Haben wir nicht, wir hatten ja keinen Anlass«, antwortete der Jüngere. »Wir wollten auch nichts verändern. Wollen Sie reinsehen?«

»Ja, bitte«, nickte ich. »Wenn's geht.«

Er kam an die rechte Wagenseite, beugte sich vor dem Toten nach vorne und drückte irgendeinen Knopf. Die Heckklappe hob sich langsam.

Ein Handy meldete sich, Emma sagte: »Ja?« Und dann nach einer kleinen Weile: »Alles klar, bis gleich.« Sie sah die beiden Uniformierten an. »Die Spurensicherung ist im Anflug. Da kommen zwei Kollegen von Ihnen aus Wittlich. Sie sind gleich erlöst.«

Ich fotografierte den Kofferraum. Er war leer. »Was denkst du?«, fragte ich Emma.

»Nichts Besonderes«, murmelte sie. »Das sieht mir nicht nach einer unklaren Sache aus. Herzversagen oder so etwas. Vielleicht Infarkt.«

»Aber sein Gesicht ist so friedlich.«

»Das Gesicht hatte Zeit, sich zu entspannen. Hast du diesen Bauernhof da unten fotografiert?«

»Habe ich. Das Übliche. Ein relativ kleines Wohnhaus, ein großer, teils offener Stall. Ein drittes Gebäude für die Maschinen, Traktoren und so weiter. Eine abgetrennte Garage für zwei, drei Autos. Ein Riesenplatz für den Mist mit der ganzen Automatik. Nichts Besonderes, nichts außerhalb des Gewöhnlichen.«

»Kennst du die Leute?«

»Nein, keine Ahnung. Was sollte dieser Bleckmann auch mit denen zu tun haben?«

»Weiß ich nicht«, sagte sie gleichgültig. Dann stellten wir uns ein paar Schritte abseits außer Hörweite, und Emma war plötzlich ganz kleinlaut: »Glaubst du, dass Rodenstock es schafft?«

»Ja, glaube ich. Wenn er es will, schafft er es. Du wirst also jeden Tag nach Wittlich fahren?«

»Nein. Die erste Woche darf ich nur mit ihm telefonieren. Abends gegen 19 Uhr, fünf Minuten. Sie checken ihn durch, sie verordnen irgendwelche Mittel, sie bringen ihn irgendwie körperlich in Schuss. Dann kommt die Therapie, jedenfalls der Anfang davon. Dann geht es in eine stationäre Therapie. Irgendwo. Sie sagen, dass es besonders wichtig sei, ihn erst einmal zu isolieren. Auch wenn er lange Zeit ein Ekel war, ich weiß überhaupt nicht, wie ich ohne ihn leben soll.«

»Wenn er es schafft, schaffst du es auch.«

»Du sprichst ein großes Wort gelassen aus. Was ist mit Gabi?«

»Ich weiß es nicht. Im Augenblick weiß ich nichts.«

»Du bist entweder gottjämmerlich friedlich, oder du hast die Hosen voll.«

»Ich bin für volle Hose.«

»Auch das noch. Ich möchte rauchen.«

Emma sprach noch kurz mit den Beamten, dann setzten wir uns in mein Auto und rauchten.

Es tuckerte ein uralter kleiner Fiat heran, aus dem zwei Männer stiegen, der eine sehr dünn und lang, der andere klein und rundlich. Wir gingen auf die Beamten zu.

Der Lange sagte zu Emma: »Sind Sie eigentlich noch immer im Dienst bei den holländischen Kollegen?«

»Nein«, antwortete sie. »Ich stehe auf einer Liste mit Beamten, die im Notfall berufen werden können. Aber meine aktive Zeit ist zu Ende. Das ist Baumeister, ein Freund. Er hat mich gefahren. Das da vorne ist der Tote samt Fahrzeug. Wir haben nichts Auffälliges festgestellt. Wir würden auf Sie im Ort warten. Das Lokal heißt *Sherlock*, da kriegen wir einen Kaffee.«

»Das geht in Ordnung«, nickte der kleine Dicke. »Wir sehen uns.«

Also fuhren wir wieder nach Hillesheim hinein und hockten uns im *Sherlock* in den Raum für die Anhänger von Tabak, um uns herum eine unglaubliche Ansammlung von Trödel und Verzichtbarem. Mein Vater hätte wahrscheinlich gesagt: »Alles Dinge, auf deren Anwesenheit die Welt in stiller Ergebenheit gewartet hat, damit die Einsamkeit vergeht.«

»Ich muss mich ablenken, ich lese«, sagte Emma, als die Kaffeetassen vor uns dampften. Sie griff neben sich nach einem Buch in einem kleinen Regal und war augenblicklich versunken, obwohl ich den Verdacht hegte, dass sie keineswegs las, sondern an ihren Rodenstock dachte. Sie brauchte für eine Doppelseite immerhin eine Stunde, so lange dauerte es, bis die Kriminalbeamten auftauchten.

Ich legte die Illustrierte beiseite, mit der ich mich gelangweilt hatte.

»Tja«, sagte der kleine Dicke aufgeräumt. »Also, der Tote geht gewissermaßen in Ordnung, aber sein Auto weniger.«

»Es ist so«, murmelte der Lange mit traurigem Gesicht, »dass das Auto etwas ganz Besonderes bietet. Es ist alles ganz normal, nur mit dem Beifahrersitz stimmt etwas nicht. Auf der Seite ist das Fahrzeug klinisch sauber. Irgendjemand, vielleicht der Fahrer, hat alle mit den Händen erreichbare Flächen systematisch saubergewischt, es ist so, als hätte auf dem Beifahrersitz niemals irgendeine Person gesessen. Nicht der Hauch eines Fingerabdrucks, keine erkennbaren Flusen auf dem Sitz. Das Fahrzeug hat einen Kilometerstand von rund 40.000. Das erscheint uns sonderbar, sehr sonderbar. Ein Bergefahrzeug des ADAC kommt gleich, wir lassen es in die kriminaltechnische Untersuchung bringen. Irgendetwas stimmt da nicht. Der Staatsanwalt muss entscheiden.«

»Das ist also der zweite sehr komische Tote!«, stellte Emma ruppig fest.

»Aber das wissen wir doch gar nicht«, murmelte ich besänftigend.

Sie starrte mich aus kugelrunden Augen wütend an. »Ausgerechnet du hast es nötig, höflich und zurückhaltend zu sein!«

Was das sollte, war mir schleierhaft. Ich schwieg jedenfalls.

2. Kapitel

Ich fuhr sie nach Hause nach Heyroth, sie stieg aus und äußerte muffig: »Ich werde einen ausgedehnten Frühjahrsputz machen, das zerstört den Rest meines Selbstwertgefühls immer am gründlichsten.«

»Wo ist eigentlich euer Hund?«

»Den habe ich an andere Leute verschenkt. Hättest du ihn gern gehabt?«

»Eher nein. Grüß mir den Rodenstock, bitte.«

»Ja, ja. Falls er überhaupt mit mir redet.«

»Du bist richtig mies drauf.«

»Korrekt.«

»Warum denn eigentlich?«

Sie kam um das Auto herum auf meine Seite. Sie war blass, ihre Augen wirkten leer, und sie sah mich nicht an. »Ich habe mehr als zwei Jahre mit einem hochdepressiven Mann gelebt. Es war eine ständige Achterbahnfahrt, weißt du, auf nichts war Verlass, am wenigsten auf ihn. Und manchmal packte es mich zu den unmöglichsten Zeiten, morgens um zehn oder nachts um drei. Und ich dachte zittrig: Der wird doch nicht? Dann rannte ich los, um ihn irgendwo im Haus zu suchen. Und er hockte in seinem Rollstuhl und sagte kein Wort, er war, ja ... ein widerliches Gespenst. Ich bin auch der Meinung, dass er kein Recht hatte, mir das alles anzutun.«

»Vielleicht schafft er es jetzt.«

»Ich kann kein Vielleicht mehr ertragen, meine Batterien sind leer. Mach's gut, und komm mal vorbei, wenn du dich an mich erinnerst.«

Ich war also nicht gerade in Hochstimmung, als ich auf meinen Hof rollte, und ich hatte nicht die geringste Lust, meine eigenen Unsicherheiten anzuschauen. Der Tag war gelaufen, die Unwägbarkeiten blieben, wahrscheinlich hatte ich sogar Angst vor der Nacht, Angst vor meinem leeren Haus.

Der tote Geologe Dr. Christian Schaad war mir ebenso gleichgültig wie der tote Kaufmann Norbert Bleckmann, der nachts in seinem Luxusgefährt gänzlich unspektakulär aus dem Leben geschieden war, und der seinen Nebensitz so gründlich sauber gewischt hatte, dass das Kriminalbeamten nicht gefiel.

»Ja und?!«, hätte ich am liebsten gebrüllt, aber wer brüllt schon so undiszipliniert, wenn niemand ihm zuhört?

Satchmo erzählte mir lebhaft irgendein großes Abenteuer seines Tages, während Schneewittchen um meine Beine strich, als würde sie dafür bezahlt. Ich richtete ihnen etwas Nassfutter an und stellte es auf die Terrasse, damit sie eine Ahnung von frischer Luft bekamen.

Longerichs Goebbels-Biografie interessierte mich um diese Zeit auch nicht so recht, ich hatte kein Manuskript in der Maschine, das wirklich drängte, und spielte durchaus mit dem Gedanken, ins Bett zu gehen. Aber es war erst acht Uhr am Abend, und ich war ganz sicher, dass ich dann gegen Mitternacht im Haus herumlaufen würde, um mich bei den Katzen zu beschweren, dass ich nicht schlafen konnte.

Mit einem Wort: Ich war mir selbst zu viel. Ich dachte sogar daran, zurückzufahren zu Emma und ihr mit der Absicht auf die Nerven zu gehen, uns wieder zu vertragen und uns halbwegs wie zivilisierte Menschen zu benehmen.

Bis Nina klingelte und eindeutig scheu mit gesenktem Kopf fragte: »Ich hoffe, ich störe Sie nicht allzu sehr.«

»Wer immer Sie sind, kommen Sie einfach herein. Was kann ich für Sie tun?« Über ihre Schulter hinweg sah ich einen schwarzen Porsche Targa, und ich dachte automatisch: Ein verheultes, reiches Mädchen.

»Das weiß ich noch nicht«, antwortete sie trocken.

»Nehmen Sie Platz. Auf dem Sofa, wenn Sie mögen. Wollen Sie irgendetwas trinken?«

»Kaffee vielleicht«, sagte sie und setzte sich brav.

»Ich mache einen«, nickte ich und ging in die Küche.

Ich schätzte sie auf etwa fünfunddreißig. Sie war eine kleine, zierliche Frau, schlank gewachsen mit einem sehr fraulichen, weichen Gesicht unter kurzen, schwarzen Haaren. Sie trug eine schwarze, weiche Winterjacke über einem weißen Rollkragenpullover und darunter schwarze Jeans und schwere, dunkelbraune Wanderschuhe. Sie wirkte ruhig und sehr entschlossen, aber ihr Gesicht hatte sich verkantet, als habe sie Mühe, ihre Aufregung zu beherrschen.

Satchmo ging sie beschnuppern, auch Schneewittchen wollte ausprobieren, ob sie zu erobern war.

Sie streichelte die Tiere. Dann hob sie den Kopf und sagte: »Tja.« Und sah mich an. Ihre Augen waren von einem freundlichen Braun. »Also, es ist irgendwie schwierig, weil ich nicht weiß, wie ich anfangen soll.«

»Fangen Sie einfach mit dem Anfang an. Es wird einen geben.«

»Ja, es gibt einen. Da ist ein Mann in einem Steinbruch abgestürzt. Er ist tot, er wurde beerdigt, er hieß Dr. Christian Schaad, er war zweiundvierzig Jahre alt. Er war mein Mann.«

Sie griff zu dem Becher mit Kaffee vor sich und wollte ihn zum Mund führen. Das misslang, weil sie zittrig war, etwas von dem Gebräu lief über ihre schwarze Jacke.

»Kein Problem«, sagte ich schnell und fummelte ein Papiertaschentuch aus einem Paket. Ich reichte es ihr. »Ich wusste nicht, dass er verheiratet war.«

»Wir waren nicht verheiratet. Wir wollten heiraten. Im nächsten Monat. Oder gar nicht. Ich bin im vierten Monat schwanger.« Sie wischte flüchtig über die Flecken auf ihrer Jacke.

Plötzlich hatte ich den Eindruck, als sei sie kurz davor, in Tränen auszubrechen.

»Seien Sie ganz ruhig. Ich weiß zwar nicht, wie ich Ihnen helfen kann, aber würden Sie mir erklären, weshalb Sie ausgerechnet zu mir kommen?«

Sie trank etwas von dem Kaffee. »Ich glaube, dass jemand Christian umgebracht hat. Er fällt niemals so eine lächerliche Steilwand hinunter. Niemals! Außerdem wollte er hier jemanden treffen.«

»Sind Sie sicher?«

»Ganz sicher. Er hat es mir gesagt, bevor er hierher fuhr.«

»Hat er erwähnt, wen er treffen wollte?«

»Das hat er nicht, nein.«

»Wenn Sie nichts dagegen haben, möchte ich eine Freundin anrufen, damit sie hören kann, was Sie erzählen.«

»Ich habe nichts dagegen«, nickte sie.

Ich rief Emma an und sagte, was zu sagen war. Sie zögerte nicht einen Augenblick und machte sich sofort auf den Weg.

Ich wandte mich wieder meinem Besuch zu: »Weshalb kommen Sie hierher?«, fragte ich erneut.

»Das ist ganz einfach«, sagte sie leise. »Alle Zeitungen haben über das Unglück berichtet. Merkwürdig ist nur, dass sein Name nicht genannt wurde, und auch nicht seine Bedeutung für diese Landschaft. Es hieß nur, er sei ein zweiundvierzigjähriger Geologe gewesen, aus Mainz, unterwegs auf einer Wandertour. Kein Wort davon, dass er für diese Landschaft zuständig war. Also, für den Abbau von Basalt und Vulkangestein. Es wurde von einem Unglücksfall gesprochen und von einem Touristen aus Mainz, der einen Unfall hatte. Und zwei

Zeitungen erwähnten noch seinen grauen Golf, in dem seine Papiere gefunden wurden. Keine Meldung war länger als fünfzehn Zeilen. Ich habe mit den Redaktionen gesprochen, die sagten mir, ich könnte vielleicht mit Ihnen sprechen, weil Sie hier gut vernetzt seien.«

»Das ist richtig. Aber ich habe von dem Unfall auch nur in der Zeitung gelesen. Ich habe mich nicht darum gekümmert. Entschuldigung, wie heißen Sie eigentlich?«

»Nina Brandt«, antwortete sie.

»Wann haben Sie das letzte Mal etwas gegessen?«

Sie sah mich erstaunt an, dann lächelte sie. »Heute Morgen. Ein Brötchen. Und unterwegs in Gerolstein bei McDonalds eine Kleinigkeit. Aber das war Pappe.«

»Pappe reicht nicht bei Schwangerschaft, das ist entschieden zu wenig«, entschied ich. »Was wird es denn?«

»Ein Junge«, schniefte sie. »Haben Sie Gurken?«

Ich hatte Gurken. Ein Glas Cornichons und ein Glas Senfgurken. Ich öffnete beide, legte eine Kuchengabel daneben und transportierte alles auf den Esstisch.

»Sie können schon mal zulangen. Was mögen Sie denn? Rohen Schinken? Leberwurst, ein paar heiße Würstchen, Käse, Salami? Ich kann sogar Spiegeleier.«

Emma rauschte auf den Hof.

»Ein Brot reicht mir völlig.«

Ich machte also ein paar Schnittchen, während Emma munter mit ihr sprach und wie üblich nicht die geringste Unsicherheit aufkommen ließ.

»Sie sagen, Sie waren mit dem Christian seit fünf Jahren zusammen. Und Sie wollten heiraten?«

»Er wollte heiraten. Ich nicht, für mich wäre das nicht nötig gewesen. Aber für meine Familie.«

»Was ist das für eine Familie?«

»Meine Eltern haben eine kleine Pharma-Fabrik, in Ludwigshafen. Wir stellen Medikamente her. Schon in der vierten Generation.«

»Also wohlhabend?«

»Ja, es reicht«, lächelte sie.

Emma wagte ein verschmitztes Lächeln, das trotz der Situation noch angemessen war. »Eine elitäre Familie? Eine etwas arrogante Familie?«

»Ja, kann man so sagen.« Sie errötete leicht.

»Dann passte also Christian nicht ganz in das elterliche Konzept«, stellte Emma kühl fest. »Sie hätten einen Chemiker anschleppen müssen, keinen Geologen.«

»Das ist richtig.«

»Kam es zu Streit?«

»Was spielt das jetzt für eine Rolle?«, fragte sie erstaunt.

Emma war mies drauf, sie war einfach schlecht gelaunt, keine Frage. Es klang schon patzig, als sie sagte: »Wir müssen doch herausfinden, Kindchen, ob Sie uns nicht eine wilde Geschichte auftischen, an der nichts stimmt. Ich wiederhole also: Kam es in Ihrer Familie wegen Christian Schaad zu Streit?«

Nina Brandt schien Emmas Tonfall nichts auszumachen. »Ja, kam es«, antwortete sie. »Mein Vater ist sehr jähzornig, mein Vater behauptete, Christian wäre auf unseren Betrieb scharf. Aber das gab sich.«

»Wie kann sich so etwas geben?«, fragte ich schnell.

»Meine Mutter entschied letztlich: Christian hat einen Doktortitel, kein Mensch will wissen, in welchem Fach. Also ist er gut für den Betrieb.« Sie lächelte schmal. »Außerdem sah er so aus wie der Traumschwiegersohn, einfach umwerfend.«

»Haben Sie ein Foto?«, fragte ich dazwischen.

»Ja, habe ich.« Sie stand auf, ging zum Sofa, wo ihre Handtasche lag, und kam zurück an den Esstisch. Sie legte das Foto vor mich hin. Der Mann sah aus, als sei er der Werbung für einen Männerduft entsprungen.

»Moment«, unterbrach Emma, griff nach dem Foto und sah es an. »Es gab also einen Krach? Einen Krach zwischen Ihrem Vater und dem Christian?«

Sie war verunsichert, sie murmelte: »Das kann doch jetzt nicht wichtig sein.«

»Das ist sehr wichtig«, berichtigte Emma erneut. »Schließlich wollen Sie doch, dass wir Ihnen glauben, oder? Also, es gab einen Krach.«

»Ja, gab es. Vor drei Jahren. Christian sagte: ›Ich bin nicht käuflich, ich brauche deinen elterlichen Betrieb nicht.‹ Also, Sie müssen wissen, ich bin das einzige Kind, meine Eltern halten mich ununterbrochen für kostbar.«

»Wollte der Christian also in den elterlichen Betrieb einsteigen oder nicht?«, fragte Emma.

»Ja, er hat gesagt, dass er das überlegen will.«

»Kommen wir jetzt zur Eifel«, bestimmte Emma energisch. »Was wollte Christian hier, ehe er verunglückte?«

»Wir waren oft hier, meistens an den Wochenenden. Wir haben den Lieserpfad gemacht und den Eifelsteig, wir waren überall, wo man gut wandern kann. Er kannte die meisten Pflanzen mit lateinischem Namen. Er war aus Manderscheid, er sagte von sich selbst, er sei ein Naturfreak. Er hat sich das Studium selbst erarbeitet – und den Doktor auch. Und er hatte mit der Eifel beruflich zu tun.«

»Das genau brauche ich jetzt ganz exakt«, bestimmte Emma.

Nina überlegte eine Weile und nickte dann. »Also gut. Christian war Beamter in der Behörde für Geologie und Bergbau. Die sitzt in Mainz und ist dem Wirtschaftsministerium angegliedert. Die regelt und schreibt vor, wo genau Basalt und Lava abgebaut werden dürfen. Es ist so, dass zwischen Gerolstein, Hillesheim und Daun die Steinbrüche, in denen das passiert, sehr, sehr zahlreich sind. Da wird an sage und schreibe sechsunddreißig Stellen abgebaut, die Flächen sind vierhundert Hektar groß. Das ist ein richtiger Flickenteppich, stört die Landschaft brutal. Jetzt hat die Behörde die Vorranggebiete für Rohstoffsicherung festgelegt, also festgeschrieben, wo weiter abgebaut werden darf. Und da ist Christian geplatzt, und hätte fast fristlos gekündigt. Es stellte sich nämlich heraus, dass bisher auf vierhundert Hektar abgebaut wurde, dass diese Fläche aber um das Fünffache erweitert wird. Das heißt, es darf in Zukunft auf zweitausend Hektar abgebaut werden. Bei einem Hektar reden wir von zehntausend Quadratmetern. Alle Naturschützer laufen Sturm, der NABU, der BUND, der Eifelverein, der Rheinische Verein für Denkmalpflege und Landschaftsschutz, die Schutzgemeinschaft Deutscher Wald, der Landesjagdverband, alle eben.«

»Und wer soll nun deinen Mann umgebracht haben?«, fragte Emma beinahe schrill.

Nina überlegte wieder eine Weile und starrte dabei auf ihren Teller. »Alle, die daran interessiert sind, Vulkangestein in Ruhe und ungestört abzubauen und damit ein großes Geschäft zu machen. Es läuft darauf hinaus, dass der Vulkaneifelkreis, der seinen Namen von den Vulkanen hat, eines Tages keine Vulkane mehr hat, wenn das so weitergeht. Die Berge werden verschwunden sein, und also können sämtliche Touristen dahin fahren, wo der Pfeffer wächst, hier wird es nichts mehr zu sehen geben. Sagte Christian. Und ich fürchte, er hat recht.«

»Der Radersberg«, nickte ich. »Wenn du aus dem Fenster hinter dir siehst, siehst du den Radersberg über Brück. Der war noch vor dreißig Jahren so hoch, dass im Winter die Kinder von da oben bis hier unten an die Kirche rodeln konnten. Der Berg ist jetzt weg, es gibt ihn nicht mehr.«

»Es geht also um Geld«, murmelte Emma leise.

»Um ziemlich viel Geld«, nickte Nina. »Und Christian sagte, die Bevölkerung sei nicht genügend aufgeklärt ...«

»Moment, junge Frau«, Emma zündete sich einen ihrer schrecklich stinkenden holländischen Zigarillos an. »Wie weit ist dein Mann denn in diesem Konflikt gegangen?«

»Er hat seinen Chef um ein Gespräch gebeten. Das hat er auch gekriegt. Er hat gesagt, er könne diese riesigen Ausweitungen der Abbauflächen nicht mittragen. Der Chef hat erwidert, diese Flächen seien ja nur für einen möglichen Bedarf in der Zukunft ausgewiesen, niemand rechne damit, dass jemand auftaucht, der das durchzieht. Christian hat erwidert, dass sich immer jemand finden würde, der das logistisch auf die Reihe bringt und die Berge komplett klaut. Der Chef hat erwidert, genau das sei aber die Aufgabe der Behörde: festzulegen, wo in Zukunft abgebaut werden darf. Christian hat gesagt: Genau das könne es nicht sein, alle Gemeinden seien zur Nachhaltigkeit verpflichtet, sie müssten die Landschaft erhalten. Christian hat geschrien: Sie klauen den Eiflern die Berge! Er hat mir gesagt, sie hätten sich fast geprügelt.«

»Sie haben sich also nicht geprügelt. Was machte dein Mann denn anschließend?« Emma war hochkonzentriert.

»Sie haben sich geeinigt, dass er erst einmal einen anderen Aufgabenbereich bekommen sollte, bis sich der Zorn bei beiden gelegt haben würde.«

»Dein Mann kam trotzdem in die Eifel. Was wollte er hier?« Emma zerdrückte ihren Zigarillo im Aschenbecher.

»Er wollte jemanden treffen. Das hat er mir gesagt. Er hat gesagt, eine wichtige Figur aus der Opposition, das weiß ich noch.«

Emma war schnell. »Mann oder Frau?«

»Ich nehme an, einen Mann. Aber das weiß ich nicht genau. Er hat dazu nichts gesagt, und ich habe auch nicht gefragt.«

»Stand er mit irgendjemandem in der Eifel in telefonischer Verbindung?«

»Das nehme ich an, aber ich weiß es nicht.«

»Hast du sein Handy nicht abgefragt? Wo ist dieses Handy?«

»Bei seinen Sachen. Nein, halt, stopp! Sein Chef hat mich darum gebeten. Er wollte nachsehen, ob Christian irgendwelche Absprachen bei anderen Themen mit anderen Behörden getroffen hatte.«

»Sieh mal einer an«, murmelte ich.

Einen Augenblick herrschte Schweigen.

Dann räusperte sich Nina und sagte kleinlaut: »Das war wohl dumm.«

»Muss nicht sein«, erklärte Emma großzügig. »Ich würde mir das Handy aber geben lassen. Und ich würde fragen, ob irgendetwas an der Liste der eingetragenen Rufnummern geändert wurde. Hast du irgendeine Vorstellung davon, was er hier in dem Steinbruch in Walsdorf wollte?«

»Es gab einen Grund, weshalb er sich immer wieder um Walsdorf kümmerte. Das war die Westdrift.«

»Was heißt das?«, fragte ich.

»Der Abbau in Walsdorf ist weit vorangeschritten, der Berg ist fast nicht mehr da. Und er liegt genau vor dem Dorf in der Westdrift, er schützt das Dorf. Hier in der Eifel kommen die Atlantikwinde sehr direkt und heftig an. Der Berg ist fast verschwunden, die Winde treffen ungehindert auf das Dorf. Das macht einen Riesenunterschied. Das kann so weit gehen, dass Hausbesitzer ihre Häuser nicht mehr verkaufen können, und auch im Jahresdurchschnitt mit anderen Temperaturen rechnen müssen. Und die Leute müssen in den Gärten und auf den Wiesen und Feldern mit anderen Wachstumsrhythmen rechnen.« Sie fischte sich ein Stück Senfgurke aus dem Glas und schnitt es in kleine Stückchen.

»Ich gehe mal telefonieren«, sagte ich. »Da gefällt mir einiges nicht.«

Ich ging hinauf in mein Büro und hoffte, dass ich Stephan Sartoris vom Trierischen Volksfreund privat erwischen konnte. Ich hatte Glück.

Nach einigen einleitenden Erklärungen kam ich direkt zum Punkt: »Hör mal, da ist ein Geologe namens Christian Schaad in Walsdorf im Steinbruch zu Tode gestürzt. Niemand hat seinen Namen veröffentlicht, obwohl der bekannt war. Seine Funktion wurde auch verschwiegen. Warum?«

»Weil jemand von deren Pressestelle am gleichen Tag händeringend angerufen hat, wir sollten bitte den Namen nicht nennen und auch die Funktion nicht. Der Grund war, dass sämtliche Naturschützer sowieso auf den Barrikaden sind und dieses Amt in Mainz anstinken. Eine Art Dauerkrieg. Das ist so was wie ein Eifeler *Stuttgart 21*. Das hätte einen unnötigen Wirbel geben können. Sie versicherten mir, dass er rein privat in Walsdorf gewesen sei, auf einer Wanderung. Ich habe mit den anderen gesprochen, also mit der *Eifelzeitung*, dem *Wochenspiegel*, der *Rheinzeitung* in Koblenz und so weiter.« Dann stockte er und hüstelte. »Hat da etwa jemand nachgeholfen? War das mit der Wanderung gelogen? Bist du an der Geschichte dran?«

»Das weiß ich, ehrlich gestanden, noch nicht. Ich danke dir jedenfalls für die Auskunft.«

»Gerne. Aber ruf mich an, bitte, wenn es in der Sache etwas Neues gibt.«

»Das mache ich«, versprach ich und trennte die Verbindung.

Ich ging wieder hinunter zu den Frauen und sagte ihnen, was ich erfahren hatte. »Es gibt also einen guten Grund, weshalb sie nichts daraus gemacht haben.«

»Aber jetzt riecht die Sache ziemlich säuerlich«, murmelte

Emma. Dann wandte sie sich an Nina Brandt: »Und du bleibst dabei: Er hatte einen beruflichen Grund, hier zu sein?«

»Hatte er. Er hat gesagt, er müsse irgendetwas klarziehen. Und er hat gesagt, er treffe jemanden.«

Mein Handy meldete sich, ich nahm das Gespräch an und hörte eine wohlvertraute Stimme: »Ich muss mit dir sprechen.«

»Ja«, murmelte ich. »Wo bist du denn?«

»Bei meinen Eltern, ich bin eben aus Stuttgart gekommen.« Sie schnaufte. »Ich denke mal, es ist dringend.«

»Ja, ja, ich bin hier«, sagte ich und drückte auf den roten Knopf des Gerätes.

»Gabi?«, fragte Emma.

»Ja, sie kommt gleich her.«

»Ich brauche auch noch ein Hotel«, sagte Nina. »Ich will nicht nach Mainz fahren, nicht in unsere leere Wohnung.«

»Du kommst zu mir«, entschied Emma.

»Hast du mit Rodenstock telefoniert?«, fragte ich.

»Habe ich. Er hat angefangen mit dem Satz: ›Ich muss ziemlich verrückt gewesen sein‹.«

»Das ist doch schon mal etwas.«

Dann meldete sich mein Handy erneut, und eine Männerstimme sagte: »Kann ich bei Ihnen die Lebensgefährtin von Rat Rodenstock erreichen?«

»Ja, können Sie.« Ich reichte Emma das Gerät.

Sie hörte eine Weile zu, beendete das sehr einseitige Gespräch und erklärte uns dann: »Einen Fall Norbert Bleckmann wird es nicht geben. Der Staatsanwalt hat entschieden, dass bei einem so teuren Auto die blankgeputzte Beifahrerseite wahrscheinlich nichts anderes bedeutet, als dass irgendjemand im Auftrag Bleckmanns den Wagen gründlich saubermachte. Eine Tankstelle etwa.«

»Das kann man so sehen«, nickte ich.

3. Kapitel

Es regnete leicht, und es war 22 Uhr, als sie auf meinen Hof rollte.

»Ich bin müde«, sagte sie leise, als sie an mir vorbei in das Wohnzimmer ging. Sie berührte mich nicht, sie ging steifbeinig zum Sofa und setzte sich so entrückt, als habe sie diesen Raum niemals vorher betreten.

»Ich hoffe, du hast in Stuttgart alles erledigen können.« Ich dachte: Ich komme dir nicht entgegen. Nicht einen Zentimeter.

»Ja, habe ich. Hier riecht es nach Emmas Zigarillos.«

»Ja, sie war bis eben hier.« Ich stopfte mir eine gebogene Radford's, die ideale Konferenz-Pfeife mit einer edlen Straight-Grain-Maserung unter Schiffslack, die ideale Waffe gegen Stress. Ich setzte mich in den Sessel ihr gegenüber und zündete die Pfeife an.

»Also, wir haben viel geredet.« Sie sah mich nicht an, sie spulte ein Programm ab, das sie sich zurechtgelegt hatte. »Da kamen viele Sachen zur Sprache. Er hat gesagt, dass er immer noch nicht versteht, weshalb ich ihn verlassen habe. Da kam dann eines zum anderen.«

»Du musst es dir nicht so schwer machen«, sagte ich.

»Aber ich will es erklären.« Sie wurde heftig. »Du musst mich ausreden lassen.«

»Natürlich. Entschuldige.« Die Pfeife zog nicht, ich fummelte den Tabak mit dem Pfeifenmesser heraus und stopfte sie neu. Ich dachte: Sie ist eine sehr hübsche Frau, aber nicht mehr für mich.

»Also, wir haben viel geredet, und er sagte, er müsse unbedingt darüber sprechen, weshalb ich denn gegangen bin. So fing das alles an. Jedenfalls waren wir sehr fair und haben das alles durchgesprochen, und ich habe in einem Hotel gewohnt.«

Die Katzen kamen von irgendwoher und maunzten sie an.

»Er hat nicht verstanden, weshalb ich gegangen bin, und seine Eltern auch nicht. Und sie haben mir keine Vorwürfe gemacht, und alles verlief sehr harmonisch. Ich habe jedenfalls verstanden, was sie eigentlich wollten.«

»Und jetzt gehst du zu ihm zurück«, sagte ich.

»Doch nicht so einfach«, fauchte sie heftig.

Diesmal zog die Pfeife. »Es ist aber sehr einfach«, nickte ich. »Wir sind seit einem Jahr ein Paar. Irgendwann hast du angefangen, mit deinem Exmann zu telefonieren. Sag jetzt nicht nein, es war einfach so. Besonders um Weihnachten herum. Du hast viel mit ihm gesprochen. Dann bist du zu ihm gefahren. Vor ungefähr zehn Tagen. Angeblich um Erbschaften zu korrigieren und Versicherungen umzuschreiben. Jetzt willst du zu ihm zurück, und ich will dir nicht im Weg stehen. Ich sage also: Fahr zu ihm, wenn du das so willst. Und das ist wirklich sehr einfach, und du musst mir nicht alle deine Gedankengänge verraten, und alles das, was du willst und nicht willst. Du musst auch keine Gespräche schildern. Es hat keinen Sinn, hier zu hocken und darüber zu grübeln, weshalb das so gekommen ist.«

»Du hast das alles aber nicht gewusst!«, stellte sie sehr scharf fest, als sei es wichtig, dass ihr die Überraschung gelungen war. Sie war tatsächlich beleidigt.

Das war die Sekunde, in der ich sauer werden wollte, aber auch die verging. »Nicht alles, nein, aber ich habe schon seit einer Weile verstanden, dass es keinen Zweck hat, um jemanden zu kämpfen, den man ohnehin nicht besitzen kann. Es ist der ewige Sieg des ungeheuerlich Banalen in dieser Welt. Und ich hatte genügend Zeit, das zu verstehen.«

»Du hast es also geahnt?«

»Das ist jetzt doch ganz gleichgültig. Du verlangst die Absolution, ich erteile sie dir.«

»Jaah«, murmelte sie sehr gedehnt. Dann fummelte sie ein Päckchen Zigaretten aus ihrer Handtasche und zündete sich eine an. »Meine Eltern verstehen das alles natürlich nicht, natürlich denken sie, ich sei total bescheuert, mein Vater hat nur rumgebrüllt, meine Mutter weint dauernd und weiß gar nicht, wohin mit sich selbst.«

»Eltern sind so«, sagte ich beruhigend.

Dann war da ein peinliches Schweigen.

»Tja«, sagte sie und drückte die Zigarette im Aschenbecher aus.

»Da ist noch etwas«, sagte ich. »Du hast noch einen Hausschlüssel, und oben ist ein Kleiderschrank voll mit deinen Sachen. Überall im Haus liegt irgendetwas herum. Das könntest du vielleicht abholen, und mir vorher Bescheid geben, damit ich dir nicht im Weg bin.«

Sie sah mich an und nickte, und eine Träne war unter ihrem linken Auge.

»Mach's gut«, sagte ich.

»Vielleicht sieht man sich noch mal bei Gelegenheit«, murmelte sie.

»Ja, ja, schon gut«, murmelte ich. »Du weißt ja, wie man hier rauskommt.« Ich ging hinaus, die Treppe hinauf in mein Schlafzimmer, blieb vor dem Fenster stehen und starrte in die Nacht. Nach einer Weile hörte ich die Haustür zuklacken, dann startete sie ihr Auto.

Ich war nur ein wenig wütend, es reichte nicht, eine Fensterscheibe einzuschlagen. Das erstaunte mich.

Ich konnte nicht schlafen, ich setzte mich in mein Auto und rollte langsam und betulich nach Hillesheim, querte die schlafende Stadt in Richtung Jünkerath und bog dann nach rechts in die kleine Siedlung ab. Ich erreichte den Wiesenweg, der Am Wegrain hieß, und fuhr weiter geradeaus, bis die Biegung nach links kam, dann weiter bis dorthin, wo der Mercedes mit dem Toten gestanden hatte.

Dort blieb ich eine Weile stehen, sah mir den Bauernhof der Jaaxens zu meinen Füßen an. Ich hörte die dumpf-friedlichen Geräusche der Rinder in dem großen Stall, ansonsten war es totenstill.

Nach einer Weile zog ich wieder ab, fuhr auf die Bundesstraße in Richtung Jünkerath.

Ich wollte wissen, wo Bleckmann sich hätte ausruhen können. Ich fand nur eine als Rastplatz ausgewiesene Stelle auf der linken Seite der Straße, gute drei Kilometer weiter. Dazwischen aber die sehr breiten Einmündungen von mindestens sechs Waldwegen.

Ein Regenschauer ging nieder, ich nahm den Rückweg über Walsdorf und Zilsdorf nach Dreis und blieb zehn Kilometer lang hinter einem Lkw, der erstaunlich schnell fuhr und seinen Weg genau zu kennen schien.

Longerichs Goebbels-Biografie lenkte mich nicht ab, ich löschte das Licht und wartete auf Schlaf. Gegen vier Uhr morgens döste ich ein und wurde erst wach, als das Telefon neben mir unerträglich laut schrillte. Es war sieben Uhr.

Emma meldete sich, sie sagte heiter: »Guten Morgen. Wir haben jetzt noch eine Leiche. Wenn du magst, kannst du mich abholen.«

»Hat die Mordkommission angerufen?«

»Ja, hat sie. Ich stehe bei denen offenbar wieder ganz oben auf der Liste. Seit der Sache mit Bleckmann.« Jetzt feixte sie sogar: »Oder es hat doch mit Rodenstock zu tun. Als wollten die mich beschäftigen. Wenn die wüssten! Sie schicken jedenfalls erst einmal eine Notmannschaft raus zum Fundort, das dauert. Ich soll nur absichern, hat Kischkewitz gesagt, er kann so schnell nicht kommen. Also, was ist, Baumeister? Möchtest du lieber in Ruhe ausschlafen?«

»Bis gleich.«

Fünf Minuten später war ich unterwegs, und froh abgelenkt zu sein.

Emma stand schon in der Haustür und rutschte auf den Platz neben mir.

»Wir müssen zu *Rosi eins* vor der Autobahnauffahrt auf die A1.«

»Etwa eine Nutte?«

»Nein. Es ist eine alte Frau, sagte er.«

»Schläft die Kleine wenigstens?«

»Die Kleine ist achtunddreißig. Ja, sie schläft. Wie war Gabi?«

»Ende, aus und vorbei.«

Sie schwieg einen Moment, dann fragte sie: »Tut es weh?«

»Ziemlich.«

»Das kommt bei dir in der letzten Zeit häufig vor.«

»Ja, das ist der Teil in mir, der niemals erwachsen wird.«

»Wir werden das schon schaffen«, murmelte sie tapfer. »Hat es lange gedauert?«

»Nur ein paar Minuten. Sind Bullen dort?«

»Ja, eine Streife.«

Unwillkürlich wurde ich so schnell, dass ich in einer Kurve vor Kerpen die Reifen zum Quietschen brachte.

»Langsam!«, mahnte Emma.

»Wir sollten übrigens von der Vorstellung Abstand nehmen, dass Bleckmann zufällig auf den Wiesenstreifen oberhalb des Hofes von Jaax gefahren ist«, sagte ich. »Ich traue der Geschichte nicht mehr, ich habe die Begebenheiten vor Ort ausgemessen.

Also, egal aus welcher Richtung du kommst und wo du hin willst, du biegst von der Bundesstraße ab in die kleine Siedlung. Die ist exakt 380 Meter lang. Dann beginnt der Feldweg, der Am Wegrain heißt. Wahrscheinlich ist der Weg als Straße ausgewiesen, weil er bereits zum Bauland erklärt wurde. Es geht zweihundert Meter geradeaus. Dann biegt der Feldweg scharf links ab. Bis zu der Stelle, an der Bleckmanns Mercedes stand, sind es weitere 220 Meter. Es sind alles in allem achthundert Meter. Nehmen wir an, er war müde und wollte eine Weile ausruhen. Dann ist der Weg durch die Siedlung auf die Wiesen hoch nicht zu erklären, viel zu lang und viel zu kompliziert. Und du kannst damit auch nicht erklären, wieso Bleckmann am Ende der kleinen Siedlung den Asphalt der Straße verlässt und den Feldweg nimmt. Wenn er aus Richtung Jünkerath kam, ist er an einem Parkplatz drei Kilometer vorher vorbeigefahren, aber auch an sechs sehr breiten Einmündungen von Waldwegen. Kam er aus Hillesheim, konnte er mitten in der Nacht in jeder Nebenstraße ausruhen, sowie auf mindestens drei große ausgewiesene Parkplätze fahren. Ich nehme also an, er hatte einen Grund, genau diesen Punkt anzufahren. Er kannte diesen Punkt.«

Sie schwieg eine Weile. »Gut. Aber er starb. Nehmen wir also an, er fühlte sich unwohl, wusste nicht, was mit ihm los war. Er biegt also in die kleine Siedlung ab, fährt bis zum Straßenende, dann weiter geradeaus auf die Wiese, dann weiter ... jetzt verstehe ich, was du meinst.«

»Ich meine, er ist auf diesen Platz gefahren, weil er dorthin wollte. Denn normalerweise würde niemand auf diesen Wiesenweg einbiegen, es sei denn, er weiß genau, wo er hin will.«

»Das könnte sein. Aber weshalb ist ein Bauernhof mitten in der Nacht interessant für ihn?«

»Ich weiß es nicht«, sagte ich und gab Gas auf dem Weg zum Ahrtal hinunter.

Der Wohnwagen von *Rosi eins* stand genau gegenüber der Einmündung der kleinen, schmalen Straße von Reetz. Er stand auf dem tiefer liegenden Niveau der uralten Landstraße, die zu anderen Zeiten hier in Richtung Tondorf geführt hatte, als eine Autobahn noch undenkbar war, und ein Auto Seltenheitswert hatte.

»Wer hat eigentlich diese komischen Namen verteilt?«, fragte Emma, als wir an den Ort des Geschehens rollten.

»Irgendjemand hat diese Lustbehausungen einfach der Reihe nach aufgelistet. Hier stehen vor der A1 *Rosi eins* bis *Rosi vier*. *Rosi fünf* und *sechs* standen auf der anderen Seite von Daun an der Straße zum Autobahndreieck Vulkaneifel. Die wurden verboten. Sie sind meistens mit ganz billigen Frauen aus Polen oder Tschechien besetzt, Edelsteine sind da nicht zu finden. Die Frauen sind ziemlich mies dran, und sie besitzen nicht das Schwarze unter dem Fingernagel, und ihre Papiere haben die Männer unter Verschluss, die sie laufen lassen. Ziemlich übel.«

»Guten Morgen!«, sagte ein freundlicher, dicker Polizeibeamter mit leuchtend blauen Augen. Sein Kollege begrüßte uns mit einem stummen Nicken. »Wir sind informiert und haben Anweisung von Kriminalrat Kischkewitz, Sie mit den Begebenheiten vertraut zu machen.« Er wies auf den Wohnwagen. »Das ist die Lusthütte. Da drin liegt eine ältere Frau. Wir schätzen, dass sie sechzig ist, wenn nicht älter. Sieht so aus, als wäre sie mit einem Halstuch stranguliert worden, aber das können wir nicht entscheiden, das ist auch keine eindeutige Spur. Gemeldet hat den Fall ein Truckfahrer nach vier Uhr morgens. Er hielt an und wollte wohl schnell mal … Dann hat er die Tür geöffnet und gemerkt, was los war. Der Mann steht mit seinem Truck da drüben auf dem Parkplatz. Er ist mit rund 20 Tonnen alten Computern auf dem Weg nach Osten. Also, der ist clean, würde ich mal sagen. Bulgare, ein lustiger Vogel.«

»Sonst noch irgendetwas, was wir wissen müssen?«, fragte Emma.

»Nein, das ist erst mal alles, was wir sagen können.« Er schniefte und wandte sich seinem Kollegen zu. Die beiden schlenderten ein paar Schritte den Straßenrand entlang und zündeten sich Zigaretten an.

»Erst mal der Wohnwagen«, bestimmte Emma. »Mein Gott, der sieht aus wie der letzte Schrott.«

»Es ist der letzte Schrott, mindestens dreißig Jahre alt. Guck mal, da ist grüner Schimmel dran.«

»Wir gehen nicht rein«, bestimmte sie. »Woher kommt hier das Licht?«

»Schwere Autobatterien. Wenn sie da sind, hängen die Frauen zum Zeichen eine kleine rote Lampe ins Fenster, damit die Truckfahrer wissen, dass sie halten können.«

»Nur Truckfahrer?«

»Natürlich nicht. Viel häufiger Pkw-Fahrer. Pass auf, da steht ein alter Eimer für den Müll und die gebrauchten Kondome.«

»Oh Gott!«, schnauzte sie. »Das brauche ich doch alles gar nicht.« Dann beugte sie sich vor, um in die Behausung hineinschauen zu können. »Lieber Himmel, der Gestank!«

»Du kannst dir deine Kundschaft eben nicht aussuchen.«

»Es ist nicht die alte Frau, es ist das billige, schwülstige Parfüm.« Sie tauchte wieder auf. »Fotografiere mal in den Wagen rein, soweit das geht. Ich möchte nichts verändern, ehe die Spezialisten kommen.«

Ich hatte den Fotokoffer mitgeschleppt und suchte mir die Teile zusammen, die ich brauchte. »Wie lange mag sie tot sein?«

»Nach ihrem Gesicht zu urteilen, würde ich auf mindestens dreißig Stunden tippen. Wer immer das war, er hat auf jeden Fall die Standheizung nicht eingeschaltet. Das erleichtert es etwas. Aber ich kann mich täuschen. Fotografiere sie, dann kommt der Lkw-Fahrer an die Reihe.«

Der Eingang in den eiförmigen Wohnwagen aus Großmutters Zeiten war sehr schmal, der Gestank nach billigem Parfüm überwältigend. Sicherheitshalber fotografierte ich das Schloss an der Tür. Es war nicht aufgebrochen.

Die Tote lag rücklings auf einer Art Liege, auf der mehrere Decken übereinander gelegt worden waren. Ihr Gesicht war ruhig, sehr grau, hatte aber nichts vom Schrecken des Todes. Es war ein zerfurchtes Gesicht, es war alt, es wirkte zermürbt, gezeichnet von sehr viel körperlicher Arbeit. Vielleicht war sie sechzig, vielleicht zehn Jahre älter, ich konnte es nicht einengen. Sie trug überraschenderweise ein Kopftuch. Es war grün mit kleinen, roten Blüten darauf, und oben an der Stirn lugten zwei Strähnen weißes Haar darunter hervor. Ich erinnerte mich an Zeiten, in denen Bauersfrauen bei uns solche Kopftücher getragen hatten. Um den Hals trug sie ein weiteres Tuch. Es war grau und saß unordentlich, als habe jemand daran gezogen. Darunter zwei Pullover, einer rot, einer grün. Dann ein Rock, tiefschwarz mit einem breiten Gürtel aus Plastik, knöchellang. Schwere, hohe, schwarze Schnürschuhe aus einem Lederimitat.

Ich wechselte das Objektiv, um einen möglichst maßstabgetreuen Überblick über das Innere der Behausung zu bekommen, ich fotografierte alle Einzelheiten, die mir auffielen. Von einem Aschenbecher bis hin zu einer kleinen Holzschachtel, in der auf einfachem, weißem Papier Telefonnummern gestempelt waren. Eine kleine Vase, in der eine Rose aus Plastik stand, eine Madonna aus Gips, blaues Gewand, rosiges Gesicht, der segnende Arm abgebrochen, vielleicht zehn Zentimeter hoch.

»Was glaubst du, wie alt sie ist?«, fragte Emma.

»Sechzig, würde ich sagen. Kann auch mehr sein. Ich weiß es nicht. Sie hat keine Handtasche bei sich, aber vielleicht liegt sie drauf. Können wir jetzt den Lkw-Fahrer erledigen?«

»Ja, natürlich. Du willst hier weg, nicht wahr?«

»Ja. Wahrscheinlich, weil das alles so trostlos ist. Die Tote wirkt auf mich wie der ganz arme Teil von Mütterchen Russland. Ich weiß nicht, warum. Vielleicht hat niemand sie umgebracht, vielleicht ist sie einfach gestorben?«

»In diesem Dings da? Du bist aber optimistisch.«

»Optimismus ist das Einzige, was mir bei dem Anblick bleibt.«

»Das ist das Echo auf Gabi.«

»Du hörst dich an wie eine Familientherapeutin.«

»Ich bin eine, du weißt es nur noch nicht.«

Wir überquerten die Bundesstraße und gingen auf den Lkw zu. Es war ein schwerer Iveco, ein rotes Ungetüm ohne Werbeaufschrift. Als wir uns näherten, sprang ein Mann aus dem Fahrerhaus, strahlte uns an und sagte: »Guten Morgen, die Dame, guten Morgen, der Herr!«

»Na, so was«, murmelte Emma. »Können Sie uns erzählen, wie das hier abgelaufen ist?«

Er war vielleicht vierzig Jahre alt, ein hagerer Typ mit vier Millimeter hohem, rabenschwarzem Haar. Er trug ein blaues Jeanshemd über einem weißen T-Shirt und ausgebeulte Jeans zu schweren, braunen Halbschuhen. Sein Oberkiefer war mit Hauern versehen, die Graf Dracula Ehre gemacht hätten.

Er sah die Kamera vor meinem Bauch baumeln, stellte sich augenblicklich in Positur und grinste teuflisch.

»Habe ich Frau gefunden. Tot. War so vier oder fünf Urr.«

»Vier oder fünf?«, fragte Emma.

»Weiß ich nicht genau, habe ich nicht Urr geguckt. Hier sind meine Papiere, hier die Papiere von Truck, und Ladepapiere.«

Er hielt Emma alle die Kostbarkeiten unter die Nase.

»Wie heißen Sie denn?«

»Zygmunt«, dann folgte ein weiteres Wort, das wie ein hartes Rauschen mit einem langen ihhh am Ende klang. »Bin ich Bulgare.«

»Dann erzählen Sie mal, Zygmunt.«

»Kam ich hier vorbei, habe ich rotes Licht gesehen. Da in dem Wagen. Habe ich hier gehalten, bin ich dort gegangen. Mache ich Tür auf, sehe ich Frau. Tot. Sage ich Jesus, Maria und Joseph! Rufe ich Polizei.« Er breitete die Arme aus und setzte hinzu: »Das alles.«

»Das war nicht das erste Mal?«, fragte Emma.

»Nein. War nicht. Bin ich gewesen am Freitag auf Rücktour. War blonde Frau hier. Jung. Sehr schön, sehr schön. Wollte ich wiedertreffen. War guter Spaß. Heute Morgen alte Frau da, aber tot.«

»Haben Sie die alte Frau jemals vorher gesehen?«

»Nein.«

»Haben Sie irgendeinen anderen Menschen gesehen? Da, an dem Wohnwagen?«

»Nein. Ich allein.«

»Kein Auto hat angehalten?«

»Nein. Zu früh für Spaß. Deutsche erst abends, Bulgaren immer.«

»Wie hieß die junge, blonde Frau?«

»Sie hat Anna gesagt.«

»War sie eine Deutsche?«

»Hat sie gesagt Polen. Schöne Frau. Ist sie hier nicht oft, hat sie gesagt. Nur Aushilfe. Nur Donnerstag und Samstag arbeiten.«

»Wie alt war denn die Aushilfe?«

»Sage ich fünfundzwanzig oder so.«

»Haben Sie ein Handy?«, fragte Emma. »Kann ich die Nummer haben?«

»Aber ja«, murmelte Zygmunt und diktierte sie ihr.

»Ich brauche noch ein Foto«, bat ich. »Stell dich mal vor das Monstrum, genau vor dein Fahrerhaus.«

Zygmunt machte das, er grinste und sagte sehr überzeugend: »Bin ich guter Teamspieler.« Dann lächelte er in meine Kamera, als sei er George Clooney.

Anschließend bestieg er sein Vehikel und rollte in Richtung Autobahn. Dabei ließ er sein Fenster herunter und winkte uns begeistert zu, als sei er dem Schicksal unendlich dankbar, uns kennen gelernt zu haben.

Wir mussten bis neun Uhr warten, ehe jemand erschien.

Kischkewitz kam in seinem uralten, kackbraunen Mercedes herangerollt und sah aus, als habe er zwei Nächte nicht geschlafen. Er stieg aus und dehnte und streckte sich als würde er zum ersten Mal seit Wochen wieder frische Luft atmen.

»Danke für die Vertretung«, brummte er. »Wo ist das Opfer?«

»Da drin«, sagte Emma. »Wir haben nichts berührt.«

»Dann berühre ich mal«, nickte er, und betrat das Wohnmobil.

Das Lustgehäuse ächzte und bewegte sich leicht eine ganze Weile lang, dann erschien Kischkewitz wieder mit hochrotem Kopf und nörgelte: »Einwandfrei eine Tötung. Zungenbeinbruch sehr deutlich. Anschließend hat er das Halstuch benutzt. Wie geht es Rodenstock?«

»Er ist im Krankenhaus, er macht eine Therapie«, antwortete Emma.

»Da bin ich skeptisch«, grinste der Leiter der Mordkommission. »Der findet todsicher eine Ausrede.«

»Dann lasse ich mich scheiden«, stellte Emma nüchtern fest.

»Na, unter dieser Bedingung könnte es klappen.« Er wandte sich an mich »Hast du Fotos? Brauchbar? Kann ich die haben?«

»Ich schicke sie euch auf den Rechner.«

»Du bist ein Schatz. Aber sie erscheinen nicht in der Tagespresse, dass das klar ist! Sonst sind meine Anfragen bei Emma und dir für immer Geschichte!« Er wusste, dass er keinen großen Nachdruck in seine Drohung legen musste. Die Abmachung hatte seit Ewigkeiten Bestand und ließ alle Seiten profitieren. Er konnte sich auf uns verlassen, wenn Not am Mann war. Ich bekam Stoff für meine Geschichten. Und Emma ... Emma bekam einen Grund, nicht durchzudrehen wegen Rodenstock. »Muss ich sonst noch etwas wissen?«, fragte Kischkewitz.

»Hier in diesem alten Ding war angeblich eine schöne, junge Frau stationiert«, erklärte Emma. »In der vorigen Woche. Donnerstag und Samstag. Da würde ich mich an deiner Stelle drum kümmern. Ihr werdet ja sowieso den Zuhälter finden, der hier zuständig ist. Der Lkw-Fahrer hat von der Schönen gesprochen. Ich mache dir ein Protokoll. Das hast du heute Nachmittag. Wie geht es deiner Frau?«

»Sie will sich jetzt nicht mehr scheiden lassen. Sie sagt, sie hätte mich so lange ausgehalten, dass ihr nach der Scheidung was fehlen würde. Jetzt weiß ich nicht richtig, ob das ein Erfolg ist.« Er lächelte verkniffen.

»Kluge Frau«, sagte Emma.

»Hast du bei der Toten eine Handtasche gefunden?«, fragte ich.

»Nein, habe ich nicht. In ihrem Rock sind Taschen. Da habe ich einen Zettel gefunden. Da steht ziemlich krakelig: *Waclawick, Maria, Köln.* Wahrscheinlich hat sie das selbst geschrieben. Dann noch ein kleines Holzkreuz mit einem Corpus Christi aus Plastik, dann noch eine Zwei-Euro-Münze, sonst nichts.«

»Habt ihr irgendetwas im Fall Dr. Christian Schaad ausgraben können?«, fragte Emma.

»Nein, soweit ich weiß nicht. Der hatte einfach Pech, nehme ich an. Der stand zu dicht am Abgrund.«

»Pech hatte er in jedem Fall«, erwiderte Emma spitz. »Was ist mit Norbert Bleckmann?«

»Der Pathologe in Mainz sagt: natürlicher Tod. Herzstillstand. Das kommt vor. Aber sie untersuchen noch auf Gifte.«

»Bei euch hier kommt ziemlich viel vor«, murrte Emma. »Wir verziehen uns, wir fahren heim. Und ruf bitte mal meinen Mann an. Ich denke, der langweilt sich zu Tode.«

»Ich übe Caritas!«, versprach er. Irgendwie wirkte er verloren, als er neben dem alten Wohnwagen stand und uns nachschaute.

Im Wagen fragte sie: »Machen wir einen der Fälle weiter? Norbert Bleckmann? Christian Schaad? Die alte Frau? Interessiert dich etwas daran? Kannst du über einen der Fälle etwas schreiben?«

»Das sieht nicht so aus« erwiderte ich. »Vielleicht wäre der Geologe interessant, weil der Eifel die Berge geklaut werden. Aber dann stehen wir vor dem Problem, dass wir nicht wissen, wen er hier treffen wollte.«

»Und wenn wir alle Naturschützer anrufen? Ich meine, irgendwer muss ihn doch gekannt haben. Oder glaubst du, er ist mutterseelenallein in Walsdorf im Steinbruch herumgekraxelt, bis es ihn erwischte?«

»Vielleicht erinnert sich Nina Schaad noch an dies und jenes.«

»Falls sie noch da ist«, erwiderte sie knapp. »Sie tourt herum, weil sie keine Ruhe findet. Ich habe nicht den Eindruck, dass die junge Frau den Fall schnell aufgibt. Sie ist zäh, und er war ihr Mann.«

Die junge Frau war noch da. Sie saß verloren in Emmas Küche, trank Kaffee und starrte aus dem Fenster.

»Gut geschlafen?«, fragte Emma munter.

»Danke, ja. Ein paar Stunden wenigstens. Es ist mir sogar gelungen, einen Kaffee zu machen. Und ich habe deine Schaumdusche benutzt.«

»Erste Schritte zu einer Zivilisation«, lobte ich und schloss mich sofort dem vertraulichen Ton, der zwischen den beiden Frauen bereits herrschte, an. »Mein Name ist Siggi, und wir müssen reden. Wenn es deinem Mann um die Eifel hier ging, mit wem hatte er Kontakt? Dazu fallen uns Naturschützer ein, also Leute, die aufschreien, wenn hier unsere Berge abgebaut werden. Wir fragen dich also: Hatte er Kontakt zum BUND, zum NABU, zu Leuten vom Eifel-Verein, zu besonders beteiligten Personen, zu irgendwem, der sich über den Abbau stark aufgeregt hat?«

»Er hat diese Organisationen alle genannt, klar, aber er hat keine Namen erwähnt.«

»Aber es ist doch denkbar, dass er sich mit diesen Leuten in Walsdorf in dem Steinbruch traf?«, fragte Emma weiter. »Es gibt ja auch Leute, die nicht irgendwo organisiert sind, sich einfach nur auf Naturschutz konzentrieren, und die besonders scharf sind. Also, zum Beispiel Lehrer, Förster, junge Bauern, die die Natur erhalten wollen. Fällt dir denn absolut kein Name ein? Dein Mann muss doch irgendjemand erwähnt haben, wenn er davon erzählte.«

Ich schloss mich nahtlos an. »Wenn ihr häufig in der Eifel Wanderungen gemacht habt, dann wird er doch Namen erwähnt haben. Selbst ein Vorname würde schon helfen. Wir suchen nach einem winzigen Loch für einen winzigen Schlüssel.«

»Geh diese Wanderungen durch«, trommelte Emma weiter. »Erinnere dich an bestimmte Momente, erinnere dich, wie er dir Einzelheiten der Landschaft erklärte oder Besonderheiten aus Flora und Fauna. Wo habt ihr denn die Nächte verbracht? Wie hießen die Hotels, wie hießen die Kneipen?«

Nina beugte sich auf ihrem Stuhl weit nach vorn, sie setzte den Kaffeebecher mit einem kleinen Klack auf den Tisch. Sie sagte ein wenig atemlos: »Da war Florian! Stimmt, Florian!«

»Florian?«, fragte Emma. »Und wie hieß er weiter?«

»Wie sah er denn aus?«, fragte ich schnell. »Und wo tauchte er auf?«

»Das war bei *Michels* in Schalkenmehren. Ich weiß noch, ich habe süße Pfannkuchen gegessen.« Dann weinte sie plötzlich ganz still, und beugte ihren Oberkörper weit über den Tisch, um ihr Gesicht zu verbergen.

»Ist ja gut, Kind«, murmelte Emma beschwichtigend. »Tut uns leid. Aber wir kommen in diesem Fall nur weiter, wenn es richtig wehtut.« Sie strich ihr über das Haar.

»Es ist alles Erinnerung«, murmelte Nina stockend. »Einfach alles.«

»Willst du einen Kaffee?«, fragte mich Emma.

»Ja, wenn es geht.« Dann fuhr ich fort: »Niemand will dir hier Böses, niemand ist gegen dich. Natürlich ist alles Erinnerung, natürlich schmerzt das alles, aber wir kommen nur weiter, wenn du versuchst, in deine jüngste Vergangenheit einzusteigen. Da war also dieser Florian. Hast du Erinnerungen an sein Gesicht?«

»Also, er war sehr jung, jünger als ich. Und er war groß wie ein Bär, und er hatte so komische, schwarze Augen. Also, ich weiß nicht, irgendwie wirkte er wie ein Kind. Sein Haar war auch schwarz, nein, sein Haar war hell, irgendwie lockig. Und er lachte dauernd und war unheimlich gut drauf und irgendwie aufgeregt ...«

»Nina!«, sagte Emma sanft. »Erinnere dich, woher er kam. Saß er an einem anderen Tisch mit anderen Leuten, oder kam er ins Restaurant von draußen? War Christian mit ihm verabredet, wusste Christian, dass er kommen würde? Oder saß dieser Florian zufällig im gleichen Lokal?«

»Das weiß ich nicht. Plötzlich war er da.«

»Freute er sich, Christian zu sehen?«

»Oh ja, die beiden kannten sich. Die kannten sich sogar gut. Er setzte sich zu uns. Dann sagte er ... Ich weiß nicht mehr genau, was er sagte, aber ich weiß noch, dass ich dachte: Der Mann ist wie ein Kind.«

»Warum wie ein Kind, Nina?«, fragte Emma.

»Irgendwie unschuldig, irgendwie ... Na ja, er sagte: ›Die ziehen ein großes, unheimliches Ding durch!‹ Daran erinnere ich mich. Ein unheimliches Ding, sagte er.«

»Wie reagierte Christian darauf?«, fragte ich.

»Christian guckte diesen Florian an und sagte: ›Genau das meine ich doch die ganze Zeit, Junge. Das Ding ist groß und unheimlich.‹«

»Irgendwer zieht also ein großes, unheimliches Ding durch. Wer, bitte, soll das sein?«, fragte Emma behutsam weiter. »Du weißt es doch, Mädchen, du kannst es doch sagen.«

Sie starrte nur vor sich hin und schüttelte dann leicht den Kopf.

»Mal sachlich, Nina«, übernahm ich. »Wie alt war dieser Florian?«

»Dreißig würde ich sagen.«

»Wie sprach er? Lupenreines Hochdeutsch, Eiflerisch, Mosellanisch? Kölsch?«

»Hochdeutsch, würde ich sagen.«

»Hast du auf seine Hände geachtet? War er ein Arbeiter? War er ein Büromensch?«

Wieder nahm sie sich Zeit für ihre Antwort, dann sagte sie: »Eher ein Büromensch.«

»Und wer soll das sein, der da ein Ding durchzieht? Wer sind *die*?«

»Also, auf jeden Fall die, die weiter die Berge abbauen wollen.« Dann sah sie uns hilfesuchend an. »Wer soll es denn sonst sein?«

»Das ist richtig«, nickte Emma. »Wer soll es sonst sein. Und das Ding, das sie durchziehen wollen, ist einwandfrei ein unheimliches Ding?«

Sie nickte langsam und sah konzentriert zum Fenster hinaus. »Einwandfrei unheimlich. Das Wort ist gefallen. Und das Wort groß ist auch gefallen. Und dieser Florian sagte auch noch, dass es ganz langsam vorbereitet worden sei, er sagte, es wäre eine einwandfreie Langzeitplanung, gegen die kaum etwas zu machen sei, weil kein Mensch den Durchblick habe.« Dann klatschte ihre Hand auf die Tischplatte: »Und es wurde auch gesagt, dass der Seeth dabei draufgehen würde. Ich weiß gar nicht, wer das ist.«

»Wer ist Seeth?«, fragte Emma.

»Der Unternehmer, der zur Zeit in den meisten Lavagruben fördert«, antwortete ich. »Man hat ihm schon den Spitznamen ›der Bergdieb‹ verpasst. Hat dreißig, vierzig Lkws laufen, baut Basalt und Lava ab und macht natürlich das Geschäft seines Lebens. Da kann gar nichts schiefgehen, weil beim Straßenbau, beim Autobahnbau, beim Landschaftsbau, beim Sportstättenbau diese natürlichen Zutaten in riesigen Mengen gebraucht werden. Und die Holländer ziehen damit ihre Buhnen in die Nordsee, um Land zu gewinnen, und die Macht der Stürme zu brechen.«

»Ach, du lieber Gott«, murmelte Emma. »Goldgrube.«

»Das ist richtig«, pflichtete Nina bei. »Christian sagte immer, die Gemeinden hätten nicht die geringste Vorstellung, für welchen Spottpreis sie dieses Erbe verscherbeln.«

»Wir werden diesen Florian finden«, sagte ich. »So viele Florians kann es in der Eifel nicht geben.«

»Bestenfalls eine Kompanie«, sagte Emma spöttisch. Dann meldete sich ihr Handy. Sie nahm das Gespräch an und verzog sich in den großen Wohnraum, sprach leise.

»Nina«, sagte ich, »wir brauchen dringend das Handy deines Mannes. Wir müssen wissen, mit wem er gesprochen hat. Kannst du den Amtsleiter anrufen und darum bitten?«

»Und was soll ich sagen?«

»Dass er tot ist, und der Vater deines Kindes. Ganz einfach. Wenn er Zicken macht, rücken wir ihm auf die Bude.«

Sie sah mich mit einem zaghaften Lächeln an, die Idee schien ihr zu gefallen.

Emma kam zurück und hatte ein verspanntes Gesicht, ihr Mund war verkniffen, die Falten zwischen den Augen tief. »Wir haben ein Problem, Baumeister«, sagte sie leise. »Erinnere dich bitte an die tote, alte Frau bei *Rosi eins* heute Morgen. Erinnerst du dich an den Gürtel, den sie über dem langen Rock getragen hat?«

»Ja«, nickte ich. »Sehr billig, sehr breit, aus irgendeinem Plastikmaterial, wie die Chinesen es auf den Markt werfen.«

»Die Mordkommission hat auf diesem Gürtel beide Daumenabdrücke des toten Norbert Bleckmann gefunden. Beide! Daran besteht kein Zweifel mehr, das ist wasserdicht, damit müssen wir jetzt leben.«

4. Kapitel

»Wir müssen jetzt ganz schnell werden«, sagte ich. Nina bewegte sich plötzlich, als wache sie unvermittelt aus einem tiefen Schlaf auf. »Das verstehe ich nicht. Seid ihr so etwas wie Polizei?«

»Nein, nein«, murmelte Emma lächelnd. »Manchmal helfen wir. Weißt du, mein Mann und ich sind ehemalige Kriminalisten und werden im Bedarfsfall immer gerne reaktiviert, und der Baumeister hier fotografiert alles, was zu fotografieren ist. Und er schreibt drüber. Ich erzähle dir das später in Ruhe.« Dann wandte sie sich an mich. »Wie schnell willst du denn werden?«

»Wie üblich. Schneller als der Schall«, sagte ich. »Wir teilen uns auf. Du schaffst, bitte, alle Basisinformationen über diesen toten Mercedesfahrer heran, Nina bittet den Chef von Christian Schaad um das Handy und fährt sofort los, um es in Mainz zu holen. Ich suche diesen Florian.«

Ich stopfte mir eine Zebrano von Stanwell und fluchte, als sie nicht richtig zog.

»Nina, als ihr bei *Michels* in Schalkenmehren gegessen habt – wann war das ungefähr, und an welchem Tisch habt ihr gesessen? Los Leute, wir haben zu arbeiten.«

»Ich weiß es nicht«, sie wedelte mit beiden Händen und sprach wie ein störrisches Kind. »Es muss vor sechs Wochen gewesen sein, denke ich. Es war ein Wochenende, wir haben da geschlafen. Und es war der Sonntagabend. Und wir hatten im Restaurant hinten rechts einen Tisch in einer Nische. Da hängen Bilder von Pit Kreuzberg, den mochte er so.« Dann sagte sie rüde und giftig: »Scheiße!«

»Ich bin denn mal in Schalkenmehren«, stellte ich fest und ging hinaus.

Ich behandelte in der Hektik mein Auto nicht gut, es verreckte zweimal, ehe ich starten konnte. Dann ließ ich es eine Weile laufen und zwang mich dazu, meine Pfeife anzuzünden. Die Leute, die behaupten, man schaffe mit unnötiger Hast Probleme, die es vorher nie gegeben hat, haben einwandfrei recht.

Als ich an meinem Haus vorbeirauschte, um nach Dreis zu kommen, sah ich Schneewittchen, wie sie im Hof versuchte, meinen Kater Satchmo zu umgarnen, es sah aus wie eine süßliche Umarmung.

»Alter, pass auf, sie sackt dich ein!«, schrie ich. »Keine Gnade!« Dann war mir etwas wohler.

Das aber verging in ein paar Sekunden, weil die schnelle Verbindung nach Daun gesperrt war, irgendwelche ahnungslosen Menschen da eine Straßenbaustelle eingerichtet hatten, was mich zwang, nach Dockweiler hochzugeigen, um dann in Richtung Daun weiterzukommen. Straßenbauer haben grundsätzlich keine Ahnung von den Anforderungen modernen Lebens. Aber kurz vor Waldkönigen stand linker Hand unter ein paar Buchen ein weißes Feld Buschwindröschen. Erst von dort an ging es mir wirklich etwas besser.

Der Landgasthof *Michels* in Schalkenmehren hatte einen Neubau hochgezogen, weil er erfolgsverwöhnt war. Deswegen wollte ich sauer werden, weil der Neubau den alten Parkplatz beanspruchte. Ich musste also nach einem Parkplatz suchen, fand nicht sofort einen und benahm mich wahrscheinlich wie ein Panzerfahrer, der zwischen zwei Karnickelställen ausruhen will. Jemand hinter mir hupte schrill, es war ein leibhaftiger Jaguarfahrer, der Angst um seinen Lack hatte und vor Schreck kugelrunde, große Augen bekam.

Ich brüllte: »Jo! Jo!« und verschonte ihn. Dann hielt ich mir einen Vortrag, der mit den Worten begann: »Mein Freund, wenn das so weitergeht, landest du zwangsläufig in psychiatrischer Behandlung.«

Der Chef bei *Michels* war immer schon ein Mann, der so aussah, als sei er zu wenig an der frischen Luft. Aber er war ein Typ, der immer genau wusste, was er wollte, und das meistens auch bekam. Um die Fünfzig, leicht schütteres Haar, freundlich.

»Ich komme mit einer wahrscheinlich etwas wirren Frage.«

»Frag mal!«, lächelte er.

»Am Wochenende vor rund sechs Wochen haben der Dr. Christian Schaad und seine Frau hier übernachtet und gegessen.«

»Das ist schon mal richtig«, nickte er. »Leider ist der Mann ja tot.«

»Bei einem dieser Essen kam ein Mann an den Tisch vom Schaad, ein Mann namens Florian, etwa dreißig Jahre alt.«

»Florian Sänger«, nickte er. »Wann kommt die wirre Frage?«

»Jetzt«, sagte ich. »Wo finde ich den?«

»Du trittst hier aus dem Haus und gehst auf der anderen Straßenseite in das dritte Haus links. Ist an der Sache was faul?«

»Was meinst du damit?«

»Na ja, hör mal, da braucht man doch kein Gehirn. Der junge Mann ist trainiert, bestens in Schuss, der ist sogar vom Fach, der steht in einem Steinbruch und fällt einfach runter. Da soll man nicht fragen dürfen. Also frage ich dich, ob da was faul ist.«

»Das könnte sein. Was ist der Florian für ein Typ?«

»Ein Schätzchen«, murmelte er, »ein Schätzchen. Also, er lebt ja mit seiner Mutter. Er hat keinen Beruf und so. Er ist irgendwie wie ein Zwölfjähriger, also nicht entwickelt. Kein Mensch weiß warum, hat sich so ergeben. Beruf war also nicht die Frage. Er hilft der Mutter, sie hat drei Ferienwohnungen, immer picobello. Manchmal hole ich ihn auch, wenn schwere

Arbeit ansteht. Aber du darfst nicht grob werden, dann nimmt er dich und schüttelt dich wie einen Salzstreuer.«

»Das war's auch schon, dankeschön«, nickte ich und trollte mich.

Das dritte Haus auf der anderen Straßenseite war modern, hell und freundlich mit einem Schild am Vorgarten, *Ferienwohnungen*, darunter die kursive Schrift: *besetzt*.

Ich klingelte, irgendwelche harten Geräusche kamen aus dem Hinterhof, die Tür öffnete sich, und eine ältere Frau sah mich fragend an. Sie hatte ein ganz weiches Gesicht, war in den späten Fünfzigern, ihre Augen waren ruhig und gelassen.

»Ich würde gern mit Florian sprechen«, murmelte ich.

»Der ist im Hof und macht Holz«, sagte sie.

Du kennst das, du glaubst zu wissen, wie du vorgehen musst. Es gibt diese Typen, die vom Leben eingeschränkt sind, die einfach im Stadium eines Kindes verharren, die freundlich sind, gern lachen, strahlen können wie die ganz Kleinen, und bei denen du nie weißt, was sie verstehen und was nicht. Du weißt: Diese Typen sind häufig von einem großen Frieden erfüllt, sagen dir gern, wie ihr Leben läuft, was sie mögen und was nicht.

Ich ging hinter das Haus.

Da stand er vor einem Hauklotz, rechts das schon gespaltene Holz, links ein sehr großer Haufen von runden Klötzen. Er war ein mächtiger Mann, nur knapp unter zwei Metern. Er hatte ein Kreuz wie ein Kleiderschrank, und er bewegte sich geschmeidig mit runden, sicheren Bewegungen. Wahrscheinlich konnte er genau erkennen, welches Holzstück leicht zu spalten war und welches Schwierigkeiten machen würde. Er trug einen dünnen, blauen Pulli und darüber einen Blaumann, auf dem dunklen, lockigen Haar eine graue Kappe mit den großen Buchstaben NY. Er benutzte Handschuhe und schützte seine Augen durch eine große Plastikbrille. Er sah nicht auf, als ich mich näherte, er wirkte hochkonzentriert, und die Arbeit schien ihm Freude zu machen. Die schwere Axt in seinen Händen benutzte er mit der Feinheit eines Chirurgs, alle seine Bewegungen waren fließend und mühelos.

»Hallo«, sagte ich. »Ich würde gern mit dir reden.«

Da sah er hoch, ließ die Axt auf dem Klotz und sagte: »Ja, gerne.« Dann setzte er hinzu: »Ich bin der Florian.«

»Ich bin der Siggi«, sagte ich. »Es geht um eine Sache, die schon sechs Wochen her ist. Da war der Christian, Dr. Christian Schaad, mit seiner Frau drüben bei *Michels*, und du hast an seinem Tisch gesessen, und ihr habt miteinander geredet. Über die Berge, die hier verschwinden.«

»Ja«, sagte er tonlos.

Er sah mich an, sah mich aber nicht, war tief versunken in einem anderen Land. Dann standen unvermittelt Tränen in seinen Augen. Er nahm die Axt von dem Hauklotz, stellte sie daneben und setzte sich. Sein Weinen wurde wie ein Wimmern. Er zog mit wilden Bewegungen die Handschuhe aus, ließ sie fallen und führte beide Hände zum Gesicht.

»Das tut mir leid«, sagte ich erschreckt.

»Ja«, sagte er erstickt.

Seine Mutter war plötzlich hinter mir und fragte sehr sachlich: »Um was geht es denn, wenn ich fragen darf?«

»Es geht um einen Geologen, um ...«

»Um den Schaad?«

»Ja.«

»Der war Florians Freund, ein richtig guter Freund. Jetzt ist er nicht mehr.«

»Ich weiß, aber ich wollte nicht ...«

»Ich glaube, es ist besser, Sie gehen jetzt. Sie sehen doch.«

»Ja«, murmelte ich.

Sie sagte giftig: »Und Sie kommen besser nicht wieder.«

Ich hockte in meinem Wagen und schämte mich. Ich hatte es gehört, Nina hatte eindeutig ausgesagt: Sie waren Freunde! Zuweilen ist es erschreckend zu erleben, dass man bereit ist, alles Einfühlungsvermögen zu ignorieren, nur um eine schnelle Antwort zu bekommen. Ich hatte einem Kind unnötig Schmerzen zugefügt.

Ich fuhr zurück nach Heyroth und fühlte mich elend. Als ich zwischen Kerpen und Niederehe durch das Bachtal nach Heyroth fuhr, hielt ich nach der kleinen Brücke über dem Zufluss von Oberehe an und marschierte über den Knüppeldamm, um in das Wasser zu starren. Die Farbe der Erlen war ein roter Schimmer; zwei Weiden waren schon silbern und rot, die Bäume wirkten so, als seien sie gerade wach geworden und räkelten sich, um das neue Jahr willkommen zu heißen.

Ninas Porsche war nicht da, Emma saß am Esstisch und telefonierte, vor sich einen Schreibblock, auf dem sie dauernd etwas notierte. Sie wirkte kühl und geschäftsmäßig.

Ich goss mir einen Becher voll Kaffee und hockte mich neben sie.

Als sie das Gespräch beendete, sagte ich: »Ich habe es versiebt. Der Mann ist wie ein Zwölfjähriger, er hat seinen besten Freund verloren, und ich bin auf ihn los, als sei er mein Gegner. Da fing er an zu weinen.«

»So was passiert«, stellte sie fest. »Das wird sich reparieren lassen. Ich habe eine wunderbare Nachricht: Rodenstock hat angerufen und gesagt, er liebe mich.« Sie hatte ganz blanke Augen. »Magst du was essen?«

»Ja, eine Scheibe Brot vielleicht. Vielleicht ein wenig Käse. Wenn er gesagt hat, dass er dich liebt, kommt die Hoffnung zurück.«

»Er hat auch gesagt, dass er mich am liebsten noch einmal heiraten würde.«

»Das ist geradezu gigantisch, aber eindeutig übertrieben.«

»Er hat auch gesagt, dass er Scheiße gebaut hat. Stelle dir vor: Rodenstock gibt etwas zu!«

»Ein kulturelles Highlight, einwandfrei. Und körperlich?«

»Er sagt: ›Ich bin nicht krank. Ich habe nichts.‹« Sie grinste wie ein Faun.

»Hoffentlich steht er nicht morgen vor der Tür«, murmelte ich.

»Dann schicke ich ihn zurück.« Sie stand auf und fuhrwerkte am Kühlschrank herum. Sie brachte Brot, Margarine und ein paar Sorten Käse auf den Tisch.

»Er hatte eine völlig veränderte Stimme. Ich habe ihm gesagt, dass mir mein Mordversuch an ihm nicht leid tut. Er hat auch gesagt, dass er den ersten Krach mit einem Therapeuten hatte. Der hat ihn angebrüllt, er solle gefälligst nach Hause gehen und sein Bett für einen anderen Patienten freimachen. Sie hätten keinen Platz und auch keine Zeit für einen alternden Romeo.«

»Du lieber mein Vater. Das wird ihn endlich treffen. Und du siehst verdammt gut aus.«

»Ach, Baumeister«, sagte sie selig und umarmte mich.

Wir aßen ein wenig. Ich fragte nach Nina, und Emma sagte, sie sei nach Mainz gefahren, um das Handy zu holen.

Und sie sagte: »Ich liste mal auf, was ich erfahren habe. Dieser Norbert Bleckmann ist einwandfrei eine bemerkenswerte Figur. Vielleicht erst einmal die wirtschaftliche Seite. An Banken kam ich nicht heran, aber meine Kollegen bei der Kripo in Köln wussten einiges. Der Mann war also fünfzig Jahre und zwei Monate alt, als es ihn in Hillesheim erwischte. Er machte eine Lehre bei der Volksbank in Köln, trat dann in ein Händlergremium ein, das sich auf den Handel mit Südfrüchten spezialisierte. Stichwort: Großmarkt in Köln. Das dauerte nur ein paar Jahre, und der Mann machte sich selbstständig. Er war Kaufmann und handelte schlicht mit allem, was man zu Geld machen kann. Da sind Sonderangebote für Laptops bei ALDI genauso zu finden, wie der Handel mit billigen Haushaltskerzen aus dem asiatischen Raum. Kinderkleidung aus Taiwan war es auch schon mal. Und er machte mehrere Male den Staatsanwalt auf sich aufmerksam, weil er ein knallhartes Geschäftsgebaren an den Tag legte und niemals so etwas wie Gefühle zeigte. Er sagte wie ein Volksprediger: ›Die Welt ist hart, die Welt ist Krieg!‹ Und er scheute sich auch nicht, Konkurrenten anonym anzuzeigen, wenn er die Chance sah, sie aus dem Geschäft zu drängen. Ein paar Fälle sahen ziemlich übel aus.« Emma kam jetzt richtig in Fahrt. »Einmal schickte er gezielt einen jungen Konkurrenten aus dem Rennen, indem er behauptete, dieser täusche mit gefälschten Lebensmitteln die Verbraucher und sei vom Platz zu stellen und zu verurteilen. Dabei zeigte er den Mann beim Europäischen Gerichtshof an. Anonym. Und das kam nur durch einen Zufall heraus. Der junge Mann war pleite, noch ehe er sich umdrehen konnte, und Bleckmann schickte ihm einen Strauß roter Rosen. Das heißt, der Staatsanwalt wurde nicht auf ihn aufmerksam, weil er Schwarzgelder hortete oder in unsauberen Geschäften steckte, sondern weil er gnadenlos mit anderen umging. Der Staatsanwalt ist der festen Überzeugung, dass der Mann über mindestens eine Million an Barmitteln verfügt, kann aber nichts gegen ihn ausrichten, weil Beweise fehlen. Der Staatsanwalt sagte wütend: ›Der ist ein Kaufmannsschwein!‹«

»Also ein mieser Typ«, sagte ich. »Und was hat der mit einer alten, getöteten Frau im Wohnwagen einer Nutte mitten in der Eifel zu tun?«

»Keine Ahnung«, murmelte sie.

»Wie ist denn seine wirtschaftliche Stellung?«
»Satt, saturiert. Er hat ein eigenes Büro in diesen modernen Gebäuden im Zollhafen in Köln. Da sitzt eine Sekretärin, die von nichts eine Ahnung hat, alles nur aufnimmt und an ihn weitergibt. Er hat keinerlei Verwaltung, keinen zweiten Mann, keine zweite Frau, er macht grundsätzlich alles mit einem ausgefuchsten Computerprogramm. Weil er seine Verwaltung selbst nicht komplett darstellen kann, weil er schließlich dem Finanzamt schreiben muss oder seinen Lieferanten oder aber den Kunden in aller Welt, wird diese Seite seines Geschäftes von seiner Ehefrau erledigt. In einem hübschen Häuschen in Köln-Rodenkirchen. Seit zwanzig Jahren, zwei Stunden am Tag. An die komme ich bisher nicht heran, die meldet sich einfach nicht. Ich nehme an, sie hat zur Zeit genug mit ihrem toten Ehemann zu tun. Irgendwann werden wir sie erwischen.«
»Hat er Vermögen?«
»Ja. Es wird auf sechs Millionen geschätzt, es können aber auch acht oder zehn sein. Niemand scheint das genau zu wissen.«
»Also kein netter Kerl, eher ein schlimmer Krieger. Hat er irgendeine Verbindung in die Eifel?«
»Danach habe ich natürlich gefragt. Der Staatsanwalt kann sich vorstellen, dass viele Verbindungen existieren, die Kollegen in Köln im Ressort Wirtschaftsvergehen sagen, dass er definitiv mit dem Industriellen Glatt zu tun hat. Sie wissen es nicht genau in Zahlen und kennen auch die Branche nicht genau, aber sie wissen, dass die beiden zumindest auf einem Gebiet zusammenarbeiten. Und zwar auf dem Sektor der Lampenherstellung.«
Der schwerreiche Unternehmer Glatt war natürlich kein Unbekannter, aber dass sein Name jetzt auftauchte, war doch sehr verwunderlich. »Lampen?«, fragte ich. »Das verstehe ich nicht.«

»Habe ich anfangs auch nicht. Dieser Glatt hat jetzt auch eine Fabrik, die elektrische Lampen herstellt. Meistens aus Holz, meistens zu haushaltsfreundlichen Preisen. Bleckmann liefert die Hölzer, kauft sie irgendwo auf, gibt sie weiter an Glatt.«

»Sieh einer an. Das wusste ich noch nicht. Glatt gefällt mir nicht. Ich meine, es gefällt mir nicht, dass er da reinspielt. Zunächst einmal muss ich sagen, dass vieles, was ich weiß, Gerücht ist oder sogar dummes Geschwätz, aber der Tenor ist durchgehend negativ. Glatt ist angeblich undurchsichtig, unberechenbar, und es macht ihm Spaß, Menschen zu manipulieren. Es macht ihm aber auch Spaß, Menschen buchstäblich zur Sau zu machen, wenn ihm danach ist. Und angeblich äußert er häufig sehr wilde Verschwörungstheorien, er erzählt von mächtigen Menschen und Firmen, von Konkurrenten also, die ihn bedrohen oder ihn gar töten wollen. Und er ist knallhart. Wenn Glatt und Bleckmann sich zusammengetan haben, stehen wir vor mehreren Problemen. Eines wird sein, dass Glatt uns gnadenlos ins Visier nimmt, wenn er merkt, dass wir etwas über ihn wissen wollen.«

»Aber das kann er doch gar nicht«, wandte sie verblüfft ein. »Du bist schließlich Journalist und verlangst Auskunft.«

»Denk daran, dass die real existierende Provinz alle diese scheinbar normalen Dinge aushebelt. Du musst im Fall Glatt einfach vergessen, dass er sich an Normalitäten hält, und dass er nach herkömmlicher Logik vorgeht. Zahlreichen Schilderungen zufolge kann er unter Alkohol ziemlich scheußliche Flurschäden anrichten und so katastrophal ausflippen, dass kein Mensch ihn mehr versteht. Es gibt etwas, dass er weder akzeptiert, noch versteht: Wenn jemand auftaucht, der ihm ein klares Nein entgegensetzt. Weil er der Meinung ist, dass die ganze Welt ihn lieben muss, weil er so viel für diese Welt tut. Er kann Absagen nicht verstehen, und blitzschnell wird aus einem lieben Kumpel ein ziemlich mieser Gegner. Notfalls muss ich mich sogar darauf einstellen, dass mir eine Bank keinen Kredit mehr gibt, wenn Glatt das unbedingt möchte. Er spielt diese Spielchen sehr geschickt, und er spielt sie brutal. Ich möchte sagen, er ist die lebende Zusammenführung von Genie und Wahnsinn.«

»Ich weiß eigentlich nichts über ihn«, sagte sie »Aber wir hatten ja bisher auch keine Berührungspunkte.«

»Er ist der Prototyp eines Regionalfürsten, und er hat ziemlich viel Geld. Das sind zwei Komponenten, gegen die man schwerlich ankommt, und er nutzt diese Macht. Ich werde mich schlau machen. Aber ich kann dir sagen, was ich bisher weiß.«

»Ich höre«, nickte sie.

»Glatt tauchte vor etwa zwanzig Jahren hier in der Eifel auf. Da gab es eine kleine Fabrik, die Kruzifixe herstellte. Mit und ohne den Corpus Christi, in Metall, in Kunststoff, in Holz. Die Besitzer konnten nicht leben und nicht sterben, das Geschäft dümpelte so vor sich hin. Da kam Glatt, kaufte den Laden und baute ihn aus. Er machte nicht nur Kruzifixe, sondern er goss alle nur bekannten Madonnenfiguren aus sämtlichen Kunstzeitaltern in Plastik. Dazu kamen Putten, dazu kamen Jesusfiguren in allen Größen und Spielarten seit dem Mittelalter. Er hat es sogar fertiggebracht, den Altarraum der barocken bayrischen Wieskirche komplett in Plastik zu gießen und als ›Hausaltar‹ anzubieten. Dazu sagt sein Prospekt: ›Holen Sie sich das gesamte Barock ins Haus, den fröhlichen Glauben eines prallen Zeitalters, machen Sie es sich zu eigen.‹ Alle Propheten, alle Apostel, alle Heiligen, die vorstellbar sind, alle Engel, das ganze Programm in zwei Linien: Die eine für die sparsamen Haushalte, die andere für die etwas Betuchteren. Krippenfiguren in allen Größen inklusive Stall. Es gibt sie in Plastik und in Gips und einige Linien sind mit dem Begriff *handmade* verziert. Und das nur deshalb, weil bei der Farbgebung am Ende der Produktion jemand die Dinger in die Hand nimmt und hie und da einen Tupfer Farbe hinzumalt. Ich habe gehört, dass ein Herrgottsschnitzer aus Oberammergau gegen Glatt wegen Kunstklau klagte und verlor, weil der behauptete, er habe noch niemals gehört, dass der Heiland ein Monopol der Oberammergauer sei. Die Welt lachte, und Glatt siegte. Das Verrückte ist, dass er das Zeug neuerdings besonders auf den asiatischen Märkten an den Mann bringt. Asiaten lieben diese christliche Kunst, weil sie ihnen den Anschein moderner Menschen mit Welterfahrung gibt, sozusagen das Polyglotte in den Wohnzimmern der Inneren Mongolei. Also, Jesus am Kreuz als modischer Schnickschnack. Dann machte er eine Schuhfabrik auf, indem er eine in die Pleite gerauschte Fabrik aufkaufte und samt dem technischen Inhalt neu aufbaute. Er macht Schuhe für Gott und die Welt, billige Schuhe, billigste Schuhe, teure Schuhe, zuletzt sogar eine ganze Linie für *Bugatti*, eine für *Finn Comfort* und eine für *Camel*. Er hat jetzt, glaube ich, schon drei Schuhfabriken. Aber er macht auch Flipflops, die du an den Kiosken in Malaysia und Indien für ein paar Cent kaufen kannst. Und jetzt die Geschichte mit den Lampen. Der Mann hat ein unglaubliches Näschen für Bargeld, und er hat klasse Marketingleute. Die wissen wirklich, was sie wollen. Und wenn Glatt sich mit Bleckmann zusammentut, dann sollten wir sehr vorsichtig werden.«

»Wie viele Leute beschäftigt er?«

»Ich denke, wir müssen von etwa achthundert bis tausend ausgehen. Genau weiß ich das natürlich nicht, aber für die Eifel und unsere Region hier ist das sehr bedeutsam und äußerst wichtig.«

Wir schwiegen eine Weile.

Dann fragte sie nachdenklich und leise:«Was hat dieser Bleckmann nun mitten in der Nacht auf einer Wiese über einem Eifler Bauernhof zu suchen? Und wieso sind seine Daumenabdrücke auf dem Gürtel einer Frau, die im Wohnmobil einer Nutte in Eifeler Wäldern starb? Heißt das, dass er sie tötete? Und wenn er sie tötete: Weshalb tötete er sie?«

»Die nächste wichtige Frage: Hat irgendwer den Geologen Dr. Christian Schaad in die Tiefe gestoßen? Ich habe keine Antwort auf alle diese Fragen«, sagte ich. »Ich kann diesen Edelmercedesfahrer nicht mit der ärmlichen, toten Frau in dem Schrottkarren in Verbindung bringen. Und dass Bleckmann mit Glatt kooperiert, heißt zunächst gar nichts. Es heißt nur, dass zwei knallharte Geschäftsleute miteinander irgendwelche Geschäfte machen. Von Illegalität ist da nicht die Rede. Aber vielleicht ist es anders herum denkbar. Vielleicht hatte die alte Frau gar nichts mit Bleckmann zu tun, sondern eher etwas mit Glatt.«

»Und Bleckmanns Daumen auf ihrem Gürtel?«, fragte sie empört.

»Ja, ja, ich weiß. Vergiss es. Ich rede ja nur ins Unreine. Ich möchte wissen, wer diese Nutten in den Wohnwagen kontrolliert, wer mit ihnen Geld verdient. Ich stelle mir vor, dass jemand die Schlüssel zu diesen Wohnwagen hat, dass jemand für die Standheizungen und das Licht und also für die Lkw-Batterien sorgt, dass jemand seine von ihm abhängigen Frauen dort platziert und ein Geschäft macht. Wer könnte da Auskunft geben?«

»Die Kripo«, antwortete sie. »Du willst recherchieren, wie die alte Frau in den Wohnwagen kam, nehme ich an.«

»Natürlich. Irgendeine Verbindung dorthin muss es geben. Und dann ist da noch etwas. Wenn wir mit der Vermutung recht haben, dass der tote Bleckmann gezielt auf diese Weide oberhalb des Bauernhofes fuhr, dann müssen wir davon ausgehen, dass er irgendetwas mit diesem Bauern zu tun hat. Siehst du das auch so?«

»Das könnte sein«, murmelte sie mit schmalen Lippen. »Aber streng genommen wissen wir nicht einmal, wer auf diesem Hof lebt, und was dort Besonderes sein könnte. Wir wissen nicht einmal, wie viele Leute dort leben, wer der Chef ist, ob er Kinder hat, ob seine Eltern noch da leben, ob er verheiratet ist. Wir wissen nichts. Und vergiss nicht, dass Bleckmann eine höchst merkwürdige Vorstellung abgeliefert hat. Wenn ihn irgendetwas mit dem Bauernhof verbindet: Warum fährt er dann nicht einfach bei dem Bauern vor, statt einen Beobachtungsposten zu beziehen? Wollte er jemanden auf dem Hof kontrollieren? Und wenn, wen? Und wenn: Warum? Und warum das mitten in der Nacht?«

»Das sollten wir klären, ich werde dort aufkreuzen.«

»Ist das nicht zu früh?«, fragte sie schnell. »Ich meine, wir machen sie aufmerksam, wenn wir sie fragen. Wir sollten erst den Hintergrund kennen lernen und dann fragen.«

»Einverstanden. Ich werde mich darum kümmern. Sagst du mir Bescheid, wenn Nina zurückkommt?«

»Ich rufe dich an. Was ist mit Gabi? Geht sie zurück?«

»Sie geht zurück nach Stuttgart. Und vorher holt sie ihre Klamotten bei mir ab. Das ganze Haus ist voll von ihr.«

»Soll ich das arrangieren?«

»Da wäre ich dir dankbar.«

»Ich rufe sie an.«

Ich rollte auf meinen Hof, als es zu dunkeln begann, ich wusste nichts mit mir anzufangen. Florian war in mir wie ein ständiger, nagender Vorwurf. Gabi würde nach einem eigentlich glücklichen Jahr zum letzten Mal kommen, um ein für allemal ihre Sachen einzusammeln. Ich hockte auf einem Sofa, schluckte an einem Kaffee herum und starrte auf die Terrasse hinaus, als ließen sich dort brauchbare Antworten finden.

Etwas später, gegen neun Uhr am Abend, meldete sich Emma mit der Feststellung: »Sie haben der Nina das Blackberry ihres Mannes zurückgegeben. Aber es ist nichts mehr drauf, das Gerät ist klinisch sauber. Seine ganzen Nummern und Adressen sind futsch, die Aufzeichnungen seiner SMS, seine vielen ganz persönlichen Verbindungen, der gesamte Hintergrund seiner Arbeit. Was machen wir jetzt?«

»Jetzt müssen wir schnell sein. Kannst du mal den Lautsprecher zuschalten?« Es knackte in der Leitung, ich vergewisserte mich, dass mich beide Frauen hören konnten. »Also Nina, wir müssen davon ausgehen, dass solch ein Gerät ein ganzes Büro enthält, alle wichtigen Verbindungen geschäftlicher Natur, alle wichtigen Projekte des Büros, aber auch alle wichtigen privaten Dinge. Unter Umständen habe die nicht alles gelöscht, sondern nur herunterholt von dem Gerät, um die Daten zu verwenden. Das halte ich sogar für wahrscheinlich. Haben deine Eltern eine Anwaltskanzlei an der Hand, die dauernd für euch und euren Betrieb tätig ist?«

»Ja, klar. Das haben wir.«

»Glaubst du, dass dein Vater bereit ist, die Kanzlei zu beauftragen, den gesamten Inhalt des Blackberrys sofort auf dem Weg der Klageandrohung herauszufordern?«

»Ich nehme an, dass er helfen wird, ja.«

»Sie können die Drohung noch massiver machen, wenn sie drohen, sofort an die Öffentlichkeit zu gehen, falls der Inhalt des Geräts nicht komplett zurückgegeben wird. Darauf werden sie reagieren.«

»Ist das nicht ein bisschen schroff?« Ihre Stimme klang nicht sonderlich fest.

Ich widersprach. »Wir wissen nicht, welche Verbindungen dein Mann in die Eifel hatte. Aber das Gerät kann das beantworten. Du willst doch genau wissen, was geschehen ist.«

»Eigentlich schon«, sagte sie.

»Dann ruf deinen Vater an, und wir machen das so. Wir brauchen alles, was auf dem kleinen Computer war, wirklich alles.«

»Das erledige ich«, bestätigte sie etwas kläglich.

Eine Viertelstunde später meldete sich Emma erneut und sagte, Gabi werde früh am Morgen kommen und ihre Sachen holen.

»In Ordnung«, sagte ich. »Dann werde ich früh aus dem Haus sein.«

Gegen Mitternacht ging ich ins Bett, war nicht im Geringsten müde und wartete geduldig, bis ich gegen drei Uhr einschlafen konnte. Ich stand um sieben Uhr auf, weil jedes kleine Geräusch mich ohnehin weckte, und war eine halbe Stunde später unterwegs.

Natürlich fragte ich mich, ob ich feige sei, ob ich einfach nur vermeiden wollte, Gabi zu sehen. Aber Feigheit konnte ich nicht feststellen, eher eine aufkeimende Wut, weil sie so erkennbar in eine Falle mit ihrem Exmann gelaufen war, und weil ich nichts, aber auch gar nichts gesagt hatte.

Ja, ich hatte seit Langem geahnt, dass sie gehen wollte. Blieb die Frage, warum ich geschwiegen hatte.

5. Kapitel

Ich rief von unterwegs Gerrit den Schäfer an, und er sagte mir, dass er auf der Wacholderheide oberhalb von Gönnersdorf sei, im Dreieck Wiesbaum Birgel und der B 421. Ja, ich könnte vorbeikommen, weiterziehen werde er ohnehin nicht, ja, ich solle ein paar Brötchen mitbringen, frische, mit Wurst und Käse, doppelt belegt, und vor allen Dingen Gurken, wenn ich welche kriegen könnte, am besten ein ganzes Glas, und richtige Gurken, nicht so spirrige, krumme, kleine. »Und dann noch diese oder jene Schachtel Camel ohne Filter, weil ich sowieso mit dem Aufhören zu rauchen ein bisschen pausieren muss, einfach zu anstrengend, wenn man nur die blöden Schafe um sich herum hat.«

Ich kaufte das alles in Hillesheim, fühlte mich wie eine zufriedene Hausfrau und fuhr dann die Wacholderheide über Wiesbaum an, weil ich ihn und seine Herde von dort aus am besten sehen konnte.

Gerrit war fünfundvierzig Jahre alt, knorrig, wettergegerbt, ein sachlicher Typ mit grauem Haar und hellen, aufmerksamen Augen. Er stand wie immer leicht vornübergebeugt, mit beiden Händen an dem Hirtenstab, den er fest in die Erde vor sich gerammt hatte. Aufmerksam über seine Tiere blickend sagte er: »Bleib in deiner Karre, die ist wenigstens warm. Hast du alles?«

»Alles.«

Er gab den drei Hunden irgendwelche Befehle, die zu verstehen ich vor Langem aufgegeben hatte, zog dann seine Ölhaut aus, legte sie auf die Rückbank und kam zu mir auf den Nebensitz.

Er griff als Erstes zu den Zigaretten, ehe er fragte: »Was willst du?«

»Auskunft über einen Bauern namens Jaax, Sebastian Jaax. Wie steht der da? Große Familie? Finanziell? Alles eben.«

»Warum denn?«

So eine Frage gefiel ihm nicht, eine Frage, die darauf aus war, irgendetwas über Dritte zu erfahren, die keine Chance haben, sich selbst zu äußern. Für Eifeler mit Charakter ist das Gerücht ein schlimmes Spiel.

Weil es überhaupt keinen Sinn hatte, ihn im Unklaren zu lassen, sagte ich die reine Wahrheit. »Da ist jemand gestorben. In einem Mercedes. Er stand oberhalb des Hofes von Jaax auf der Wiese ...«

»Klar, habe ich gehört, redet jeder drüber. Wer war das?«

Ich sagte es ihm und reichte ihm eines der Fotos an, die ich gemacht und ausgedruckt hatte. Und ich sagte ihm auch, dass es ein Rätsel sei, warum dieser Bleckmann aus Köln ausgerechnet zu diesem Punkt gefahren sei. »Also, er steht da oben und stirbt. Um da hinzukommen, muss er runde achthundert Meter einer schmalen Straße und den noch schmaleren Wiesenweg hinter sich bringen. Ich nehme an, dass ihn irgendetwas mit diesem Bauern verbindet. Dann stirbt er, die Polizei sagt: plötzlicher Herztod.«

»Vielleicht hat er die Panik gekriegt, vielleicht hat er gemerkt, dass es zu Ende geht, vielleicht ist er einfach in Panik da oben hingefahren und dann gestorben?«

»Kann sein. Ist aber unwahrscheinlich. Logischer wäre es gewesen, er gibt Vollgas und versucht, das nächste Krankenhaus anzufahren. In Daun zum Beispiel. Warum ruft er nicht um Hilfe? Er hat doch ein Handy, er hat sogar eine Freisprechanlage, er braucht bloß einen Knopf zu drücken.«

»Und vergiftet worden ist er nicht?«

»Nein, wohl nicht, wird aber noch untersucht. Kennst du diesen Punkt, diese Wiese da oben? Warum fährt er ausgerechnet dorthin? Deshalb die Frage: Wer ist dieser Jaax?«

»Hat achtzig oder hundert Rinder, macht den klassischen

Milchbetrieb. Nichts Besonderes. Keine Familie, nur eine Ehefrau. Ein wilder Feger, heißt Klara. Beide sind Anfang, Mitte vierzig, würde ich mal sagen. Haben keine Kinder, soweit ich weiß.«
»Moment, Moment. Eine Bäuerin ein wilder Feger?«
»Na ja, was man sich so darunter vorstellt. Also Karneval und so. Eine wilde Hummel eben, nichts Besonderes, vielleicht nur lebenslustig.«
»Und der Mann? Wie ist der?«
»Sehr langsam, sehr bedächtig, sehr solide, also nichts Auffallendes, um Gottes willen. Sie ist der Feger, und er ist der Gutmütige, der ihr zuguckt. So würde ich das mal ausdrücken.«
»Was passiert, wenn sie in Rente gehen? Verkaufen sie den Hof?«
»Ja, nehme ich an. Obwohl das verdammt schwer ist. Wer kauft heute einen Hof, wer will noch Landwirt sein? Die pfeifen doch sowieso alle aus dem letzten Loch. Man sagt, das ist die sicherste Branche, um gegen das Lebensende hin einen Offenbarungseid hinzulegen. Nicht schön, aber ist so.«
»Gibt es Gerüchte um diese Leute?«
»Na ja, es ist mal gesagt worden, sie wollten nach Neuseeland auswandern. Aber so was wird von Zeit zu Zeit von allen möglichen Leuten behauptet. Immer ist es Kanada, oder Neuseeland, auch schon mal Brasilien. Aber so was hört man eben von Zeit zu Zeit. Und mancher wird auch so denken, aber sie tun es nie. Sie bleiben hier und melden die Pleite an.«
»Was wollen denn diese Leute in Neuseeland?«
»Schafe züchten«, grinste er. Dann setzte er energisch hinzu: »Ich muss jetzt was essen.«
»Neuseeland«, murmelte ich. »Nicht zu fassen.«
Das erste Brötchen knackte, dann knackte die erste Gurke, dann rauchte er zwischendurch, dann knackte das nächste Brötchen, er machte sich richtig Arbeit.

»Weißt du, es ist so!«, verkündete er mit vollem Mund. »Die Leute machen ihr Leben lang den ganzen Irrsinn der Subventionen aus Brüssel mit. Mal fünfzig Tiere, mal siebzig Tiere, mal hundert Tiere, dann wieder sechzig Tiere oder hundertzwanzig Tiere, immer das, was die Verwaltungslandwirte in Brüssel sagen. Und neue Stallungen, neues Gerät, neue Melkmaschinen, neue Zugmaschinen. Dauernd kommen Spezialisten vorbei, um den nächsten großen Kredit zu verkaufen. Aber an der Sachlage selbst wird sich nichts ändern. Sie machen alles mit, nur um zu begreifen, dass sie immer an ihrem finanziellen Limit leben werden. Und dann machen sie vorübergehend schlapp, weil sie merken: Das kann es nicht gewesen sein. Aber verkaufen können sie auch nicht, weil niemand kauft. Und wo sollen sie denn hin? Bei Jaax ist das noch einigermaßen überschaubar: Er hat keine Kinder und keine Erben, die ihm auf den Füßen stehen. Aber Zukunftsaussichten? Niente! Und was soll dieser Tote da auf der Weide denn da unten im Hof sehen? Mitten in der Nacht. Also, wenn du mich fragst, lass die Finger davon. Das klingt alles nicht gut, jedenfalls sehe ich keine großen Geheimnisse, außer vielleicht hundert furzende Milchkühe.«

Er kicherte vor sich hin und nahm die nächste Gurke und das nächste Brötchen. Dann drehte er das Fenster herunter und rief einem der Hunde irgendetwas zu und pfiff dann grell, woraufhin der mit Affengeschwindigkeit den steilen Hang hinunterraste, um irgendwelche übermütigen Wollträger wieder der Gemeinschaft zuzuführen.

»Also, das passt doch nicht«, sagte er mit Überzeugung. »Ein Auto, das fast zweihunderttausend kostet, und ein Milchbauer in der Eifel, der ums Überleben kämpft. Zufall, sage ich. Und was ist mit der alten Frau in diesem Wohnwagen? Bist du an der Geschichte auch dran?«

»Bisher weiß kein Mensch, wer sie ist«, antwortete ich. »Das nächste Rätsel.« Ich zeigte ihm ein Foto der alten Frau.

»Und wer hat den Wohnwagen abgefackelt?«

»Wie bitte? Was sagst du da?«

»Ach, das weißt du nicht? Den haben sie in der vergangenen Nacht abgefackelt. Also, unser Kalli kam von der Nachtschicht bei der Bundespost in Köln, so gegen fünf. Und da hat er es gesehen, aber da war es schon zu spät. Er hat die Feuerwehr gerufen, aber die konnte kaum noch was machen. Na ja, hatte sowieso nur noch Schrottwert. Sollen ja ziemlich schlimme Frauen sein. Aus dem Osten, sagt man, und irgendwie rabenschwarz, weil sie keine Pässe haben oder sonst was. Einen Zwanziger die Nummer, und manchmal auch weniger.«

»Da muss ich jetzt aber hin«, sagte ich hastig. »Ich schmeiß dich raus, ich muss da wirklich hin.«

Er starrte mich an, begann zu lachen, und fragte ganz hoch: »Willst du etwa löschen?« Aber er packte seinen Kram zusammen, fuhr in seine Ölhaut und murmelte: »Also, vielen Dank.«

»Moment noch!«, sagte ich hastig, zog eine Kopie des Fotos von Christian Schaad heraus und zeigte sie ihm. »Kennst du den?«

»Nein«, sagte er eindeutig und schnell und fügte dann hinzu: »Ich nehme an, das ist der Spezialist, den in Walsdorf jemand im Steinbruch erledigte.«

»Wer sagt das denn?«

Er lächelte. »Die Leute, die Leute sagen das. Und wer hat ihn da zu Tode befördert?«

»Das weiß kein Mensch, aber der Verdacht besteht tatsächlich. Wenn du was hörst, ruf mich an. Das wäre nett.«

»Mach ich. Und was kriegst du? Ich meine, die Brötchen und Zigaretten ...«

»Eine Spende der Bevölkerung für notleidende Schäfer«, sagte ich und ließ ihn allein.

Es hatte zu regnen begonnen, die grauen Wolken hingen tief und kamen von Westen, der Atlantik ließ grüßen. Ich nahm den schnellen Weg nach Wiesbaum und von dort strikt zum Ahrtal hinunter und den Berg hinauf zu *Rosi eins*.

Es gab nur noch einen schäbigen Rest, im Wesentlichen waren es weiße Plastikteile, die angekohlt waren, und die glitzernden Reste zersprungener Scheiben. Der traurige Rest einer Wolldecke, zwei Lkw-Batterien, Kleinzeug, die gänzlich zerbrochene Mutter Gottes, der Eimer für den Unrat, und der metallene Unterbau der grandiosen Liebesgrotte. Das Ganze in einem von der Feuerwehr angerichteten tiefen Matsch.

Zwei ältere Männer standen davor, einer hielt ein Klemmbrett vor dem Bauch und notierte etwas.

Sie wirkten auf den ersten Blick wie gemütliche Touristen, aber sie waren mit Sicherheit die Spezialisten, die die Brandursache herauszufinden hatten. Sie waren mit Sicherheit genau die alten Knaben, die beim Anblick eines winzigen Stücks geschmolzenen Plastiks sagen würden: »Das ist einwandfrei ein Elektroradio von Sony, Baujahr 1990, ziemlich viel verkauft, billig aber solide.« Sie waren die Herren aller Feuer, kein Brandstifter dieser Welt konnte ihnen etwas vormachen.

Ich ging zu ihnen und fragte: »Können Sie sagen, ob das Feuer gelegt wurde?«

»Wer sind Sie, warum wollen Sie das wissen?«, kam es zurück.

»Verzeihung, mein Name ist Siggi Baumeister. Ich war gestern Morgen hier, noch ehe Kriminalrat Kischkewitz kam. Ich habe die getötete, alte Frau gesehen und fotografiert.«

»Sie sind das! Sie waren mit Emma hier, haben wir gehört. Wie geht es ihr?«

»Gut, danke. Handelt es sich also um Brandstiftung?«

»Mindestens zehn Liter Brandbeschleuniger, wir nehmen mit Sicherheit Superbenzin an«, murmelte der mit dem Klemmbrett freundlich. »Wie geht es denn Rodenstock?«

»Im Moment im Krankenhaus, aber trotzdem gut. Wieso denn zehn Liter Super für den alten Kram hier?«

»Na ja, hier ist jemand ermordet worden. Wenn ich alle Spuren beseitigen will, fackele ich die Hütte ab.«

»Klingt nicht sonderlich einleuchtend«, sagte ich. »Dann hätte man das gleich in der Nacht erledigen können, als die alte Frau tot war.«

»Das ist richtig«, nickte der ohne Klemmbrett. »Aber vielleicht kam der Mörder erst später auf diese Möglichkeit. Vielleicht war es jemand von den Russen in Köln. Die sind doch sauer über die kleinen Freiheiten der Prostitution in ihrem Gewerbe hier in der Eifel. Und das hier war eine kleine Freiheit. Russen mögen so etwas gar nicht. Und die Russen in Bitburg würden das auch nicht mögen. Da hätten wir schon zwei Gruppen, die klarstellen wollen: Macht hier nichts mehr ohne unseren Segen!«

»Schön«, nickte ich. »Klingt einleuchtend. Aber mich würde interessieren, wer hier die Wohnwagen aufstellt, und wer die Frauen hier stationiert. Wer ist das?«

»Ein Schweinehund«, murmelte der mit dem Klemmbrett sanft und freundlich. »Ein ziemlich beschissener Zeitgenosse. Er heißt Antek. Oder sagen wir mal, er will, dass man ihn Antek nennt. Er hat das richtig gut aufgezogen. Er stellt die Wohnwagen auf, er richtet sie ein, sofern man von Einrichtung sprechen kann. Dann tanzen die Frauen bei ihm an, kriegen den Schlüssel und schieben eine Schicht. Dann liefern sie bei ihm seinen Anteil ab, geben den Schlüssel zurück und verschwinden wieder irgendwohin. Es kann auch sein, dass er ihnen ein bisschen mehr abnimmt als seinen Anteil, weil er grundsätzlich glaubt, dass die Frauen ihn bescheißen. Es kann auch sein, dass er ihnen den Schlüssel nur gibt, wenn sie ihren Ausweis bei ihm lassen. Das nehmen wir an, das haben wir gehört. Es kann auch sein, dass sie ihn noch befriedigen müssen, wenn sie den Schlüssel wiederbringen. Wie gesagt, Antek heißt er, wohnt in Blankenheim auf der Kölner Straße, das einzige Haus mit einer Veranda vor dem Eingang. Richtig netter Kerl.« Er sagte das so, als würde er dem richtig netten Kerl mit Vergnügen eins in die Schnauze hauen.

»Kann es nicht sein, dass er das Ding selbst abgefackelt hat?«

»Oh ja, das kann durchaus sein. Aber da fehlt das Motiv, also warum sollte er das tun? Er heißt übrigens mit bürgerlichem Namen Waclav Schibulski, und er hat nicht mal Hartz IV. Es kann auch sein, dass ein zutiefst katholischer Einwohner aus den Nachbardörfern gedacht hat, dass er dem sündigen Tun Einhalt gebieten muss. Also hat er ein paar Liter Benzin als gute Investition betrachtet. Vielleicht war das auch eine wildgewordene Ehefrau, die unter dem Stress lebt, dass ihr Mann hier regelmäßig zu Gast war. Wie Sie sehen, junger Mann, gibt es jede Menge Möglichkeiten. Was ist, Paul? Können wir?«

Paul ohne Klemmbrett nickte.

»Und wer fährt die Reste hier weg?«, fragte ich.

»Das muss Antek machen, es war seine Immobilie. Sagen Sie ihm, wir geben ihm zwei Tage Zeit. Wenn er bis dahin die Reste nicht abtransportiert hat, kommen wir ihn besuchen.« Der mit dem Klemmbrett sagte das so freundlich und leichthin, als ginge es darum, ein Wiener Schnitzel zu bestellen.

In diesem Augenblick fuhr ein ziemlich auffälliger, schwarzer, großer Audi vorbei, eines dieser Fahrzeuge, die so aussehen, als könne man sie auch als Panzer verwenden. Der Fahrer stoppte kurz, ließ den Wagen langsam weiterrollen, hatte das Fenster unten und starrte uns und die Wohnmobilreste eindringlich an. Er nickte sogar und hob grüßend eine Hand, was ich aus lauter Höflichkeit sofort erwiderte. Dann fiel mir ein, wer er war: Das war Friedhelm Werendonk, der Generalbevollmächtigte des Industriellen Glatt, und ich machte mir im Geiste einen Haken hinter seinem Namen, damit ich nicht vergaß, ihn anzurufen und zu fragen, ob er bei Gelegenheit auch hier gewesen war, um sich im Stress um Madonnen, Schuhe und Lampen ein wenig Erleichterung zu gönnen.

Zwei Minuten später kam Werendonk wieder im Schritttempo zurückgerollt, starrte wieder auffällig und verschwand dann.

Also nach Blankenheim zu Antek alias Waclav Schibulski. Da ich mich an diesem Tag ohnehin etwas heimatlos fühlte, war das ein lohnenswertes Ziel. Irgendjemand musste wissen, wie die alte Frau in den Wohnwagen gekommen war, und Antek musste zumindest eine Ahnung davon haben. Außerdem hatte ihn die Mordkommission längst besucht, also wusste er, dass er ein begehrter Gesprächspartner war.

Sein Haus hatte tatsächlich eine Veranda direkt vor dem Eingang. Drei Stufen führten hinauf, im Sommer musste es hübsch sein, da zu sitzen, mit Freunden zu sprechen und etwas zu trinken.

Das Grundstück allerdings ließ andere Vermutungen zu. Es gab drei vollkommen zerfledderte Autowracks, die still vor sich hinrosteten, dann die Reste von etwa vier bis fünf alten Zugmaschinen, die zerlegten Überbleibsel von irgendwelchen alten, mit weißem Plastik bezogenen Schränken, die längst Schimmel angesetzt hatten, vier Stapel Feuerholz in handlichen Längen von einem Meter, eine alte, weiß emaillierte

Badewanne, drei, vier verrottende Karnickelställe ohne Karnickel. Und zur Abrundung hatten die Hausbewohner das Gras und die Kräuter zwischen all dem Elend richtig hochschießen lassen, vermutlich seit fünf Jahren. Es bildete einen dichten, faulenden Teppich. Das ganze Arrangement vor einem alten, großen Schuppen, dessen Dach eingestürzt war.

Das Wohnhaus war klein, uralt, viel abbröckelnder Putz, bräunlich-grau geworden im Lauf der Jahre. Das Haus hatte eine Bedachung aus rostenden Blechen, und, nach meiner schlichten Kenntnis der lokalen Architektur, stammte es wahrscheinlich aus den letzten beiden Jahrzehnten des 19. Jahrhunderts. Wahrscheinlich verdeckte das triste Äußere einen alten Fachwerkbau, eines jener Häuser, die für uns immer noch nach Mittelalter riechen.

Es gab keine Klingel, es gab nur eine sehr alte, am Fuß faulende Haustür, an der der Bewohner ein Brett angebracht hatte. *Antek* stand darauf in schwarzer, dicker Schrift.

Ich rief »Hallo!« und klopfte kräftig.

Irgendjemand sagte krächzend: »Komm herein!« Es klang dumpf und mürrisch.

Ich drückte die Tür auf und stand in einem Halbdunkel. Ich stieß mit dem rechten Bein gegen einen leeren Metalleimer, der scheppernd umfiel. Rechts stand ein uralter Herd, daneben ein alter Küchenschrank, dessen obere Türen offen standen. Rechts war auch eine geschlossene Tür. Ich stieß ein paar grüne Gummistiefel um und drehte mich nach links. Da war eine weitere Tür, einen Spalt geöffnet, der Raum dahinter lag im Dunkeln, hatte aber ein kleines Fenster, durch das ein wenig Licht fiel.

»Ich bin hier«, sagte er heiter. »Und ich rieche schlecht.« Dann lachte er leise.

Ich stieß die Tür auf, sie quietschte erbärmlich.

Er saß in einem Sessel und hatte die Füße auf einen kleinen Tisch gelegt. Er trug keine Schuhe, nur dicke, graue Wollsocken. Es war kalt in dem Raum, und das Durcheinander war unbeschreiblich. Überall lag seine Kleidung herum, es stapelten sich Bücher, lagen Akten auf dem Boden. Auf einem alten Sofa stand gebrauchtes Geschirr, eine nicht gesäuberte Bratpfanne und eine Reihe Töpfe sowie leere Konservendosen.

»Setz dich«, sagte er mit einer leichten Handbewegung.

Ich sah keine Sitzgelegenheit.

»Da, auf die Teppichrolle«, wies er mich an.

Es gab tatsächlich einen weiteren Sessel, auf dem eine Teppichrolle lag.

»Das geht nicht«, sagte ich. »Kann ich den Teppich woanders lagern?«

»Aber ja«, nickte er wohlwollend. »Schmeiß ihn einfach runter.«

Ich schubste den Teppich runter und setzte mich. Es stank unbeschreiblich – nach was wollte ich lieber nicht wissen. Es war eine Mischung aus Urin, Kot, Kochdünsten, vielleicht Erbrochenes.

»Ihr habt euch also entschlossen, einen guten Streifen zu drehen. Mord an einer alten Dame. Ist ja wirklich ein klasse Thema. Ich hab deinem Redakteur gesagt, dass er sich beeilen soll. Hast du das Honorar mitgebracht?«

Er war ein dürrer Mann, ausgemergelt, mit Hungerkuhlen anstelle von Wangen, ein faltiger Hals wie bei einer Schildkröte. Kaum noch Haare, ein paar lange, graue Strähnen davon lagen quer über seinem Schädel. Da er nahezu auf dem Rücken lag, war es schwer zu schätzen, ob er groß war oder klein. Ich kam zu dem Schluss, dass er ein kleiner Mann sein musste, bestenfalls um die fünfzig Kilo schwer, ein Wrack. Er hatte seltsam eindringliche, graue Augen und keine Augenbrauen. Ich schätzte sein Alter auf fünfzig.

»Willst du einen Wodka?«

»Danke nein, im Moment nicht.«

»Dein Redakteur hat gesagt, ich kriege zweitausend Piepen, bar auf die Hand. Hast du die mitgebracht?«

»Nein. Welcher Sender soll es denn sein?«

»RTL«, sagte er. »Das weißt du doch, da kommst du doch her.«

»Daher komme ich nicht«, sagte ich.

Er griff mit der rechten Hand nach einem Glas, das offensichtlich auf dem Fußboden stand. Er trank einen Schluck. Er trug einen sehr alten, grauen Rollkragenpullover voller Löcher, darüber ein kurzärmeliges Jeanshemd, darunter eine schwarze Hose. »Die haben aber gesagt, die kommen heute.«

»Das mag sein«, sagte ich. »Aber mein Name ist Baumeister, und ich komme nicht von RTL. Ich soll dir schöne Grüße bestellen von den Brandsachverständigen. Du hast zwei Tage Zeit, die Reste wegzuräumen. Die von dem Wohnwagen.«

»So eine Scheiße. Du bist also ein Bulle.«

»Nein, bin ich nicht. Aber die tote, alte Frau interessiert mich. Ich habe sie fotografiert. Hier ist das Foto. Kennst du die?« Ich legte ihm das Foto auf den Schoß.

»Nie gesehen«, sagte er, reichte mir das Foto schnell zurück und schüttelte eindringlich den Kopf. Er hatte sich vielleicht vierzehn Tage lang nicht rasiert, und jedes Mal, wenn er sprach flog sein langer Oberlippenbart im Takt der Worte. »Also, was willst du?«

»Ich will wissen, wie die alte Frau in deinen Wohnwagen kam.«

»Das weiß ich doch nicht, das habe ich den Bullen auch schon gesagt.«

»Aber es ist dein Wohnwagen, und du hast die Schlüssel. Die Nutten, die da arbeiten, kriegen den Schlüssel von dir und liefern ihn hinterher wieder ab. Der Schlüssel steckte nicht im Schloss, aber der Wohnwagen war offen, und nicht aufgebrochen. Wie ist die alte Frau an den Schlüssel gekommen?«

»Junge!«, sagte er hell. »Das weiß ich wirklich nicht. Du willst doch nichts anderes als eine heiße Story. Gib das doch zu. Bist du von der BILD?«

»Nein, auch nicht von BILD. Aber du weißt doch sicher, wer diese alte Frau war, oder? Ich meine, woher sie kam und wie sie hieß.«

Er lachte leise. »Keine Ahnung, Junge, wirklich nicht. Willst du nicht doch einen Wodka?«

»Nein, danke. Aber wenn es so ist, wie du sagst, dann muss der Schlüssel ja hier sein, oder?«

Er bewegte sich träge, er fummelte in seinen Hosentaschen herum. Dann legte er grinsend einen kleinen Schlüssel auf das Tischchen. »Nicht, dass du glaubst, ich will dich bescheißen«, sagte er. Er war betrunken, eindeutig hochgradig betrunken.

»Hast du in den letzten Tagen was gegessen?«, fragte ich.

Er sah mich mit stummem Protest an. »Junge, wir sind Geschäftsleute, essen können wir zu anderen Zeiten.«

»Das ist auch wieder wahr«, nickte ich. »Ich wollte nur höflich sein, ich würde dir auch was kaufen.«

Er starrte mich eine ganze Weile an und wurde dann unvermittelt wütend. Er griff in die Brusttasche seines Jeanshemdes und zog ein Bündel Euroscheine hervor. Er knallte sie auf den Tisch, zwei fielen auf den Boden. Es waren Hunderter, und es waren weit mehr als zehn.

»Ich verdiene genug Geld«, sagte er verbissen. »Ich habe deine Kröten nicht nötig, und schon gar nicht deine Currywurst oder so'n Prollscheiß.«

Dann stand er plötzlich, es war eine gleitende Bewegung. Er war ein Zwerg, wie ich vermutet hatte. Hinter seinem Kopf war ein Hängeschrank aus den Fünfzigern. Er drehte sich, er riss beide Türen auf. Da standen volle Kognakflaschen, Wodkaflaschen, drei Stangen Zigaretten, Erdnüsse in Dosen, Mars-Riegel en masse. Und Konservendosen mit Eintöpfen, sicherlich mehr als ein Dutzend. »Antek kommt bis zu seinem Tod allein für sich auf!«, erklärte er pathetisch und setzte sich wieder. »Meine Geschäfte sind sauber, und sie laufen gut. Und ich arbeite immer für Geschäftspartner mit viel Kohle, da läuft nur Bares.«

»Wie machst du das mit der Heizung hier im Haus?«

Er starrte mich wieder an, und er wurde noch wütender. »Ich heize mit dem Herd draußen, ich habe Holz genug, ich brauche deinen Scheiß nicht.«

»Ich wollte dir auch keinen Scheiß anbieten«, sagte ich. »Ich könnte dir in dem Herd da draußen ein Feuer machen. Dann machst du hier das Fenster zu und hast es warm.«

»Du gehst mir auf den Keks, Junge.«

»Ich habe noch eine Frage. Kennst du diese Leute hier?« Ich legte ihm die Fotos von Norbert Bleckmann und Christian Schaad auf das Tischchen.

Er sah sie an, und er erkannte mindestens einen sofort, aber es war nicht klar, wen von den beiden. Er zuckte leicht.

»Nie gesehen, nein, nie gesehen. Wer ist das?«

»Wenn du sie nie gesehen hast, ist das egal. Es sind zwei Tote.«

De mortuis nihil nisi bene«, sagte er. »Erinnert mich an meinen alten Lateinlehrer. War ein Arsch, und ich habe seine Frau gevögelt.«

»Sieh einer an. Also, du kennst sie nicht. War ein Versuch wert.« Ich nahm die Fotos und steckte sie wieder ein. »Du kennst also die tote, alte Frau nicht. Kennst du denn die schöne, blonde Nutte, die jung ist, sehr jung, und die gesagt hat, sie heißt Anna? Die musst du kennen, Junge. Denn in der vorigen Woche hat sie am Sonnabend eine Schicht in deinem Wohnwagen geschoben. Und sie hat gesagt, sie sei eine Aushilfe. Und also hast du ihr den Schlüssel gegeben, den, der da auf dem Tisch liegt.«

»Anna? Bin ich hier im falschen Film? Eine Blonde? Wann soll das gewesen sein?«

»Du fängst an, mich zu langweilen«, sagte ich. »Du säufst dir hier die Pest an den Hals, du erstickst in deinem eigenen Dreck, du bist großkotzig, du bist ein Ekel. Aber du brauchst mich, weil sonst niemand mit dir spricht. Außer RTL. Aber die kommen ja wohl nicht.«

Er hatte das Kinn gesenkt, er sagte trotzig: »Und wie die kommen!«

Er wurde unvermittelt wieder wütend, stand plötzlich sehr dicht vor mir und schlug zu. Ich konnte leicht ausweichen, weil er viel zu langsam und viel zu klein war. Dann schlug er wieder nach mir und traf nicht. Ich rutschte nach links aus dem Sessel und stand auf einer Bierkiste. Die Flaschen waren leer und klingelten, als ich auf die Kiste trat.

Ich sagte: »Lass das doch sein, Mensch.«

»Hau ab!«, sagte er wild und versuchte mich wieder zu schlagen.

Es ging elend schief, und es riss ihn herum. Er fiel mit dem Gesicht auf einen Stapel Geschirr und einen Haufen leerer Konservendosen auf dem Sofa. Es scheppterte, er rutschte mit dem Gesicht nach unten auf der Sitzfläche des Sofas herum. Er wollte sich aufrichten, brachte das aber nicht. Dann rutschte er langsam auf den Boden. Das war gar nicht so einfach, denn dort war kein Platz. Die Pfanne klang wie ein Gong, als sie auf die Holzdielen fiel.

»Herrjeh!«, sagte er leise, dann blieb er mit einem Seufzer auf dem Gesicht liegen.

»Ist ja gut, Junge«, sagte ich etwas unsicher. »Komm her, wir heben dich hoch, dann hast du es bequemer.«

Es war ziemlich schwierig, ich musste erst das Sofa freiräumen. Es schepperte, die Töpfe klingelten, die Scherben tanzten auf dem Boden, die leeren Konservendosen rollten umher.

Dann hob ich ihn hoch, er war erstaunlich leicht, federleicht. Er hielt die Augen geschlossen, sein rechter Nasenflügel war weit aufgeschnitten, er blutete wie ein Ferkel und erinnerte mich an Jack Nicholson in *Chinatown*.

»Hast du irgendwo Tempotücher? Oder eine Küchenrolle?«

Er reagierte überhaupt nicht, hielt die Augen geschlossen und atmete kurz und schnell.

»Wo ist denn Wasser?«

Ich wollte dieses Dämmerlicht nicht mehr, ich suchte einen Lichtschalter. Und als ich ihn fand, hatte es trotzdem keinen Sinn. Die Birne, die von der Decke baumelte, wurde nicht hell.

Er murmelte krächzend: »Abgestellt. Brauche ich nicht mehr.«

»Wie geht es dir denn?«

Er reagierte erneut nicht, bewegte sich überhaupt nicht.

Ich verließ den Raum, ich suchte nach einem Wasserhahn. Es gab so etwas wie ein winziges Badezimmer, aber aus den Hähnen kam kein Wasser, und nichts ließ darauf schließen, dass er es in den letzten Monaten auch nur einmal benutzt hatte. Aber es gab einen Wassereimer, und das Wasser darin sah brauchbar aus und roch auch nicht fies. Aber natürlich gab es kein Handtuch, überhaupt nichts Handtuchähnliches. Aber es gab ein rotkariertes Oberhemd, das in der kleinen Sitzbadewanne lag. Das machte ich gründlich nass und transportierte es nach nebenan auf das Sofa.

Sein Atem ging etwas langsamer.

»Jetzt wird es kalt«, sagte ich. »Aber es hilft.«

Ich drückte das Hemd sanft auf sein Gesicht, und es färbte sich sofort rot, weil es dünn wie Papier war, und weil er immer noch heftig blutete. Dann nahm ich das Hemd wieder herunter von seinem Gesicht, um zu sehen, wie tief der Schnitt war. Er war elend tief, und er blutete weiter.

»Ich muss deinen Kopf irgendwie hochlegen«, sagte ich.

Er hatte auf seinem Sessel auf einem grauen Wollkissen gelegen. Das holte ich mir und legte es unter seinen Kopf. Dann setzte ich mich in seinen Sessel und stopfte mir in aller Ruhe eine gebogene Crown Viking von Poul Winslow. Als sie brannte, begann er sich zu bewegen.

»Scheiße!«, sagte er matt.

»Das müsste genäht werden«, sagte ich, »sonst hast du ein Nasenloch wie eine Zwei-Euro-Münze. Aber wie ich dich kenne, wirst du irgendeinen Grund haben, dieses Haus niemals zu verlassen. Und einen Arzt kriege ich hier wegen Seuchengefahr nicht rein, der wird sich weigern.«

»Kannst du mir einen Schnaps eingießen?«, fragte er vollkommen sachlich und klang vollkommen nüchtern.

»Sicher«, sagte ich. Das Wasserglas stand neben mir auf dem Fußboden und gleich daneben eine halbvolle Flasche Wodka. Ich goss ihm drei Finger breit ein und reichte das Glas zum Sofa rüber.

Er sagte gleichmütig und nüchtern »Danke!« und goss den Inhalt hinunter.

»Du machst dich kaputt«, stellte ich fest.

»Ja«, sagte er.

»Was ist es denn?«

»Aids«, sagte er. »Rein praktisch bin ich längst tot.«

»Wenn ich den Notarzt rufe, könnte der dich einweisen.«

»Kein Arzt. Alles schon da gewesen.«

»Was heißt das?«

»Ich war beim Arzt, ich war x-mal im Krankenhaus, ich hatte den Notarzt hier, die Bullen sind aufgekreuzt, wieder ins Krankenhaus. Und so weiter und so fort, einfach endlos.«

»Und was willst du?«

»Ich will nichts, ich will, dass sie mich in Ruhe lassen, ich will allein sein, ich will die große Reise antreten und das ist Scheiße genug.« Das kam ziemlich kühl daher, das hörte sich nicht nach Selbstmitleid an, das konnte eine Wahrheit sein.

»Wie alt bist du denn?«

»Vierunddreißig.«

»Wie bitte?«

»Vierunddreißig, Mann. Hörst du schlecht?«

»Und du heißt Waclav Schibulski?«

»Habe ich meinen Vater auch gefragt.«

»Wie lange bist du schon in diesem Haus?«

»Acht Jahre. Sie wollten es mir vermieten. Also, die Besitzer. Aber ich habe nie Miete gezahlt. Und jetzt zahlt das Sozialamt. Es ist alles ganz einfach, es ist überhaupt nicht kompliziert. Ich hatte Aids schon, als ich hier ankam. Alles ganz easy, Mann. Ich bin denen immer wieder durch den Rost gefallen. Ich will nur in Ruhe gelassen werden, sonst nichts. Bis zur nächsten Lungenentzündung. Kannst du mir aus dem Schrank eine Schachtel Zigaretten geben?«

Ich brach eine der Stangen an und reichte ihm eine Schachtel. Eine Weile rauchten wir schweigend, nur unterbrochen von seinem Husten bei jedem Zug.

»Du hast einen der Männer erkannt, nicht wahr?«

»Ja, klar. Den im Auto. Der hat mir zweitausend Eier für den Schlüssel zum Wohnwagen gegeben. Dann noch mal tausend, einfach so. Er wollte da irgendetwas fingern. Mit dieser Frau, dieser jungen Blonden. Er brauchte eine sichere Bleibe für sein blondes Vögelchen, damit es ihm nicht ausbüchst. Nur vorübergehend, wie er sagte. Der Wohnwagen sei ihm empfohlen worden. Totale Hektik. Ich kann ihn verstehen, den Mann, seine Ware war heiß, verdammt heiß. Ich hab mir die mal angesehen. Mein lieber Herr Kokoschinsky, das ist ein Schuss. Beine bis zum Himmel, die reicht für ein ganzes Eroscenter.«

»Und sie heißt Anna?«

»Sie heißt Anna.«

»Hausname?«

»Weiß ich nicht. Aus Polen.«

»Die Ermordete hieß wohl Waclawick, oder?«

»Das weiß ich nicht. Die Mordkommissionsleute sagten, sie hatte einen Zettel bei sich, da stand *Waclawick, Maria* drauf. Angeblich aus Köln. Aber was die mit der Blonden zu tun hatte, weiß keiner, die Leute von der Mordkommission jedenfalls nicht.«

»Und was mache ich jetzt mit dir?«

»Nichts, mein Freund. Gar nichts.«

Aber so einfach war das nicht. Erst einmal ging ich vor die Tür auf die Veranda und rief die Gemeindeverwaltung an. Jemand, ein junger Mann, war für Soziales zuständig und wirkte muffig.

»Es geht um Waclav Schibulski, genannt Antek. Ich bin bei dem zu Hause. Er erstickt im eigenen Müll, er behauptet, er habe Aids. Er benimmt sich wie ein Sack Dreck, er ist zu Tode abgemagert. Und angeblich schickt er osteuropäische Frauen auf den Strich in Wohnanhängern vor der Autobahn. Also, was stimmt daran, und was nicht?«

Der Mann sagte aus dem Stand fast weinerlich: »Hör mir bloß auf mit dem Scheiß, der Mann macht uns alle hier vollkommen fertig. Wenn wir ihm Hilfe anbieten, nimmt er sie, aber nur dann, wenn er nicht unterschreiben muss. Das hält kein Pferd aus. Es stimmt, er hat Aids, er liegt praktisch im Sterben. Wir haben alles versucht, von sündhaft teuren Medikamenten bis zu einer Einweisung. Er hat sich jedes Mal selbst entlassen. Unser Amtsarzt im Kreis sagt: Der müsste seit Jahren tot sein. Wir haben ihm versuchsweise den Strom abgeschaltet und das Wasser auch, viermal schon. Er reagiert gar nicht.« Nur kurz holte der Mann Luft, um dann gleich weiterzureden: »Das mit den Frauen stimmt auch nur halb. Er hat nur den Schlüssel zu einem einzigen Wohnwagen, und kein Mensch weiß, woher er den hat. Er tut immer so, als habe er einen ganzen Puff, und jedes zweite Wort ist eine Lüge, und wenn du mich fragst, ist der vollkommen bescheuert, und er sagt uns jedes Mal: ›Ich will euch nicht, ich will allein sein.‹ Und manchmal geht unser Chef bei ihm vorbei und lässt einen Hunni aus unserer Kasse da. Und den quittiert er natürlich auch nicht. Und zweimal hat er ihn sogar zerrissen. Und noch was, damit das klar ist: Er nimmt von den Frauen in den Wohnwagen nicht einen müden Euro an, auch wenn das gegen jedes Geschäft ist. Er gibt ihnen noch Schnaps, wenn er einen hat.« Nach einer ersten kurzen Pause fragte er: »Wer bist du denn? Ein Freund bist du bestimmt nicht, der Typ hat keine Freunde. Bist du vielleicht ein Verwandter? Dann könntest du gleich mal …«

»Bin ich nicht. Wisst ihr jetzt, wer die alte Frau in dem Wohnwagen war?«

»Keine Ahnung, kein Mensch weiß das.«

Ich erklärte ihm noch, wer ich bin, bedankte mich für die Auskunft und beendete das Gespräch. Dann räumte ich den Vorraum leer, indem ich allen Unrat ganz einfach durch die Tür auf die Veranda warf. Ich fachte den Herd an, und die Bude wurde langsam warm. Danach warf ich aus dem Zimmer, in dem er lag, alles durch das Fenster, was durch das

Fenster passte. Und ich konnte sehen, dass vor mir schon andere auf dieselbe Idee gekommen waren.

Er lag da ganz ruhig und schaute mir zu. Er bewegte sich nicht, er sagte nichts, er sah mir einfach kommentarlos zu. Manchmal lachte er lautlos, und dann sah ich, dass er keinen gesunden Zahn mehr im Maul hatte.

»Ich mache dir jetzt einen Eintopf«, sagte ich. »Welchen?«

»Feuertopf, oder Graupen? Was will ich denn? Graupen!«, sagte er.

Also machte ich Graupen, und für den Topf und den Teller und den Löffel nahm ich wieder Wasser aus dem Eimer und brauchte eine satte Viertelstunde, um die Teile von den Dreckkrusten zu befreien.

»Wer hat dir denn das Wasser abgestellt?«

»Die Gemeinde. Da drohte jemand, sie machen es mir so eng, dass ich krepiere. Der Mann hatte recht, aber er weiß nicht, wie sehr.«

»Was hat denn dieser Mercedesfahrer mit der Anna machen wollen?«

»Das weiß ich nicht, Mann, das weiß ich wirklich nicht. Vögeln, nehme ich an. Obwohl er sich verdammt viel Mühe machte. Er hat wütend gesagt: ›Halt dich an den Befehl!‹ Das war das Einzige, was ich mitgekriegt habe. Die war in dem Scheißwohnwagen und durfte sich nicht rühren.«

»Warum denn das?«

»Mann, ich weiß es wirklich nicht.«

»Und wo ist sie geblieben, die Anna?«

»Das weiß ich auch nicht.«

»Eines stimmt jedenfalls nicht«, sagte ich. »Sie hat sich gerührt, sie hat ein bisschen Liebe gespielt mit einem Truckfahrer aus Bulgarien. Der war ganz begeistert von ihr.«

»Du lieber Gott!«, nickte er. »Sie ist schön wie die Sünde.«

»Wolltest du auch mal?«

Da lachte er keckernd. »Junge, ich marschiere Richtung Himmel, ich bin seit vielen Jahren so was von impotent, das kann man schon gar nicht mehr messen.«

»Hast du irgendwo ein Bett?«

»Das gibt es hier nicht. Hier waren zwei, die habe ich verfeuert.«

»Dann nehme ich die beiden Sessel.«

Also baute ich die Armlehnen ab und stellte die Sessel gegeneinander. Dazwischen zwei leere Bierkästen. Für den Winzling reichte das vollkommen. Als Unterlage nahm ich zwei Wolldecken, die vor Dreck starrten.

»Eigentlich solltest du mal baden.«

»Wozu denn das?«, fragte er verblüfft.

Als ich ihn verließ, war es 17 Uhr nachmittags, und Emma sagte mir am Telefon, ich könne das Kapitel Gabi abschließen, mein Haus sei clean. Das klang ein wenig zynisch, das freute mich nicht, das schmerzte.

6. Kapitel

Ich kam in mein Haus und wäre am liebsten gleich wieder weggefahren, weil es so still war, leer und irgendwie tot. Aber wo würde es jetzt anders sein? Also sagte ich mir, dass ich ein tapferer Mensch sei, alltagstauglich und sehr windschnittig, immer bereit, wieder aufzustehen.

Die beiden Katzen kamen und beklagten sich, dass sie den ganzen Tag über vernachlässigt worden seien und gaben sich zufrieden, als ich sie mit schmackhaftem Dosenfutter besänftigte.

Wir hatten im Grunde gar nichts, wir wussten nichts. Ein toter Mercedesfahrer, der vorher eine tote, alte Frau an ihrem Rockgürtel gepackt hatte – was immer das heißen mochte. Derselbe Mann, der vorher irgendetwas mit einer angeblich schönen Blonden zu tun hatte, von der wir nicht einmal den ganzen Namen kannten. Anna. Ein toter Geologe, der eine Steilwand hinuntergestürzt war, der vorher behauptet hatte, die Eifel werde aus reiner Gewinnsucht um ihre Berge gebracht. In jedem Fall konnte man auf einleuchtende Motive verweisen, aber das würden Erfindungen sein, reine Phantasie.

Es war nur folgerichtig, in dieser Totenstille zu Musik zu greifen, weil ich mit den Tröstungen dieser Art eine lebenslange Erfahrung hatte. Da war es mal Bach, mal Beethoven, mal der jugendlich verrückte Mozart. Diesmal aber Christian Willisohns neue Scheibe *Back in the Limelight*. Es war eine Zusammenarbeit mit Boris van der Lek, einem unglaublich guten, traumhaft sicheren Saxophonisten aus den Niederlanden. Ich hockte auf meiner Treppe und ließ die Scheibe sehr laut durch mein Haus jubeln. Da gab es diese wundervolle Nummer mit dem Namen *Fashion*. In einer Strophe hieß es: *I don't like Gucci / don't even know how to spell it / it makes no sense to tell me / what is hip – I'll never wear it.* Eine endgültige Absage an jeden gottverdammten Mainstream.

Es half, es half wirklich, und ich wunderte mich über die Hellsichtigkeit von Menschen wie Willisohn und seiner Frau Alexandra Mayer, die solche Verse erdachten und dabei mitten in der beschaulichen, bayrischen Provinz lebten. Warum unsere Fernsehgewaltigen immer noch nicht darauf kamen, zwei solch virtuose Musiker in ihren Shows einzubauen, blieb mir ein Rätsel. Es war die alte Geschichte: Kennst du den Unterschied zwischen den Schlagerleuten und den Jazzern? Nun ja, die Schlagerleute kennen auf der Gitarre drei Griffe und spielen vor zehntausend Zuschauern ...

Ich hockte auf meiner Treppe und sah wahrscheinlich aus wie ein vor sich hingrinsender Idiot. Die Musik half meiner Seele. Ich rief Emma an und fragte, ob sie meine Geschichte von einem Zuhälter hören mochte, der gar keiner war.

»Komm doch einfach her«, sagte sie.

Also fuhr ich hinüber nach Heyroth und erzählte den beiden Frauen von dem Mann namens Waclav Schibulski, der am liebsten Antek genannt wurde, und den unbändigen Wunsch verspürte, allein zu sterben.

»Langsam!«, murmelte Emma, »wir haben also einen fünfzigjährigen Kölner, der eine schöne Blonde namens Anna in einem miesen, uralten Wohnwagen in den Eifeler Wäldern versteckt. Eine geradezu absurde Idee. Das ist ihm viel Geld wert, mindestens dreitausend Euro. Vor wem versteckt er die Blonde? Wir wissen, dass diese Blonde aber ganz nebenbei in genau derselben Zeitspanne einem unbekannten, zufällig vorbeikommenden bulgarischen Trucker den angeblichen Himmel auf Erden bereitet. Was heißt das? Dann haben wir

Ninas Mann, der am helllichten Tag in Walsdorf in einem Lavabruch eine Steilwand hinunterfällt. Wie kann so etwas passieren?«

»Vielleicht ist es ja so, dass wir nicht das Leben des Bleckmann akribisch untersuchen müssen, sondern das Leben dieser Blonden«, sagte ich. »Ich würde weiter davon ausgehen, dass der Geologe Christian niemals allein in diesem Steinbruch war. Da muss es einen Unbekannten geben.«

»Das sehe ich genauso«, sagte Nina leise. Dann lächelte sie leicht. »Vielleicht hat diese Anna nur etwas mit dem Trucker gehabt, weil sie so mutterseelenallein in diesem Ding hockte und sich furchtbar fürchtete? Dass Christian allein in dem Bruch in Walsdorf war, glaube ich sowieso nicht. Was sollte er da allein? Er kannte das doch schon genau, wir waren sogar schon zusammen dort.«

»Mal ein anderer Gedanke«, sagte Emma hastig. »Bleckmann versteckt diese Blonde in einem alten, schrottigen Wohnmobil. Und sie tut das, was sie am besten kann: Sie schläft mit einem Wildfremden, der zufällig an die Tür klopft. Also ist sie eine Prostituierte.«

»Warum sollte ein Mann, der mindestens sechs Millionen schwer ist, so etwas veranlassen?«, fragte ich schnell.

»Na, ja«, murmelte Emma. »Warum denn nicht? Liebe ist bekanntlich das ideale Vehikel für die verrücktesten Dinge im Leben.«

»Was ist übrigens mit dem Blackberry von Christian?«, fragte ich.

»Sie haben den Eilantrag der Rechtsanwälte dem Landesamt für Geologie und Bergbau in Mainz zugestellt. Frist vierundzwanzig Stunden«, antwortete Emma. »Da brauchen wir etwas Geduld. Und es droht Ninas Mutter. Sie will kommen.«

»Und ich will das gar nicht«, sagte Nina leise.

»Du kannst deiner Mutter nicht übelnehmen, dass sie sich kümmern will«, sagte ich.

»Du kennst sie nicht«, erwiderte Nina streng.

»Wir brauchen so etwas wie ein Programm«, sagte Emma. »Frage eins: Wie kommen wir an die Blonde heran? Frage zwei: Wie kommen wir den oder die Menschen heran, die zusammen mit Christian Schaad in dem Steinbruch in Walsdorf waren?«

»In Sachen Christian brauchen wir einen Weg zu Florian Sänger. Das ist der Punkt, den ich versiebt habe. Ich bin aber überzeugt, dass Florian etwas weiß, und sich gar nicht darüber klar ist, dass er etwas weiß. Ich würde vorschlagen, dass Emma die Mutter anruft, ehe wir etwas unternehmen«, sagte ich. »In Sachen unbekannte Blondine würde ich vorschlagen, die Frau von Norbert Bleckmann zu kontaktieren. Vielleicht kann sie das Rätsel auflösen. Und dann noch etwas. Da ist etwas Merkwürdiges passiert. Friedhelm Werendonk, der zweite Mann bei Glatt, tauchte heute bei dem verbrannten Wohnmobil auf. Und zwar so, dass er offensichtlich deutlich daran interessiert war. Wir wissen, dass Glatt mit Norbert Bleckmann Geschäfte machte, aber was sucht sein Geschäftsführer bei einem abgefackelten Wohnmobil? Und vor allem: Woher weiß Glatt überhaupt davon? Dass der tote Norbert Bleckmann etwas mit diesem Wohnwagen, der Toten darin und damit mit der Blonden zu tun hatte, weiß doch nur die Mordkommission, aber niemand in der Öffentlichkeit.«

»Es kann sein, dass Glatt gar nichts davon weiß, sondern nur sein Geschäftsführer Werendonk«, wandte Emma ein.

»Sehr unwahrscheinlich«, widersprach ich. »Dem Vernehmen nach darf niemand in Glatts Imperium ein Geheimnis haben, es sei denn, er teilt es mit Herrn Glatt selbst.«

»Du musst trotzdem sofort die Mordkommission informieren«, mahnte Emma.

»Mache ich. Ich fange morgen früh bei dem Steinbruch in Walsdorf an. Wenn Christian nicht allein war, dann kann das nur jemand gesehen haben, der dort wohnt.«

Nina fasste sich plötzlich an den Bauch, bekam große Augen und sagte: »Ohhh!« Dann verzog sich ihr Gesicht wie im Schmerz.

Emma sagte hastig: »Nicht doch, Kind, nicht doch.« Sie stand so heftig auf, dass ihr Stuhl umfiel. Sie stellte sich hinter Nina, legte ihr die Arme um den Oberkörper und fragte: »Ist es das Kind?«

Nina nickte nur, sie hatte erkennbar Schmerzen.

»Schaffst du es bis zum Sofa?«, fragte Emma.

Nina nickte wieder, hatte plötzlich ein schweißnasses, bleiches Gesicht und versuchte aufzustehen.

»Moment!«, sagte ich und schob Emma zur Seite. Ich fasste Nina unter den Achseln und hob sie hoch. Das war schwierig, weil sie mir nicht helfen konnte, sie hatte in diesem Augenblick keine Kraft.

»Nimm die Beine«, sagte ich hastig zu Emma.

Wir trugen sie zum Sofa, wobei sie dauernd in Furcht und Schmerz wimmerte und sich den Bauch hielt.

»Ich rufe den Notarzt«, sagte Emma polternd. »Ruhe in der Kompanie, den Sohn vom Christian schaffen wir auch noch.« Dann grinste sie angriffslustig, und Nina stieß einen sehr hellen Laut aus, was ganz ähnlich klang wie ein fernes Trompetensignal.

Ich hatte nichts mehr zu tun, außer aufgeregt zu sein.

Emma erledigte derweil die gesamte Logistik in höchster Konzentration, bis sie verkündete: »Der Notarzt kommt, er wird entscheiden.« Dann kniete sie sich vor das Sofa und hielt der Schwangeren die Hand, wobei sie höchst kindliche Laute von sich gab, als habe die junge Frau Mumps oder eine Mandelentzündung.

Der Notarzt kam mit grellem Blaulicht, aber ohne Sirene nach einer halben Stunde vorgefahren und ging die Situation kühl und sachlich an. Er war ein hagerer Mann um die Vierzig mit aschblondem Haar. Er schickte mich und Emma kurzerhand aus dem Raum und widmete sich Nina.

Derweil stand ich mit Emma vor der Haustür, wir rauchten, und sie flüsterte: »Hoffentlich geht das nicht schief.«

»Vielleicht ist es besser, sie fährt heim und hält sich raus aus dieser Sache hier«, murmelte ich.

»Das ist doch blasse Theorie«, korrigierte sie mich arrogant. »Wenn sie allein ist, sind ihre Fantasien doch viel heftiger.«

»Ich habe in der letzten Zeit so wenig Kinder gekriegt«, wehrte ich ab. »Ich kann nicht mitreden.«

Nach zwanzig Minuten etwa kam der Arzt zu uns heraus und erklärte: »Ich habe mit Frau Brandt abgemacht, dass wir sie erst einmal in die Klinik nach Daun bringen. Sicherheitshalber. Es sieht nicht gefährlich aus, und wahrscheinlich wird sie ihr Kind behalten können. Wenn Sie ihr eine Tasche mit allen Notwendigkeiten packen könnten, wäre das hilfreich.«

Emma verschwand im Haus.

»Der Krankenwagen kommt gleich«, murmelte der Arzt. »Einen schönen Abend noch.« Was er sagte, wirkte ein wenig ironisch.

»Danke für das Kommen und die Hilfe«, sagte ich.

Er drehte sich noch einmal um. »Scheußlich, dass der Vater starb.« Dann rauschte er davon und schaltete wieder sein Blaulicht ein, was angesichts der um mich herrschenden leeren Einsamkeit ziemlich fehl am Platze wirkte.

Es war elf, die Nacht war gekommen, der Wind kam in heftigen Böen aus West, wenn er einschlief, würde es wohl regnen.

Emma sagte, sie werde Nina begleiten, und also machte ich mich auf den Weg nach Hause und traf auf drei Katzen. Eine kleine Graue war dazugekommen mit weißen Pfoten und dem ständig erregten, hochnervösen Zustand, der für Scheunenkatzen in der Eifel typisch ist – immer auf der Flucht.

»Auf was läuft das hier hinaus?«, fragte ich Satchmo leicht säuerlich. »Willst du in deinem Alter hier noch eine WG aufmachen?«

Er sah mich an, als habe er meine Frage verstanden, antwortete aber nicht. Das ist der wahre Grund für die Raffinesse der Katzen: Sie tun grundsätzlich so, als hätten sie uns verstanden. Tatsächlich ist es ihnen wurscht.

Aber diesmal interessierte mich das Geschlecht. Ich gab dem Neuankömmling etwas zu fressen, packte ihn und sah ganz schnell, was er unter seinem Schwanz verbarg.

»Eindeutig Frau!«, verkündete ich. Da ich gerade auf dem Weg zur generellen Klärung war, griff ich mir auch Schneewittchen. Sie war eindeutig ein männliches Wesen, aber ich würde bei dem Namen bleiben, einmal Schneewittchen immer Schneewittchen.

Ich hörte laut und dröhnend *Waltzing Mathilda* von Willisohn und van der Lek und trollte mich auf den Dachboden. Ich spielte eine Partie Billard gegen mich selbst und gewann, und ich spürte, wie Müdigkeit in meine Knochen kroch, und ich weiß noch, dass ich sie mit großer Erleichterung begrüßte.

Ich dachte an Florian Sänger und daran, dass ich ihm wehgetan hatte. Und ich dachte an Waclav Schibulski, der den allergrößten Wert auf einen stillen Abgang legte, bei dem niemand ihm reinreden konnte.

Draußen hatte es zu regnen begonnen, die Katzen zogen im Treppenhaus herum. Wahrscheinlich zeigten sie der Neuen das Haus.

Ich wurde um sechs Uhr wach, weil draußen ein Sturm tobte, der sehr heftig zu sein schien, und weil irgendetwas am Haus beständig und laut klapperte.

Also stand ich auf und machte mir einen Kaffee. Ich sah auf *Eins Extra* die Nachrichten und ärgerte mich über die Leute in Brüssel, die es nicht einmal schafften, dass Europa mit einer deutlichen, lauten und unmissverständlichen Stimme sprach. Unser geschätzter Verteidigungsminister hatte wieder einmal die Flucht in seine glänzende Erscheinung angetreten und eine Reise nach Afghanistan mitsamt seiner blonden Frau angetreten, wobei die beiden offenkundig den Eindruck erwecken wollten, dass Papi und Mami sich sehr um die Kleinen sorgten, die im Schlamm südlich des Hindukusch dahinrobbten und gelegentlich sogar Gefahr liefen, dabei erschossen zu werden. Das Wetter war eindeutiger: bedeckter Himmel, um die zehn Grad plus, gelegentlich Regen, seltener Aufheiterungen, eindeutig eifeltypisch.

Gegen sieben Uhr verließ ich das Haus, rief aber vorher Emma an, um zu hören, wie es Nina Brandt ging.

»Eigentlich gut«, sagte sie. »Ich bin geblieben, bis die Ärzte sagen konnten, was es wahrscheinlich war. Schwangere Frauen, die ihren Mann verlieren, haben es viel schwerer, das Kind zu behalten, weil sie in einem ständigen Tief leben, das einfach nicht zu verändern ist. Du kannst einer solchen Frau nicht sagen, sie solle sich keine Gedanken machen. Noch viel weniger kannst du ihr sagen, sie solle gefälligst stets positiv denken. Daran gemessen ist Nina Brandt eindeutig sehr tapfer. Und du? Nach Walsdorf?«

»Nach Walsdorf. Rufst du Bleckmanns Frau an?«

»Mache ich. Und komm vorbei, du kriegst auch etwas zu essen.«

In Walsdorf bog ich nach links in die kleine Straße ab, die sie Vulkanstraße getauft hatten. Der Weg ging geradeaus sanft den Hügel hinauf. Oben rechts lag der Sportplatz, unmittelbar dahinter ein großer, alter Buchenbestand. Ich musste wenden, weil kein Weg von dort zum Bruch zu führen schien. Also zurück, bis ich die kleine, schmale Straße nach rechts erwischte, die parallel zum Bruch verlief und dann auf das Nadelöhr in dem Erdwall zulief, das den Eingang markierte.

Die Wunde, die in die Landschaft geschlagen worden war, war eindeutig sehr massiv. Und es wurde auch deutlich, dass man von der Bundesstraße aus nur den schmalen, harmlosen Buschsaum sehen konnte und einen winzigen Teil des ehemaligen Berges, der dahinter in die Luft ragte. Das war eindeutig so gewollt, das gab es überall in der Vulkaneifel, das machte es auf den ersten Blick so harmlos, das vertuschte die Realität. Unmittelbar hinter dem Nadelöhr war die Operationswunde riesig, schroff und tief, abweisend und tödlich kalt. Wer immer es technisch erledigte, er hatte den Berg längst gestohlen, und die Reste waren eine ärmliche Kulisse, ein riesiges Loch. Vulkaneifel nannten wir unsere Heimat. Was, wenn es keine Vulkankegel mehr gab?

Ich wendete erneut und sah auf das Dorf. Welche Häuser hatten Fenster mit Blick auf meinen jetzigen Standort, wer konnte das Auto des Geologen Dr. Christian Schaad gesehen haben? Mein Verhandlungstermin war sein Todestag, der 3. März, ein Donnerstag, annähernd 11 Uhr, oder 11.30 Uhr. Sein Golf, das hatte Nina gesagt, war grau.

Ich nahm mein Fernglas aus dem Handschuhfach und suchte die Häuser ab. Ich suchte das Haus, in dem die Küche in meine Richtung sah, denn in der Küche, das war eine alte

Erfahrung, saß immer jemand, oder jemand wartete auf das Essen, oder jemand kochte.

Es gab so ein Haus. Es war alt, war mit Eternitplatten isoliert, lag im Schatten zweier hochragender Birken, hatte einen großen Scheunenteil, dann einen schmalen Stall, dann das Wohnhaus. Alles so sauber, dass klar war, dass dort ein Bauer ohne Arbeit lebte, ein alter Bauer.

Ich rollte gemächlich dorthin, es waren nicht mehr als ein paar hundert Meter. Ich klingelte, eine alte Frau öffnete mir, sah mich misstrauisch an.

Ich stellte mich vor, bemüht um höfliche Worte. Als ich das Gefühl hatte, dass sie mir nicht gleich die Tür wieder vor der Nase zuschlagen würde, kam ich zum Punkt: »Es geht um den tödlichen Unfall am 3. März«, sagte ich. »Da stürzte ein Mann im Steinbruch ab. Ich will fragen, ob den jemand gesehen hat.«

»Oh«, sagte sie, »das weiß ich nicht.« Sie mochte siebzig Jahre alt sein, sie war grauhaarig, klein und mager, ihr Körper gebeugt von lebenslanger, schwerer Arbeit. Und sie war misstrauisch. Wahrscheinlich lebte sie mit dem Verdacht, schon einen Versicherungsantrag unterschrieben zu haben, wenn man sie nur nach dem Weg fragte. »Da müssen Sie mit meinem Mann sprechen«.

»Wo ist er denn?«

»In der Küche«, antwortete sie. »Kommen Sie mal.«

Der Mann saß an einem Küchentisch unmittelbar vor dem Fenster. Er trug einen Blaumann und saß vor einem Kreuzworträtsel. Er wirkte listig, ein wenig verschroben, er war der Typ, von dem man unwillkürlich dachte: Der hat es faustdick hinter den Ohren.

»Setz dich!«, sagte er.

»Also, ich bin der Baumeister. Und mich interessiert der 3. März. War ein Donnerstag, morgens so gegen elf Uhr oder

11.30 Uhr dreißig. Da fuhr ein grauer VW-Golf das Sträßchen da entlang. Haben Sie den gesehen?«

»Habe ich.«

»Aber auf die Uhrzeit haben Sie nicht geachtet?«

»Doch! Es war 10.20 Uhr.«

»Sieh mal einer an. War Betrieb in der Grube?«

»Nein, da war nichts los, da war im Moment kein Abbau.«

»Wie fuhr er denn, der Golf? Langsam, schnell, hatte er es eilig?«

»Normal, sage ich.« Er trug kein Gebiss, wahrscheinlich war es ihm einfach lästig. Wozu auch, wenn doch kein Mensch vorbeikam. Also nuschelte er etwas.

»Was passierte dann?«

»Nichts.« Er hob den Kopf und sah mich an. Der Mann lachte, er lachte vollkommen lautlos, und seine Augen funkelten.

»Was heißt denn nichts?«

»Na ja, der fuhr da hoch und parkte und stieg dann aus. Da ist ja so ein Erdwall, in dem eine tiefe Kerbe ist. Da musst du durch.«

»Der Mann ging also da durch. Zu Fuß.«

»Kann man so sagen.«

»Und was passierte dann?«

»Nichts.« Er sah mich wieder an, als könne er kein Wässerchen trüben.

Ablenken, Baumeister, ablenken. »Da fällt mir ein, ich kenne euren Namen gar nicht.«

»Klaes«, sagte die Frau, die irgendwo hinter mir stand. »Nikolaus und Irene. Das sind wir.«

»Wie ging denn das weiter? Wer hat ihn gefunden? Wie viel Uhr war es da?«

»Das war später«, sagte er. »Das war Klausens Bert, der wollte da oben ein bisschen Dreck holen, also Erde. Der hat ihn gesehen und ist hingerannt, da war er noch warm. Das war elf Uhr. Bert hat telefoniert, und dann kam der Notarzt, das war 11.35 Uhr, aber das war zu spät. Hat sich ja alle Knochen gebrochen, der Mann.«

Die Frau hinter mir sagte: »Da hat man ja gelesen, dass er allein auf einer Wanderung gewesen ist. So ein Quatsch. Der hatte ja nicht mal einen Rucksack dabei. Und außerdem kannst du im Lavabruch schlecht wandern, sage ich mal. So was haben wir ja noch nie erlebt.«

»Dann kamen Beamte der Mordkommission«, sagte ich. »Wann war das?«

»Viel, viel später«, sagte der Mann. »Da war alles längst gelaufen. Und die haben uns ja auch nicht gefragt. Ich habe gesagt: Wenn sie uns nicht fragen, haben die auch kein Interesse daran, zu wissen, was wir gesehen haben.«

»Ach so«, murmelte ich. »Was habt ihr denn gesehen?«

»Dass der mit dem Golf nicht allein war«, sagte er.

»Der hatte noch jemanden im Wagen?«

»Nein, nein, so war das nicht. Da kam ein zweites Auto. Ganz kurz, nachdem der Golf da oben ankam. Also, wir denken, der Mann war da verabredet. Also, mit dem aus dem anderen Auto.«

»Was für ein Auto?«

»Das war weiß, kann ein KIA gewesen sein, so ein großes Allrad-Ding. Weiß ist ja Mode, und die Dinger sehen alle einer wie der andere aus.«

»War das ein Mann, oder eine Frau?«

»Ich würde mal sagen ein Mann.«

»Als der kam, war der Geologe aber schon im Bruch verschwunden, oder?«

»Nee, nee, nee. So war das ja nicht. Der Erste kam an, stieg aus, da kam der andere und stieg auch aus. Und sie haben zusammengestanden und was gesagt oder so. Hören kann man das hier ja nicht. Und dann sind sie in die Grube gegangen.«

»Ja, gut. Aber der mit dem weißen Auto muss doch wieder zum Vorschein gekommen sein, bevor er wieder abfuhr.«

»Genau. So war das. Also, der mit dem weißen Auto kam dann wieder aus der Lavagrube und ist weggefahren. Das war so um elf Uhr, oder fünf Minuten später, jedenfalls ganz kurz vorher, als Bert mit seinem Trecker da hoch ist.«

»Ist er schnell gefahren, dieser zweite Mann?«

»Kann man nicht sagen, eher normal. Und sein Kennzeichen war BM, also Bergheim. Das heißt ja aber nichts, kann ja ein Firmenwagen gewesen sein. Und du darfst ja auch nicht vergessen, dass man auch von hinten an die Grube heranfahren kann. Aber das hat ja keinen interessiert, und keiner hat gefragt.«

»Da kann also eine ganze Busladung Leute von hinten an die Lavagrube heranfahren, und keiner sieht es?«

»So isses«, sagte der alte Mann, der Nikolaus Klaes hieß, und lächelte so fein wie Mephisto. »Hat ja keinen interessiert. Ist ja auch alles viel einfacher, wenn keiner nachfragt. Dann steht in der Zeitung, er ist auf einer Wanderung abgestürzt und basta. Ist ja einfacher, hat keiner Arbeit mit.«

»Dann wollen wir uns mal Arbeit machen«, polterte ich wütend.

Ich bedankte mich bei den beiden Alten und verzichtete darauf, ihnen zu erklären, warum ich wütend war.

Ich fuhr stracks nach Hause und setzte mich an den Computer, um der Mordkommission und Kischkewitz unsere Erfahrungen weiterzugeben, und um wichtige Dinge nicht zu vergessen. Das dauerte zwei Stunden, weil ich auch das Gespräch mit Waclav Schibulski ausführlich schilderte, um der

Mordkommission die Fährte in Richtung der rätselhaften Anna klarzulegen. Ich vergaß auch nicht, das Gespräch mit Gerrit dem Schäfer auf der Wacholderheide hinter Wiesbaum zu erwähnen, und natürlich blieb die Frage, ob irgendetwas daran von wirklichem Interesse sein könnte. Aber die Jahre hatten gezeigt, dass in rätselhaften Todesfällen alles von Interesse war, selbst skurrilste Einzelheiten, selbst die banalste Zutat.

Nur den Adjutanten Werendonk des Industriellen Glatt ließ ich aus, weil man aus der bloßen Erwähnung seines Auftauchens am abgefackelten Standpunkt *Rosi eins* noch nichts Handfestes lesen konnte. Da brauchte ich Werendonk persönlich.

Die Frage des Tages war für mich, was die Mordkommission aus der Beschreibung eines weißen Jeep-Typs machen würde, regionale Kennung BM. Wahrscheinlich reichte das nicht, um den Fall erneut anzugehen, wahrscheinlich würde irgendjemand von der Mordkommission sich eines Tages, in ferner Zukunft daran erinnern, dass so ein Fahrzeug beim Tod des Geologen eine Rolle gespielt hatte. So war es immer bei rätselhaften mörderischen Begebenheiten: Irgendjemand erinnert sich und beginnt erneut zu fragen. Und alles beginnt von vorn.

Ich schickte also meinen Recherchenbericht zur Mordkommission und zu Emma nach Heyroth hinüber. Es war erforderlich, dass wir alle auf dem gleichen Wissenstand waren.

Dann meldete sich Emma mit der erfreulichen Nachricht, dass Nina am nächsten Tag zurückkehren würde. »Sie muss ein paar Tage lang irgendeine Medizin nehmen, aber eine Gefahr für das Kind besteht nicht mehr.«

»Das ist schön. Und wie geht es deinem Rodenstock?«

»So genau weiß ich das nicht. Er durfte gestern spät am Abend anrufen und sagte mir, er habe begonnen, seinen Therapeuten zu hassen.«

»Dann bedeutet das, dass der Therapeut auf der richtigen Spur ist. Das ist natürlich ungeheuer lästig für unseren Helden Rodenstock.«

»Ja, ja, und er will möglichst schnell nach Hause, weil er der Meinung ist, dass wir den Fall vergeigen, falls er nicht mitarbeitet.«

»Großmaul!«

»Das habe ich auch gesagt. Ach ja, und wir könnten heute Abend nach Köln-Rodenkirchen zur Frau vom Bleckmann. Dann sollten wir gegen 17 Uhr losfahren. Sie klingt abweisend, aber sie weiß natürlich, dass wir unangenehme Fragen stellen werden.«

»Steht jetzt eigentlich fest, wer die alte Frau in dem Wohnmobil gewesen ist?«

»Das weiß die Mordkommission jetzt. Sie heißt tatsächlich Maria Waclawick, und sie stammt aus einem kleinen Bauerndorf nördlich von Warschau, tief in der Provinz. Sie hat vor sechs Wochen ihr Dorf mit einem Touristenvisum in Richtung Deutschland verlassen. Sie wurde zweiundsechzig Jahre alt. Bis jetzt ist vollkommen unklar, was sie hier wollte. Aber noch etwas ist interessant: Sie hat das Dorf nicht allein verlassen, ihr Sohn war dabei. Der junge Mann heißt schlicht Peter, und ist vierundzwanzig Jahre alt. Dieser Mann ist ebenso unauffindbar, in Köln bisher nie aufgetaucht. Auf dem Zettel, den Kischkewitz bei ihr fand, war *Köln* vermerkt. Die Kollegen dort haben keine Ahnung, was die Frau in Köln treiben könnte, ob sie jemanden besucht, ob es dort Verwandte gibt, alte Freunde vielleicht. In Computernetzen oder im Einwohnermeldeverzeichnis jedenfalls kommt der Name Waclawick in Köln nicht vor. Die Ortspolizei hat in dem polnischen Dorf festgestellt, dass der Mann von Maria Waclawick vor sechs Jahren starb. Und sie hat wohl niemandem im Dorf gesagt, was sie in Deutschland eigentlich will. Die Sache wird immer rätselhafter.«

»Und was hat der Millionär Bleckmann mit dieser Maria zu tun?«

»Keine Ahnung, niemand bei der Polizei hat eine Vorstellung. Ich habe gefragt, ob Bleckmann irgendwelche geschäftlichen oder privaten Verbindungen nach Polen hat. Negativ.«

»Okay, bis 17 Uhr, ich hole dich ab.«

Da der gebildete Mitteleuropäer von Zeit zu Zeit eine Waschung vornehmen sollte, stellte ich mich unter die Dusche und kleidete mich neu und adrett ein. Schließlich wollte ich auf eine Millionärsgattin einen guten Eindruck machen und mich weltoffen geben, wenngleich ich noch immer nicht weiß, was genau das heißt.

Dann hatte ich eine Stunde tatsächlich ganz für mich allein. Ursprünglich hatte ich vorgehabt, meine Mails zu lesen, aber als ich sah, dass das zwei Stunden dauern könnte, warf ich den ganzen Berg auf den Abfallhaufen. Die Leute mit den ganz wichtigen Geschichten würden mich ohnehin anrufen.

Dann ein Blick auf meine Eifel bei Google und siehe da, schon eine merkwürdige Nachricht.

Eifel-Köter, ein höchst dubioser, durchaus nicht immer seriöser Absender, schrieb: »Freunde, unser aller Freund Albert Seeth, seines Zeichens lebenslanger Bergdieb in unserer schönen Heimat, hat gestern einen Schwächeanfall erlitten. Soweit wir wissen, kam der Notarzt in letzter Sekunde und rettete sein Leben. Nun geht es ihm wieder besser, er beschimpft wieder seine Nachbarn und hält die ganze Welt für einen Haufen von Arschlöchern. Dem Vernehmen nach blieb er also unter den Lebenden. Bis zum nächsten Mal, euer geliebter herumstreunender Köter.«

Ich rief Stephan Sartorius beim *Trierischen Volksfreund* an und fragte: »Hast du das gelesen? Das von Seeth?«

»Ja, ja, ich wusste das schon vorher vom Deutschen Roten Kreuz. Sie sind mit dem Notarzt ausgerückt, weil die Haushälterin Zeter und Mordio schrie. Angeblich lag der alte Seeth blasenwerfend auf dem Seiden-Isfahan vor seinem Schreibtisch und war auf dem Weg in die Hölle. Aber sie haben es noch mal geschafft. Na, ja, schließlich ist er fünfundachtzig.«

»Was hat er denn?«

»Was man in dem Alter so hat. Überall im Körper stark nachlassende Organe. Aber du kannst beruhigt sein, der wird in zehn Jahren noch leben.«

»Mich interessiert aber etwas ganz anderes: Wer war bei ihm, als er kollabierte?«

»Weiß ich nicht. Ruf doch bei ihm an.«

»Geht das?«

»Wenn du vorher um Erlaubnis fragst, dann nicht.«

Strohn! Wie, bitte, lautet die Vorwahl von Strohn? Es dauerte eine Weile, ehe ich die Telefonnummer fand, die ich suchte.

»Bei Seeth hier«, knarrte eine Stimme, harsch wie vom Exerzierplatz.

»Mein Name ist Baumeister. Ich will fragen, wie es Herrn Seeth geht.«

»Wie bitte? Wer sind Sie? Waren Sie schon mal hier? Von wo rufen Sie an? Ist das dringend? Oder nur so?« Wie ein Maschinengewehr.

»Nur so«, sagte ich wahrheitsgemäß. »Der Chef ist gestern umgefallen, habe ich gelesen. Und da wollte ich fragen ...«

»Da geben wir keine Auskunft«, stellte die Stimme resolut fest. »Wenn Sie was Geschäftliches wollen, dann bitte per Brief oder Computer oder so. Aber nicht einfach am Telefon. Schon gar nicht, wenn der Chef Sie nicht kennt. Am besten überhaupt gar nicht. Was meinen Sie, was ich hier für einen Quaselemanes mit denen habe, die nur wissen wollen, ob er noch atmet und so.«

Ich wurde wütend und brüllte: »Hören Sie doch endlich mal zu, Sie Schreckensweib! Sie haben doch keine Ahnung, was ich wissen will. Verdammte Hacke! Ich will wissen, wer bei dem alten Seeth war, ehe er umkippte?«

»Jesus, Maria«, hauchte sie ehrfürchtig. »Also, das war der Werendonk, der von dem Glatt, Sie wissen schon, der ...«

»Danke!«, sagte ich.

Wie hatte Nina gesagt? Der Seeth geht dabei kaputt.

Merke: Der Umgang mit dem gemeinen Eifler gestaltet sich zuweilen schwierig.

7. Kapitel

Das Haus der Bleckmanns in Köln-Rodenkirchen stand in der ersten Reihe hinter einer großen Rheinwiese mit einer Pappelallee. Es war eingeschossig gebaut, die drei Baukörper waren groß, quadratisch und schneeweiß, zu je einem Viertel übereinander geschoben, zweifellos witzig gemacht. Die Fenster waren riesig. Das Haus war so protzig auf einen künstlichen Hügel gesetzt, als sei es gedacht, dem Ansturm der Horden Dschingis Khans zu trotzen. Die Garage war so groß geraten, dass sie vier Rolls Royce aufnehmen konnte. Nur der Vorgarten war eine echte Katastrophe: Runde zweihundert Quadratmeter verfilzter Rasen, in dem hier und da eine krüppelige Edeltanne vor sich hinzitterte. Vermutlich landeten dort nicht einmal Spatzen freiwillig.

»So unangenehm sah der Tote eigentlich nicht aus«, bemerkte Emma spitz.

»Vielleicht hat er beim Haus noch geübt«, warf ich ein.

Noch ehe ich klingelte, summte das handgeschmiedete kleine Tor und sprang auf.

Oben in der Haustür stand eine Frau und forderte heiser: »Kommen Sie einfach durch.« Das klang nach dreißig Gauloises ohne Filter am Tag.

Also durchquerten wir die Wüste, nickten freundlich, gingen an ihr vorbei und betraten das Allerheiligste. Es war einfach nur groß, sonst nichts.

Die Frau hinter uns sagte: »Also, Sie sind wohl die Herrschaften aus der Eifel. Mein Name ist Bleckmann, Ivonne Bleckmann. Na ja, dann gehen wir mal in den Salon.« Und dann, etwas höher und spitzer: »Sie kannten meinen Mann wohl nicht.«

Emma ganz sanft: »Nein, wir kannten Ihren Mann nicht. Mein Beileid.«

»Ich habe ihn noch nicht«, klagte sie. »Die Staatsanwaltschaft sagt, sie braucht ihn noch wegen irgendwelcher Untersuchungen. Tja, ist ja jetzt auch egal. Wenn Sie mir folgen wollen.«

Wir folgten ihr also.

Sie war eine schlanke, großgewachsene Hellerblondete in der Mitte der Vierziger, sie war eindeutig hübsch. Sie trug einen Hausanzug, irgendetwas Wärmendes aus einem violetten Stoff und an den Füßen Filzpantoffeln der Bauart, wie schon mein Urgroßvater sie getragen hatte – mittelbraun mit schwarzen Karos.

Sie sank in ein Sesselchen, das schwer und golden und brokatbezogen war und hauchte: »Nehmen Sie Platz!« Sie trug ein lockeres Kilo Schmuck an allen möglichen Körperteilen, im Sinne der Massai um die vorige Jahrhundertwende war sie todsicher eine begehrte Braut und bestimmt dreißig tragende Rinder wert.

»Was darf ich Ihnen anbieten? Ein Sektchen vielleicht?«

»Mir, bitte, ein Wasser«, sagte ich.

Emma wollte ein Sektchen.

Also stand sie wieder auf und verschwand.

»Kommen lassen!«, hauchte Emma und bestimmte damit das Programm.

Die Hausherrin erschien wieder, goss Sekt und Wasser ein, setzte sich, hob das Glas und sagte trocken: »Prösterchen!« Dann schubberte sie ihren Rücken in dem Sesselchen und bemerkte: »Ich habe ihm immer gesagt: Du arbeitest zu viel. Ich habe immer betont: Die Hälfte tut es auch! Aber er hat nicht gehört.«

»Es war Ihnen also klar, dass es ihn eines Tages mitten im Leben erwischen würde«, sagte ich.

»So isses!«, nickte sie. »Darf ich von Ihnen nun wissen, für wen Sie untersuchen? Also, von welcher Behörde Sie sind? Von welcher Polizei? Also, da gibt es ja wohl verschiedene Sorten.«

»Da gibt es verschiedene Sorten«, nickte ich. »Wir sind eingebunden gewesen, als Ihr Mann in seinem Auto entdeckt wurde, also in Hillesheim, auf einem Wiesenweg dort. Wir haben ergänzende Fragen, gnädige Frau.« Ich hatte endlich für mich geklärt, dass wir nicht Zuschauer einer Karnevalsveranstaltung waren, das hier war das reale Leben.

»Also, gnädige Frau ist nicht«, erklärte sie mit großer Entschiedenheit. »Mir ist das einfache Leben angenehmer.«

»Darf ich Sie nach Ihrem Beruf fragen?«, sagte Emma beinahe tonlos.

»Also, ich bin gelernte Kaufmannsgehilfin, so nannte man das damals. Meine Mutter sagte immer: ›Lerne was, Kindchen, sonst überrollt dich eines Tages das Leben!‹ Tja, und dann kam mein Mann.« Sie hatte helle, rauchige Augen, grau. Sie hatte ein sehr frauliches, weiches Gesicht, und sie war ein hellwacher, eindeutig sympathischer Typ.

Dann murmelte Emma sehr sachlich: »Dann kam also Ihr Mann und hat Sie überrollt. So war das sicher.«

»Genauso. Er hat von Anfang an gesagt: Arbeiten ist nicht, Schatz. Das erledige ich.«

»Wir haben mit Interesse gehört, dass Sie das Büro Ihres Mannes erledigt haben, also die gesamte Logistik sozusagen«, bemerkte ich.

»Na ja, einer muss es ja machen«, sagte sie. »Also, ich habe mir alles angelacht, was ich brauchte. Zwei Büroleute, zwei Buchhalter, also ein Steuerberater, ein Anwalt, ein Bilanzfachmann, internationales Recht, EU-Recht, nationales Handelsrecht. Was man so braucht.«

»Und er war immer unterwegs«, stellte Emma fest. »Sagen Sie, kann ich mal für kleine Mädchen?«

»Wenn Sie da rausgehen wollen, die dritte Tür rechts«, sagte sie, und während Emma entschwebte, wandte sie sich zu mir und fragte: »Glauben Sie, er hat sehr gelitten?«

»Nein, das nicht, das auf keinen Fall. Wir denken, er ist irgendwie entschlafen.« Ich war mir durchaus im Klaren, dass ich selten in meinem Leben etwas Dämlicheres gesagt hatte. Aber was tut man nicht alles, um vorwärtszukommen?

»Das hier war also der Punkt, an dem er ausruhen konnte!«, sagte ich voller Bewunderung. »Sehr geschmackvoll.«

»Das hat er alles mir überlassen«, erklärte sie träumerisch. »Er hatte ja keine Zeit für die ... also für die Kleinigkeiten, das Leben.«

Da hatte jemand die Stadtansicht Kölns, in der Mitte der Dom, in Kupfer geschlagen und dabei satte vier bis fünf Quadratmeter verbraucht. Das Riesending hing eichenholzgerahmt über einem weißen Ledersofa, und es war mir für Sekunden vorstellbar, dass jemand auf einen Knopf drückte: Das Ding schießt hinunter und köpft den darunter Sitzenden. Und daneben im tiefen violetten Teppichboden zwei Reiher in mattblauem Holz, gute zwei Meter hoch. Konnten auch Flamingos sein, Vögel jedenfalls mit sehr ausgeprägtem Schnabel. Vor der riesigen Glasscheibe zum rückwärtigen Garten stand eine hölzerne Elefantenfamilie in Sanftrosa, lebensecht wie man sie aus der Serengeti kennt, die Leitkuh gut und gerne sechzig Zentimeter hoch und breit wie für einen Gänsebräter. Dann war da eine Vase, aus Holz gedrechselt, etwa anderthalb Meter hoch. Darin riesige, grüne Klatschmohnstengel mit feuerroten Blüten, groß wie Dessertteller und garantiert aus chinesischer Seide. Überwältigend.

»Sie haben es sehr schön hier!«, sagte ich. »Was machen Sie jetzt? Gibt es Zukunftspläne? Führen Sie die Firma weiter?«

»Also, mein Pfarrer sagt, ich soll mir Zeit lassen. Niemand treibt mich. Und er hat ja gut für mich gesorgt.«

»Ja, ja, ein paar Spargroschen«, nickte ich. »Das hilft.«

»Also, meine Kegelfreundinnen sagen immer: Ich weiß gar nicht, wie gut ich es habe.«

Ich dachte etwas verkrampft: Wo, zum Teufel, bleibt Emma?

»Wissen Sie eigentlich, was er in Hillesheim auf der Wiese wollte?«

»Nein, das weiß ich nicht«, antwortete sie. »Er ruhte sich ja manchmal aus, wenn er unterwegs war, und Hotels waren ihm lästig, wie er immer sagte. Also, er war mehr für das Nickerchen zwischendurch.«

»Aber er hat Ihnen schon gesagt, dass er häufig in der Eifel war?«

»Na ja, sicher. Da gibt es ja den Glatt. Mit dem hat er viel gemacht, aber Einzelheiten weiß ich nicht. Na ja, jedenfalls hat er dem das Anzeigenblättchen abgenommen, damit Glatt in Ruhe seine Sachen durchsetzen kann, also damit Glatt in Ruhe seine politischen Spielchen durchsetzen kann. So was brauchen Männer ja von Zeit zu Zeit. Alles eine Machtfrage, sagte Norbert immer. Er konnte sehr witzig sein.«

»Sie haben also das Büro hier im Haus?«

»Oh nein, oh nein, da haben wir in der Südstadt eine Etage angemietet. Ich sage immer: Kein Geschäft in der Wohnung, niemals Geld auf dem privaten Klo. Das bringt nichts. Und Norbert sagte immer: Schatz, sagte er, das Geld, das wir hier ausgeben, haben wir woanders verdient. Aber woanders leben wir nicht. Er war ja auch klug.«

Emma, wo bist du? Du wirst doch nicht ...

»Er soll gesagt haben: ›Das Leben draußen ist Krieg! Niemand wird verschont!‹ War er tatsächlich so hart?«

»Ja, das war er.« Jetzt war viel Stolz in ihrer Stimme, und zum ersten Mal zeigte sie echtes Gefühl. »Sehen Sie mal: Wenn das Finanzamt meint, dass wir diese oder jene Kleinigkeit vergessen haben, dann kriegen wir sofort böse Absicht und Täuschung untergejubelt, und aus einer halben Million Umsatz werden locker 750.000, die wir hinblättern sollen, bloß weil das Finanzamt glaubt, wir haben getäuscht. Ich sage immer: Wir sind gläsern, und wir bescheißen nicht. Wozu denn? Es geht uns doch einigermaßen. Man hat es ja schwer heutzutage.« Und plötzlich war sie die Hinterbliebene, die der böse Norbert auf dieser feindlichen Erde allein gelassen hatte. »Er fehlt mir so.«

Unvermutet räusperte sie sich und fragte: »Wo bleibt denn Ihre Kollegin? Geht es der nicht gut? Ich meine, wenn die nur mal Pipi machen will ...«

»Die wird gleich kommen«, beruhigte ich sie. »Ein bisschen Erkältung vielleicht.«

»Soll ich nicht mal nach ihr sehen? Ich meine, wenn ihr nicht gut ist.«

Aber dann bewegte sich die Tür, und Emma kam herein. Sie strahlte: »Ich hoffe, ihr zwei kommt gut zurecht miteinander.« Dann setzte sie sich, trank einen Schluck Sekt, schloss vor Wonne die Augen und fragte: »Warum, Frau Bleckmann, versuchen Sie uns vorzumachen, dass Ihr Mann hier in diesem Haus mit Ihnen zusammengelebt hat?«

Ivonne Bleckmann hatte augenblicklich ein sehr kantiges, hartes Gesicht, sie war blass und schoss sofort zurück. Sie wurde schrill wie eine kölsche Amazone von erlesener Sprachkraft. »Ich mache Ihnen gar nichts vor, verdammte Scheiße! Was soll das? So geht niemand mit mir um, niemand! Und in diesem Haus schon gar nicht, Liebchen, Sie blöde Tusse! Was machen Sie denn, wenn ich den Mund halte? Dann stehen Sie ganz schön dumm im Spülwasser, Sie Weichei, oder?« Dann beugte sie sich weit vor in Richtung Emma. »Hat sie Sie geschickt? Kommen Sie von ihr? Kein Wort mehr ohne meinen Anwalt! So weit kommt das noch, dass ich hier mit Ihnen spreche und nicht mal weiß, von welchem Amt Sie eigentlich kommen. Ich habe sein Testament hier in meinem Safe! Und wenn die Sau Geld will, dann sage ich: Nein! Und nochmals: Nein! Kein Cent für diese miese Kuh! Diese freilaufende Nutte!« Sie hatte ein sehr rotes Gesicht und sah aus, als würde sie augenblicklich platzen.

»Das war aber heftig«, murmelte ich in der Hoffnung, besänftigend zu wirken.

Jetzt aber kam Emma, und sie kam gefährlich leise, sie holte nicht einmal Luft, blies sich nicht auf. »Ich halte Ihnen zugute, meine Liebe, dass die Trauer Sie geistig etwas einschränkt, um es einmal vorsichtig zu formulieren. Herr Baumeister und ich kommen nicht von einem Amt. Es ist viel schlimmer. Was glauben Sie denn, was passiert, wenn ein ehrbarer und äußerst wohlhabender Kölner Bürger morgens um drei Uhr auf eine abgelegene Wiese in der Eifel fährt und stirbt? Wer ist zuständig? Eine Mordkommission! Deren Aufgabe ist es, abzuklären, ob der Tote da eines natürlichen Todes starb, oder ob jemand nachgeholfen hat. Leuchtet Ihnen das ein, meine Teure? Ich habe Ihren Verblichenen in seinem Auto gesehen und begutachtet, mein Kollege Baumeister hier hat ihn fotografiert. Und nun zum Stand der Dinge. Was glauben Sie, weshalb wir Sie um diesen Termin gebeten haben? Weil es Spaß macht, mal eben nach Köln zu fahren, um Ihr kostbares Eigenheim zu besichtigen? Um auszuschließen, dass Ihrem Mann niemand ans Leben wollte, müssen wir neunzig Kilometer hin und neunzig Kilometer zurückfahren. Und Sie drohen mir mit einem Anwalt? Okay! Ich mache Ihnen einen

Vorschlag: Ich diktiere Ihnen eine Telefonnummer und verbinde Sie mit dem Leiter der Mordkommission Wittlich-Trier. Ist das okay für Sie, reicht Ihnen das? Na los, holen Sie Ihr verdammtes Telefon! Oder hat Muttchen Angst, dass wir an ihr Sparbuch wollen? Wir sind auch nicht hier, um Ihnen eine Versicherung zu verkaufen, also hören Sie mit dem ordinären Gezeter auf und beantworten Sie unsere Fragen.«

Jetzt hatte Ivonne Bleckmann Tränen im Gesicht und blinzelte hilflos. Sie stotterte leicht: »Ich bin so nervös.«

»Können wir weitermachen?«, fragte ich. »Wir haben nicht endlos Zeit. Ist Ihr Mann von Seiten seines Arztes gewarnt worden? Hat der Arzt gesagt: Bei deinem Arbeitstempo geht das schief?«

»Onkel Franz hat das mehrmals gesagt. Also, Onkel Franz ist unser Hausarzt. Seit Jahrzehnten schon. Aber da kriegt doch seine Lebensversicherung keine Mitteilung von, oder?«

»Um wie viel Geld geht es da?«, fragte Emma schnell.

»Eine Million!«, sagte sie, als sei das ihr Verdienst. »Egal, wie er ums Leben kommt. Außer Mord natürlich.«

»Das auch noch!« Emma reagierte mit einem theatralischen Augenaufschlag. »Nein, keine Mitteilung, es liegt ja nichts vor. Also, wo hat er denn gelebt?«

»Er hatte eine Wohnung in der Severinstraße. Also, wenn er in Köln war, meine ich. Meistens war er ja weg.«

»Seit wann leben Sie denn getrennt?«, fragte Emma weiter.

»Seit zwölf Jahren. Also, wir hatten ... also, wir haben gesagt, die große Liebe ist nicht mehr. Kinder haben wir auch nicht. Da wollte der eine dem anderen nicht im Wege sein.«

»Haben Sie einen Schlüssel zu seiner Wohnung?«, fragte ich.

»Ja, den habe ich. Ich kann Ihnen den geben, wenn Sie wollen.«

»Danke«, erwiderte ich leutselig.

»Jetzt kommen wir mal zu dem weiblichen Punkt, der eben angesprochen wurde. Wie heißt sie denn?«, fragte Emma hart.

»Also, sie heißt wohl Anna, aber die Männer nennen sie das Wasserbett.«

»Wasserbett?«, fragte Emma.

»Ja«, nickte sie. »Sie sieht immer so aus wie ein kleines Schaf, so sanft, so unschuldig, so glatt. Sie passt sich immer perfekt an. Und da haben sie sie Wasserbett genannt.«

»Sie heißt Anna Waclawick, nicht wahr?«, fragte ich.

»Genau. Aber wenn sie Ansprüche stellt, dann sagen Sie ihr gleich, dass sie mir damit nicht kommen kann, denn das ...«

»Liebelein!«, sagte Emma mahnend. »Nicht schon wieder!«

»Sie stammt aus Polen, nicht wahr?«, fragte ich.

»Ja, genau. Aus Polen. Elvis, der Stier, hat sie mitgebracht, als er nach neuen Mädchen gesucht hat. Er braucht so was einmal im Jahr. Also, Ausschau halten, meine ich, also, wenn er neue Besatzungen braucht. Er nennt das seine Einkaufstour. Man sagt ja, Elvis arbeitet für die Russen, aber für mich arbeitet Elvis immer nur für Elvis.«

»Und wer ist Elvis?«, fragte ich.

»Elvis, der Stier? Also, der hat drei, vier Kneipen hier in Köln, aber auch zwei, drei Hotels. Und sechs Clubs insgesamt. Im Siegerland, im Bergischen Land und in der Pfalz, also sozusagen überall.«

»Der brachte Anna mit. Und was tat die so?«, fragte Emma.

»Er schickte sie auf Tour, was denn sonst?«

»Was heißt das denn?«

»Also, sie macht die Stange, ausnahmsweise, und wenn jemand sagt, er schmeißt eine Runde Schampus. Sie macht auch schon mal eine komplette Nummer auf dem Tresen, also wenn die Kerle voll genug sind, um nicht mehr geradeaus zu gucken. Und wenn sie selbst genug geladen hat. Und für

besondere Kunden mit Kohle. Wasserbett ist immer die Extranummer bei Elvis, kostet ein Schweinegeld. Soviel ich weiß, gut zweitausend die Nacht, und die darf nicht länger als zwei Stunden dauern. Hat man ja selten.«
»Woher wissen Sie das alles?«, fragte ich streng.
»Also, wenn du fröhlich bist und gut drauf, läufst du auch dem Elvis über den Weg«, antwortete sie mürrisch. »Also, jedenfalls in Köln, also wir vom Kegelclub sind da auch öfter nach dem Kegeln. Die nehmen uns für einen popeligen Tomatensaft glatt zwanzig Euro ab, aber was tut man nicht alles, um die Wirtschaftskraft des Landes zu heben.«
»Frau Bleckmann«, begann Emma streng, »nun verlange ich aber, dass Sie uns aufklären. Ihr Mann ist ein Geschäftsmann, ein Kaufmann, ein Mann, der sich international und national um Gewinne bemüht. Und Sie erzählen uns hier etwas vom Wasserbett und Elvis, der Nummer an der Stange und komplett auf dem Tresen … also, sagen wir mal so: Entweder reden Sie von einer Nutte und ihrem Zuhälter, oder aber von Ihrem Mann. Ich kriege das nicht übereinander, verstehen Sie?«
Jetzt weinte sie ganz still und lautlos und mühte sich, mit viel Rotz in der Stimme zu sagen: »Das ist es ja gerade. Mein Mann, also Norbert, will sie unbedingt haben. Ganz für sich allein. Verstehen Sie das denn nicht? Er wollte sie haben und kaufen, er hat Elvis gesagt: Ich gebe dir, was du willst, der Preis ist egal. Hat Elvis mir selbst gesagt. Vor Zeugen.«
»Und Sie hatten natürlich Angst, er schmeißt Euer ganzes, sauer verdientes Geld raus?« Emma strahlte.
»Genau. Er hat sie ja schon einmal gekauft, aber er hat sie zurückgekriegt.« Sie war das heulende Elend, sie war ganz unten.«
»Das will ich hören«, unterbrach ich energisch.

Sie schniefte, sie fummelte nach einem Taschentuch, sie hatte keines, und Emma reichte ihr eines an.

»Also, das war so: Vor zwei Jahren kam Elvis von einer Einkaufstour in Polen zurück. Da war die Anna dabei. Also, Polinnen sind bei uns ja sehr beliebt, und sie können auch was, wenn Sie wissen, was ich meine. Und sie ist ja auch als Hostess mitgekommen, und Elvis sagte: ›Aus dir mache ich den Star!‹ Hat er dann auch. Und dann hat Norbert sie gesehen und erlebt und ein paar Mal wohl auch ... also, na ja, und dann hat er zu Elvis gesagt: ›Die will ich haben, egal, was sie kostet.‹ Elvis hat gesagt: ›Die kannst du nicht bezahlen.‹ So ging das eine Weile hin und her. Dann hat Norbert dem Elvis einen Scheck über 200.000 gegeben. Okay, hat Elvis gesagt, ist gelaufen, aber da fehlen 100.000 für die Spesen. Hat er auch noch gekriegt. Also 300.000. Bar, quer über den Tresen, nicht nachweisbar, schwarz wie die Sünde. Dann hat Norbert ihr ein Appartement eingerichtet, in der Altstadt, fragt mich nicht nach der Rechnung. Dann war sie da. Eine oder zwei Wochen. Und plötzlich war sie weg. Norbert ist ausgeflippt, er war richtig verrückt. Er ging sogar zu den Bullen und meinte, sie sei bestimmt ermordet worden. Ja, ja, wenn Männer verrückt spielen. Dann ist er zu Elvis und hat gesagt: ›Sie ist weg! Wo ist sie?‹ ›Wieder hier bei mir‹, sagt Elvis. ›Hier ist dein Scheck zurück. Sie kann nicht für dich in einem Appartement leben, sie will das nicht, sie will den Job bei mir ...‹ Ich meine, die ist nymphoman, ganz klar, die machte meinen Norbert kaputt, das ging ganz schnell, die brauchte dazu nur eine Nacht. Und das ganze Geld.« Sie warf die Arme zum Himmel und weinte jetzt bitterlich.

»Au weia!«, sagte Emma sehr hell und sehr vergnügt. Zuweilen konnte ihr eine Geschichte richtig gut gefallen, und dies war so eine.« »Und das Wasserbett ist nicht mehr zu Ihrem Mann zurückgekehrt?«

»Nein. Aber er ist hinter ihr her und hat sie bekniet. Das war ja schon peinlich. Also, ich kannte den gar nicht mehr, er hechelte ja nur noch und guckte nur noch traumverloren in die Gegend. Ich habe sogar dem Glatt gesagt: Ich biete ihm 100.000, wenn er Norbert heilen kann. Konnte der aber auch nicht. Und dann haben sie ja die Kerzenfabrik übernommen, er und Glatt, und den Betrieb, der künstliche Blumen herstellt, so Seidenzeugs. Und Glatt tobte und hat meinem Mann gesagt: ›Auf dich, Arschloch, ist kein Verlass mehr, du lässt dich nicht mehr sehen, du bist nicht mal mehr pünktlich.‹ Dann hat Norbert sich eine Weile am Riemen gerissen. Und es ging wieder einigermaßen. ›Da machste was mit‹, sagte der Glatt dauernd. Aber der ist ja auch ein Arsch.«

»Wieso denn das?«, fragte ich mit mäßigem Interesse.

»Weil er alles zu schnell will, weil er den Hals nicht vollkriegt, weil es niemals genug ist. Höher, weiter, teurer, schneller – Infarkt!, sage ich immer. Und einmal hat Norbert das Wasserbett tatsächlich mitgebracht, also nach Daun. Und ich habe die Stielaugen von Glatt gesehen und gedacht: Herrgott, die vögeln doch auch nur mit dem Unterleib. Ist doch wahr. Wir hatten so ein schönes Geschäft!«

»Wieso haben die plötzlich so viel zusammengearbeitet?«, fragte ich.

»Das ist ganz einfach«, erklärte sie sehr sachlich, und keine Spur mehr von Tränen. »Glatt kam allein nicht weiter, die Banken spielten nicht mit. Ach, du lieber Gott, da war diese Arie mit dem Weihnachtsgeld. Da hat doch die ganze Eifel drüber geredet. Also, irgendeine Bank sagte: Stop! Kein Geld mehr! Du bist am Limit, Junge! Ausgerechnet kurz vor Weihnachten. Und auf einer Betriebsversammlung verkündete Glatt, erst mit Tränen in den Augen, dann ziemlich besoffen, dass er kein Weihnachtsgeld zahlen könne. Das muss man sich mal vorstellen: Er heulte ins Mikrofon ...«

»Das ist doch rührend«, warf Emma ein. »Ein echter Sozialromantiker.«

»Er hat das ja im Jahr darauf auch wieder gutgemacht und sogar Zulagen gezahlt und Boni und so weiter. Da beißt die Maus keinen Faden ab.«

»Wenn ich das richtig verstehe«, sagte ich, »dann hat Glatt Ihren Mann ins Geschäft genommen, weil das frisches Kapital bedeutete?«

»Ja, korrekt. Also, Norbert ist glatte Zwanzig wert bei den Banken. Aus dem Stand. Also, sie haben richtig losgelegt. Erst das Anzeigenblättchen, dann die Kerzenfabrik und dann diesen Hersteller von künstlichen Blumen. Sie schluckten auch noch eine Schuhfabrik – die vierte, soviel ich weiß. Da war richtig was gebacken. Die beiden waren richtig gut unterwegs. Und das war eigentlich gut für meinen Norbert, weil er endlich noch mehr reisen konnte. Reisen liegen ihm.«

»Wieso denn reisen?«, fragte ich. »Das verstehe ich nicht.«

»Na ja, sie haben ja die ganze Sache international ausgerichtet. Also, der Blumenhersteller sitzt ja in Thailand, unheimlich günstige Arbeitsbedingungen wegen der vielen Kinder. Und der Kerzenhersteller sitzt in Pakistan und hat auch gute soziale Bedingungen, weil da Arbeitsplätze fehlen, und du gut mit ungelernten Arbeitern arbeiten kannst. Das Ganze muss ja auch Sinn machen, wenn du international unterwegs sein willst.«

»Wo sitzen denn die Lampenhersteller, die Glatt aufgekauft hat?«, fragte ich.

»Also, die liegen im Sauerland und im Bergischen Land, es sind zwei Hersteller mit drei Fabriken.«

Genau jetzt hielt ich den Moment für angebracht: »Kennen Sie diese Frau?«, fragte ich und legte das Foto der toten alten Frau vor sie hin.

Sie nahm das Foto und sah es lange an. »Nein, nie gesehen. Kenne ich nicht. Wer ist das? Die sieht irgendwie leblos aus.«

»Sie ist tot«, bemerkte Emma beinahe vergnügt.

»Kennen Sie diesen Mann?«, fragte ich weiter und legte ihr das Foto vom Geologen Christian Schaad vor.

»Den kenne ich, den habe ich gesehen. Aber, warten Sie mal, wo war das? Ich weiß, ich hab den schon mal gesehen. Jetzt habe ich es wieder! Der war bei Glatt. Also, er saß im Vorzimmer in einem Sessel. Aber was er da wollte, weiß ich nicht. Das ist ja einer zum Knutschen. Das habe ich gedacht, als ich ihn sah.« Und dann lächelte sie, weil sie eine Tochter Kölns war, und weil letztlich bei ihr immer das Leben siegen würde, egal, was um sie herum geschah.

»Der zum Knutschen ist auch tot«, bemerkte Emma. »Kann ich noch ein Sektchen haben?«

»Aber sicher doch«, sagte sie und goss ein.

»Eine Frage, die mir wichtig ist«, murmelte ich. »Gibt's jemanden, der Ihren Mann aus ganzem Herzen gehasst hat?«

»Da gibt es ein paar«, nickte sie sofort. »Also, das sind Leute, die Konkurrenten waren, die er ausgeknipst hat.«

»Und wie er sie ausknipsen konnte, war ihm egal?«, fragte Emma.

»›Das Leben ist hart‹, sagte er immer. ›Da draußen ist Krieg.‹«

»Gab es einen richtig miesen Fall?«, fragte ich.

Sie schüttelte erst den Kopf, dann hielt sie ihn gesenkt und überlegte. »Einmal zog er ein Ding durch, da habe ich gesagt: Das geht aber nicht! Das war ein junger Mann, der eine schöne Frau hatte. Dieser Mann war richtig gut, als Kaufmann, meine ich. Und Norbert hat gespürt, dass er nur über die Frau an ihn herankonnte. Also hat er eine Falle gestellt, und die Frau ist reingetappt. Es ging um ein One-Night-Stand irgendwo an der Ostsee. Die Frau war betrunken, die Frau wurde beim Geschlechtsakt fotografiert, der Ehemann hat die Fotos gekriegt. Der bekam einen Rappel, er flippte aus, er machte einen Fehler nach dem anderen, und Norbert schickte ihm rote Rosen. Das machte er immer, wenn er einen Konkurrenten abhängte. Jetzt weiß ich es wieder, es war auf Rügen. Und ich weiß auch wieder, um was es ging: Es ging um zwei Container erstklassiges Krokodilleder, drei Millionen oder so.«

»Was haben wir denn jetzt bei Glatt?«, fragte Emma nachdenklich. »Wir haben vier Schuhfabriken, wir haben den Corpus Christi und alle Heiligen in allen Variationen, wir haben eine Lampenherstellung, wir haben die Herstellung von Kunstblumen, ein Anzeigenblatt, eine Kerzenfabrik. Wie wollen Sie da rauskommen?«

»Also, so stellt sich die Frage nicht. Die Frage lautet: Aus welchem Segment will ich raus, und wann will ich raus?« Jetzt war sie sachlich. »Warum soll ich rausgehen, wenn der Laden läuft?«

»Können Sie mit Glatt?«, fragte ich.

»Das weiß ich nicht, aber das kann man feststellen.«

»Was machen Sie, wenn ein zweites Testament auftaucht?«, fragte Emma. »Eines, in dem die liebe Anna bedacht wird.«

»Dann gibt es Zoff!«, sagte sie. »Außerdem wird dann nicht mehr viel Erbe da sein. Das habe ich dann investiert.« Dazu grinste sie ein richtig dreckiges Grinsen.

»Ja, klar«, nickte Emma. »Sie haben die Kontrolle.«

Sie nickte bedächtig. »So isses. Ich teile mein Geld nicht mit einer Berufsnutte.«

»Das sollten Sie auch nicht«, nickte Emma. »Ich denke, wir sind dann durch, wir danken Ihnen und verabschieden uns. Und falls wir noch Fragen haben, dürfen wir Sie anrufen?«

»Aber ja. Und, bitte, entschuldigen Sie, aber ...«
»Kein Problem, alles okay«, sagte ich.

In diesem Moment sagte eine raue, sehr männliche Stimme im Hintergrund: »Die Sauna unten heizt nicht richtig, Schnuffi.«

Da stand einer, frisch aus dem Leben, splitterfasernackt, höchstens zwanzig Jahre alt, schlank wie Adonis, eine dunkle Haartolle auf dem Kopf und mit durchaus bemerkenswerter Ausstattung.

»Ich komme gleich, Äffchen«, sagte Ivonne Bleckmann sehr sanft. Dann versuchte sie eine sachliche Erklärung. »Also, das ist Luc. Er passt immer auf mich auf.«

Luc hob grüßend den rechten Arm, drehte dann ab und verschwand wieder.

»Kann passieren«, murmelte Emma entzückt. »Machen Sie es gut, Liebelein, machen Sie es so gut, wie Sie können. Sie wissen ja: Wir haben nur diesen einen Tanz.«

Ivonne Bleckmann war nicht im Geringsten verlegen, sie nickte und murmelte: »Ja, ich weiß das. Ich bringe Sie zur Tür.«

Im Wagen murmelte Emma ganz in sich versunken: »Wenn du das hier jemandem erzählst, das glaubt uns keiner. Das ist so trivial, dass es nicht zu beschreiben ist. Was machen wir denn jetzt?«

»Wir fahren heim. Oder willst du die Wohnungen besichtigen?«

»Auf keinen Fall heute, die letzte Stunde reicht mir für vier Wochen. Und trotzdem.« Sie schlug dazu auf ihr Knie.

»Ja, ja, trotzdem sind wir noch nicht am Ende. Da fehlt noch was, da ist noch eine Menge unstimmig. Sollen wir uns zur Preisfrage des Tages durchrobben? Die Tote im Wohnwagen war also wahrscheinlich die Mama der Anna aus Polen. Zweimal Waclawick. Oder siehst du das anders? Nein, siehst du nicht anders. Aber was wollte die Frau in Köln?«

»Wahrscheinlich wollte sie ihre Tochter heimholen, mindestens aber retten und vor dem ewigen Fegefeuer bewahren. Das ist wahrscheinlich sehr polnisch und sehr katholisch, erklärt aber die Situation. Das kann auch erklären, warum Bleckmann mit ihr zusammentraf. Wollte der Annas Mutter dazu benutzen, die Tochter erneut zu erobern?« Emma zündete einen Zigarillo an, und ich ließ mein Fenster herunter.

»Aber dann passt nicht, dass er sie tötete«, widersprach ich. »Das wäre vollkommen unlogisch. Er müsste ihr Leben im Gegenteil unter allen Umständen bewahren, weil sie ein Schlüssel zu ihrer Tochter ist, schlicht die kommende Schwiegermutter. Und jetzt kommen wir an einen ganz entscheidenden Punkt: Wie ist die alte Frau überhaupt in die Eifel gekommen? Da, wo man sie fand, war sie rund sechzig bis achtzig Kilometer von Köln entfernt. Und es gibt keinen Bus und keinen Bahnanschluss in der Gegend. Vielleicht spielen wir mal mit der Idee, dass Bleckmann sie in seinem Wagen mitbrachte. Aber warum in dem Wohnwagen, und vor wem versteckte er sie? Und wieso kommt plötzlich die Mutter ins Spiel? Hat Bleckmann sie mitgebracht? Hat Bleckmann vielleicht beide Frauen mitgebracht? Und es folgt die zentrale Frage des Tages: Lebt diese Anna überhaupt noch? Ist sie tot? Hat er die Mutter getötet, weil Anna schon tot war? Hat er Anna in seiner Auswegslosigkeit getötet? Weil sie nicht zu ihm zurückkehren wollte? Und anschließend die Mutter?«

»Alle dieser sehr intelligent gestellten Fragen kann ich dir mit einer einzigen Bemerkung kaputtmachen«, strahlte sie. »Du naiver Macho hast nämlich nicht daran gedacht, dass der tote Norbert Bleckmann in einem Auto saß, bei dem auf dem Nebensitz niemand gesessen hat. Denn der Sitz war fast klinisch sauber. Wer hat ihn sauber gemacht? Bleckmann? Nachdem er eine der Frauen oder beide transportiert hat? Warum denn? Da passt einiges vorn und hinten nicht, wie Euer Wohlgeboren mir bestätigen wird. Aber in einem Punkt gebe ich dir recht: Wir wissen gar nicht, ob die schöne und gefährliche Anna noch lebt.« Sie räkelte sich und starrte auf das Haus der Bleckmanns.

»Na ja«, fuhr sie gemütlich fort, »zumindest das kann man feststellen. Warte mal.« Sie fummelte ihr Handy aus der Jeans, tippte eine Nummer ein und sagte: »Ja, wir sind es noch mal. Wir möchten kurz mit Elvis sprechen. Hast du die Nummer? ... Du bist ein Schatz, Mädchen.« Dann schrieb sie die Zahlenfolge auf, und telefonierte sofort weiter.

»Hier ist das Büro der Polizeibehörde Trier«, erklärte sie munter. »Spreche ich mit dem Mann, der Elvis, der Stier genannt wird? ... Das ist schön. Sagen Sie mal, mein Bester, können Sie mir sagen, ob Anna Waclawick noch lebt, Ihr Wasserbett, Ihr Star?« – Es drangen wirre und grelle Laute aus ihrem Handy. Dann säuselte sie: »Ich bin Ihnen sehr verbunden.«

Emma sah mich an. »Anna lebt, und Elvis, der Stier, lacht sich tot.« Sie zerquetschte ihren Zigarillo im Aschenbecher.

»Grandiose Leistung«, sagte ich gelangweilt. »Was hast du in dem Haus eigentlich gemacht, außer Pipi?«

»Gar nichts. Die Türen sind wunderbar geölt, und ich habe in jedes Zimmer gesehen. Ich würde uns jetzt einen Heilschlaf vorschlagen. Das alles ist sehr verwirrend und zu viel für eine alte Frau.«

»Oh ja, ich stimme zu«, pflichtete ich bei. »Ich habe außerdem weitere Fragen. Zum Beispiel: Was machte der Geologe Christian Schaad im Vorzimmer des Eifel-Tycoons Glatt? Was ist da gelaufen? Und was hat der Generalbeauftragte des Herrn Glatt namens Friedhelm Werendonk bei Albert Seeth gewollt? Und wieso ist Seeth dann umgekippt und beinahe gestorben? Und wer hat den Christian Schaad in die Tiefe gestoßen? Und selbst wenn es dich inzwischen anödet: Warum ist Norbert Bleckmann auf eine Wiese gefahren, von der aus er den Hof des Sebastian Jaax beobachten konnte. Warum, zum Teufel, beobachtet man denn einen Bauernhof mitten in der Nacht?«

»Weil da irgendetwas abläuft«, sagte sie. »Nun fahr schon, ich will heim.«

8. Kapitel

»Wie gehen wir vor?«, fragte sie, als ich vor ihrem Haus anlangte.
»Ich würde vorschlagen, mit Friedhelm Werendonk zu sprechen.«
»Was ist, wenn er sich weigert?«
»Er wird sich nicht weigern, es steht zu viel auf dem Spiel. Aber erst einmal eine Nacht Pause. Und grüß mir deinen Mann.«
Ein paar Minuten später hörte ich zu Hause genau diesen Mann auf meinem Anrufbeantworter.
»Grüß dich«, sagte Rodenstock knapp. »Mir geht es gut, auch wenn mir diese Psychiater unheimlich auf die Nerven gehen. Ich habe dich nicht gut behandelt. Über einen langen Zeitraum. Ich will mich entschuldigen. Glücklicherweise ist der Scheißrollstuhl sowieso im Eimer. Aber mich würde interessieren, wie der Fall läuft. Ich will es nur wissen, mich nicht einmischen. Hier ist der Rodenstock in der öffentlichen Telefonzelle im Krankenhaus, weil sie ihm das Handy abgenommen haben. Es ist jetzt 22.11 Uhr.«
Ich war richtig glücklich und überraschte meine Katzen mit einer großen Sonderration Leberwurst. Das tat mir allerdings eine Viertelstunde später leid, denn sie übergaben sich alle drei einträchtig auf meinen hochmodernen schwedischen Teppich. *Sic transit gloria mundi.*

Als ich am Morgen aufwachte und bei *Eins Extra* feststellte, dass der Tag keine Katastrophen und Weltuntergänge zu melden hatte, machte ich mich rasch landfein und steuerte erneut den Herrn Schibulski in Blankenheim an.

Die Haustür stand auf, er schlief mit offenem Mund schnarchend in dem Notbett, das ich ihm gebaut hatte. Er wirkte so verloren wie ein kleines Kind, das ohne Mutter ist – und letztlich war er wohl genau das: verloren.

Also setzte ich mich auf die Veranda und stopfte mir eine Pfeife, um dann vor mich hinpaffend in die Gegend zu schauen und zu überlegen, was Antek in den letzten Jahren in diesem Haus erlebt haben mochte. Ich konnte mir gut vorstellen, dass er seiner gesamten Umwelt den letzten Nerv geraubt hatte. Wie soll man denn auch als Normalbürger mit jemandem umgehen, der einfach nur sterben will, und das auch noch unbedingt allein?

Irgendwann wurde er wach und räusperte sich wiederholt. Dann fluchte er laut und schimpfte, wahrscheinlich mit sich selbst. Dann klickte sein Feuerzeug.

Ich ging zu ihm.

»Du musst mir noch einmal helfen. Von wegen Norbert Bleckmann, der dir das Wohnmobil bezahlte und die schöne Blonde dort verstecken wollte. Glaubst du, du kannst das? Und wenn du mich gut behandelst, mache ich dir was zu essen.«

»Du bist ein Spinner!«, krächzte er wütend. »Mach dich vom Acker!«

»Wenn du schimpfen kannst, bist du noch nicht tot!«, stellte ich fest.

Er musste grinsen und schüttelte den Kopf über meine deutlichen Worte.

»Ich erkläre dir, was ich will. Und meine erste Frage lautet: Wie kommst du an die Stelle, an der das Wohnmobil steht? Ich meine, du liegst hier herum, du stehst nicht auf, du bellst die Leute an, du benimmst dich wie ein Dreckeimer. Wie kommst du zu dem Wohnmobil?«

»Zu Fuß«, sagte er.

»Das klingt nicht sehr überzeugend. Ich schätze, das Ding ist fast dreitausend Meter von hier weg. Wenn du querfeldein marschierst. Aber das kannst du nicht, das wäre zu beschwerlich. Auf der anderen Seite hast du erzählt, dass die Blonde Beine bis zum Himmel hat. Du hast sie also gesehen. Wo, bitte?«

»Ich bin zu Fuß dorthin!«, beharrte er quengelig.

»Morgens dreitausend Meter hin, abends dreitausend Meter zurück? Wem willst du das erzählen? Ich gehe jede Wette mit dir ein, dass du es nicht mal bringst, dein Grundstück hier zu umrunden. Du bist viel zu schwach. Ich weiß, das geht mich nichts an, aber verdammt noch mal, ich will einen Mord aufklären. Jetzt stell dich nicht so an und hilf mir.«

»Ach, du lieber Gott!«, sagte er ergeben und starrte an die Zimmerdecke. »So einer! Der hat mir gerade noch gefehlt.«

»Okay. Ich fahre jetzt los und kaufe dir Brötchen. Käse und Wurst und so Zeug. Und du entscheidest dich, mir zu helfen.«

»Ein Brötchen kann ich nicht essen«, stellte er fest. »Von wegen Zähne.«

»Was wünschst du dir denn?«

Er kicherte ganz hoch. »Ist das eine Bestechung?«

»Selbstverständlich ist das Bestechung. Also, was?«

»Die meisten Metzger haben doch selbstgemachten Heringssalat, dieses rote Zeug. Das wäre mal was. Aber nicht so viel, ein kleines Schälchen. Und ich überlege mal, ob ich dir was erzähle.«

»Sauhund!«, sagte ich und machte mich auf den Weg.

Heringssalat aufzutreiben war eine leichte Übung, schwieriger war es schon, seinen Strom und das Wasser zu bezahlen. Die Verwaltung wollte einfach nicht begreifen, dass ich nicht einmal eine Quittung wollte. Ich wollte nur, dass sie es sofort erledigten. Also schrieben sie eine Quittung, die wir dann gemeinsam in einem Papierkorb versenkten, weil der Sachbearbeiter in der Kasse sehr überzeugend ausführte: »Also, was Sie damit machen, geht mich nichts an.« Und dazu lächelte er sogar.

Als ich zurückkam, hatte Antek Schwierigkeiten zu atmen. Es klang laut und stöhnend und dauerte quälend lange. Als es vorbei war, steckte er sich sofort eine Zigarette an und behauptete, Tabak tue ihm ausgesprochen gut. Er aß den Heringssalat in winzigen Häppchen und erzählte davon, dass seine Mutter immer Heringssalat gemacht habe. »Einmal in der Woche. Erst habe ich das gehasst, dann wurde es besser.«

»Können wir einmal über meine Probleme reden?«, fragte ich dann zaghaft.

»Erst brauche ich einen Schnaps«, wandte er ein. Dann goss er sich mit zitternden Händen einen guten Schluck in ein Wasserglas, trank es, keuchte ein wenig, weil ihn das anstrengte, und lächelte dann, als er den Schnaps in seinem Magen ankommen fühlte.

»Denn rede mal«, murmelte er gutmütig.

»Also, wir haben ein Problem mit einem Kaufmann aus Köln. Er wurde tot in seinem Edelmercedes in Hillesheim gefunden. Das war der Mann, der dir viel Geld dafür bezahlte, dass du ihm den Schlüssel zu dem Wohnwagen gegeben hast. Dieser Kaufmann hat ziemlich viel mit einer alten Frau zu tun, die tot in deinem Wohnwagen entdeckt wurde, wie du weißt. Sie war die Mutter der langbeinigen Blondine, die Norbert Bleckmann in deinem Wohnwagen versteckte. Mein Problem besteht darin, dass ich aus diesen Vorgängen eine nachvollziehbare zeitliche Ereigniskette machen muss. Also: Wie kam diese Blondine hierher, wie kam die ältere Frau hierher? Brachte Bleckmann beide mit? Oder nur die Blondine? Oder erst die Blondine und dann ihre Mutter? Verstehst du das Problem?«

»Ja, klar«, nickte er. »Du musst wissen, wann dieser Mann hierher kam? Und was er sagte und so weiter.«

»Genau das«, nickte ich. »Ich nehme an, du kannst das Haus überhaupt nicht mehr verlassen.«

»Ja, das ist richtig«, nickte er sachlich. »Also, sagen wir mal so: Manchmal geht es, aber meistens nicht. Manchmal kann ich eine halbe Flasche austrinken, und merke nichts. Und dann wieder bin ich von einem Schluck total besoffen. Also, ich kann mich nicht mehr auf mich verlassen.« Er grinste faunisch. »Also, ich versuche das mal. Datum und Uhrzeiten kann ich aber nicht angeben. Also, der Mann kam hierher, in seinem Auto. Er sagte, er will den Schlüssel für den Wohnwagen kaufen, er sagte ›kaufen‹. Ich hab dann gesagt, dass er mir damit mein ganzes Geschäft versaut, mir und den Frauen. Er hat sofort Geld auf den Tisch geknallt, und er hat es nicht mal gezählt. Der Wohnwagen sei nun mal ideal für ihn, er könne nicht in irgendein Hotel oder einen Gasthof. Dort würde man Ausweise verlangen und Fragen stellen. Und das wollte er offenbar nicht, der feine Herr. Dann musste ich in sein Auto und hin zum Wohnwagen. Er wollte wissen, wie er die Standheizung anstellt und die Lampen anmacht und so weiter. Das habe ich ihm gezeigt. Er redete dauernd von ›morgen‹, also vom nächsten Tag. ›Morgen‹ sollte das passieren, was er meinte. Aber er hat nicht gesagt, was das war. Er hat mich wieder hierher gebracht und ist dann weg.« Die Konzentration strengte ihn sichtlich an, er machte eine Pause. »Also, am nächsten Tag kam er wieder hier vorgefahren. Diesmal hatte er die Blondine dabei. Sie stieg aus und stand rum und rauchte eine Zigarette nach der anderen. Sie hatte so einen kurzen, superdünnen Fummel an, so was Blumiges, und hochhackige goldene Schühchen, also für die Eifel war das nix. Man konnte sogar ihre Unterwäsche sehen, und die bestand auch nur aus einem Heftpflaster. Sie war jedenfalls eine unheimlich geile Schickse, würde ich sagen.«

»Was wollten die beiden von dir?«

»Der Mann war grob und aufgeregt und wirklich schlecht drauf. Er sagte zu der Frau dauernd: ›Du hältst dich an die Befehle.‹ Manchmal sagte er auch ›Du hältst dich an meine Befehle!‹ Und sie war blass, sie hatte Angst. Aber ich weiß nicht, wovor sie Angst hatte. Vielleicht vor dem Mann. Der wollte von mir, dass ich im Notfall die Frau hier aufnehme und den Mund halte.«

»Und das war ungefähr zwei, drei Tage vor dem Tod Bleckmanns?«

»Ja, kann hinkommen. Ich habe ihn gefragt, was denn ein Notfall sei. Da antwortete er, er habe einen Aufpasser engagiert, der die Schöne in dem Wohnwagen im Auge behält. Und der würde im Notfall auch zu mir kommen. Ich habe den Mann noch gefragt, wie die Frau denn vom Wohnwagen hierher kommen soll. Zu Fuß und in dem dünnen Fummel mit den goldenen Schühchen? ›Das hört sich aber lächerlich an‹, habe ich gesagt.«

»Was hat dieser Bleckmann für einen Eindruck auf dich gemacht?«

»Also, der war durcheinander, der tickte nicht richtig, mal blass, mal rot, dass ich dachte: Gleich kriegt der einen Infarkt. Mal hat er die Frau brutal angemacht und dann wieder den kleinen, schleimigen Spießer gegeben, also sehr komisch irgendwie. Er ist mit ihr wieder weggefahren. Und dann kam der Motorradfahrer. Das muss am nächsten Tag gewesen sein.«

»Das ist jetzt aber vollkommen neu«, sagte ich ärgerlich.

»Ich musste dich ja erst austesten«, grinste er.

Eine tiefe, männliche Stimmer sagte von irgendwoher: »Ich muss in den Keller wegen Wasser und Strom.«

»Machen Sie mal«, sagte ich.

»Heh«, raunzte Antek, »was ist das denn?«

»Sie stellen den Strom und das Wasser wieder an«, sagte ich.

»Und jetzt mal zu dem Motorradfahrer. Wer ist das denn?«

»Hast du das gedeichselt? Das mit dem Strom und dem Wasser?«

»Ja, habe ich. Und jetzt der Motorradfahrer.«

»Dann gebe ich dir aber das Geld«, sagte er muffig.

»Ja, ja, später. Erst mal die Sache mit dem Motorrad.«

»Das muss wieder einen Tag später passiert sein. Der knatterte hier auf den Hof, und ich saß mal draußen, weil die Sonne schien. Es waren zwei, beide mit Helm. Erst dachte ich, zwei Männer, aber nur der Fahrer war ein Mann. Die andere war eine ziemlich alte Frau, sechzig bis siebzig würde ich mal schätzen. Die Frau hatte weiße Haare, und sie war klein, verhutzelt haben wir das früher genannt. Du hast mir ja ihr Bild gezeigt. Sie sprach kein Wort. Der Mann war vielleicht 25 und sprach wenig deutsch, nur gebrochen. Schwarze kurze Haare, eine Figur wie ein Bodybuilder. Und sie sagten, sie suchen die Anna. Und ich dachte, ich halte den Mund. Sie sagten, sie wissen, dass Anna irgendwo ist, und der Mann sagte: ›im Wohnwagen‹. Mehrmals: ›im Wohnwagen‹. ›Ich weiß nichts‹, sagte ich. Schließlich sind sie wieder davongefahren. Und in der Nacht danach muss dieser Norbert Bleckmann gestorben sein. Davon habe ich aber erst am Montag erfahren, als Gundi kam und mir eine Zeitung brachte und das Übliche eben. Weil, ich habe hier ja kein Fernsehen und kein Zeitungsabo und kein Telefon und sonst was. Da kann die Welt untergehen, und ich merke es nicht mal.«

»Wer ist denn Gundi?«

»Gundi ist ein armes Schwein«, antwortete er sanft. »Sie hat drei kleine Kinder, der Mann zahlt nicht, Gundi hat Hartz IV. Sie hat mal versucht, im Wohnwagen zu arbeiten, das klappte aber nicht, weil sie fett ist und auch noch scheiße aussieht. Sie kommt alle paar Tage vorbei und bringt Zeitungen und auch mal was zu essen und auch mal was zu trinken und Zigaretten, und ich bezahle sie dafür. Und sie erzählt, was so los ist, und von ihr habe ich das auch gehört, dass dieser Bleckmann so einfach gestorben sein soll. Also schon, bevor du mit dem Foto gekommen bist.«

In diesem Moment ging oben an der Decke die nackte Glühbirne an. Sie warf ein Licht auf Anteks Gesicht, und es war der Tod, der da unübersehbar die Regie führte.

Wieder die männliche Stimme hinter uns: »Alles klar, ich bin dann wieder weg.«

»Vielen Dank!«, sagte ich laut. »Die ganze Sache mit Bleckmann und Anna und der alten Frau auf dem Motorrad hat sich also in drei, vier Tagen abgespielt, ist das richtig?«

»Ja«, nickte er.

»Okay. Wenn ich Zeit habe, komme ich wieder vorbei.«

»Komm ruhig«, sagte er, und das war sicher eine Auszeichnung.

»Eine Frage habe ich noch. Jeder Mensch hat Verdauung, jedenfalls von Zeit zu Zeit. Wo erledigst du das eigentlich?«

»Im Vorraum die rechte Tür. Da ist ein kleiner alter Schweinestall.« murmelte er und war leicht verlegen. »Aber Verdauung habe ich kaum, also selten.«

Noch von unterwegs rief ich Emma an und brachte sie auf den neuesten Stand. »Es gibt einen dritten Mann«, sagte ich. »Er fuhr Motorrad und hatte vermutlich Maria Waclawick bei sich. Er spricht nur gebrochen deutsch und ist ungefähr 25 Jahre alt. Alles klar bei dir?«

»Ja, alles klar. Nina ist wieder hier. Kommst du vorbei?«

»Ich komme gleich mal vorbei, ja. Wir brauchen unbedingt diesen Friedhelm Werendonk, und ich habe keine Vorstellung, wie wir an den herankommen. Und wir müssen auch auf den alten Seeth los. Na ja, bis gleich erst mal.«

Ich machte in Hillesheim im *Sherlock* Station, und ich muss zugeben, ich war etwas verwirrt. Zu viele neue Erkenntnisse, Fragen, die ins Unermessliche ausuferten, erstaunliche Zusammenhänge, Erklärungen, mit denen niemand gerechnet hatte.

Also belohnte ich mich erst einmal mit einem strammen Max samt drei Spiegeleiern und mümmelte vor mich hin, bis ich zu einem doppelten Espresso überging und dann beschloss, den Bauern Sebastian Jaax zu besuchen samt seiner Ehefrau, die nach der Erzählung eines Schafhirten ein wilder Feger war – was immer das in der Eifel heißen mochte. Ich machte mich also auf den Weg.

Es ging auf einer schmalen Asphaltstraße dorthin. Dann gab es eine Abzweigung, an der ein Holzschild stand, auf dem *Hof Jaax* zu lesen war. Es war ein kurzer Hohlweg, der geschottert war, rechts und links standen ein paar Kiefern, ein paar Birken, Haselnusssträucher. Dann weitete sich der Blick. Links ein sehr großer halb offener Stall, und hinter diesem Stall das Halbrund der Senkrechten, über der die Wiese thronte, auf der Norbert Bleckmann gestorben war. Die Senkrechte war mit großen, tonnenschweren Basaltblöcken gesichert, die übereinander getürmt waren, um ein Abrutschen der Wiese darüber zu verhindern. Dann ein weiteres, sehr großes Gebäude, das auf einem Betonfundament stand und wahrscheinlich Maschinen, Zugmaschinen, anderes bäuerliches Gerät und wohl auch das Futter für die Tiere verbarg. Dahinter ein etwas kleineres, offenes Gebäude, in dem Pkws, ein Motorrad und eine schwere Zugmaschine standen. Das alles in einem erstklassigen Zustand, sauber, sehr gepflegt.

Das Wohnhaus, zweigeschossig mit freundlichen, rotkarierten Vorhängen an den Fenstern. Auf einem kleinen Keramikschildchen stand *Hier wohnen Klara und Sebastian Jaax.*

Ich klingelte, obwohl die Haustür sperrangelweit offen stand. Eine Frau kam eilig herbeigelaufen und sagte: »Ja, bitte?«

»Mein Name ist Baumeister, ich würde gern mit Ihnen oder Ihrem Mann sprechen.«

Sie war schlank und dunkelhaarig, hatte ein sehr offenes Gesicht und wirkte freundlich und lebhaft. Sie trug keine bäuerliche Kluft, sie war modern und zweckmäßig gekleidet, sie wäre auch in der Stadt nicht aufgefallen.

»Um was geht es denn, bitte?«

»Es geht um den Mann, der da oben auf der Wiese starb.«

»Ach, das schon wieder«, sagte sie leichthin. »Die Polizei war aber schon da, wie Sie sich denken können.«

»Das weiß ich. Ich würde trotzdem gern ein paar Fragen stellen.« Ich erklärte ihr, wer ich war und warum mich die Sache interessierte.

»Dann kommen Sie mal mit.« Kein Misstrauen, kein Zögern.

Es ging in die Küche. Ein sehr großer Raum, in dem gelebt wurde, der aber sehr aufgeräumt wirkte und hell und freundlich eingerichtet war.

Am Esstisch saß ein Mann, der langsam aufstand und: »Jaax«, murmelte.

Er war ebenso schlank wie seine Frau, wirkte etwas behäbiger, war um die Fünfzig, hatte kaum noch Haare, nur ein paar silberne Strähnen über den Ohren.

»Mein Name ist Baumeister, ich bin Journalist«, sagte ich. »Es geht um den Mann, der da oben auf der Wiese starb.«

»Setzen Sie sich doch«, sagte er. »Wollen Sie einen Kaffee?«

»Das wäre nett«, nickte ich und nahm Platz.

Seine Frau erledigte das mit dem Kaffee, setzte den Becher vor mich hin und nahm dann auf dem Stuhl neben ihrem Mann Platz.

»Ich will Sie nicht lange aufhalten«, begann ich. »Natürlich fragt man sich, warum der Mann so einen langen Weg machte, ehe er starb. Also, durch die ganze Siedlung, dann auf den Wiesenweg und zu der Stelle über dem Hof hier. Ich weiß bereits, dass Sie der Polizei gesagt haben, dass Sie sich gar nicht vorstellen können, was der Mann da auf der Wiese wollte, und dass Sie ihn nicht kennen. Daran hat sich wohl nichts geändert?«

Die Frau strahlte: »Nein, daran hat sich nichts geändert. Also, wir kennen solche Leute, die solche Edelschlitten fahren, wirklich nicht. Wir sind ja hier schließlich in der Eifel.«

»Wir haben natürlich darüber nachgedacht«, murmelte er freundlich. »Und in der Zeitung stand ja auch, wer er war und was er so machte, ich meine beruflich. Da fragt man sich ja, was der da oben wollte. Was anderes als unsere Dächer hier konnte er ja auch nicht sehen. Also, nein, wir kannten den nicht.«

»Es ist geäußert worden, dass Sie nach Neuseeland auswandern wollen«, sagte ich.

»Wie bitte?«, fragte die Frau sehr schrill. »Neuseeland?«

»Das ist gesagt worden«, nickte ich. »Stimmt das?«

Sebastian Jaax lächelte leicht. »Ich kann mir denken, woher das kommt. Also wenn man zu Erntedank oder bei der Kirmes zusammensitzt, dann wird schon mal im Spaß gesagt: Man müsste auswandern. Das wurde schon zu Zeiten meines Vaters gesagt. Das hängt auch immer damit zusammen, dass wir Bauern ja nun mit irdischen Gütern nicht reich gesegnet sind. In der Eifel war das schon immer so, und also wird so was immer mal wieder gesagt. Aber es ist und bleibt ein Scherz.«

»Wäre gar nicht schlecht, so eine Reise um die halbe Welt«, sagte seine Frau freundlich und lebhaft. »Wäre mal was anderes, mal ganz was Neues. Ja, warum eigentlich nicht?« Sie hatte sehr große, tiefbraune Augen. »Also, wir haben auch überlegt, ob der Mann sich nicht plötzlich elend fühlte und einfach so weit gefahren ist, wie er den Weg erkennen konnte. Vielleicht war ihm schlecht, das hat man ja bei Leuten, die einen Infarkt haben. Und es war mitten in der Nacht.«

»Aber wenn er das gespürt hat, versucht er doch, das nächste Krankenhaus zu erreichen«, erklärte ich.

»Da bin ich nicht sicher«, murmelte Sebastian Jaax. »Es gibt ja auch Leute, die sind wie Katzen. Wenn es ihnen dreckig geht, verkriechen sie sich irgendwo. Vielleicht war es so.«

»Das kann sein«, nickte ich. »Ja, das war es auch schon. Vielen Dank. Und wie viel Kühe haben Sie?«

»Zur Zeit hundertdreiundzwanzig«, antwortete er. »Aber reich sind wir deswegen noch nicht.« Dazu lächelte er ganz freundlich.

»Und den ganzen Hof machen Sie allein?«

»Nicht ganz«, antwortete sie freundlich. »Wir haben noch einen jungen Mann, der aushilft, früher nannte man das Knecht. Manchmal ist hier ganz schön was los, das können Sie glauben.«

»Vielen Dank noch mal und auf Wiedersehen.«

Ich marschierte über den Hof zu meinem Auto und hatte das Gefühl, irgendetwas übersehen zu haben. Aber ich wusste nicht, was das sein konnte. Irgendwie war das alles zu glatt und viel zu harmlos, und irgendwie schienen auch die beiden zu glatt und zu harmlos, und viel zu wenig misstrauisch.

Es konnte aber auch sein, dass ich selbst zu misstrauisch war und Geheimnisvolles dort vermutete, wo ich nichts dergleichen finden würde.

Ich gondelte gemächlich nach Heyroth zu Emma und konnte unsere junge Schwangere begrüßen, die malerisch auf Emmas Sofa lag und einen durchaus fröhlichen Eindruck machte.

Sie war noch ein wenig blass um die Nase, strahlte mich aber an und erklärte: »Da ist mir noch etwas eingefallen, Baumeister. Sie wollen auch an ganz komischen Stellen Lava im Tagebau fördern. An Stellen, an denen man das nicht vermuten würde. Also, es sind keine Berge, sondern ganz flache Stellen irgendwo in der Landschaft. Da gibt es eine Straße bei Gillenfeld, von der aus ein Abstecher zum Holzmaar führt. Und da, wo das Schild *Holzmaar* steht, soll gebaggert werden dürfen. Das ist kein Berg, das ist nicht einmal ein Hügel. Und dann noch an einer Stelle, an der man es nicht vermuten würde. Auf der Strecke von Daun zu den Maaren liegt rechter Hand ein sanfter Wiesenhang. Und genau da wollen sie einen Tagebau dulden. Das heißt, dass Tausende von Touristen an einer Lavagrube samt Baggern und Lkws vorbeifahren müssten. Falls das etwas hilft.«

»Das hilft sehr. Aber erst einmal freue ich mich, dass es dir und dem Kind gut geht. Musst du Medikamente nehmen?«

»Ja, aber nur ein paar Tage lang.«

»Und in Kürze haben wir eine feindliche Landnahme zu überleben«, sagte Emma. »Ihre Mutter ist gleich hier. Sie war nicht zu stoppen.«

»Und noch etwas wollte ich euch sagen«, fuhr Nina fort. »Das war für Christian ein ganz wichtiger Punkt. Kleine Basalt- und Lavabrüche müssen ja wieder verfüllt werden. Es wurde aber festgestellt, dass Bauschutt in die Riesenlöcher gefüllt wird, und dass es Leute gibt, die ihren ordinären Hausmüll einfach da reinwerfen. Ein Tourist, der so etwas sieht, würde nicht mehr wiederkommen, sagte Christian. Und man findet auch alte Gruben, in denen die zertrümmerten Straßendecken von vielen Kilometern Landstraße gekippt wurden. Das ist natürlich nicht gestattet, wird aber immer häufiger festgestellt. Die Bergbehörde hat dazu gesagt, sie hätten kein

Personal, um das zu kontrollieren. Christian hat gemeint, das sei eine beschämende Sauerei.«

»Da habe ich eine Frage«, warf ich ein. »Kennst du jemanden, der einen weißen Offroader fährt? Leider kennen wir die Marke nicht. Es ist ziemlich sicher, dass dein Christian, bevor er in Walsdorf stürzte, dort jemanden traf, der ein solches Auto fuhr. Es hatte ein Kennzeichen aus Bergheim, also BM.«

»Auf so etwas achte ich nicht«, sagte sie nach kurzem Nachdenken. »Mir ist es auch egal, was die Leute fahren.«

»Ach übrigens, Emma, ich war bei der Familie Jaax, dem Bauern in Hillesheim. Sehr nette, freundliche Leute, sehr glatt, kein Angriffspunkt, nichts Auffallendes. Vielleicht habe ich irgendetwas übersehen, vielleicht aber auch nicht.«

»Kommt Zeit, kommt Rat«, murmelte Emma. »Wollt ihr ein Stück Streuselkuchen?«

Wir wollten keinen Kuchen, und Nina bat leicht verlegen, sie sei scharf auf eine Gewürzgurke, nichts Süßes.

Dann erschien ihre Mutter, wobei das tatsächlich so etwas wie eine Erscheinung war.

Ein dunkelgrüner, recht protziger Jaguar fuhr vor, am Steuer ein leibhaftiger Chauffeur in grauem Anzug mit schwarzer Krawatte. Dieser Mann hastete um den Wagen herum und riss den hinteren Schlag auf. Ninas Mutter entstieg dem Vehikel. Sie war nicht viel größer als ein Zwerg, trug Kamelhaar mit einem knallroten Seidenhalstuch und ein winziges Täschchen an einer silbernen Kette über der Schulter. Ihr Haar war leuchtend rot. Sie eilte auf das Haus zu, stolperte dabei, fing sich wieder, und startete erneut.

»Sie macht das immer so«, hauchte ihre Tochter voller Verachtung.

»Sie wird Oma«, warf ich beschwichtigend ein.

Emma eilte zur Haustür, und dann brach die Springflut über uns zusammen.

Die Zwergin stürmte ins Haus und gellte: »Kind, mein Kind!«

»Mama!«, sagte das Kind mit deutlichem Vorwurf.

Die Zwergin rauschte an mir vorbei, warf sich halb über ihr Kind und begann hemmungslos zu schluchzen. Da das Sofa zu schmal war, um zwei Personen Platz zu bieten, kniete sie nach zwei Sekunden im Teppichboden und herzte ihr Kind dergestalt, dass ich einen Personenschaden nicht mehr ausschließen konnte.

»Langsam, Mama, langsam«, sagte das Kind.

»Und dein Baby? Bleibt es dir erhalten?«

»Es bleibt mir erhalten, Mama.«

»Na, siehst du!«, stellte die Zwergin fest. »Alles halb so schlimm.«

»Mama, das sind Emma und Baumeister, meine Gastgeber.«

Die Zwergin erhob sich und strahlte uns beinahe überirdisch an.

Es war ganz eindeutig: Sie hatte Botox-Bäckchen, und sie hatte nicht den besten Gesichtsarchitekten gefunden. Die Bäckchen waren eine sehr saubere, rosafarbene, vollkommen glatte Fläche in einem durchaus gebrauchten Gesicht mit ziemlich vielen, harten Falten. Das Gesicht wirkte dadurch ein wenig schizophren, was aber nicht weiter schlimm war, wenn es ihr selbst gefiel.

Sie machte einen gerührten Versuch, Emma zu umarmen und mir anschließend dieselbe Wohltat anzutun.

Sie sprudelte: »Also, ich habe mich in Daun auf der Burg eingemietet. Es ist ja interessant, dass hier auf dem Lande so ein gutes Hotel überhaupt funktionieren kann. Und dein Vater lässt dich grüßen und dir sagen, es ist alles in Ordnung, und du sollst dich mal wieder zu Hause sehen lassen. Und Tante Hildegard hat sich entschlossen, jetzt ein für allemal auf Ischia zu bleiben. Oh, mein Kind, hattest du denn richtige Wehen?«

»Das weiß ich nicht, Mama«, sagte das Kind brav.

Die Zwergin befreite sich von ihrem Kamelhaarmantel, riss sich das Seidentuch vom Hals, drapierte das alles samt ihrem winzigen Täschchen auf einem Küchenstuhl, wandte sich wieder der Tochter zu und heulte: »Stell dir vor, Onkel Gerd ist doch bei Vater erschienen und hat wieder ziemlich viel Geld für nichts verlangt. Und er war beleidigt, als dein Vater es ihm nicht gegeben hat. Glaubst du denn, mein Kind, dass dieses kleine Krankenhaus in Daun wirklich gut genug für so was Schwieriges ist? Sollen wir dich nicht heimholen und zu Doktor Langgans bringen?«

»Sie haben mir sofort und gut geholfen, Mama. Ich will nicht heim zu Dr. Langgans.«

»Aber Zuhause ist Zuhause, Kind. Und dein Vater sagt auch, dass wir dann immer und schnell an deinem Bett sein können, wenn irgendetwas ist.«

»Es ist aber nicht irgendetwas, Mama«, sagte das Kind.

»Und ich finde es auch wichtig, ob du deine Wohnung in Mainz nicht aufgeben willst, jetzt, wo du alleine bist. Du könntest doch bei uns im alten Kutschenhaus wohnen, und niemand würde dich stören. Wir würden das auch wunderbar für dich herrichten. Ach ja, und ich soll dich herzlich grüßen von Mathilde. Stell dir vor, sie geht nächstes Jahr in Pension, und man kriegt heutzutage überhaupt kein Personal mehr.«

Ich war genervt und murmelte: »Ich muss jetzt los, ich habe noch Arbeit.«

»Ich rufe dich an«, versicherte mir Emma und legte einen Augenaufschlag zum Himmel hin, der jedem Clown Ehre gemacht hätte.

Ich nickte Mutter und Tochter so freundlich wie möglich zu, entkam in die Eifeler Wildnis und atmete erst einmal tief durch.

Diese Mutter war ohne Zweifel schwierig, aber offensichtlich hatte die Tochter sich auch nicht die Mühe gemacht, sich abzunabeln und klare Grenzen zu ziehen. Ja, Mama, nein, Mama ...

Plötzlich war ich hundemüde und wollte mich nur noch einigeln. Ich legte mich auf das Sofa und tat mir zehn Minuten RTL mit der Suche nach dem Superstar an. Völlig fasziniert sah ich drei Kandidaten zu, die jung und unverbraucht ein Lied zu singen versuchten und dabei so wenig Talent offenbarten, dass unter normalen Umständen niemand auf die Idee gekommen wäre, sie das Hänschenklein summen zu lassen. Schon gar nicht in der Öffentlichkeit! Dahinter steckte der weltweit beliebteste und zugleich dämlichste Zuspruch: Auch du kannst es schaffen! Natürlich machte es mich auch sauer, dass ein leibhaftiger Fernsehsender auf völliges menschliches Versagen setzte und mit reiner Schadenfreude viel Geld verdiente.

Gegen neun Uhr wollte ich ins Bett gehen, war dann aber so sauer auf Gott und die Welt, dass ich mir doch noch die Mühe machte, den Friedhelm Werendonk aufzutreiben, Glatts Nummer zwei. Ich hatte Schwierigkeiten, seine Telefonnummer zu entdecken, kannte aber jemanden, der jemand kannte, der wiederum von jemandem wusste, der die Nummer unter allen Umständen haben musste.

Provinz live.

»Werendonk«, murmelte er verdrießlich.

»Mein Name ist Baumeister, ich bin Journalist, ich würde gern mit Ihnen sprechen. Wir kennen uns flüchtig.«

»Ja, ich erinnere mich. Was gibt's?«, fragte er mäßig freundlich.
»Sie haben neulich den ausgebrannten Wohnwagen bei *Rosi eins* inspiziert. Und merkwürdigerweise war ausgerechnet der Geologe Dr. Christian Schaad zu Gast in Ihrem Vorzimmer. Und ein enger Geschäftsfreund Ihres Chefs, nämlich Norbert Bleckmann, starb sehr rätselhaft auf einer Wiese in Hillesheim.«
»Ja, und?«, fragte er.
»Ich würde Sie gern nach auftauchenden Problemen befragen«, sagte ich.
»Wir haben mit der alten Frau aber nichts zu tun.« Das kam schnell und hart, es kam daher wie eine Fanfare.
»Das habe ich auch nicht gesagt«, bemerkte ich erheitert.
»Also gut. Wann?«
»Vielleicht morgen früh? So gegen zehn Uhr bei mir in Brück?«
»Das geht«, sagte er.
Der Mann musste unter einem irrsinnigen Druck stehen, denn normalerweise würde er abstreiten, mich überhaupt zu kennen, normalerweise ging man kritischen Journalisten soweit wie möglich aus dem Weg, es sei denn, sie sängen Jubelchöre. Aber er würde kommen. Er würde schon deshalb kommen, weil er unbedingt erfahren wollte, was bekannt war und was nicht.
Ich rief Emma an, um ihr das mitzuteilen, und hörte im Hintergrund die Zwergin heulen.

9. Kapitel

Erst kam Emma, dann Friedhelm Werendonk. Es gab Kaffee und ein paar Kekse, sowie eine ungemein aufmunternde Freundlichkeit, die ihm die Angst vor dem Unbekannten nehmen sollte.

»In Wahrheit«, so argumentierte Emma zu Beginn strahlend aber völlig verlogen, »in Wahrheit sind doch die Erfolgreichen gar nicht vorstellbar ohne die unermüdliche Schöpferkraft der Manager in ihrem Rücken, die solch eine wirtschaftliche Stärke überhaupt erst umsetzen. Also, ich meine, der Herr Glatt ist ohne Sie gar nicht vorstellbar.«

Werendonk nahm das Gesülze vollkommen ungerührt entgegen. Er griff in seine Weste und holte ein kleines, silbernes Etui daraus. Er klappte es auf und nahm zwei Süßtabletten für seinen Kaffee.

Er war ein Zwei-Meter-Mann in grauem Anzug mit Weste und einem leuchtend blauen Schlips, unter dem sich die ersten Zeichen einer Wampe deutlich machten. Seine Haare wurden an den Schläfen grau, und sein Gesicht war hart und kantig, sehr sauber rasiert. Er wirkte eindeutig erschöpft, die dunklen Ringe unter seinen Augen wiesen auf ein drohendes Burnout-Syndrom hin, seine Haut war grau. Seine ganze Erscheinung besagte allerdings, dass er so etwas wie Müdigkeit oder gar Lustlosigkeit nicht einmal buchstabieren konnte.

»Ich frage mich, was Sie eigentlich von mir wissen wollen«, stellte er kühl fest.

»Das ist ziemlich einfach zu beantworten«, sagte ich. »Da stirbt ein wichtiger Partner des Herrn Glatt, und wir haben die Frage, wie es denn weitergehen könnte. Da stürzt ein Geologe in einer Lavagrube zu Tode, von dem wir mit absoluter Sicherheit wissen, dass er im Vorzimmer Ihres Chefs saß. Warum saß er da? Dann weiten sich Ihre Wirkungs- und Besitzkreise deutlich aus. Sie schlucken zwei, drei deutsche Betriebe, die Lampen herstellen. Sie übernehmen einen großen Kerzenhersteller in Pakistan, dann einen großen Hersteller von künstlichen Blumen in Thailand, dann eine vierte Schuhfabrik, dann ein Anzeigenblatt, von dem der Herr Glatt dauernd behauptet, er mische sich in Angelegenheiten der Redaktion niemals ein, obwohl wir Gegenteiliges wissen. Dann wird das Anzeigenblättchen dem Herrn Bleckmann zugeschustert, damit niemand behaupten kann, es gehöre Glatt. Wissen Sie, das alles würde uns tatsächlich nicht sonderlich interessieren, wenn es lautlos funktioniert hätte. Aber es geschah mit drei Toten. Und die Tote im Wohnwagen hat Sie anscheinend brennend interessiert. Und spätestens dann fragen wir nach. Also frage ich: Kannten Sie die alte Frau, die dort zu Tode stranguliert wurde? Und noch etwas vorab, Herr Werendonk. Sie sollten freundlich in Erwägung ziehen, dass wir niemals ohne Grund fragen.«

Sein Blick war eisig, seine Augen waren harte, dunkle Glasmurmeln.

»Zunächst muss ich feststellen, dass ich diese alte Frau nicht kannte, keine Ahnung von ihrer Existenz hatte. Aber wir wussten, dass Norbert Bleckmann, einer unserer wichtigsten Partner, diese Frau gekannt haben musste. Wenigstens flüchtig. Das liegt darin begründet, dass Bleckmann zeitweise eine, na ja, eine Gespielin hatte, die bei uns nicht zu akzeptieren war. Sie hat eine trübe Vergangenheit, sie war immer eine Prostituierte, oder vielmehr, sie ist auch heute noch eine Prostituierte. Mein Vorsitzender ist der Meinung, dass wir uns solche Mitstreiter nicht leisten können. Wir achten moralisch wie ethisch auf strengste Maßstäbe. Und die Behauptung, dass das Privatleben niemanden Dritten angehe, ist einfach falsch. Unsere Kunden haben strenge Maßstäbe. So gesehen war Norbert Bleckmann zeitweilig eine Belastung, wenngleich er ein hervorragender Kaufmann gewesen ist. Nein, ich kannte die alte Frau nicht, habe sie nie gesehen, weiß aber, dass sie die Mutter der Prostituierten war.«

»Aber warum um alles in der Welt bewegen Sie Ihr Luxusgefährt zur Aufklärung an den Tatort?«, fragte ich weiter.

»Es ist ein Dienstwagen«, stellte er kalt fest. »Ich interessierte mich sofort dafür, weil Norbert Bleckmann plötzlich tot war, und weil Bleckmann in dem Wohnwagen da wohl auch stundenweise diese erwähnte Geliebte untergebracht hatte.«

»Woher wissen Sie das denn?«, fragte Emma.

»Also, wenn er durchdrehte, machte er das sehr gründlich«, antwortete er mit spöttischem Unterton. »Wenn Sie wissen, was ich meine. Wir haben gedacht, er ist geheilt, aber dann hatte er eine Art Rückfall mit der besagten Prostituierten.«

»Sie haben Elvis, den Stier zu Hilfe gerufen, nicht wahr?«, fragte ich.

»Ich gebe Informanten niemals preis«, erwiderte er schnell.

»Das glaube ich Ihnen aufs Wort«, sagte Emma in einem beinahe fröhlichen Sarkasmus. »Das wäre ja auch viel zu gefährlich. Die Glatt-Firmengruppe beruft sich auf einen Kölner Kneipen-, Hotel- und Clubbetreiber, der gleichzeitig viele Pferdchen laufen hat. So etwas darf es nicht geben.«

»Das haben Sie jetzt gesagt«, bemerkte er.

»Ja, ja«, sagte ich. »Sie waren am Ende Ihrer finanziellen Möglichkeiten, als Sie Norbert Bleckmann ins Boot holten. Er garantierte Ihnen frisches Kapital und Verbindungen in internationale Märkte. Er war gut für zwanzig Millionen.«

»Ach, wissen Sie, die Eifel war immer schon für wilde Gerüchte gut.« Er wedelte mit beiden Händen, er signalisierte eine geradezu weise Lebenshaltung. »Wir fangen gar nicht erst an, wilde Vermutungen zu stoppen. Wir sind der Ansicht, dass die Eifeler von selbst darauf kommen werden, welch ein Segen wir für die Region sind. Wir bringen Arbeitsplätze; wir bringen eine Unmasse an Know-how, wir bringen soziale Leistungen, wir bringen der Jugend in der Region die Möglichkeit, hier zu bleiben und auf diese Weise zu verhindern, dass sie dem hiesigen Arbeitsmarkt verloren gehen. Junge Menschen müssen nicht erst auswandern, sie können zu Hause bleiben, sie können bei Glatt zu erstklassigen Konditionen arbeiten.«

»Wie kommt man denn an eine Kerzenfabrik in Pakistan? Wie kommt man an eine Fabrik für künstliche Blumen in Thailand?«, fragte ich.

»Das ist ziemlich einfach, wenn man weiß, wie.« Er lächelte. »Das sicherste Prinzip ist, eine Bank mit starken internationalen Verbindungen auf die Spur zu setzen. Sie bekommen Informationen, Sie können auswählen, Sie können die infrage kommenden Betriebe und die Branche genau untersuchen, Sie können die Übernahmekandidaten genau betrachten und Ihre Entscheidung treffen. Diese Seite des Unternehmens wurde übrigens weitgehend von Bleckmann erledigt, er reiste mehrfach nach Pakistan und nach Thailand, und er machte seine Sache verdammt gut.«

»Das ist geradezu rührend einfach«, bemerkte Emma.

»Wir arbeiten eben eine Spur länger und eine Spur härter. Jeden Tag. Wir lassen uns die Butter nicht vom Brot nehmen.« Er wurde jetzt langsam wütend.

»Was ist mit dem Geologen Dr. Christian Schaad? Wieso saß der bei Ihnen im Vorzimmer? Was wollte er bei der Glatt Firmengruppe?«, fragte ich.

Er nickte. »Dazu kann ich Ihnen Grundsätzliches sagen. Seit Sie mir gestern Abend sagten, er sei bei uns gewesen, habe ich mich bemüht, herauszufinden, mit wem er gesprochen haben könnte. Ich habe niemanden in der Leitungsebene des Unternehmens finden können, der mit ihm gesprochen hat oder mit ihm sprechen wollte. Niemand bei uns kannte ihn. Schon gar nicht Herr Glatt persönlich. Es gibt keine Notizen oder Computereinträge über seinen möglichen Besuch. Also hat er auch nicht stattgefunden. Es muss sich um eine Verwechslung handeln. Er ist auch nicht an unseren Pförtnern vorbeigefahren. Die lassen niemanden rein, der nicht einen Termin im Hause hat, also angekündigt ist. Es kann also nicht sein, dass der von Ihnen Genannte aus privaten oder beruflichen oder sonstigen Gründen bei uns im Haus war, also vielleicht, um mit jemandem aus der Belegschaft zu sprechen, den er privat kannte. Das kann nicht sein. Ich muss energisch darauf verweisen, dass Herr Dr. Schaad mit niemandem in unserem Hause bekannt war, und dass niemand auf irgendeine Weise mit seinem Tod zu tun hat. Ich betone: niemand!«

»Das haben wir auch nicht gesagt, Herr Werendonk.« Emmas Stimme war eisig. »Sie sollten nicht so krass in Ihren Äußerungen sein. Praktisch kann jeder den Christian Schaad in den Tod gestoßen haben, also auch jeder in Ihrer Firma. Aber dieser Mann saß in Ihrem Haus nicht irgendwo herum, sondern er saß im Vorzimmer der Geschäftsleitung. Diese Information ist sicher, unser Informant irrt nicht. Und wir sind nicht daran interessiert, die privaten Verbindungen des Christian Schaad in Ihre Firma zu untersuchen, sondern um abzuklären, was er bei Ihnen wollte. Immerhin starb er auf eine äußerst rätselhafte Weise.«

»Ich denke, es ist abgeklärt, dass er bei einem unglücklichen Sturz im Tagebau Walsdorf zu Tode kam!«, polterte er schroff. »Zumindest haben die zuständigen Behörden den Medien das mitgeteilt. Wenn Sie als Journalisten der Paranoia, die Ihrem Beruf typisch zu sein scheint, erliegen wollen, dann bitte sehr. Aber ohne uns! Wir machen die irre Suche nach dunklen, finsteren Geheimnissen nicht mit. Ich wiederhole: Nach meinen Erkundigungen in unserem Betrieb hat ein solcher Besuch nicht stattgefunden. Wer immer das behauptet, hat gelogen, wollte sich vielleicht nur wichtig machen. Können Sie mir denn sagen, wer Ihnen von diesem angeblichen Besuch bei uns berichtet hat?«

»Wir geben Informanten niemals preis«, erklärte Emma strahlend. »Und wir fragen natürlich auch weiter. Und wir werden selbstverständlich Frauen und Männer befragen, die bei Ihnen arbeiten, wenn es recht ist.«

»Das verbitte ich mir! Sie stören den Arbeitsfrieden. Das kommt gar nicht infrage, das untersage ich hiermit deutlich.« Sein Gesicht war jetzt etwas besser durchblutet, er wirkte lebendiger.

»Das können Sie nicht unterbinden«, sagte Emma kühl. »Wir leben in einer Demokratie, und die freie Meinungsäußerung ist im Grundgesetz garantiert. Die Medien haben die Aufgabe, zu berichten. Wir kommen ja nicht auf Ihr Firmengelände, wir stehen nur einfach davor.«

»Wir nehmen Ihre Aussage erst einmal als gegeben an«, murmelte ich, um ihn zu beruhigen »Was passierte bei dem alten Seeth? Er brach zusammen, als Sie gerade sein Haus in Strohn verließen. Über was ist gesprochen worden?«

Er blies die Backen auf, er atmete ganz langsam aus. Er war jetzt eindeutig hoch erregt und endgültig beleidigt. Er griff noch einmal in seine Weste, holte die silberne Dose hervor und warf zwei weitere Süßtabletten in seinen Kaffee, von dem er noch keinen einzigen Schluck getrunken hatte.

»Sie unterschieben mir also, ich hätte den alten Herrn mit irgendetwas aufgeregt, sodass er zusammenbrach? Denken Sie so? Das ist hanebüchen, das ist beleidigend.«

»Nein, nein, nein, Herr Werendonk. Das ist einfach eine Frage, die wir beantwortet haben wollen, falls Sie dazu bereit sind. Sie können genauso gut eine Antwort verweigern, das ist Ihr gutes Recht.«

Er brauchte ein paar Sekunden, um sich auf die normale Betriebstemperatur herunterzufahren. Dann presste er hervor: »Das ist einfach zu beantworten. Wir brauchen Lava, wir wollen unseren Firmensitz in Daun neu gestalten. Sowohl was die gesamte Außenanlage, aber auch Einzelheiten der Gebäudeisolierung betrifft. Die Wege und Fahrspuren zu den Parkplätzen der Angestellten sollen neu gestaltet werden. Wir brauchen Hunderte Tonnen Lava, wenn nicht noch mehr. Deshalb war ich bei Seeth. Fragen Sie ihn doch selbst, er wird es bestätigen.«

»Das machen wir«, nickte ich. »Also, über etwas anderes als die Lieferung von Lava haben Sie nicht gesprochen?«

»Nein. Haben wir nicht. Im Übrigen soll der alte Herr ja auch ziemlich krank sein, wie ich gehört habe. Geistig völlig fit, aber körperlich schon sehr eingeschränkt. Die Geschichte mit seinem Sohn hat ihn wohl tief getroffen. Davon hat er sich nicht mehr erholt.«

»Was war denn mit seinem Sohn?«, fragte Emma.

»Ach, das wissen Sie nicht? Der hatte einen Blutkrebs und starb binnen sechs Monaten. Vor drei Jahren, glaube ich. Er war gerade mal fünfzig.«

»Das wussten wir nicht«, bestätigte ich.

»Sie sollten sich informieren, bevor Sie ins Blaue hinein Verdächtigungen aussprechen«, bemerkte er trocken und sehr von oben herab. Plötzlich war er mit geradezu affenartiger Geschwindigkeit wieder der gute Kerl, der alles mitmachte.

»Sagen Sie mal: Kennen Sie einen Menschen, der einen weißen Jeeptyp fährt? Mit der Regionalkennung BM?«, fragte ich.

»Nein«, sagte er kopfschüttelnd. »Darauf achte ich nun wirklich nicht, und von meinen Freunden oder Bekannten weiß ich das auch nicht. Nein.«

»Norbert Bleckmann fuhr in Hillesheim auf eine Wiese und starb«, sagte ich. »Haben Sie irgendeine Ahnung, was er dort wollte?«

Er nickte bedächtig. »Klar, das haben wir uns auch gefragt. Was suchte er dort? Aber vielleicht gibt es eine einfache Antwort. Er war ja ein Ruheloser, und er war jemand, der Hotels vermied. Warum, weiß ich nicht. Er hat mir gesagt: ›Ich schlafe gern im Auto. Ich fahre einfach auf einen Waldweg und mache eine lange Pause.‹«

»Das klingt wunderbar, Herr Werendonk. Sehr einleuchtend. Nur dass jemand auf eine Wiese fährt, seinen Wagenschlag sperrangelweit öffnet und dann stirbt, erscheint uns sonderbar. Es war eine sehr feuchte Nacht, es herrschte dichter Nebel.« Ich stopfte mir eine Pfeife.

»Sie tippen auf Mord?«, fragte er mit großen Augen. »Aber es stand im *Trierischen Volksfreund* zu lesen, er sei einem Herzversagen erlegen. Gilt das jetzt nicht mehr? Kann es nicht sein, dass Bleckmann versuchte, aus seinem Auto auszusteigen, und dass es ihn genau an diesem Punkt erwischte?«

»Das ist alles möglich, Herr Werendonk«, nickte Emma freundlich. »Und wir akzeptieren, dass auch Sie einiges nicht begreifen. Komisch erscheint uns nur, dass Sie von der Leiche in dem Wohnwagen schon wussten, noch ehe irgendjemand in den Medien darüber berichtet hatte. Radio, Zeitungen, Fernsehen. Verstehen Sie unsere Gedankengänge überhaupt, Herr Werendonk? Also bitten wir Sie, uns darüber aufzuklären, von wem Sie die Kenntnis von der ermordeten alten Frau hatten, und wer Ihnen sagte, sie sei die Mutter der erwähnten Prostituierten. Es ist so, dass Sie an dem verbrannten Wohnwagen auftauchten, obwohl eine Pressekonferenz der Polizei zu diesem Zeitpunkt noch gar nicht stattgefunden hatte. Sie waren gewissermaßen schneller als die Bullen.«

»Nehmen Sie einfach an, dass ich Insiderwissen hatte.«

»Das ist schwierig«, entschied ich. »Aber wir werden darauf zurückkommen. Ein anderes Feld: Wie wird es weitergehen? Wird die Frau von Bleckmann bei Ihnen engagiert sein, oder wird sie sich zurückziehen?«

»Die Verträge sind eindeutig«, sagte er mit einer scharfen Bewegung seines rechten Unterarms, als wolle er einen Baum abhacken. »Sie wird bei uns bleiben, denn sie ist eine gute Kaufmannsfrau. Sie verdient Geld bei uns, und zwar ziemlich viel.«

»Das Anzeigenblättchen ist dann offiziell im Besitz der Frau Bleckmann. Schreibt Herr Glatt dort weiter seine unsäglichen Kommentare? Ist das der Stammtisch, den die Eifeler verdient haben?«, fragte ich.

»Wir mischen uns in Fragen der Redaktion grundsätzlich nicht ein.«

»Das stimmt doch so nicht. Ihr Vorsitzender beglückt die gesamte Eifel jede Woche mit unsäglich plattem Politikgequatsche, das nicht einmal mit einem Autorennamen versehen ist, und sich wahllos gegen alles richtet, was Herrn Glatt nicht gefällt. Wird das so weitergehen?«

»Dazu müssten Sie Herrn Glatt selbst befragen. Ich halte mich da raus, das ist nicht mein Arbeitsfeld.«

»Das scheint mir ehrlich«, reagierte Emma mit einem Glucksen. »Also, ich habe keine Frage mehr.«

»Okay, dann machen wir hier Schluss«, nickte ich. »Wir danken Ihnen sehr, dass Sie gekommen sind.«

Er stand mit einem Ruck auf, reichte uns eine etwas feuchte und schlabbrige Patschehand und murmelte: »Ich finde schon selbst hier raus.«

Kurz darauf brüllte sein gewaltiges Auto auf und verschwand.

»Was sagst du?«, fragte Emma.

»Ich sage, dass er in einem Punkt gelogen hat: Christian Schaad war bei Glatt, aber es wird schwierig sein, das hart zu machen. Und in einem weiteren Punkt hat er erstaunlich offen reagiert: Ich gehe jede Wette ein, dass er eine ständige Verbindung mit diesen Leuten um Elvis hatte. Wir müssen begreifen, dass Bleckmann und seine ersehnte Geliebte unter ständiger Beobachtung gestanden haben. Es war die einzige Möglichkeit für Werendonk, immer genau zu wissen, was Bleckmann tat. Also müssen wir die junge Frau auftreiben und befragen. Vielleicht können wir das mit einem Besuch bei Elvis, dem Stier verbinden. Ich war schon lange nicht mehr in Zuhälterkreisen, das wird mir gut tun, das macht meine Seele eindeutig fröhlicher.« Sie saß auf dem Sofa und starrte mit großen Augen ins Nichts. Sie murmelte: »Ich muss dir sagen, dass Rodenstock gleich einfliegt.«

»Hat er abgebrochen?«

»Nein, hat er nicht. Er braucht neue Klamotten und andere Sachen. Und er hat gesagt, dass er dich gerne sehen würde. Wenigstens für eine Stunde. Nina ist bei ihrer Mutter im Hotel, sie wird also nicht stören.«

»Du machst den Eindruck, als traust du ihm nicht.«

»Das tue ich auch nicht, das ist irgendwie kaputtgegangen. Es ist zu viel passiert, und er war zu hart. Jetzt habe ich Angst.« Sie zündete sich einen Zigarillo an. »Wirst du kommen?«

»Aber ja«, antwortete ich. »Er war hier auf meinem Anrufbeantworter. Er wollte sich entschuldigen.«

»Ich fahre mal«, murmelte sie. »Ich ruf dich an. Bis später.« Sie zerquetschte ihren Zigarillo ziemlich brutal im Aschenbecher und ging hinaus.

Ich hockte mich auf mein Sofa und starrte durch die Terrassentür in meinen Frühlingsgarten.

Was bedeutete es eigentlich, dass ein weißes Allradfahrzeug zu dem Golf des Geologen stieß, der vor dem Eingang zur Lavagrube in Walsdorf parkte?

Das bedeutete vielleicht, dass der Fahrer des weißen Autos nicht vorhatte, den Geologen in die Tiefe zu stürzen. Wenn er von Beginn an plante, Christian Schaad zu töten, wäre er niemals zum Eingang der Grube gefahren, die in Sichtweite des Dorfes lag. Er wäre von hinten, also nicht einsehbar an die Grube herangefahren. Das besagte nicht viel, denn auch ich hatte nicht gewusst, dass man die Grube von hinten anfahren kann, wo es keine Zuschauer gibt. Vielleicht konnte man daraus den Schluss ziehen, dass der Mörder, wenn es ihn überhaupt gab, mit den örtlichen Gegebenheiten nicht vertraut war.

Was bedeutete das wiederum? Und hatte es vielleicht eine Verabredung zwischen den beiden gegeben? Oder war der Mörder einfach dem Golf des Geologen gefolgt, war das Aufeinandertreffen also für Christian Schaad überraschend gewesen?

Oder arbeitete ich mich an einer vollkommen unwichtigen Ecke des Geschehens ab?

Beinahe lästig war schon die Frage, was denn Norbert Bleckmann nachts auf der Wiese in Hillesheim gesucht hatte. Emma hatte geäußert: ›Er stand da, weil da irgendetwas ablief.‹ Aber was? Wollte er irgendeinen Ablauf kontrollieren? Was findet mitten in der Nacht in einem Eifeler Bauernhof statt? Was ist da zu kontrollieren? Und hatte Bleckmann vorher die Mutter seiner ersehnten Anna getötet? Und warum? War eine solche Tötung die Folge einer kühlen Überlegung? Oder war er ausgerastet, weil die Mutter irgendetwas sagte oder tat, was ihn in Rage versetzte?

Es war hoher Mittag, als Emma anrief und knapp mitteilte, Rodenstock sei da und wolle mit mir essen. Es klang störend förmlich, aber vermutlich hatte sie schwere Probleme mit ihrem Mann, vermutlich war sie einfach hilflos, und vermutlich rief sie auch indirekt um Hilfe.

Ich fuhr also die zweitausend Meter nach Heyroth, und ich hatte den innigen Wunsch, die Strecke möge zweihundert Kilometer lang sein. Ich könnte mich dann besser vorbereiten, dachte ich. Gleichzeitig wusste ich, dass das ein sehr blödsinniger Gedankengang war. Ich musste mich nicht vorbereiten, ich musste nur klar zu erkennen geben, dass ich nicht gewillt war, mit Rodenstock über sein Verhalten zu diskutieren. Er hatte sich sehr lange wie ein Ekel aufgeführt, und damit musste jetzt Schluss sein.

Die Haustür war angelehnt, und ich traf auf ein merkwürdiges Bild.

Sie saßen beide am Esstisch, beide nebeneinander und beide merkwürdig steif mit den Händen auf dem Tisch, die Arme angewinkelt am Körper, so, als hätten sie keinerlei Ahnung von dem anderen, seien einander nicht einmal vorgestellt worden. Sie starrten mir entgegen, als sei ich ein Ombudsmann, der das Problem lösen konnte, der Frieden schaffen konnte, vielleicht einen neuen Anfang.

»Das sieht mir aus wie ein Familientreffen im Wartehäuschen der Buslinie«, bemerkte ich munter. »Rodenstock, herzlich willkommen in deinem Haus! Ich hoffe, es geht dir besser, und du siehst ein Licht am Horizont.«

»Ja«, sagte er hohl. »Grüß dich.«

Emma löste sich aus ihrer Erstarrung. »Ich gieß dir mal einen Kaffee ein.« Dann stand sie hektisch auf, stolperte sogar, ging in die Küchenzeile und fummelte das Geschirr aus dem Schrank.

Rodenstock stand jetzt auch auf und ging zu seinem Humidor aus Edelholz, der auf einer alten Truhe stand. Er klappte ihn auf, nahm einzelne Zigarren hoch, zog sie quer unter der Nase durch, um zu prüfen, ob sie rauchbar waren. Dann wählte er eine aus, klappte den Humidor wieder zu, nahm einen Zigarrenschneider und schnitt die Zigarre am Ende an. Es war eine *Monte Christo*, und sie war dick wie ein Pistolenlauf. Dann kam er mit einem Aschenbecher an den Tisch zurück.

»Doch«, sagte er nickend, »es geht mir besser.«

Ich spürte Wut in mir. Emma war eine wunderbare Frau und hatte dieses erniedrigende Gefühlschaos nicht verdient.

»Die ollen Lateiner sagten: *Carpe diem*, nutze den Tag. Also, Rodenstock, wie lange wird das dauern, bis du einigermaßen runderneuert bist?«

»Das ist unklar«, antwortete er.

Irgendetwas an ihm war verändert, und ich konnte nicht ausmachen, was. Das Gesicht war scheinbar straffer, schmaler, die grauen Haare wirkten wie eine Mütze, die Augen waren verschleiert, als müsse er sich tarnen. Seine Körperhaltung war anders als früher, er wirkte wie jemand, der sich vor einem Schlag ducken muss, der einen Schlag erwartet.

»Vielleicht ist es ganz einfach«, sagte ich, während Emma die Tassen verteilte. »Ihr habt ja geheiratet, um das Leben miteinander zu teilen. Vielleicht ist es einfacher, zu schweigen und abzuwarten, was geschieht. Irgendwann kommt der Bus, und ihr könnt entscheiden, wer von euch einsteigt und wer draußen bleibt. Oder ihr steigt beide ein, und die Reise beginnt. Und ich finde diese hehren Worte schlicht beschissen, denn ihr seid beide alt genug, um Krieg oder Frieden zu wählen. Jedenfalls bin ich nicht bereit, diesen Zustand länger auszuhalten. Ihr seid kindisch, alle beide, und natürlich total verrückt, auch alle beide.«

Es blieb merkwürdig ruhig, beinahe totenstill.

Emma versuchte, Milch in ihren Kaffee zu schütten, das Meiste ging daneben. Rodenstock drehte die Zigarre in seinen Fingern hin und her und starrte dabei aus dem Fenster.

»Heh, Leute«, sagte ich. »Wir haben zu arbeiten.«

Rodenstock saß mir gegenüber, fasste seine Kaffeetasse mit der ganzen Hand von oben und quetschte sie dann mit vor Anstrengung weißen Fingern. Sie ging zu Bruch, der Kaffee ergoss sich über den Tisch.

Emma stand hektisch auf und murmelte: »Das mache ich schon, das mache ich schon.« Dann rannte sie buchstäblich zur Spüle, machte dort aber nichts, stützte sich nur auf und ließ den Kopf vornüber sinken.

»Ich versuche jetzt mal zu sagen, was ich meine«, murmelte ich. »Ein einziges Mal hast du aus dem Nähkästchen geplaudert, Rodenstock. Du hast mir erzählt, dass du versucht hast, mit Emma in deinem Auto zu schlafen. Und du hast darüber herzlich gelacht. Ich weiß nicht, warum. Vielleicht ging es schief, vielleicht hat es besonders schön geklappt, wie auch immer, es muss fröhlich gewesen sein. Es wäre verdammt gut, eine solche Nachricht noch einmal zu bekommen.«

Emma stand da an ihrer blödsinnigen Spüle und krallte sich an einem gelben Wischtuch fest. Rodenstock hatte ein neues Spiel entwickelt: Er drehte die Zigarre mit der flachen Hand in der Kaffeelache auf dem Tisch hin und her. Sein Gesicht bewegte sich heftig, es sah so aus, als kaue er. Dann hob er den Kopf, und ich sah, dass sein Gesicht tränenüberströmt war.

Ich stand auf und ging hinaus, ich fuhr heim.

10. Kapitel

Zwei Stunden später, als ich gerade mit der Niederschrift unseres Gespräches mit Ivonne Bleckmann für die Mordkommission fertig war, kamen die beiden in zwei Autos auf meinen Hof gefahren. Und ich sah sie da auf dem Kopfsteinpflaster zusammenstehen und über irgendetwas lächeln. Es war, als sei die Sonne in ihren Gesichtern aufgegangen. Rodenstock legte ihr seine Hand auf die Schulter, beugte sich lächelnd zu ihr und sagte irgendetwas. Und Emma griff mit Daumen und Zeigefinger seine große Nase und lachte dazu. Da hatte ich einen Riesenkloß im Hals.

Ich öffnete ihnen die Haustür und etwas Merkwürdiges geschah.

Rodenstock nahm mich in die Arme und sagte: »Dankeschön.« Dann hielt er mich mit ausgestreckten Armen von sich und murmelte: »Für die unendliche Geduld.«

Das war noch nie passiert, das war verblüffend, und wahrscheinlich hatte ich vor lauter Staunen ein Gesicht wie ein Karpfen.

Er sprach schnell weiter: »Ich muss in die Klinik zurück, diese Psychiater sind grauenhaft pingelig. Emma hat mir ein wenig von diesem Fall erzählt oder von den zwei Fällen. Wir wissen ja nicht, ob sie auf die eine oder andere Weise nicht doch zusammenhängen. In der Geschichte mit dem toten Kaufmann aus Köln denke ich, dass ihr noch lange nicht auf dem Grund des Brunnens angekommen seid. Dass dieser Geologe plötzlich im Vorzimmer des Herrn Glatt auftaucht, dürft ihr keine Sekunde vergessen. Da scheint mir sehr viel mehr dahinter zu hängen, als bis jetzt bekannt. Und ich bin auch der Meinung, dass der Fall des toten Geologen wahrscheinlich umfangreicher ist, als ihr bis jetzt herausfinden konntet. Zum weiteren Vorgehen würde ich euch raten, durchaus den Versuch zu wagen, eine der Vorzimmerdamen des Herrn Glatt zu einem Gespräch zu bitten. Ihr wisst ja: Die, die grundsätzlich mehr weiß als der Chef, ist immer die Sekretärin. Wie Emma das schildert, klingt das für mich, als sei der Kaufmann auf die Wiese über dem Bauernhof gefahren, weil er genau an diesen Punkt wollte. Für mich heißt das: Irgendetwas auf dem Bauernhof spielt sich nachts ab.« Er grinste. »Ich erspare es euch, die kommenden vierzehn Tage nachts auf der Wiese im Nebel herumzustehen und zu frieren. Ich rate euch aber dringend, den nächsten Angriff gegen diese Bäuerin zu fahren ... ich weiß nicht mehr, wie sie heißt.«

»Klara Jaax«, sagte ich.

Er nickte. »Emma sagte, sie sei eine wilde Hummel oder so etwas. Wenn sie das ist, dann müsste es leicht sein, an Fakten über diese Frau heranzukommen. Wenn sie fröhlich ist und ein leichtes Herz hat, dann hat sie auch Freundinnen. Und diese Freundinnen werden gern ganz unschuldig reden, wenn man sie entsprechend motiviert. Vielleicht ist die Frau in einem Kegelclub oder in einem Karnevalsverein. Und jetzt muss ich weiter, sonst schimpft mein Therapeut. Und ich verlange natürlich, dass ihr erfolgreich seid.« Dann grinste er, zog die Haustür auf und verschwand.

»Der ist jetzt richtig gut unterwegs«, sagte seine Frau strahlend und umarmte mich. »Weißt du, was ich jetzt tue? Ich fahre heim und schreibe ihm einen Brief. Und wenn etwas Wichtiges ist, kannst du mich anrufen.«

»Es gibt nichts Wichtigeres als einen Brief an ihn«, sagte ich.

Aber da war sie schon zur Tür hinaus, sie hüpfte förmlich.

Ich blieb zurück mit dem Gefühl, vollkommen überflüssig zu sein. Die Welt brauchte mich nicht.

Also machte ich mich auf und fuhr nach Hillesheim hinüber, um irgendjemanden aufzutreiben, der etwas über Klara Jaax wissen konnte. Ich landete erst einmal im *Teller* bei Ben, setzte mich an den Tresen und bestellte einen Kaffee. Es war gegen 18 Uhr, Hillesheim war gutbürgerlich, niemand war da, für das Feierabendbier war es zu früh.

Die junge Frau, die mich bediente, kannte ich nicht. Sie war schlank, hellblond und vielleicht 20 Jahre alt. Sie hatte den Mund eines Mädchens, das grundsätzlich schmollt.

»Wo kann ich denn etwas über den Karneval in Hillesheim erfahren?«

»Etwas Konkretes, oder allgemein?«, fragte sie zurück.

»Etwas konkret wäre gut«, sagte ich.

»Dann bestimmt bei Melanie im *Lady*«.

»Und wo ist das?«

»Oben am Graf-Mirbach-Platz.«

Also trank ich meinen Kaffee aus, bezahlte und wanderte weiter. Zuweilen muss man weite Wege gehen.

Am Graf-Mirbach-Platz, der auf mich immer den Eindruck eines zu Tode sanierten, großen Vierecks machte, fand ich *Melanies Wellness-Point Lady*.

Melanie selbst machte den Eindruck eines oldenburgischen Kaltblüters – von hinten gesehen. Sie war ein Gebirge von Mensch, und sie thronte hinter ihrem Verkaufstisch, als müsse sie ihren Laden tagtäglich gegen den Ansturm blutdürstiger Barbarenhorden verteidigen.

»Sie wollen sicher einen Gutschein für Ihre Frau«, sagte sie mit sehr blanken, blauen Augen. »Ich hätte da ein Gesamtangebot von einmal Rückenmassage, Pediküre, zweimal Sonnenbank, einmal Maniküre, einmal Olivenölbad plus Lichttherapie. Das ist günstig, das macht ...«

»Ich möchte etwas über den Karneval in Hillesheim wissen«, sagte ich eingeschüchtert.

»Da sind wir doch gerade drüber«, erwiderte sie indigniert.

Sie war um die Dreißig, und sie steckte in einer Art blütenübersätem Überwurf, der sämtliche Einzelheiten verdeckte. Es war wohl eine Art Zelt. Sie hatte lange, dunkle Haare, die ihr wirr vom Kopf standen, und unglaublich elegante Hände.

»Gibt es hier denn angewandten Karneval?«, fragte ich.

»Und wie!«, sagte sie mit eigentümlich hoher Stimme. »Also, mein Großvater stand schon in der Bütt, und dessen Großvater auch. Also Karneval ist hier ein und alles. Und wenn ich auftrete, dann habe ich vorher manchmal in den Redetexten von meinem Großvater gelesen, und da stehen richtige Klopper drin.«

»Also Ihre ganze Familie macht da mit?«

»So isses!«, nickte sie. »Was wollen Sie denn speziell wissen?«

»Die Rolle der Frauen?«

»Also, ohne uns isses nix. Wenn wir am Weiberdonnerstag losziehen, dann bebt die Heide, dann wird es ganz schlimm. Also, die Männer ziehen sich dann nach Daun zurück, oder nach Jünkerath, weil sie ja überleben wollen.« Dann kicherte sie ganz hoch wie eine irre Patientin kurz vor einem gewalttätigen Angriff auf das Pflegepersonal.

»Das klingt ja furchtbar«, sagte ich.

»Das ist furchtbar!«, betonte sie.

»Sind denn das viele Frauen?«

»Na ja, bei den Jüngeren heutzutage zieht das ja nicht mehr. Die kommen dann und sagen mir ohne zu rot zu werden, sie hätten nur Geld für drei Bier. Das muss man sich mal vorstellen! Also, die denken wohl, es ginge um eine Beerdigung. Jeder Jeck ist anders, sage ich mal.«

Ich versuchte es noch einmal: »Sind denn das viele?«

»So zehn, zwanzig« stellte sie fest.

»Ich kenne ja keine Frauen in Hillesheim. Sind die Karnevalsfrauen denn verheiratet oder ledig – oder nichts von beidem?«

Sie röhrte los: »Nix von beidem ist richtig gut. Nee, die meisten sind im Ehejoch. Aber dann explodieren sie, und die Männer rennen. Helf Gott.«

»Sie sind auch verheiratet?«

Sie strahlte plötzlich, sie hatte ein klares, wunderschönes Gesicht wie ein Teenager. »Der Kelch ging an mir vorbei, sage ich mal. Helf Gott.«

»Ich habe neulich die Klara Jaax kennen gelernt. Ist das auch so eine?«

»Das ist auch so eine. Und eine ganz Wilde. Ohne die wäre unsere Truppe arm. In der letzten Session hat sie mal bei einer Kappensitzung gesagt, wir sollten keine Schlipse mehr abschneiden, sondern mehr den Vitzliputzli. Ist das nicht irre? Sagen Sie selbst!«

»Schön«, murmelte ich. »Aber während des Jahres sind die Frauen doch sehr zivil oder? Ich meine, sie fliegen vielleicht mit der Familie nach Malle, aber sonst ist nicht viel oder?«

»Na ja, das kommt drauf an, was zu Hause los ist! Also, Klara Jaax hat keine Kinder, da geht es schon mal nach Neuseeland. Weil, die haben ja keine finanziellen Sorgen, sage ich. Aber ansonsten gilt ja auch, dass man die Familie hochhält und immer da ist. Und immer Windeln und immer Wäsche und immer Essenmachen. Furchtbar! Ich bin ja froh, dass ich damit nichts am Hut habe. Und Sie wollen drüber schreiben?«

»Das kommt darauf an, was hinten dabei rauskommt, wie ein früherer Kanzler betonte. Aber dass jemand aus Hillesheim nach Neuseeland fliegt, ist doch eher selten oder nicht?«

»Kann man so sehen. Aber die Jaaxens haben ja auch einen großen Hof und sind finanziell gut gestellt. Und keine Kinder. Was gut ist, wenn man unbedingt nach Neuseeland fliegen will. Ist ja nicht gerade vor der Haustür. Helf Gott.«

»Ganz allein nach Neuseeland?«, fragte ich andächtig.

»Ja, ganz allein. Die Klara ist vollkommen unabhängig. Also, nicht dass sie was gegen ihre Ehe tut, also das auf keinen Fall. Aber sie sagt, sie muss die Welt mal gesehen haben, bevor sie von der Welt geht. Das ist ja auch irgendwie gründlich. Also, die ist über Singapur geflogen, man kann auch über Mumbai in Indien fliegen. Aber das war ihr zu stressig.«

Sie hatte keine Ahnung, dass ich sie am liebsten umarmt hätte. Allerdings hätte ich dann zwei zusätzliche Arme gebraucht, um mich festzuklammern. Wie hatte Klara Jaax gesagt? So eine Reise um die halbe Welt wäre mal etwas ganz Neues. Und wie hatte mein Schafhirt formuliert? Man höre immer mal wieder, sie würden nach Neuseeland auswandern.

»Das finde ich richtig mutig!«, murmelte ich. »Allein nach Neuseeland.«

»Na ja, nach Kanada ist sie auch schon mal. Schon vor drei, vier Jahren war das. Das stelle man sich mal vor: Fliegt nach Quebec, mietet sich so einen Wohnwagen und zieht mutterseelenallein los. Als wäre das das Normalste auf der Welt. Aber sie hat gesagt, Kanada wäre nicht so toll, hätte ihr auch nicht so gut gefallen. Neuseeland schon eher. Also, Klara ist schon ein Wahnwitztyp.«

»Und sie steigt auch in die Bütt?«

»Nein, das eigentlich weniger. Aber sie sagt, sie verzichtet darauf, weil sie sonst die ganze Stadt beleidigt. Helf Gott!«

Das »Helf Gott« machte mich langsam nervös, aber sie war eine helle, aufrichtige und liebenswerte Type, sie war eine Dicke, die sich selbst ehrlich mochte. Und das schien mir mehr als die meisten Dicken von sich sagen können.

»Gibt es denn mehrere vom Typ Klara Jaax?« Das war eine recht blödsinnige Frage, aber auch die muss es geben.

»Nein. Die Klara ist schon einmalig. Und außerdem ist sie ja dem Tod von der Schippe gesprungen. Denn in Neuseeland sind ja Erdbeben, wie man im Fernsehen verfolgen kann. Aber sie ist rechtzeitig nach Hause gekommen, und es ist ihr nichts passiert.«

»Vielleicht fliegt sie demnächst in die Innere Mongolei«, murmelte ich vor mich hin. »Vielleicht will sie das auch mal kennen lernen.«

»Ja, ja, das kann sein. Sie ist eben eine Wilde. Sie kann es sich ja auch erlauben. Dabei ist sie niemals hochmütig, immer ganz normal. Sie ist immer eine von uns geblieben. Aber sie sagt: Man muss die Welt gesehen haben, bevor man drüber meckert. Und da hat sie ja recht.«

»Dann danke ich Ihnen sehr«, sagte ich. »Und ich komme wieder, wenn ich noch Fragen habe.«

»Ja, klar«, sagte sie mit einem strahlenden Lächeln. »Ich bin meistens hier.«

Beinahe hätte ich mich mit einem Helau verabschiedet.

Ich machte mich auf den Heimweg. Im Auto schob ich wieder die Scheibe von Christian Willisohn und Boris van der Lek ein und hörte mit Andacht noch einmal *God bless the child*. Es war ganz unglaublich, wie schwarz ein Weißer den Blues singen konnte.

Ich nahm die schmale, wunderschöne Strecke über den Ahbach hoch, hielt an der kleinen Brücke mit dem grünen Geländer und machte das, was ich auf dieser Strecke seit Jahren tat: Ich stieg aus, sah in das quirlige Wasser und dachte nach. Diesmal über Klara Jaax und ihre merkwürdige Reise nach Neuseeland. Was konnte eine Bäuerin aus der Eifel an Neuseeland interessieren? Nur Neugier? Sie selbst konnte ich nicht fragen, noch nicht.

Ich wendete und fuhr zurück nach Kerpen. Ich hatte die Hoffnung, dass das *Kleine Landcafé* noch offen war. Ich hatte Glück.

Ein paar Wanderer saßen an einem Tisch, und ihr Gespräch war ein beruhigendes Gemurmel im Hintergrund.

Thea Greif kam zu mir und sagte: »Ein seltener Gast.«

»Ja,« nickte ich. »Hast du einen Earl Grey?«

»Mehrere«, antwortete sie. »Ich habe gehört, du hast dich von Gabi getrennt.«

»Das ist nicht ganz richtig. Sie hat sich von mir getrennt.«

Sie lächelte. »Das habe ich auch so gehört. So geht die Welt.«

»Ja«, nickte ich. »Was weißt du über Klara Jaax?«

Sie bediente eine Maschine, es zischte. »Wenig«, antwortete sie. »Sie kommt nicht oft her.«

»Sie reist viel«, bemerkte ich.

»Ja, das ist wohl so. Aber wir haben kaum etwas miteinander zu tun.«

»Ich habe mich nur für den Karneval in Hillesheim interessiert. Deshalb auch die Frage.«

»Da weiß ich nichts«, sagte sie lächelnd. »Karneval ist nicht so mein Ding.«

»Sei froh«, murmelte ich.

»Die sollen ja beide gut geerbt haben«, bemerkte sie nach einer Weile, als ich den Zucker in meinem Tee verrührte.

»Aha!«, sagte ich. »Davon weiß ich gar nichts. Ländereien oder Höfe aus der Verwandtschaft?«

»Das weiß ich nicht«, sagte sie. »Klatsch macht mich nicht an.«

»Mich manchmal sehr«, widersprach ich.

»Also, die beiden leben sehr zurückgezogen.«

»Ja, scheint so. Sie haben geerbt, sieh mal einer an.«

»Große Waldstücke«, murmelte sie. »Aber ich weiß nicht, was dran ist. Gabi geht zurück nach Stuttgart, habe ich gehört. Zu ihrem Ex.«

»Ja, das ist so.«

»Reisende soll man nicht aufhalten«, sagte sie.

Dann bemerkte ein Mann vom Wanderertisch: »Können wir zahlen, Frollein?«

Ich hatte seit zwanzig Jahren nicht mehr die lächerliche Bezeichnung Fräulein gehört, und zu Thea Greif passte das ohnehin nicht. Vielleicht war der Gast ein Überlebender des Ersten Burenkrieges? Sie zahlten jedenfalls, und ich trank meinen Tee.

Da Thea Greif nicht recht an Klatsch interessiert war, kam ich auf die Frau namens Klara nicht zurück.

Ich trödelte heim und wusste nicht wirklich, was ich dort wollte. In Heyroth bog ich ab, um zu sehen, ob Emma schon in der Nacht verschwunden war. Ich sah sie durch die Fenster am Tisch stehen und eifrig mit jemandem sprechen, den ich nicht sehen konnte.

Also klingelte ich, und Emma sagte: »Schön, dich zu sehen. Komm herein. Hast du etwas Neues?«

»Und wie!«, erwiderte ich.

Nina lag auf dem Sofa, die rechte Hand auf ihrem Bauch.

»Bewegt es sich?«, fragte ich.

»Ja«, nickte sie. »Ich habe dir was aufgeschrieben, Baumeister. Das musste ich unbedingt loswerden.« Sie hielt mir ein paar DIN-A4-Seiten hin, handgeschrieben.

»Ist deine Mutter verschwunden?«, fragte ich.

»Ja, sie hat es aufgegeben«, nickte sie.

»Was soll dein ›und wie‹?«, fragte Emma.

»Nun, ich habe eine Eifeler Bäuerin recherchiert, die mutterseelenallein nach Neuseeland geflogen ist«, antwortete ich. »Und ehrlich gestanden, wird es an der Ecke richtig komisch.«

»Erzähl mal«, forderte Nina.

Es dauerte sicher eine halbe Stunde, bis sie gründlich informiert waren.

»Und was ist daran komisch?«, fragte Nina schließlich. »Wieso soll eine Bäuerin nicht allein nach Neuseeland fliegen?«

»Da kann ich dich später über Eifeler Spezialitäten aufklären«, bemerkte Emma. »Aber was machen wir nun damit?«

»Wir sollten vielleicht an jemanden denken, der genaue Kenntnisse von der wirtschaftlichen Lage der Familie Jaax hat«, sagte ich.

»Das wird schwierig«, gab Emma zu bedenken. »Das konzentriert sich auf Banken. Aber warte mal, da habe ich doch den Jammerjungen. Kennst du den Jammerjungen?«

»Nein, wer ist das?«

»Also, ich nenne ihn so, weil er noch nicht zu wissen scheint, wohin er gehört. Also, ob er noch zu den Kindern gehört oder schon zu den ganz sanften Erwachsenen, also zu den Machos oder zu denen, die Männer mögen, oder zu denen, die noch zehn oder zwanzig Jahre brauchen, um sich zu entscheiden. Wenn du weißt, was ich meine.«

»Ich weiß nicht, was du meinst.«

»Du kannst es erleben. Ich zitiere ihn mal hierher.«

»Und das macht er?«

»Und wie. Ich bin seine wichtigste Kundin.«

»Dann verschwinde ich mal. Gute Nacht, ihr zwei.« Ninas handgeschriebene Seiten nahm ich mit. Als ich bereits im Türrahmen stand, drehte ich mich noch einmal um und fragte: »Hast du deinem Mann den Brief geschrieben?«

»Aber ja. Und mit Genuss.«

»Mit der Hand schreiben, das können nicht mehr viele. Es wird behauptet, dass sie so oft im Internet herumtingeln, dass sie vergessen haben, wie man Buchstaben malt.«

»Das ist der große Trend dieser Zeit: Werden auch Sie Analphabet!«, grinste Emma.

Zu Hause in Brück legte ich mich auf ein Sofa, versammelte meine Katzen um mich, gab ihnen ein Schlückchen Katzenmilch und etwas Dosenfutter, Geschmacksrichtung Huhn.

Dann machte ich mich an Ninas Handschrift.

Lieber Baumeister!
Es tut mir leid, dass ich erst jetzt in der Lage bin, über Christian und seine Arbeit zu schreiben. Aber es ist sehr schwer für mich, immer an ihn erinnert zu werden, weil er dann vor meinem Auge aufersteht, und ich begreifen muss, dass er wirklich tot ist, und nie mehr zur Tür hereinkommt. Ich sehe ihn lachen, und ich spreche mit ihm, und wir wundern uns wieder über dieselben Geschichten. Das quält, das tut richtig weh, jetzt besonders, da sein Kind in mir ist. Manchmal habe ich panische Angst, dass ich das Kind verlieren könnte.

Aber darüber wollte ich nicht schreiben. Es geht eigentlich um diese Vulkanlandschaft, in der du und Emma leben.

Bei Christian war es immer schon so, dass er diese Landschaft liebte, und er musste auch nicht zum Grünleben überredet werden. Er hat das wirklich immer Grünleben genannt, ich finde, das ist ein sehr genauer Ausdruck. Er zeigte dann auf eine kleine, blaue Blume und sagte: Sieh mal, so mickrig ist Männertreu! Er war wirklich ein witziger Gefährte. Gefährte ist dafür das richtige Wort, das einzig richtige.

Ich habe ja schon gesagt, dass er der Meinung war, dass die Vulkaneifel um ihre Berge gebracht wird, die diese Landschaft ausmachen. Und er sagte immer: Tourismus ist die einzige Chance, die wir noch haben. Und Tourismus ist ohne Berge nicht denkbar. Er sagte immer: Es ist wie bei dem Gastwirt, der mit seinem Bier wirbt, aber keine Ausschankgenehmigung hat. Und die Vulkaneifel wird ja seit Neuestem auch Gesundheitslandschaft genannt. Was ist, wenn die Gesundheitslandschaft nicht mehr existiert?

Da ist ja nicht nur die Tatsache, dass gewisse Eifeler ihren Müll in die kleinen alten Tagebauten schmeißen und damit die Landschaft vergiften, da ist auch leider die Tatsache, dass die Leute in der Eifel sagen: »Das Einzige, womit unsere Gemeinde Geld verdienen kann, sind Basalt und Lavaerden!« Da haben sie auch recht, aber leider übersehen sie dabei, dass mit dem Verdienst gleichzeitig ihre Landschaft verschwindet. Und mit was sollen denn die Leute hier um Touristen werben, wenn die Landschaft verschwunden ist?

Da fällt mir ein, dass nach der letzten Festlegung der Gebiete, in denen abgebaut werden darf, auch ausgerechnet der Berg gehört, der dir wahrscheinlich in deiner engsten Heimat bestens bekannt ist, weil du ihn jeden Tag siehst. Der Reinertsberg. Und ich erinnere mich auch daran, dass ich mit Christian auf diesem Berg herumgelaufen bin, den alten, kleinen Steinbruch gesehen habe und auch die wunderbare Kuppel der großen Buchen dort. Da ist nicht nur ein Teil des Berges als abbaubar gekennzeichnet, eine Flanke zum Beispiel, sondern der gesamte Berg. Und genau das, sagte Christian, ist eine Sauerei, die wir nie mehr gutmachen können. Denn Berge wachsen nicht nach.

Ich habe auf dem Reinertsberg da oben auch nicht gewusst, dass du in dem Tal hier unten lebst, und dass ich eines Tages bei dir klingeln würde. Das Leben geht zuweilen seltsame Wege, finde ich.

Die meisten Leute in der Eifel haben keine Ahnung, was mit dem Abbau ihrer Berge und Hügel auf sie zukommt. Christian sagte zum Beispiel, dass noch kein Mensch wissenschaftlich untersucht hat, was mit den Bächen passiert, die aus diesen Bergen kommen, die so lustig in den Wiesen über ihre Steine hüpfen. Am Nerother Kopf zum Beispiel, der ja auch abgebaut wird, sollen einer oder zwei Bäche spurlos verschwunden sein, es gibt sie nicht mehr. Und welche Auswirkungen hat der Abbau der Berge auf das Grundwasser? Kann man sich vorstellen, wie gut und heilend der Lauf eines kleinen Baches wirkt, wenn ein müder Städter ihn entdeckt? Also, ein Bach kann einfach gut sein, aber nur dann, wenn er fließt, wenn er gluckert. Wenn er versiegt ist, kann nichts ihn mehr retten. Es sind anfangs immer die kleinen Dinge, die verloren gehen, sagte Christian.

Du lieber Gott, gerade merke ich, was das hier für ein romantisches Geschwätz ist.

Dann die Sache mit dem Geld, das die Ortsgemeinden pro Tonne bekommen. Das sind ehrlich wirklich lächerliche Beträge. Man stelle sich das vor: Sechzig bis hundert Cent pro Tonne. Die Firmen, die abbauen und es transportieren, schlagen locker viele hundert Prozent drauf, haben ein bombensicheres Geschäft und werden auf die Dauer richtig reich. Das hat natürlich auch damit zu tun, dass dieser Tagebau in der Eifel von den Maschinen her sehr billig ist. Lava wird in den meisten Gruben einfach abgebaut, mit einem Frontlader. Das Zeug liegt meterdick herum. Da steht eine Bretterbude, da sitzt ein Mann drin, der einfach pro Lkw einen Strich macht. Alle paar Tage verlässt er seine Bude, geht zum Bagger und lockert wieder mal die nächsten fünfzig bis hundert Tonnen auf, damit er sie leichter auf den Lkw kriegt. Ansonsten trinkt er Kaffee, sagte Christian. Es ist ja auch der Wahnsinn, dass ernsthaft behauptet wird, Lava und Basalt würden nur in der Eifel und den angrenzenden Gebieten verkauft. Das ist falsch, das ist gelogen. Mittlerweile werden Basalt und Lava in holländischen Häfen auf Schiffe geladen und gehen nach Südfrankreich und in den iberischen Raum. Diese Stoffe gehen auch tonnenweise über Binnenschiffe auf dem Rhein bis Basel. Und noch etwas wird leicht vergessen: Basalt wird mittlerweile feinkörnig in Beton eingemischt oder auch in den Asphalt, mit dem sie die Straßen bauen. Lava gibt es in allen Körnungen, und es ist im Laufe der Zeit immer wichtiger geworden als Isolationsmaterial. Es wird unter und um die Fundamente der Wohnhäuser gelegt und sorgt für die Durchlässigkeit des Wassers, aber eben auch zur perfekten Isolierung. Es wird mittlerweile von vielen Architekten bevorzugt, es hat einen regelrechten Siegeszug hinter sich. Kein Eifeler weiß das, und bittet die Welt stattdessen herzlich und untertänig, ihm noch ein paar Tonnen für kleines Geld abzunehmen, er könnte sonst nicht überleben. Christian war immer sauer und sagte: Man müsste denen in der Eifel mal in den Arsch treten, damit sie merken, was für eine Dummheit sie da begehen.

Und da ist noch etwas, an das ich mich erinnere. Christian fragte wütend (als wir wieder einmal auf einer Wanderung in der Eifel waren), wie es denn komme, dass das Landesamt für Bergbau ausgerechnet jetzt eine Liste der abbaubaren Flächen ausweist. »Ja, wieso denn nicht?«, habe ich ihn gefragt. Und ich weiß noch, was er wörtlich antwortete. »Weil das jetzt überhaupt keinen Sinn macht«, schimpfte er. Die Flächen, die wir zum Basaltabbau und zum Abbau der Vulkanasche bestimmt haben, reichen völlig aus. Wenn wir die wichtigsten sechs oder zehn davon weiter zum Abbau freigeben, weil die Berge sowieso schon verschwunden sind, dann haben wir an Lava und Basalt noch genug vorrätig bis etwa zum Jahre 2100. Weshalb denn jetzt, zwei Generationen im Voraus, die Abbauflächen um das Fünffache erhöhen? Das ist doch reiner Wahnsinn, das brauchen wir doch gar nicht.

Aber das Amt sagt: Die Feststellung der Flächen, das ist unsere Aufgabe, dazu sind wir da! Christian sagte: Das sieht ihm eher so aus wie ein Großangriff auf ein verdammt großes Geschäft.

So, nun höre ich aber auf, so viel habe ich in den letzten zehn Jahren nicht geschrieben. Das Meiste wirst du sicherlich schon gewusst haben, aber man gerät so leicht ins Tratschen.

Ich will dir noch herzlich danken für die Gastfreundschaft für mich und mein Kind.

Deine Nina.

»Heiliges Kanonenrohr!«, sagte ich in die Stille zu meinen Katzen. »Nein, junge Frau, das Meiste habe ich nicht gewusst. Und wenn dein Mann recht hatte, heißt das, dass da mal wieder ein Eifeler Geschäft auf Kosten der Eifeler durchgezogen wird! Die Frage ist nur, ob man das beweisen kann.«

Aber meine Katzen guckten nur blöd, sie haben eben von menschlichen Problemen keine Ahnung, sie tun nur so.

11. Kapitel

Es war früh am Tag, als ich aufwachte, und ich dachte zum tausendsten Mal daran, einfach liegen zu bleiben, herumzufaulenzen. Niemand jagte mich, niemand erwartete irgendeine Leistung von mir. Ich konnte also meinen Bademantel als Tageskleidung betrachten, einen Kaffee trinken, wieder ins Bett gehen, ein gutes Buch lesen, mir vor allem nichts vornehmen. Hin und wieder einschlafen. Vorausgesetzt, es würde jemand klingeln, konnte ich im Bademantel öffnen und grummeln: »Entschuldigung, ich habe eine Grippe.« Dazu leicht hüsteln.

Aber nein, ich stand auf. Es war 6.45 Uhr, und ich war wieder einmal zutiefst enttäuscht von mir, ein mickriger Leistungssklave.

Schneewittchen kam munter ins Wohnzimmer getrudelt und hatte eine Maus im Maul. Dahinter Satchmo, der den Lehrmeister spielte, und den ich sagen hörte: »Also, lass das Tier jetzt los, und jage es ein bisschen über die Kissen auf dem Sofa!« Die kleine Graue mit den weißen Pfoten zeigte sich nicht mehr, offenbar hatten Satchmo und Schneewittchen befunden, dass sie doch keiner weiteren Begleitung bedurften.

»Oh, nein!«, brüllte ich. »Seid ihr verrückt geworden? Morgens um diese Zeit? Könnt ihr nicht mal auf die Uhr gucken?«

Sie konnten nicht auf die Uhr gucken.

Schneewittchen ließ das Mäuschen aus seinem Maul fallen. Das Mäuschen verharrte einige Sekunden und rannte dann los und verschwand unter einem Sessel. Die Katzen konnten nicht unter den Sessel kriechen, der Sessel war zu niedrig gebaut. Also postierten sie sich und übten sich in Geduld, einer vor dem Sessel, der andere hinter dem Sessel.

»Ihr seid bescheuert!«, murmelte ich angewidert. »Es ist zu früh für diese Spielchen. Und außerdem seid ihr gar nicht hungrig. Ich muss hinterher wieder den Boden scheuern.«

Aber dann kam ich auf die Idee, den Sessel einfach in Richtung Terrassentür zu schieben, das Mäuschen würde die Bewegung mitmachen, das Mäuschen würde kapieren, dass es um sein Leben ging.

Ich öffnete also die Terrassentür und schob den Sessel dorthin. Die frische Luft tat gut. Meine Katzen blieben auf dem Posten, vor und hinter dem Sessel, und sie wirkten sehr gelassen. Nur Satchmo veränderte seine Position leicht, er hatte jetzt die Diagonale des Sessels im Blick, den Teil, der auf die Freiheit zeigte.

Aber das Mäuschen war clever, das Mäuschen orientierte sich nicht zur Terrasse hin, sondern suchte die Tiefe meines Hauses und war schnell wie ein Pfeil, als es in Richtung Wohnzimmer zurückhuschte. Es schoss unter den Schrank, der mein Porzellan beherbergt, es schoss weiter unter den nächsten Heizkörper, noch weiter unter eine kleine Truhe, dann unter dem Esstisch hindurch und irgendwie in Richtung Tür zum Hausflur. Es war ein komplizierter, langer Weg, und an dessen Ende hockte unausweichlich Schneewittchen, die sich kaum bewegt hatte, die nur einmal kräftig zulangte, und dann sehr kräftig zubiss.

Satchmo saß adrett in der Terrassentür, sah mich an und erklärte lautlos: »Siehst du, so macht man das! Tod den Mäusen!«

»Dann geht wenigstens raus!«, brüllte ich und scheuchte sie samt Beute auf die Terrasse.

Es folgte ein Einwand meines Gehirns, mich auf das zu konzentrieren, was im Augenblick etwas wichtiger war als meine Katzen.

Was wusste ich denn eigentlich vom alten Albert Seeth?
Nicht viel, das war sicher. Nur das, was erzählt wurde. Uralte Eifeler Familie, baute in der dritten Generation Lava und Basalt ab, holte dafür Kies aus der Kölner Region. Wahrscheinlich ein harter Kaufmann, aber eingebunden in Traditionen, die letztlich besagten, dass Betrug und Unfairness keine alltäglichen Mittel sein durften. Als er achtzig Jahre alt wurde, feierte die ganze Eifel, und er ließ sich genüsslich feiern. Trucks mit Aufliegern waren für ihn unterwegs, ungefähr vierzig bis fünfzig, tagtäglicher Betrieb, außer im harten Winter, wenn kein Mensch Straßen baute, Sportstätten, Häuser oder irgendetwas sonst. Die Trucks waren einheitlich grün lackiert, man sah sie jeden Tag auf den Straßen, an den Seiten in Weiß der gewaltige Schriftzug *Seeth*.

Dass der Sohn an einem Blutkrebs gestorben war, hatte ich nicht gewusst, aber es war vorstellbar, wie sehr er darunter gelitten hatte. Keine Erben also, es sei denn dieser Sohn hatte Kinder, es sei denn, er hatte jemanden als Prinzen aufgebaut. Das konnte man erfragen.

Soviel ich wusste, hatte Seeth sein Leben lang zu einer Gruppe Männer gehört, die man überall die »Eifelbarone« nannte. Das hatte mit der Tatsache zu tun, dass sie alle Jäger waren, alle große Reviere gepachtet hatten und sich gegenseitig zu Jagden eingeladen hatten, um Geschäfte zu besprechen, Felder ihrer Tätigkeit gegeneinander abzugrenzen und zu sagen: Du machst dies, ich mache das.

So waren Basaltsteinbrüche, Bimssteinbrüche, Lavagruben, Kiesgruben, Rotsandsteinbrüche, Kalksteinbrüche, Granitsteinbrüche lautlos unter ihnen aufgeteilt worden. Es ging um das große Viereck Trier, Koblenz, Köln und Aachen. Niemand widersprach, weil niemand sich traute zu widersprechen, und weil letztlich auch niemand wusste, wem er widersprechen konnte. Es war eine ziemlich undurchsichtige Gemengelage, in der alle möglichen Leute stillschweigend kuschten. Angefangen von Förstern bis hin zu Truckfahrern, weil ihr Job davon abhing, reibungslos zu funktionieren, und den Eifel-Baronen nahtlos zuzuarbeiten. Und ganz zweifellos hatten sie auch die Bürokraten der höheren und niedrigen Verwaltungen dazu gebracht, ihnen mehr oder minder zu gehorchen, denn das Geschäft musste weitergehen und duldete keine unnötigen Aufschübe. Eifel-Connection konnte man das neudeutsch bezeichnen, und es hatte bisher perfekt funktioniert.

Der alte Seeth war also zweifellos ein gewaltiges Schwungrad in dieser sehr großen, stillschweigenden Maschine, die sich mit den natürlichen, sehr umfangreichen Lagerstätten aller möglichen Produkte aus Mutter Erde beschäftigte.

Wie konnte ich ihn dazu bringen, darüber zu sprechen? Ich dachte plötzlich, es sei vielleicht möglich, ihn offen und ohne Schnörkel anzugehen.

Als es acht Uhr war, rief ich ihn in Strohn an und hatte prompt wieder das furchtbare Weib in der Leitung, die sehr aggressiv wissen wollte, ob ich Herrn Seeth denn überhaupt kenne, berufliche Fragen hätte, irgendwelche Aufträge, irgendwelche Anträge, ob ich schon mal bei ihnen gewesen sei, oder ihr sagen könne, was ich denn eigentlich wollte, das Telefon stehe den ganzen Tag nicht still, und ständig seien Leute dran, die sich für wichtig hielten. Außerdem hätte sie sowieso keine Zeit, dauernd am Telefon zu sein. »Aber vielleicht sammeln Sie ja auch. Für die Caritas, oder so.«

»Ich möchte mit ihm sprechen«, betonte ich zum dritten Mal.

»Dann sagen Sie mir doch, was Sie wollen«, keifte sie unfreundlich.

»Das geht nicht«, sagte ich. »Es ist vertraulich.«

»Ich mache hier den Haushalt und den ganzen Rest«, widersprach sie hochmütig. »Bei mir gibt es kein vertraulich und nicht vertraulich.«

»Dann hätte ich gern gewusst, wen er zuletzt übers Ohr gehauen hat«, bat ich sanft.

»Oh«, sagte sie. »Und wie war Ihr Name?«

»Baumeister aus Brück«, antwortete ich. »Ich gebe Ihnen mal meine Nummer zum Mitschreiben. Haben Sie was zum Schreiben?«

Da legte sie auf.

Ich war nicht sonderlich zornig, schließlich gab es andere Wege. Ich griff zu einer sehr alten, konventionellen Methode. Ich schickte ihm ein Telegramm, sofort zuzustellen gegen doppelte Gebühr. Der Text: *Können Sie sich vorstellen, dass ein ganz Neuer in Ihrer Branche auftaucht?* Name, Wohnort, Telefonnummer, Datum. Das musste reichen.

Dann rief Emma an und hatte diese hohle Stimme, die sie einsetzte, wenn irgendetwas schiefgegangen war. »Also, die Anwälte von Nina haben angerufen. Wegen Christians Blackberry. Sie haben die Sache geprüft und festgestellt, dass man da nichts machen kann. Eine Klage hat keinen Sinn, sagen sie. Man wird niemandem die vorsätzliche Löschung von Daten zur Vertuschung beweisen können. Das scheint mir also aussichtslos.«

»Das ist nicht gut«, sagte ich. »Aber wir haben ja noch Florian. Versuchst du das, bitte?«

»Das mache ich. Und was läuft bei dir?«

»Vielleicht bekomme ich einen Termin mit dem alten Seeth, aber eben nur vielleicht. Und wir müssen in Sachen Bäuerin Jaax weitermachen. Du weißt ja, das beste Mittel gegen Erfolglosigkeit ist die Arbeit daran.«

Ich sah durch das Fenster, dass ein Motorrad vorfuhr, zwei Männer in dunkler Kleidung mit Helmen. Ich berichtete Emma, was ich sah, und beendete das Gespräch. Der Soziusfahrer stieg ab und nahm den Helm vom Kopf. Er trug eine dunkle Sturmhaube und ging schnurstracks zur Haustür. Es schellte.

Ich ging in den Flur, öffnete ihm und wunderte mich gleichzeitig, dass die Maschine weiterlief.

»Sind Sie Siggi Baumeister?«, fragte die Sturmhaube.

»Ja, klar«, nickte ich.

Dann schlug er zu und erwischte mich am Kopf. Ich prallte gegen den Heizungskörper. Er gab mir einen weiteren Schlag ins Gesicht, als ich nach vorn knickte.

Ich kann mich gut daran erinnern, dass ich versuchte, irgendetwas zu sagen, Das klappte aber nicht, ich hörte meine Stimme nicht. Ich lag auf den Knien vor ihm, und er trat zu, traf mich an der linken Schulter. Er sagte kein Wort, er drehte ab, verschwand durch die Tür, die Maschine heulte auf und entfernte sich. In meiner Erinnerung verschwand sie nicht einmal sonderlich schnell.

Ich kann mich nicht daran erinnern, jemals in meinem Leben bei einer körperlichen Auseinandersetzung gesiegt zu haben, ich bin einfach kein Prügeltyp. Also lag ich da auf meinen Keramikfliesen und blutete heftig aus der Nase, kämpfte vergeblich gegen den aufkommenden Kopfschmerz und fragte mich, wer diese Männer geschickt haben könnte.

Ich wollte aufstehen, was mir nicht gelang. Ich war so wackelig auf den Beinen, dass ich nicht stehen konnte, weil meine kleine Welt sich drehte und hin und her schwankte wie eine Nussschale auf einem stark bewegten Meer.

Irgendwann erwischte ich die obere Kante des Heizkörpers und zog mich hoch. Dann stand ich, musste mich aber wieder in die Knie sinken lassen, weil ich nicht stehen konnte.

Ich kroch also einfach auf allen Vieren vorwärts, was ziemlich mühselig war. So ganz genau weiß ich nicht, wie lange ich zu meinem Sofa brauchte. Für mich waren es Ewigkeiten, aber dann wurde es besser, und ich konnte mein Mobiltelefon in die Hand nehmen und Emma anrufen.

»Die Männer von gerade, die Motorradfahrer, sie haben mich verprügelt«, nuschelte ich.

Emma, präzise und schnell, fragte das Richtige in der richtigen Reihenfolge: »Schlimm?«

»Das weiß ich nicht«, presste ich hervor.

»Bist du noch zu Hause?«

»Ja, sie waren nur kurz hier, haben mich verprügelt und sind wieder abgerauscht.«

»Ich komme.«

»Das wäre vielleicht gut.«

Wenn ich die Augen schloss, war es besser, auch mein Atem beruhigte sich langsam. Es war nur unpraktisch, dass eines der kleinen Kissen genau unter meinem Hintern lag. Aber ich schaffte es nicht, das Ding loszuwerden. Die Nase blutete immer noch und versaute das Sofa, meinen Pullover, meine Hände. Alles war klebrig.

Dann war Emma da, und Nina setzte sich in einen Sessel mir gegenüber, hatte große, kugelrunde Augen und sagte immer wieder: »Das gibt es doch nicht!«

Emma kam mit einer Schüssel lauwarmem Wasser und wischte mir das Gesicht ab.

»Glaubst du, du musst ins Krankenhaus?«

»Nein, das glaube ich nicht. Es geht ja schon besser.«

»Du hast sie nicht erkannt, auch kein Nummernschild?«

»Nichts.«

»Aber du solltest vielleicht Anzeige erstatten?«

»Das könnte helfen, um die Sache festzuschreiben.«

»Dann machen wir das. Aber später. Oder soll ich die Bullen hierher rufen?«

»Das ist eine gute Idee. Aber wir sollten keine Namen nennen. Nicht Werendonk, nicht Seeth, nicht Jaax, überhaupt keinen Namen. Das würde sie nur noch mehr aufscheuchen.«

»Das gibt es doch nicht!«, sagte Nina wieder in hellem Erstaunen.

»Wieso nennst du Seeth? Ich denke, der ist ein alter Mann?«, fragte Emma.

»Stimmt«, sagte ich. »Aber sie werden fragen, was ich gegenwärtig recherchiere. Was sagen wir da?«

»Wir nennen den Fall der alten Frau im Wohnwagen und den Fall Christian Schaad. Wir sind jemandem auf die Füße getreten, so viel ist klar. Aber wir haben keine Ahnung, wer das sein könnte.«

»Dann machen wir das so. Ruf sie an.«

Die Beamten kamen nach einer halben Stunde und gaben sich viel Mühe bei der Aufnahme der kargen Tatsachen. Sie rieten mir dringend, ein Krankenhaus aufzusuchen und eine gründliche Untersuchung vornehmen zu lassen. Wir nannten den Fall der alten Frau im Wohnwagen und den Fall des Geologen. Sie zeigten deutlich die Abneigung der Profis, sie sagten, der Fall des Geologen sei doch gar kein Fall. Als sie fragten, ob ich irgendwelche Gegner hätte, die zu Gewalt greifen könnten, verneinte ich. Es dauerte eine Stunde, und es war quälend lang, weil ich Kopfschmerzen hatte, und die Aspirin nicht sonderlich wirkten.

Wie immer war Emma sehr resolut, ließ mir ein Bad ein, verschwand für ein paar Minuten nach Heyroth, kam mit irgendwelchen Schmerzmitteln zurück, die besser wirken sollten, brachte drei Pizzen aus dem Tiefkühlschrank mit, während Nina damit beschäftigt wurde, die Fliesen im Flur, im Wohnzimmer und das Sofa zu säubern.

»Wen kannst du dir denn als Täter vorstellen?«, fragte Nina, als wir uns der Pizza widmeten.

»Niemanden eigentlich«, gab ich zur Antwort. »Zu dem Bauern Jaax passt das überhaupt nicht, weil das Ehepaar sehr darauf bedacht ist, unter allen Umständen keine Aufmerksamkeit zu erregen. Zu Werendonk passt es nicht, weil er wahrscheinlich brutal genug ist, aber solche Angriffe niemals in Auftrag geben würde. Es wäre bei Entdeckung eine der sichersten Möglichkeiten, ihn bei Glatt aus Amt und Würden zu schleudern. Das kann er nicht riskieren, das ist sein Leben. Der alte Seeth kommt meines Erachtens auch nicht infrage, weil ihn mein Telegramm neugierig gemacht haben dürfte, aber niemals gewalttätig. Außerdem kann ich mir nicht vorstellen, dass er naiv genug ist, zu Gewalt zu greifen. Und so schnell kann er auch gar nicht reagiert haben. Ich habe also keinen Kandidaten.«

»Was ist denn mit Elvis, dem Stier?«, fragte Emma. »Was ist, wenn dem die ganze Sache einfach Spaß macht, wenn der sagt: ›Da zeigen wir mal den blöden Eiflern, was Sache ist.‹ In seinem Metier gehört doch Gewalt zum Handwerk. Es könnte sogar sein, dass Werendonk dem Elvis sein Leid geklagt hat. Dass Werendonk sagte: ›Da stellen ein paar Leute beschissene Fragen.‹ Dass Elvis sagte: ›Gut, dann kriegt der Baumeister Besuch!‹«

»Akzeptiert. Also fragen wir ihn irgendwann. Hast du die Mutter von Florian Sänger erreicht?«

»Ja. Wir können heute Abend gegen 19 Uhr bei denen auflaufen. Aber wenn du das nicht möchtest, weil es dir nicht gut geht, sage ich ab.«

»Nicht absagen.«

»Aber dann solltest du versuchen, zu schlafen. Wir verschwinden jetzt und du rufst an, wenn irgendetwas ist. Ansonsten hole ich dich gegen halb sieben hier ab.«

»Danke für all deine Caritas.«

»Das machen wir doch mit links.«

Irgendwann schlief ich tatsächlich für eine Stunde ein. Das Aufwachen war ziemlich schmerzhaft, ich fühlte mich ausgesprochen verprügelt. Das linke Auge war nahezu geschlossen, ein wunderschönes Veilchen. Aber immerhin konnte ich noch einmal Christian Willisohn und Boris van der Lek hören. Diesmal besonders und gleich zweimal *Battle Hymn of the Republic*. Es ist das schönste Saxophon-Solo, das ich in den letzten Jahren gehört habe.

Emma war pünktlich, wir fuhren über Daun nach Schalkenmehren, und als wir uns zum Maarsattel hochschraubten, sagte ich: »Das, was du hier rechts siehst, der ganze Hang, ist zum Abbau freigegeben. Und das Bergamt gibt den Hang frei, ohne selbst hier gewesen zu sein. Man kann mit dem Amt auch nicht diskutieren, weil es sagt: Wir dürfen festlegen, aber nicht diskutieren. Ein ganz besonderes Schätzchen der Bürokratie, richtig liebenswert.«

»Schlimm!«, sagte sie. »Ich habe mit Rodenstock gesprochen. Er rief an und sagte, er habe über diese Bauern nachgedacht. Und ob es nicht eine Möglichkeit gebe, sie zu provozieren. Ich habe gesagt, wir bedenken das. Er hat jetzt übrigens einen Therapeuten, mit dem er gut kann.«

»Es geht vorwärts«, sagte ich. »Auf breiter Front vorwärts. Haben wir inzwischen eine Bestätigung, dass Norbert Bleckmann die Mutter Waclawick tötete?«

»Kischkewitz sagt, die Spuren seien eindeutig und nichts spreche gegen Bleckmann als Täter. Seine Spezialisten sagen, dass Bleckmann an seiner Kleidung Spuren hatte, die nur von ihrem Rock und von ihrem Pullover stammen können. Und umgekehrt hatte die alte Frau Spuren von seinem Anzug an ihrer Kleidung. Außerdem hatte Bleckmann unter seinen Fingernägeln Spuren der Tücher, die die alte Frau um den Hals trug. Das alles ist zweifelsfrei. Bleibt letztlich nur die Frage, warum. Dieser Tod erscheint mir ärgerlich.«

»Wahrscheinlich können wir nur daraus schließen, dass Bleckmann außer sich war vor Erregung, dass er richtig ausflippte. Was ist in ihm vorgegangen? Konnte die alte Frau ihn bedrohen? Oder war außer diesen beiden Personen noch eine dritte dabei? Dieser Motorradfahrer vielleicht, der mit seiner Maschine bei Antek vorfuhr?«

»Du weißt ja, dass die Kriminologie darauf beharrt, dass kein Mord wirklich umfassend geklärt werden kann.«

»Ein schwacher Trost«, sagte ich.

Florians Mutter öffnete uns die Tür und sagte freundlich: »Ich habe ihm schon gesagt, dass es um seinen Freund geht. Wir gehen mal in die Küche, da sitzt er am liebsten.«

»Ich entschuldige mich ... also, beim letzten Mal ...«, begann ich schüchtern.

»Es ist schon gut«, lächelte sie. »Er hat es verstanden.«

Wir wurden in die Küche geführt, und da saß Florian am Tisch und lächelte uns entgegen.

Er stand auf und begrüßte uns, er gab uns die Hand, er hatte ein sehr ernstes, entschlossenes Gesicht. Er wollte helfen, und er wollte auch über diesen Freund reden, der nun nicht mehr lebte. Das würde sehr schwer sein, aber er würde es versuchen. Seine Augen verkündeten Mut.

Er trug zu den Jeans einen leichten Pulli in einem hellen Grün. Vor ihm auf dem Tisch lagen ein einfacher Tabaksbeutel aus Leder, ein Pfeifenstopfer und eine Pfeife.

Ich dachte: Er hat ein Engelsgesicht. Ich dachte auch: Ich kann kein Wort mit ihm reden, ich weiß nicht einmal genau, an welcher Stelle ich ihm Schmerzen bereite.

»Wir sind sehr dankbar, dass du mit uns sprichst«, begann Emma locker. »Ich bin die Emma Rodenstock, ich lebe in der Eifel zusammen mit meinem Mann. Ich war früher bei der Kriminalpolizei in Holland. Der Mann neben mir ist Siggi Baumeister, ein Journalist, der darüber schreiben wird. Ist dir das recht?«

»Ja, klar«, nickte er. »Das ist mir recht.« Er griff nach der Pfeife und begann sie zu stopfen, er erklärte: »Manchmal rauche ich, aber nur selten. Christian hat mir das geschenkt.«

»Dein Freund, der Geologe Dr. Christian Schaad, ist im Goßberg bei Walsdorf eine Steilwand hinuntergestürzt. Leider war er sofort tot, man konnte ihn nicht mehr retten. Wir wollen wissen, ob es ein Unglücksfall gewesen ist oder nicht. Wenn es kein unglücklicher Sturz war, dann hat vielleicht ein anderer Mensch den Christian hinuntergestoßen. Unser Ziel ist es, das möglichst abzuklären, damit wir am Ende überzeugt sagen können: Jemand hat ihn hinuntergestoßen, oder: Er ist unglücklich gestürzt. Du darfst alles sagen, du darfst alles erwähnen, du darfst auch über Dinge reden, die nur Vermutungen sind. Mein Freund Siggi und ich werden Dritten gegenüber über dieses Gespräch keine Auskunft geben. Und wenn Siggi darüber schreibt, wird er dich vorher fragen, ob du damit einverstanden bist. Ist das soweit klar?«

Er nickte und sagte: »Also, für mich ist ganz klar, dass ihn jemand runtergestoßen hat. Er war gut trainiert, er hatte auch keine Grippe mit Fieber oder so. Und er ging niemals zu nahe an die Kante. Er sagte mir immer wieder: Du weißt nie, wie sicher die Kante bei Lava ist, also bleib da weg. Mindestens zwei Meter. Er selbst blieb in Lavagruben immer von der Kante weg, immer zwei Meter.«

»Du willst damit sagen, dass er niemals eine steile Wand hinuntergestürzt wäre, selbst wenn er vorübergehend die Balance verloren hätte. Dann ist das klar«, nickte Emma. »Ich will nur vorher noch gewisse Einzelheiten abklären. Wenn dein Freund Christian hier in der Eifel war, dann hat er gegenüber bei *Michels* geschlafen. War das an dem Tag auch so? Oder hat er kein Zimmer gemietet?«

»Also, ich wusste gar nicht, dass er an dem Tag kommen wollte. Wenn er keine Zeit hatte, hat er mich vorher nicht angerufen. Und er hatte auch kein Zimmer bestellt, also drüben bei *Michels*. Ich habe bei denen nämlich gefragt, ob er über Nacht bleiben wollte. Wollte er nicht. Also, ich habe darüber nachgedacht: Ich denke, er kam morgens aus Mainz und wollte abends wieder zurückfahren. Besonders, weil seine Frau schwanger ist.«

»Kannst du dir denn vorstellen, weshalb er in die Eifel gekommen ist?«, fragte Emma weiter.

Er benutzte ein langes Streichholz. Er riss es an und setzte seine Pfeife in Brand. Er qualmte, spitzte den Mund und blies den Rauch in die Lampe, die über dem Tisch hing. Das alles sehr gelassen, unaufgeregt.

»Ja, das schon. Es ging immer um die Berge, die sie abbauen wollen. Aber wen er getroffen hat, weiß ich nicht. Da gab es ja viele.«

»Ich habe etwas herausgefunden«, murmelte ich so sachlich wie möglich. »Ein alter Bauer aus Walsdorf hat mir berichtet, dass dein Freund Christian sich mit jemandem am Eingang zum Tagebau in Walsdorf verabredet hat. Genau das konnte der Bauer aus seinem Küchenfenster sehen. Es ist aber nicht klar, ob es ein Mann war oder eine Frau. Wir wissen nur, dass dieser Unbekannte ein weißes Auto fuhr, so einen Jeep-Typ, wahrscheinlich mit Allradgetriebe. Das Kennzeichen haben wir nicht komplett, aber wir haben die Ortskennung. Es ist BM, also der Kreis Bergheim bei Köln. Kennst du jemanden, der so ein weißes Auto fährt?«

»Nein«, sagte er sehr sicher. »Keine Ahnung.«

»Es kommt mir aber irgendwie komisch vor«, murmelte Emma, »dass er sich ausgerechnet im Tagebau in Walsdorf mit jemandem getroffen hat. Hat dieser Tagebau irgendetwas Besonderes?«

»Ja, das ist so. Da ist die Westdrift besonders stark. Also, weil der Berg weg ist, kommt der Westwind ganz scharf ins Tal und ins Dorf. Auch der Regen kommt anders, schärfer. Das hat ihn besonders interessiert. Er hat mich mal mitgenommen und mir das gezeigt. Da war das gut zu verstehen.«

»Bei welchen verschwundenen Bergen warst du denn mit dem Christian?«, fragte Emma weiter.

»Also, wir waren auf dem Steffelkopf, auf dem Goldberg bei Ormont, dem Kalenberg bei Oberstadtfeld, dem Goßberg bei Walsdorf und dem Radersberg bei Brück. Weil: Die sind alle schon verschwunden. Das hat der Herr Felten vom NABU in Daun im Internet gut dargestellt. Also, besser geht es nicht.«

Das kam sehr sachlich daher, es ging um Fakten, ausschließlich um Fakten. Sein Gesicht war ganz ruhig und ganz klar. Er hatte ein wenig Gel in den Haaren und sich über der Stirn eine Tolle geformt, er wirkte wie der Lausejunge von nebenan.

»Wenn ich das richtig verstehe, bist du ein Spezialist geworden, weil du dem Christian helfen wolltest«, sagte ich.

»Ja«, nickte er. Kein Zögern. »Also, Christian sagte immer, er brauche Leute wie mich. Und da habe ich mich fit gemacht. Ich habe alles gelesen, was es gibt. Manches konnte ich nicht lesen, also diese wissenschaftlichen Arbeiten. Da sind so viele Fremdworte drin, dass ich nicht klarkomme. Aber man braucht eigentlich keine Fremdworte.«

»Kennst du die Nina?«, fragte Emma.

»Sicher!« nickte er lächelnd. »Das ist die Frau, die Christian heiraten wollte. Eine hübsche Frau. Und sie ist schwanger.

Christian hat mir gesagt, dass er keine Ahnung davon hat, was alles auf ihn zukommt, wenn er Vater wird. Dazu hat er gelacht. Also, er hat sich sehr gefreut. Und jetzt ist die Frau allein.«

In seinem Gesicht zuckte es, und er bewegte die Hände für Sekunden sehr unruhig über der Tischplatte. Das verging, er setzte sich erneut zurecht und sah uns wieder an.

»An jenem Abend saß Nina an dem Tisch, an dem auch Christian saß. Du kamst dazu. Und es ist gesagt worden, dass da in der Eifel ein unheimlich dickes Ding läuft. Und dass der alte Seeth dabei draufgeht.« Emma sprach jetzt langsam. »Kannst du dich an den Abend erinnern? Drüben bei *Michels*?«

»Da kann ich mich gut erinnern«, nickte er.

»Um was ging es denn bei diesem dicken Ding?«, fragte Emma.

»Also, es ging darum, dass jetzt neue Verhältnisse herrschen. Das Bergamt in Mainz hat die Abbaugebiete Lava und Basalt um das Fünffache gesteigert. Also, von vierhundert Hektar auf zweitausend Hektar. Das sind 2800 Fußballfelder, das kann man sich kaum vorstellen. Da fragt man sich, was die da in Mainz im Kopf haben.« Das kam wieder ohne jedes Zögern, das hatte er verinnerlicht, das stellte er nicht mehr infrage, und er besaß auch den Mut, das so auszudrücken.

Er zögerte und legte die Pfeife vor sich hin auf den Tisch, weil sie ausgegangen war. Sein Kopf kam wieder hoch, er sah uns an. »Da helfen auch keine Fremdworte«, bemerkte er trocken. Er lächelte leicht verlegen. »Da muss ich etwas mehr erzählen, weil: Das dauert seine Zeit.« Er sah uns verlegen an, als könnten wir widersprechen.

»Du hast so viel Zeit, wie du brauchst«, beruhigte ich ihn.

»Also, das Bergamt hat gesagt: Wir legen die Flächen fest, auf denen Basalt und Lava abgebaut werden können. Wann das passiert, ist uns egal. Und es wird ja auch erst in ferner Zukunft passieren, sagen sie beruhigend. Christian hat aber gesagt, dass genau dieser Punkt eine Mogelpackung sei. Jeder, der das professionell nutzen will, kann sofort den Antrag stellen, auf diesen ausgewiesenen Gebieten zu fördern. Egal, ob das nächstes Jahr stattfinden soll oder in zehn Jahren. Christian meinte, das Amt sei geradezu gnadenlos unternehmerfreundlich. Er hat auch gesagt, das Amt sei gnadenlos bürgerfeindlich. Denn bei allen diesen Festlegungen werden die Eifeler selbst ja gar nicht gefragt, obwohl es um die Landschaft geht, in der sie wohnen. Da gibt es zwar eine Broschüre des Bergamtes, aber niemand weiß davon. Kann sein, dass du ein Bauer bist, der direkt an der Kante zum Berg wohnt. Der wird sich wundern, was passiert, wenn der Berg abgeräumt ist. Weil dann nämlich Bäche aufhören zu fließen und Quellen versiegen. Solange der Berg da ist, sitzt das Wasser in dem Schwamm, den der Berg bildet. Das ist wie eine Badewanne, in der der Stöpsel steckt. Ziehst du den Stöpsel raus, baggerst du den Berg ab, läuft das Wasser raus. Dem Bergamt in Mainz ist es scheißegal, was es selbst festlegt. Das klingt komisch, ist aber so. Der Herr Felten vom NABU in Daun hat das Amt gebeten, doch mal jemanden in die Eifel zu schicken, um dem Amt erklären zu können, um was es in der Vulkaneifel eigentlich geht. Und was antwortet das Amt? Sie haben kein Personal für so was! Das muss man sich mal vorstellen. Die entscheiden über eine Landschaft, in der sie selbst nie waren. Christian hat gesagt: Das ist wie 1850! Und dann haben wir zusammen die Geschichte erfunden, weil wir das ja nicht beweisen können. Ich weiß noch, wir haben bei *Michels* gesessen, und es war wenig los, und wir haben die Geschichte erfunden, Christian und ich. Ich habe eine Weinschorle getrunken, das weiß ich noch. Und diese Möglichkeiten zum Abbau sind ja auch ›vorrangig‹. Also, ob das ein Naturschutzgebiet ist oder ein Naturdenkmal: Wo abgebaut werden kann, bestimmt das Amt – und das steht vor jedem Naturschutz. Am Nerother Kopf zum Beispiel ging es um ein Naturdenkmal. Weil der Grubenbetreiber etwas weiter in den Berg rein abbauen wollte, hat man das Naturdenkmal auf der Landkarte eben ein bisschen verschoben. Das war einwandfrei ein mieser Trick, sagte Christian.«

»Mein lieber Junge«, meinte Emma ehrfürchtig, »Du hast es aber drauf! Herzlichen Glückwunsch!«

Er wandte den Kopf ab, weil er plötzlich sehr verlegen war.

Ich holte meinen Tabak und eine Pfeife aus den Taschen und stopfte sie. »Versuch mal den«, sagte ich und hielt ihm den Tabaksbeutel hin. »Der ist etwas weicher, deiner scheint mir zu hart. Und nimm mal diese Pfeife hier.« Ich reichte ihm eine italienische *Brebbia*; leicht geschwungen mit einer Straight-Grain-Maserung, ein wunderschönes Stück Holz.

Er war verwundert, aber auch erfreut: »Christian hat gesagt, er habe zwar keine Ahnung von Pfeifen, aber ich sei ein Typ, der nach Pfeife aussehe.« Er lachte. »Es war so eine Art Spaß. Ich rauche ganz selten.«

Er hatte sie gestopft und zündete die Pfeife an, er schloss die Augen und sagte: »Ja, stimmt, dein Tabak ist weicher. Irgendwie wie Aprikose.«

»Es ist Aprikose«, bestätigte ich. »Aprikose mit ein wenig Orange. Blumig kann man sagen. Wenn sie ausgeht, musst du den Tabak andrücken, dann brennt er einwandfrei.«

Er wirkte ein wenig unbeholfen, aber offenkundig machte es ihm Spaß.

»Du kannst die Pfeife behalten, ich lasse dir auch meinen Tabak hier. Aber jetzt wollen wir hören, was für ein Spiel du mit dem Christian erfunden hast. Klingt spannend.«

»Das Spiel war ganz einfach, das Spiel ging darum, den alten Seeth aus dem Geschäft zu drängen und ihn zu übernehmen. Also, das geht so: Du gründest eine Holding, zum Beispiel an einer irischen Bank. Der Seeth braucht neues Kapital, weil er zwanzig Lkws ersetzen muss, die alt sind, und weil er vorübergehend zusätzliches Kapital zur Erschließung neuer Lagerstätten braucht. Die Holding erfährt davon durch ihre Bank und sagt: Wir geben das Kapital an Seeth. Das Kapital fließt an ihn, und er merkt nicht, von wem es kommt. Jetzt bin ich Teil von Seeth, jetzt kann er das Rad nicht zurückdrehen, jetzt kann ich anfangen, ihn zurückzudrängen, er wird mich nicht mehr los. Ich kann zum Beispiel damit anfangen, ihm klarzumachen, dass ich statt zwanzig neue Lkws vierzig kaufen würde. Und: Bei einem ganz anderen Hersteller. Ich mache ihn einfach nach Strich und Faden madig. Irgendwann gibt er dann auf. Es sei wirklich ganz einfach, aber es sei auch sehr grausam, sagte Christian.«

»Wer übernimmt denn den alten Seeth?«, fragte Emma. »Ich meine jetzt die Personen.«

»Die Leute, die das große Geschäft in der Eifel auf Dauer machen wollen. Die haben vorher eine Gesellschaft gegründet, die die Firma von der Holding in Irland übernimmt. POWER POINT heißt das oder so ähnlich«, antwortete er schnell.

»Wer sind diese Leute?«, fragte ich. »Kennst du Namen?«

»Also, jemand aus Daun jedenfalls. Aber der nur im Hintergrund, sagte Christian, und das sei nicht beweisbar, sagte Christian. Er sagte, bei solchen Leuten merkst du das nicht, bis sie in deinem Safe sitzen und dir entgegenlächeln.« Er antwortete so ruhig und gelassen, als sei das doch selbstverständlich und jedem seit Langem bekannt. Dann fuhr er fort: »Aber da war ein anderer Mann, ein zweiter Mann, der das vorbereitet hat. Christian wusste nicht, wer das ist. Christian hat gesagt, wir müssen herausfinden, wer das ist.«

»Großer Gott!«, hauchte Emma.

»Dieser andere, der zweite Mann«, sagte ich schnell. »Wer könnte das denn sein? Ich meine, Christian hatte vielleicht eine Ahnung, oder? Hatte der andere Mann eine Firma? War der aus der Eifel? Wo kam der her? Hat Christian das irgendwann einmal erwähnt?«

Emma führte die Frage fort, und ihre Stimme wurde etwas lauter, kälter und spitzer. »Hieß der andere Mann Friedhelm Werendonk? Oder hieß er Norbert Bleckmann?«

Er konzentrierte sich, er starrte auf die Tischplatte vor sich. »Nein, die Namen hat er nicht genannt. Also, Namen hat er überhaupt nicht gesagt. Nur ein erster und ein zweiter Mann, hat er gesagt. Von diesen Männern komme das Geld. Aber das könne man nicht beweisen, weil die Geldströme einen Weg nehmen, der nicht überschaubar sei.«

»Und was sollte genau passieren, wie sollte das vor sich gehen?«, fragte ich.

Er konzentrierte sich und hatte ganz schmale Augen dabei. »Christian sagte: ›An welchem Punkt sie angreifen, wissen wir nicht. Aber der Angriff kommt zum Beispiel aus Luxemburg, und es wird schnell gehen, und dann ist Seeth Geschichte.‹ Aber wieso Christian Luxemburg gesagt hat, weiß ich nicht. Ich habe auch nicht gefragt, weil ich von diesen Wirtschaftsdingen nicht viel Ahnung habe.«

»Sollte das jetzt sofort sein oder irgendwann in der Zukunft oder in ein, zwei Jahren?«, fragte ich.

»Jederzeit, wurde gesagt. Also von heute auf morgen, hat Christian mehrmals gesagt. Das weiß ich genau. Christian sagte, die Eifler würden so etwas nicht mal merken, weil sie keine Ahnung haben. Das sei genauso, wenn sich in der Natur was verändert. Sie haben die Natur dauernd um sich, also achten sie nicht mehr drauf. Das finde ich sehr klug.«

»Das ist auch klug«, sagte Emma. »Das ist verdammt klug. Also, konzentrieren wir uns mal auf Luxemburg. Da soll ein Angriff aus Luxemburg kommen. Wie denn genau? Also, von einer Firma oder einer Bank?«

»Also, das war für Christian klar. Sie haben eine Holding gemacht und warten ganz einfach, bis der alte Seeth Kapital braucht. Also, da kann nichts schiefgehen.«

»So ist das auch«, nickte Emma. »Ziemlich gut beschrieben. Den Namen von der Holding kennst du nicht?«

»Nein, den kenne ich nicht.«

»Und welche Rolle sollte dieser Unbekannte aus Daun spielen?«

»Also die Rolle, dass er bestimmen kann, wenn es soweit ist. Also, wenn sie wollen, dass Seeth dabei draufgeht, damit sie das Geschäft kriegen. Christian sagte: ›Wenn der aus Daun will, greift die Holding zu, und der Herr Seeth braucht es noch nicht mal erfahren.‹ Und von dem Unbekannten aus Daun redet kein Mensch, weil keiner weiß, dass er dahintersteckt.«

»Hat er von einer Übernahme gesprochen?«, fragte ich.

Die Frage wirkte. Er strahlte plötzlich. Er zeigte uns den erhobenen Zeigefinger seiner rechten Hand und sagte hell: »Ja, so hieß es: Christian meinte, das wird bestimmt eine schnelle, feindliche Übernahme. So hat er gesagt.« Dann grinste er erleichtert, weil er sich daran erinnert hatte. Er sah mich plötzlich eindringlich, nahezu besorgt an und fragte: »Was ist denn mit deinem Auge los?«

»Ich bin hingefallen«, antwortete ich. »Nichts Schlimmes, stört nur ein bisschen.«

»Deshalb also war Schaad bei Glatt«, murmelte Emma. »Schaad hat es herausgefunden und wollte nachfragen.«

»Ja, das mit dem Doktor Schaad war wirklich sehr schlimm«, murmelte Florians Mutter leise. »Da fragt man sich schon, ob das alles mit rechten Dingen zugegangen ist.«

»Ich bin so wütend«, sagte Florian plötzlich laut und heftig. Er schlug die Hände vor das Gesicht und weinte in heller Verzweiflung.

Wir standen auf und wandten uns zum Gehen, seinen Schmerz konnten wir nicht heilen.

In der Haustür sagte Emma zu seiner Mutter: »Sie haben einen wunderbaren Sohn.«

»Ich weiß das«, sagte die Mutter ganz sanft. »Ich bin dankbar.«

12. Kapitel

Auf dem Rückweg bemerkte ich: »Zurück zum Vorschlag deines klugen Mannes: Wie kann man den Bauern Jaax provozieren?«

»Vielleicht durch die grundsätzliche Einstellung, dem Ehepaar nichts mehr zu glauben, alles infrage zu stellen«, antwortete sie.

»Und was ist das – alles?«

»Das ganz Normale, die angeblich gute finanzielle Absicherung, die Reise der Hausfrau nach Neuseeland aus lauter Reiselust, alles eben.«

»Was kann daran provozierend sein? Eine Reise nach Neuseeland ist eine Reise nach Neuseeland. Wenn ich das bezweifele, gewinne ich nichts.«

»Nicht so ganz«, antwortete Emma. »Sie hat sich Neuseeland einmal touristisch ansehen wollen, die gute Hausfrau. Das ist die offizielle Version. Aber vielleicht stimmt das nicht, vielleicht war sie dort, um einen Liebhaber zu treffen. Und vielleicht stammt dieser heimliche Liebhaber aus Hillesheim und reiste mit ihr zusammen. Heimlich. Nichts stimmt mehr.«

»Na gut, aber was an solchen Fragen kann provokant sein? Kein Mensch hält sie auf, so wichtig sind sie auch nicht.«

»Ich glaube, mein Ehemann meinte etwas anderes. Er meinte wahrscheinlich, dass alles Fassade sei. Es ist doch verwunderlich, dass alle Landwirte in der Eifel ständig am Limit leben, ständig in Sichtweite zur Pleite, weil alle ihre Höfe zu klein sind, um zu leben, aber auch zu groß, um zu sterben. Aber ausgerechnet der Betrieb vom Ehepaar Jaax nicht. Denen geht es gut, die haben angeblich viel Geld, die haben angeblich Wald geerbt. Was ist, wenn das alles nicht stimmt?«

»Dann stimmt es eben nicht«, erwiderte ich muffig. »Was soll sein, wenn das alles gemogelt ist? Vielleicht fördern sie ja auch heimlich Erdöl, oder sie sind im Kartoffelacker auf Platin gestoßen.«

»Du bist ein Dickkopf, Baumeister. Manchmal tust du so, als könntest du kein Wässerchen trüben und hättest absolut kein Gehirn. Rodenstock meint, dass deren Wohlhabenheit aus völlig anderen Quellen stammen könnte, als die Öffentlichkeit glaubt. Dass bei dem Ehepaar Jaax alles anders ist, als sie erzählen. Dass, mit einfachen Worten ausgedrückt, der Norbert Bleckmann den Hof der Jaax von oben beobachtete, weil da etwas ablief, weil da etwas vor sich ging. Weil da auf dem Hof genau das zu besichtigen war, weshalb es ihnen wirtschaftlich so gut geht.«

»Dann brauchen wir unbedingt deinen Jammerjungen, und zwar schnell.«

»Das sagte ich bereits«, entgegnete sie spitz.

»Aber genauso schnell brauchen wir Elvis, den Stier und seinen jungen Star Anna Waclawick, die es an der Stange treibt.«

»So ist es. Nina übrigens verlässt uns heute oder morgen. Sie will sich um die Wohnung in Mainz kümmern, sie will sie auflösen. Sie will ihr Kind in der Eifel zur Welt bringen. Weil ihr toter Mann die Eifel so liebte. Ich finde das gut und richtig.«

»Da ist was dran. Und wo will sie wohnen?«

»Da, wo er geboren ist, in Manderscheid. Sie sucht ein kleines Haus zur Miete.«

»Ich will sie noch etwas fragen. Können wir das gleich erledigen?«

»Du vermutest, sie kann mit Florians Aussage etwas Klarheit in die Sache bringen?«

»Genau das«, nickte ich. »Könnte sein.«

Also fuhren wir bei mir vorbei, ich setzte mich in meinen Wagen und fuhr hinter Emma her nach Heyroth.

Nina telefonierte, lag satt und zufrieden wie eine Katze auf Emmas Sofa, trug dicke Wollsocken und fühlte sich offensichtlich wohl. Sie telefonierte zu Ende und fragte: »Seid ihr weitergekommen?«

»Ja«, sagte Emma. »Und wir haben eine Frage an dich. Hat Christian jemals erwähnt, dass die Firma des alten Seeth übernommen werden sollte? Mit einem Trick durch eine Holding namens POWER POINT aus Luxemburg oder Irland?«

Sie überlegte eine Weile und schüttelte den Kopf. »Nein, daran kann ich mich nicht erinnern. Davon war nie die Rede.«

»Da fällt mir etwas ein«, murmelte ich. »Wenn Christian bei Glatt aufgetaucht ist, um nach der Holding zu fragen, dann müsste er logischerweise vorher oder nachher bei dem alten Seeth gewesen ein, oder?«

»Du bist doch nicht auf den Kopf gefallen«, sagte Emma strahlend. »Willst du einen Kaffee?«

»Nein, ich fahre heim und gehe ins Bett. Oder nein, ich unternehme noch etwas. Ich gehe Bauernhof gucken.«

»Du bist verrückt«, murmelte Emma.

»Das stimmt«, nickte ich. »Das habe ich vor Jahrhunderten von dir und deinem Mann gelernt. Ich verabschiede mich und wünsche euch eine gute Nacht.«

Ich setzte mich in meinen Wagen und gondelte in aller Gemütsruhe hinüber nach Hillesheim. Der Betrieb auf den kleinen Nebenstraßen war nahe Null, mir begegnete kaum ein Auto. In Hillesheim fuhr ich durch die kleine Siedlung hinauf auf die Wiese, schaltete früh meine Lichter aus, sodass ich auf dem Hof niemanden warnen konnte.

Es war 23.27 Uhr, und ich hatte nicht die geringste Ahnung, was mir begegnen würde. Ich muss ehrlich gestehen, dass ich mir ein wenig dämlich vorkam, als ich da auf der Wiese stand.

Was sollte schon passieren? Wie kann denn ein vernünftiger Mensch von heute auf die ausgefallene Idee kommen, nachts einen Bauernhof in der Eifel zu beobachten? Einfach so. In der etwas schrägen Hoffnung, dass zwanzig Meter unterhalb irgendetwas Aufregendes geschieht?

Das Einzige, was für das Unternehmen sprach, war die Tatsache, dass es nicht regnete, der Himmel klar war und die Sichtverhältnisse gut.

Ich nahm aus dem Handschuhfach mein kleines Fernglas und hängte es mir um den Hals.

Dann dachte ich in großer Erheiterung, dass es wahrscheinlich sehr professionell wirken würde, wenn ich mir das Gesicht schwärzte. Vielleicht dazu ein Haimesser mit einer dreißig Zentimeter langen, gezackten Klinge in einer Lederscheide am rechten Unterschenkel. Mein Beitrag zu schlechten amerikanischen B-Filmen vom Typ *A-Team*. Man kann daraus durchaus darauf schließen, dass ich das Kommandounternehmen nicht gerade zu meinem Hobby machen wollte.

Ich stieg aus und ging nach vorn an die Kante. Im großen Stall hörte ich die Rinder sich bewegen, schnauben, die üblichen matten, trägen Geräusche. Nur ein blaues, kleines Dämmerlicht auf der linken Seite, wahrscheinlich eine Funzel, die die ganze Nacht über brannte, um dem Licht zu geben, der nachts zu den Tieren musste. Ansonsten blauschwarze Finsternis.

Das Wohnhaus links von mir mit zwei hell erleuchteten Fenstern in der Küche, im ersten Stock ein matter Lichtschimmer hinter blickdichten Vorhängen. Wahrscheinlich das Schlafzimmer des Ehepaares. Also: einer schon im Bett, der andere noch in der Küche.

Ich sah an der steilen Wand hinunter, die von mir aus nahezu senkrecht in die Tiefe fiel. Die Basaltblöcke waren wie eine unregelmäßige Treppe angeordnet. Es war durchaus machbar hinunterzusteigen und auch wieder hochzukommen. Die unregelmäßigen Steinblöcke maßen etwa achtzig Zentimeter in der Höhe.

Dann ging jemand hinter den hellen Fenstern der Küche auf und ab. Er telefonierte. Es war der Bauer. Er sprach lebhaft, hatte das Telefon am Ohr, diskutierte aufgeregt mit der rechten Hand, beugte sich vor, ging einen Schritt, sprach wieder, die rechte Hand schoss nach vorn, wahrscheinlich um eine Behauptung zu unterstreichen.

Warum soll ein Bauer kurz vor Mitternacht nicht telefonieren?

Hatten sie einen Hund?

Ich versuchte, mich daran zu erinnern, ob irgendetwas auf einen Hund hindeutete. Irgendetwas auf dem Hof? Irgendetwas im Haus? Ich konnte mich nicht erinnern. Allerdings konnten sie einen Hund nur dann gebrauchen, wenn nachts nichts geschah. Ein wütender Kläffer würde ganz Hillesheim wecken.

Dann dachte ich, dass vielleicht eine Taschenlampe gut sei. Ich ging zum Auto, fummelte sie aus dem Müll im Handschuhfach und ging zurück an die Kante.

Aus irgendeinem Grund musste ich an Endzeitstimmung denken. Ich hatte im Magazin der ZEIT einen guten und nicht einmal ironischen Beitrag gelesen, der sich mit Leuten beschäftigte, die dem Glauben anhingen, erstens seien unsere Lebensversicherungen demnächst nichts mehr wert, zweitens tauge unsere Währung nichts mehr, drittens steuerten uns internationale Banker mit irrer Geschwindigkeit in die allerletzte große Krise, und viertens sei es deshalb dringend geboten, Lebensmittelkonserven in größeren Mengen zu kaufen und im Keller zu stapeln, sowie auch die letzten handtuchgroßen

Grünflächen vorzubereiten, um für den Notfall Kartoffeln und Tomaten anzubauen. Ich weiß nicht genau, wieso ich diesem Gedanken ausgerechnet in dieser Nacht folgte, aber plötzlich erschien er mir sehr logisch und bedenkenswert.

Dann machte ich mich an den Abstieg.

Im Wohnhaus waren immer noch die Lichter an, und der Bauer Sebastian Jaax telefonierte immer noch, tigerte noch immer in seiner Küche hin und her und sprach mit seinen nächtlichen Schatten.

Ich brauchte die Taschenlampe nicht einmal, der Abstieg war leicht, nahezu bequem.

Unten angelangt umrundete ich erst einmal in aller Gemütsruhe den großen Stall mit den Tieren. Zum Haus hin lag die Melkkammer, ein sehr großer Raum, sicher hundert Quadratmeter groß. Die Fläche zwischen beiden großen Wirtschaftsgebäuden war fast fünfzig Meter breit. Das zweite große Gebäude war ebenso groß wie der Stall, musste es auch sein, denn der Hof zählte mehr als einhundert Rinder, musste also einen gewaltigen Vorrat an Heu, Stroh und Futterzusätzen verfügbar halten. Dazu all die Geräte, die gebraucht wurden. Und Zugmaschinen aller Größen. Hinter dem zweiten Wirtschaftsgebäude war nur ein schmaler, fußwegbreiter Streifen, dahinter eine steil ansteigende Böschung mit einem Besatz aus Erlen, kleinen Birken und Haselnuss.

Der Hof lag in einem kleinen, nahezu perfekten Kessel.

Ich ging vorsichtig an das Wohnhaus heran. Der Bauer Jaax telefonierte noch immer, tigerte hin und her.

Ich wollte wissen, was hinter dem Wohnhaus war, also ging ich an der Haustür vorbei und kam in einen Garten, der sehr gepflegt war und anscheinend gut vorbereitet auf den Frühling. Aber da Vorsicht die Mutter der Porzellankiste ist, querte ich den Garten, und er endete an einem kleinen

Gehölzstreifen, der nur etwa dreißig Meter tief war. Dann folgte eine Wiese, die an die Bundesstraße 421 nach Jünkerath und Stadtkyll grenzen musste. Ein idealer Fluchtweg, falls ich flüchten musste, und falls ich die Steinblockmauer nicht mehr erreichen konnte, um an mein Auto zu kommen.

Dann war da plötzlich das Tier, das sehr hoch winselte und mir dauernd an die Beine stieß. Es war ein großes Tier, reichte mir bis zu den Knien und war in einer dauernden hektischen Bewegung. Es mochte durchaus ein sibirischer Tiger sein, aber ich musste wenigstens wissen, um was es sich handelte. Also bückte ich mich und griff beherzt zu. Es hatte ein glattes, kurzes Fell, es hatte einen sehr prallen Bauch, und es war überaus friedlich und schien sich über meine Anwesenheit zu freuen. Es fuhr mir mit einer nassen Zunge durch das Gesicht, es hatte einen massiven, üblen Mundgeruch. Es war, einfach formuliert, ein uralter, verfetteter Köter, der gestreichelt werden wollte.

Also streichelte ich ihn und erholte mich etwas von meinem sehr hochgeschnellten Blutdruck.

Dann schrie jemand laut: »Müller!«

Das Tier reagierte kaum, fühlte sich aber angesprochen. Es verharrte einige Sekunden und horchte in die Nacht.

»Müller! Verdammt noch mal!«

»Herrchen ruft!«, flüsterte ich.

Müller machte sich widerstrebend auf die Socken und verschwand durch den Garten. Aus Hundesicht betrachtet, waren die Jaaxens erstaunlich langweilig.

Die Haustür klackte zu.

Ich ging vorsichtig durch den Garten zum Hof zurück und hielt mich links. Ich kam an dem offenen Schuppen vorbei, der sehr groß war und alles Mögliche beherbergte. Das ging von drei schweren, auf Ballonreifen ruhenden Anhängern, bis zu einem gut zweieinhalb Meter hohen Güllewagen. Von einem motorisierten Rasenmäher mit Treckersitz, über einen Heuwender, einen neuen Ford Ka, bis zu einem *Range Rover* mit der Ausstattung für bessere Herrschaften.

An diesem Punkt wurde ich misstrauisch. Ich habe nichts gegen Eifelbauern, die dieses Auto fahren, es sei ihnen gegönnt. Aber es passte nicht zur Kleinfamilie Jaax, es passte überhaupt nicht, und es hatte den Wert eines kleinen Einfamilienhauses. Wurde das etwa auch mit ererbtem Waldbesitz erklärt?

Ich kann nicht sagen, dass ich bis dahin nervös war, denn bis dahin verlief meine Exkursion geradezu gespenstisch harmlos. Jetzt war mir plötzlich mulmig zumute.

Wieso ein solches Auto?

Das Licht in der Küche wurde nicht gelöscht, stattdessen telefonierte der Hausherr wieder, lief diesmal nicht hin und her, sondern saß gemütlich am Küchentisch, vor sich eine Flasche Bier.

Es war dreißig Minuten nach Mitternacht.

Jetzt das zweite Wirtschaftsgebäude, in dem ich Riesenmengen an Futter vermutete, weitere Maschinen, weiteres Gerät, Heu und Stroh und die Futterzusätze, sowie all das an Gerätschaft, was zurzeit auf den Weiden und im Haus nicht gebraucht wurde. Beide Stirnseiten waren mit einem großen, auf Schienen rollenden Tor verschlossen. Diese riesigen Tore waren mattschwarz lackiert. Sie waren nicht aus Holz, sie waren makellos, sie waren aus Metall, Aluminium wahrscheinlich. Der Bauer Jaax war ein wohlhabender Mann. In jedem Tor eine normale, eingefügte Tür. Beide Türen waren mit einem Sicherheitsschloss oberhalb der Klinke versehen und ließen sich nicht öffnen.

Das war seltsam für einen Bauernhof.

Aber vielleicht enthielt das Gebäude irgendetwas, was zu stehlen sich lohnte. Damit wären die Sicherheitsschlösser erklärt.

Ich ging langsam hinter dem Gebäude an dem kleinen Steilhang entlang. Ich wollte den kleinen Hohlweg sondieren, der auf die Anlage führte. Er war vielleicht zweihundert Meter lang, geschottert und gute zwanzig Meter breit.

Da, wo er auf eine kleine, asphaltierte Straße traf, endete rechter Hand der Asphalt und ging in einen Wirtschaftsweg über. *Nur landwirtschaftliche Maschinen* hieß es auf einem kleinen, weißen Schild in schwarzer Schrift.

Dann erschienen in etwa dreihundert Metern Entfernung die Lichter eines Pkw und näherten sich schnell.

Ich rannte durch den Hohlweg so schnell ich konnte und schob mich in den Schatten des zweiten Wirtschaftsgebäudes.

Unmittelbar neben mir begann es leise und dumpf zu dröhnen, und das Riesentor schob sich komplett zur Seite, gleichzeitig ging innen das Licht an. Es war ein ungemein grelles Licht, das sicher ausgereicht hätte, einen Sportplatz zu beleuchten. In diesem Moment öffnete sich auch das Tor der Gegenseite.

Ich riskierte einen schnellen Blick um die Ecke in die Halle. Sie war riesig, sie war zementiert und vollkommen glatt. Rechts und links je drei Galerien vom Boden bis zur Decke, aufgefüllt mir irgendwelchen großen, weißen Kartons auf Paletten.

Es gab auf der großen Fläche einen massiven, grellgelb lackierten Gabelstapler mit zwei senkrecht hochsteigenden Schienen zum Be- und Entladen für große Höhen.

Dann sah ich am anderen Ende der Halle Sebastian Jaax in das Licht treten.

Ich drückte mich in den Schatten, weil der Pkw kam, gar nicht erst im Hohlweg anbremste, sondern gleich stracks an mir vorbei in die Halle rauschte. Es war ein dunkelgrüner Peugeot 608. Er hatte ein Kölner Kennzeichen, aber Einzelheiten wie Buchstaben und Nummern konnte ich nicht erkennen, der Wagen huschte zu schnell vorbei.

Das Tor hinter ihm glitt nahezu geräuschlos zu und rastete mit einem Seufzer ein.

Was war das?

Ich wurde ein wenig mutiger, weil Müller absolut keine Bedrohung war. Ich ging auf die andere, wohnhausnahe Seite der Halle. Auch dieses Tor war zu. Einmal glaubte ich, einen Motor zu hören, war mir aber nicht sicher. Menschliche Stimmen hörte ich nicht, die Nacht war totenstill.

Nach ungefähr einer halben Stunde, glitten beide Tore auf, der Peugeot fuhr auf meiner Seite aus der Halle, drehte auf dem Hof einen großen Kreis und fuhr sehr schnell davon.

Ich konnte die Nummer nicht erkennen.

Sebastian Jaax ging auf das Wohnhaus zu, ich erkannte in seiner rechten Hand so etwas wie eine lange Fernbedienung. Die Tore glitten zu, das Licht erlosch, alles lag in tiefem Frieden, so, als sei nie etwas geschehen.

Es war 1.45 Uhr.

Ich konnte lautlos verschwinden, konnte die beunruhigende Szenerie hinter mir lassen, wollte aber auch sichergehen, dass ich nichts übersehen hatte. Also nahm ich erneut den schmalen Fußweg an der Halle entlang und ging in den Hohlweg hinein. Ich wollte exakt wissen, wie lang der Weg bis zur B 421 war.

Ich hatte den Hohlweg noch nicht passiert, als rechts neben mir zwischen den Büschen etwas knackte. Es war ein lautes Geräusch, es klang auf keinen Fall wie Müller.

Ich drehte mich also schnell nach rechts, ich wollte etwas sagen, kam aber nicht soweit. Wer immer das war, er war blitzschnell sehr eng an mir dran, schlug mir etwas scharf auf den Schädel, rannte an mir vorbei und lief die schmale Straße entlang, die ich hatte gehen wollen.

Es dröhnte in meinen Ohren, ich hatte das würgende Gefühl, ich müsse mich übergeben, ich ging in die Knie, fühlte meine Beine nicht mehr, fand mich in einer kriechenden Haltung wieder, schmeckte irgendetwas wie Erde zwischen meinen Zähnen, stützte mich mit flachen Händen ab, und merkte wie scharfe Steinchen in meine Handflächen schnitten.

Ich fand mich durchaus bestätigt: Welcher vernünftige Mensch beobachtet einen Bauernhof mitten in der Eifel mitten in der Nacht?

Ich musste mich dann tatsächlich übergeben, und das ekelhafte Würgen tat sehr weh.

Ich dachte in einem Zustand übermütiger, kindischer Erheiterung an einen niemals erschienenen Titel der BILD, der gelautet hatte: *Frau zog Mann Scheitel mit Beil*, und ich konnte nicht umhin leicht zu grinsen, stellte mir vor, was Rodenstock zu dieser unmöglichen Exkursion sagen würde, fühlte auf meinem Schädel zwischen den Resthaaren Feuchtes und sinnierte darüber, weshalb ich denn nicht nach Schließung der Halle sofort zu meinem Auto gegangen war.

Den Weg über die Rotsandsteinbrocken hinauf auf die Wiese konnte ich nicht nehmen – zu unsicher wegen massiver körperlicher Schwierigkeiten. Es blieb nur der Weg über den schmalen Feldweg und dann nach rechts die Wiese hoch zu meinem Auto. Bis ich das geschafft hatte, vergingen ein paar Ewigkeiten. Der Kopfschmerz war ekelhaft scharf, und manchmal schienen meine Augen nicht mehr zu funktionieren, manchmal sah ich Strukturen doppelt.

Es war 2.30 Uhr, als ich in meinem Auto hockte. Ich schaltete die Scheinwerfer erst ein, als ich die kleine Siedlung erreichte. Ordnung muss sein.

Ich scheute mich, Emma zu wecken, begriff aber, dass die Wunde auf meinem Schädel genäht werden musste, außerdem bin ich eitel.

Ich klingelte sie also aus dem Bett und sagte etwas nuschelnd: »Ich suche Asyl.«

»Wie siehst du denn aus?! Das ist ja Blut!« Sie hatte ganz große Augen und zog mich ins Haus.

»Zeig mal her, hab dich nicht so, was hast du denn wieder angestellt, setz dich mal auf den Stuhl da, du hast doch nicht etwa Schmerzen, ach, du lieber Gott, dein Kopf ist ja ganz auf, und überall dieses Blut, das ist ja ekelhaft, warte mal, das klafft ja richtig ...« So lief, alles in allem, das ungemein anregende Gespräch in den nächsten paar Minuten.

Dann das Resultat: »Da rufen wir aber den Notarzt, da will ich ganz sicher gehen, da können wir das Risiko nicht eingehen, das gefällt mir gar nicht, ach, du mein armer Baumeister!«

Dann rief sie den Notarzt und sagte erregt: »Wir haben hier einen offenen Schädel. – Wie? Was meinen Sie? – Nein, keinen offenen Schädel, also eher einen, wo die Schwarte durch ist. Das reicht aber.«

Sie drückte die rote Taste, mir war immer noch flau im Magen.

»Sie kommen gleich. Erzähl mal, was ist passiert?«

Also erzählte ich etwas müde von Müller bis Peugeot, und es erschien der gleiche Notarzt, der schon Nina geholfen hatte.

Er sagte trocken: »Ich abonniere dieses Haus. Was ist es denn diesmal? Nein, sagen Sie nichts, ich rate mal. Sie sind beim Fensterln erwischt worden, und der in Wahnsinn geratene Ehemann kippte die Leiter um.«

»Nicht ganz«, antwortete ich. »Es war ein Einbrecher, ich habe ihn gestört.«

»In diesem winzigen Anwesen hier?«

»Nein, nein, drüben in Hillesheim.«

Er sah mich misstrauisch an.

»Sie dürfen mir keine Gesetzesverstöße mitteilen«, murmelte er, »sonst muss ich Meldung machen. Strecken Sie mal den Kopf nach vorn. So, so ist es gut. Mein lieber Schlemihl, der hat aber gründlich zugelangt. Ich würde sagen, wir weisen Sie ein. Aber wir nähen Sie vorher und stillen die Blutung. Ruhig, bitte, Gleich gibt es einen kleinen Pieks, wenn die Spritze kommt. Haben Sie doppelt gesehen?«

»Ja, einige Sekunden lang, unmittelbar danach. Seitdem nicht mehr.«

»Und was war es wirklich?«

»Ein Unbekannter mit Knüppel«, antwortete ich so korrekt, wie es mir möglich war. »Und hätten Sie etwas gegen Kopfschmerz?«

»Überfall etwa?«

»Na ja, er war wohl sturzbetrunken«, sagte ich milde.

»Auch das noch. Geben Sie mir mal die Schere da, bitte. Die Haare sind so unpraktisch.«

Emma reichte ihm die Schere, und er schnippelte.

»Und wer, bitte, hat Ihnen das Veilchen verpasst?«

»Das war in einem vorherigen Leben ein vorheriger Gegner.«

Er arbeitete hochkonzentriert und schnell, trank zwischendurch von dem Kaffee, den Emma ihm hingestellt hatte, und erzählte Döneken aus seiner Zeit als Notarzt.

»Ich nehme Sie mit. Sie brauchen Untersuchung, sie brauchen Abklärung, Sie brauchen Ruhe. Und kein Widerspruch, bitte, sonst kriege ich erhebliche Schwierigkeiten mit meiner Haftpflichtversicherung.« Das klang gar nicht mehr lustig.

»Einverstanden«, nickte ich.

Er bestand darauf, dass ich mich in seinem Kombi auf die Trage legte, dann zeigte er mir, wie schnell ein Notarzt in der Eifel sein kann.

»Was war es denn nun? Ein Einbrecher? Ein Kneipengegner? Ein wilder Ehemann?«

»Eine Mischung daraus«, sagte ich.

»Also, im weitesten Sinne ein missglückter Streich unter Freunden auf Ihren Kopf?«

»So würde ich sagen«, lautete meine Antwort.

»Na, also.«

Im Krankenhaus Maria Hilf zu Daun erfuhr ich liebende Fürsorge. Sie schoben mich in eine Röhre, sie befanden, dass meine Schädeldecke standgehalten hatte, sie injizierten mir einige Flüssigkeiten, nach deren Sinn und Zweck ich gar nicht erst fragte. Dann wurde ich auf eine Behelfsliege gepackt, die mit einer Art Pferdedecke belegt war, will sagen dunkelbraun mit dem Versuch einiger eingewebter Sonnenblumen in noch dunklerem Braun. Was karitative Katholiken allemal als freundlich bezeichnen würden. Aber geeignet für arg strapazierte Straßenkleidung.

Eine winzige, ganz junge Krankenschwester, nicht wesentlich größer als ein Gartenzwerg, die vor lauter Überlastung nicht wusste, wo sie war und was sie hier wollte, drehte mir das Licht aus und erklärte: »Sie werden jetzt eine Weile schlafen, mein Lieber.«

13. Kapitel

Ich wurde wach, weil es nach Essen roch. Ich stellte fest, dass ich immer noch auf der gleichen Liege gebettet war, und immer noch die gleiche Zimmerpflanze vor dem Fenster hatte. Der Raum war so winzig, dass ich das Gefühl hatte: Wenn ich mich wohlig strecke, erreiche ich gleichzeitig alle vier Wände. Ich fand, dass ich streng roch, um es einmal vorsichtig auszudrücken, stellte aber erleichtert fest, dass man mich nicht heimlich von meiner Kleidung befreit hatte. Ich war sozusagen ausgehfertig.

Jemand machte die Tür sehr schnell auf, starrte aber nur ziellos auf meine traurige Gestalt und entschloss sich dann, die Tür wieder zu schließen. Das Gesicht machte den Eindruck eines sehr jungen, frischen Praktikanten, der nicht wusste, was er bei mir wollte.

Also stellte ich mich vorsichtig auf die Füße. Das klappte.

Im Flur war niemand, also ging ich einfach vorwärts in Richtung eines möglichen Fluchtweges und landete vor einem Lift. Als er hielt, konnte ich feststellen, dass ich im dritten Geschoss war. Ich fuhr hinunter auf E, ging stracks auf eine portierähnliche Loge zu und fragte: »Könnten Sie mir ein Taxi rufen?«

Die junge Frau konnte.

»Kommt gleich«, sagte sie. Dann schaute sie genauer hin und sagte: »Sie haben da was im Gesicht.«

»Was ist es denn?«

»Ein Fleck«, sagte sie.

»Dann gehen wir befleckt«, sagte ich und ging hinaus.

Die frische Luft tat gut, ich hatte keine Kopfschmerzen mehr und fühlte auch keinerlei Verlangen, mit irgendeinem Arzt zu sprechen.

Das Taxi kam nach einer geraumen Weile, in der ich mir eine Pfeife gestopft und sie gerade angezündet hatte.

Der Taxifahrer sagte: »Sie haben da einen Fleck.«

»Macht nichts«, sagte ich.

Dann rief ich Emma an. Ich sagte ihr, ich sei auf dem Weg nach Hause und würde mich melden, wenn ich sauber und anständig aussähe. Und ich danke ihr für die Nachtbetreuung.

In meinem Haus steuerte ich den ersten Spiegel an und sah, was sie gemeint hatten. Ich sah aus, als habe ich das Fleckfieber. Sie hatten mich zwar verarztet, aber nicht gewaschen, das Blut war sehr braun geworden. Aber zusammen mit dem großen weißen Pflaster auf dem Kopf machte ich einen durchaus adretten Eindruck. Etwa wie ein Penner, der versehentlich in eine Rübenpresse geraten ist.

Ich ließ mir eine heiße Badewanne ein und aalte mich eine Weile. Dann kamen meine Katzen und sahen mir bei der Körperpflege zu.

»Ihr habt ein Mordsschwein, dass ihr mich noch habt«, erklärte ich ihnen.

Dann dachte ich darüber nach, wer mich niedergeschlagen haben könnte. Die einzig einleuchtende Antwort war nach langem Hin und Her immer noch die, dass es durchaus andere Interessenten geben konnte, die genau wissen wollten, was auf dem Hof der Jaax vor sich ging. Alle anderen Möglichkeiten, zum Beispiel die eines Einbrechers, der einfach herumgeschlichen war, um nach einer lohnenden Möglichkeit zu suchen, schloss ich aus. Und: Er musste sehr geschickt sein und wissen, wie man sich des Nachts bewegte. Wahrscheinlich hatte er mich eine lange Weile beobachten können. Er hatte auch gewusst, dass es vollkommen reichte, bewegungslos zwischen jungen Baumstämmen zu stehen, um nicht gesehen zu werden. Sein einziger Fehler war gewesen, auf einen trockenen Ast zu treten. Nach der Geschwindigkeit zu schließen, mit der er weggerannt war, kam eigentlich nur ein junger Mann infrage.

Immer wieder kam ich auf das Bild der leeren, gleißend hellen Halle zurück, die eine Vorstellung in mir entwickelt hatte, die ich nicht deuten konnte. Ein sehr großer, hoher Raum mit Regalen an beiden Längsseiten. Plötzlich wusste ich, wo ich ein solches Bild schon einmal gesehen hatte: Bei IKEA in Köln, ein Hochregal.

Mein Telefon meldete sich, am Apparat eine dünne, junge Männerstimme. »Spreche ich mit Baumeister, Siggi Baumeister?«

»Ja, der bin ich.«

»Warum sind Sie denn abgehauen?«

»Mir geht es gut, meine Daten und Versicherungsnummer habt ihr, betrügen kann ich euch nicht. Zu essen habe ich nichts bekommen. Da bin ich wieder gegangen.«

»Das geht aber so nicht.«

»Wie geht es denn dann?«

»Mein Oberarzt will Sie sehen, und Sie sind nicht mehr da.«

»Ja, das gebe ich zu, das ist lästig.«

»Könnten Sie denn, bitte, noch mal zurückkommen?«

»Das geht nun wirklich nicht, junger Mann. Ich sitze in meiner Badewanne und freue mich des Lebens.«

Er schwieg eine ganze Weile, dann erklärte er beinahe flüsternd: »Ja, dann richte ich das mal so aus.«

»Dann tun Sie das mal.«

Ich kochte mir drei harte Eier, ich schüttete eine Dose Kidney-Bohnen in heißes Fett in einer Pfanne, quetschte das Ganze zu einem farblich unansehnlichen, grauen Brei, bestreute die Mischung mit Pfeffer und Salz, ließ die harten

Eier reinfallen, schaltete meinen Fernseher ein und bekam die wirklich schlimme Nachricht meines Verteidigungsministers zu hören, der unter leichtem Hochdruck energisch, mit dem eindrucksvollen Mahlen der eindrucksvollen Kieferknochen erklärte, er trete jetzt zurück, das alles übersteige seine Kräfte, er habe ja mehr mit sich selbst zu tun als mit seinen Soldaten. Was sollte man angesichts einer solch tiefgreifenden seelischen Katastrophe sagen?

Die folgenden Nachrichten waren etwas verbraucherfreundlicher, der Minister kam nicht mehr vor. Die ewig klamme Mineralölwirtschaft hatte einen neuen Kraftstoff eingeführt, den kein Mensch kaufte. Wir lebten in einem leidgeprüften Land. Gaddafi ließ mitteilen, die Revolutionäre in seinem Land stünden allesamt unter Drogen und seien von Al Kaida geschickt. Mein Bohnenbrei mit den harten Eiern war ein echter Genuss.

Ich schlief ein und wurde gegen Abend wieder wach, weil beide Katzen vor dem Sofa hockten und mir von einer Hungersnot berichteten. Ich gab ihnen ihr Dosenfutter und beschloss, weiterzuschlafen. Dann fiel mir ein, dass ich mich bei Emma sehen lassen wollte. Ich belud eine Weste mit allem Notwendigen und wollte dann in mein Auto steigen. Mein Auto war nicht da, mein Auto stand bei Emma.

Ich rief sie an und bat um Hilfe.

»Bin sofort da«, sagte sie glucksend vor Freude.

Wenig später kam sie den Berg heruntergeschossen und schaffte kaum die Einfahrt in meinen Hof.

»Steig ein!«, befahl sie. »Rodenstock ist da.«

»Hat er etwa abgebrochen?«

»Nein. Ich habe ihm das mit dir und dem Bauernhof erzählt, und er hat gesagt, er kriegt sowieso einen freien Abend. Und der ist jetzt.«

Ninas Porsche stand nicht mehr vor Emmas Haus.

»Sie ist in ihre Wohnung nach Mainz gefahren«, erklärte Emma. »Sie will auch in Christians Unterlagen wühlen, vielleicht findet sie dort etwas.«

Rodenstock sah mager aus, aber sehr gesund. Er umarmte mich sogar heftig und länger als zwei Sekunden und lachte dazu. Dann erklärte er strahlend: »Du siehst einfach scheiße aus.«

Sie tranken Rotwein, und ich bekam einen Kaffee.

»Ich will das, was du bei diesem Bauern erlebt hast, ganz genau hören«, sagte er sehr ernst. »Das klingt nicht gut, das klingt nach einer großen Nummer.«

»Ich glaube, ich zeichne dir den Grundriss des Hofes auf, dann ist die Erklärung einfacher.« Ich holte mir ein DIN-A4-Blatt vom Sekretär und legte den Grundriss fest.

»Da ist das Wohnhaus, das kleinste Gebäude. Dann hier ein offener Unterstand mit allem möglichen Zeugs, darunter auch die Autos des Ehepaares, darunter auch ein *Range Rover* mit einer Fünf-Liter-Maschine. Ja, ja, ich habe auch erstaunt geschaut, aber was gibt es nicht alles. Dann die beiden großen Gebäude ...« Ich zeichnete alle Gebäude, ich zeichnete den Hohlweg, die ungefähre Entfernung von der B 421. Dann berichtete ich so kurz wie möglich.

»Hattest du das Gefühl, dieser unbekannte Angreifer wollte dich töten?«

»Nein, hatte ich nicht. Er schlug zu und rannte sofort los.«

»Wie lang schätzt du diese Halle?«

»Also, gut und gerne vierzig Meter«, sagte ich. »Kann auch mehr sein.«

»Jetzt mal zum Inneren der Halle. Also, auf der gesamten inneren Fläche stand nur der Gabelstapler?«

»Sonst nichts. Das war etwas verwunderlich, weil man angesichts einer so großen Halle eigentlich anderes vermutet. Und gerade auf einem Bauernhof.«

»Du hast von weißen Kartons oder weißen Flächen gesprochen. Wie groß waren die ungefähr?«

»Das ist schwer zu sagen. Als ich um die Ecke blickte, sah ich nur die weiße Front. Vom Boden bis zur Decke. Es können Kartons gewesen sein, aber auch weiße Plastikverpackungen, das weiß ich nicht. Aber dazwischen immer die deutlich sichtbaren Doppelbretter von Paletten. Das war eindeutig.«

»Wie hoch ist diese Halle?«

»Nicht unter fünf Meter.«

»Weiße Kartons, weißes Plastikmaterial. Was ist so verpackt? Was hast du jemals so verpackt gesehen?«

»Sag mir erst einmal, an was du eigentlich denkst«, murrte ich.

»Ich denke nichts Bestimmtes, ich rätsele herum, ich finde das aber sehr beunruhigend. Das sieht doch nach einem Lager aus, oder? Was ist, wenn es ein illegales Lager ist?«

»Was, zum Teufel, ist denn ein illegales Lager?«

»Das weiß ich nicht genau«, antwortete er. »Wahrscheinlich ist es eine Krankheit der EU. Jedenfalls hört es sich krank an. Und auf einen Eifeler Bauernhof passt das Ganze ja nun gar nicht.«

»Ich habe mal an ein Hochregal bei IKEA gedacht«, erklärte ich. »Aber jetzt, wo du mich erneut fragst, bekomme ich ein weiteres Bild. Erinnert euch bitte an die Läden der großen Ketten, also EDEKA, ALDI, EXTRA, NORMA und so weiter. Die bauen vor Weihnachten und vor Silvester in ihren Läden Türme auf. Aus weißen Pappkartons. In denen steht Sekt, jede Menge Sekt, zwei, drei Meter hoch Sekt. Oder Angebote an hochwertigen Schnäpsen, also Rum oder Whisky oder Wodka. Diese Flaschen stehen alle in solchen Kartons. Die sind weiß, haben irgendeinen Aufdruck des Herstellers. So etwas habe ich gesehen, ziemlich eindeutig. Was macht ein Bauer mit solchem Zeug, wie kommt so was auf einen Bauernhof?«

»Genau das wollen wir ja wissen«, entgegnete er. »Hast du Schlösser an den Türen und an den Toren gesehen?«

»Schlösser nur an den eingebauten Türen, Sicherheitsschlösser. Die Tore liefen über digitale Einheiten, also elektronisch. Steuerungssysteme der modernen Art. Die Tore glitten zur Seite, alle beide. Und zwar, ehe der Bauer in der Halle war. Also eine Fernsteuerung. Ziemlich geräuschlos. Mir fiel auch auf, dass die Halle verdammt teuer gewesen sein muss, also viel teurer als eine der Hallen, die man gewöhnlich auf einem Bauernhof findet. Und sie hat auf den Längsseiten richtige Fertigteile aus Beton, die ineinander einrasten. Die Tore sahen mir nach geschwärztem Aluminium aus, also die Luxusausgabe.«

»Als du um die Ecke in die Halle geguckt hast, was kam dir dabei in den Sinn? Wie wirkte das? Was war das für ein Anblick?«

»Ganz und gar unglaubwürdig, das Ganze. Jetzt weiß ich, auf was du aus bist. Es wirkte auf mich sehr fremd, es passte absolut nicht auf einen Bauernhof. Wir wissen alle, wie so Höfe aussehen. Da gibt es die Zugmaschinen, die einzelnen Ackergeräte, das Durcheinander aller möglichen Werkzeuge, die überall abgestellten Maschinen. Und hier und da ein Kuhfladen, ein herumliegender Hammer, ein altes Fahrrad. Die typische Ecke, in der alter Krempel liegt, von kaputten Plastikplanen bis zu undefinierbaren Holzteilen. Auf einem Hof wird gelebt, auf diesem Hof nicht. Und dann die Halle: Ein klinisch sauberer Raum, riesengroß mit einer Betonfläche, die absolut sauber ist, mit Regalen, die eine perfekte Ordnung zu haben scheinen. Das Ganze unter Flutlicht. An alles Mögliche habe ich denken müssen, aber das da habe ich nur bestaunt, das war unglaublich.«

Er hatte ein verhärtetes Gesicht, er streckte den Zeigefinger in die Höhe und sah mich geradezu finster an. »Du gehst jedenfalls nicht mehr auf diesen Hof. Nicht einmal in seine Nähe. Ich käme ungern zu deiner Beerdigung.« Dann griff er in die Jackentasche, holte ein Handy heraus und erklärte: »Ich muss mal telefonieren.«

»Hast du schon was gegessen?«, fragte Emma.

»Ja, ein Cowboy-Frühstück.«

»Das ist ja ekelhaft!«

»Mir fehlt eben die Familie.«

»Ist das dein Ernst? Nimm Nina auf, die ist im Augenblick heimatlos.«

»Ja, und ihr Kind nennt mich Opa. Im Übrigen würde ich erst einmal gern die Gabi verdauen. Auf was ist Rodenstock denn aus?«

»Das weiß er selbst noch nicht.«

Rodenstock löste sich aus dem Halbdämmer über seinem Schreibtisch und teilte mit: »Da kommt gleich ein Mann. Dauert eine Weile, er kommt aus Trier.«

»Mit wem hast du denn telefoniert?«, fragte ich.

»Mit dem Zoll«, antwortete er. »Alte Bekannte aus einem anderen Leben.«

»Und was macht dein neues Leben, das mit den Seelenklempnern?«, fragte ich weiter.

»Sie fassen zusammen, sie sortieren, sie sagen mir, was ich gemacht habe, was nicht, was ich übersah, wie ich mit mir umgegangen bin, wie ich mit Emma umging, mit dir auch. Ich habe ein ziemliches Desaster angerichtet, aber ich bin der Meinung, dass ich das schaffe. So nach und nach. Im Augenblick beschäftige ich mich sehr viel mit meinem Vater. Ich habe immer gedacht: Er ist mein Vater, er hat immer nur mein Bestes gewollt, was soll schon sein? Dann musste ich feststellen: Das war durchaus nicht so glorreich, wie ich immer gedacht habe. Das war sogar im Gegenteil manchmal eine richtige Quälerei, das Leben mit meinem Vater. Und das habe ich elegant übersehen, weil ich es auch mit aller Gewalt übersehen wollte.« Er trommelte mit den Fingern auf den Tisch. »Dann meine erste Ehe, die mit dem Tod meiner Frau endete. Ich dachte immer, wir seien ein solides Ehepaar gewesen, schön ordentlich nach Beamtensitte, alles in Ordnung, und im Hintergrund ein paar Bausparverträge. Ich denke viel darüber nach, und ich weiß jetzt, ich war todunglücklich und habe es nie gewagt, diesen Zustand anzusprechen. Vielleicht hat meine tote Frau das ebenso gefunden und ebenfalls nicht gewagt, darüber zu sprechen. Ich habe mit den Therapeuten darüber kein Wort gesprochen, das kommt alles noch. Es ist ein Zustand, den ich nicht beschreiben kann. Die Gedanken jagen, sie sind so schnell, dass ich ihnen kaum folgen kann.« Er sah Emma lächelnd an. »Wir hatten so schöne Jahre und haben so viel gelacht. Und das alles ist mir abhanden gekommen, und ich habe es nicht einmal bemerkt.«

»Was ist mit deiner Tochter, von der du jahrelang nicht mehr gesprochen hast?«, fragte ich.

»Über die ist überhaupt noch nicht geredet worden. Und wenn ich ganz ehrlich sein soll, dann denke ich, dass menschliche Bindungen auch abreißen können, sie existieren einfach nicht mehr. Was soll ich sagen? Zuweilen denke ich an sie, aber sehr selten. Sie ist jahrelang der Auffassung gewesen, ich hätte ihre Mutter unterdrückt und gar nicht erst hochkommen lassen. Ein Sklavendasein hätte ich ihr bereitet. Ich kann mich an diese aberwitzigen Diskussionen erinnern, sie waren überwältigend schrecklich. Und noch viel schlimmer klingt es, wenn ich sage, dass meine Tochter mich gegenwärtig überhaupt nicht interessiert. Streng genommen kenne ich noch nicht einmal ihre aktuelle Adresse, was soll ich also dazu sagen? Denn auch sie kennt meine aktuelle Adresse nicht. Wenn Leute sich nicht mögen, soll man sie zum Kontakt nicht zwingen.«

»Du musst jetzt gar nichts dazu sagen«, murmelte Emma sanft. »Das kommt alles noch.«

»Das fürchte ich auch«, nickte er. »Ich muss erst einmal herausfinden, weshalb ich so müde war und unbedingt sterben wollte. Kann man sich den Tod herbeireden? Ja, das kann man, denke ich. Ach, verdammt, Baumeister, ich arbeite in einem großen Steinbruch, und ich habe gedacht: Jetzt muss ich jeden Stein anheben und nachsehen, was da verborgen liegt. Aber so ist es gar nicht. Die einfachen Dinge, und nur um die geht es, liegen eigentlich ganz offen herum. Ich habe sie auch nicht sehen wollen, und ich habe auch nicht gewusst, was ich da mit mir und euch anrichtete. Das Leben ist halt ein weites Feld, und kein Mensch kann es dir erklären, wenn du gar nicht bereit bist zuzuhören. Also, ich war vernagelt, bin es wahrscheinlich immer noch, das braucht seine Zeit, es ist eine anstrengende Arbeit. Und euch habe ich sogar das Lachen verboten.«

»Aber als harter Arbeiter bist du wirklich erste Sahne«, sagte ich. »Das kann ich dir in vollem Umfang bescheinigen.«

Er starrte mich unsicher an, als wisse er nicht genau, was ich da gesagt hatte. Aber dann zog ein großes Grinsen über sein Gesicht und er nickte. »Ja, arbeiten kann ich wirklich, habe ich noch nicht verlernt. Wenn wir aber schon über Arbeit reden, wie ist denn dieser zweite Mann von Glatt einzuschätzen? Den Namen habe ich vergessen.«

»Werendonk«, sagte Emma, »Friedhelm Werendonk. Ich finde ihn ziemlich schleimig, ich mag ihn nicht. Werendonk ist unsere klassische Schnittmenge, Werendonk hat mit allem ein wenig zu tun, was er streng abstreiten wird. Werendonk kontrollierte mit Sicherheit den toten Kölner Unternehmer Norbert Bleckmann, der mit Glatt in einem engen Geschäftsverhältnis stand und mit Glatt zahlreiche gemeinsame Unternehmungen betrieb ...«

»Schneller Einspruch«, sagte ich. »Wenn wir uns an die Personen halten, wird es sofort unübersichtlich. Machen wir es doch wie die Beamten, fangen wir mit dem an, was zuerst passierte, und dann Schritt für Schritt.« Ich wartete kurz auf eine Reaktion von ihnen, die aber ausblieb. »Guckt mich nicht so angewidert an, ich bin halt wissenschaftlich geschult und habe es gern Stück für Stück, streng in der zeitlichen Reihenfolge.«

Emma bedachte das, dann nickte sie. »Er hat recht, auch wenn ich ihm ungern recht gebe. Also, alles fing an mit einem scheinbar nach Routine aussehenden Besuch eines Geologen aus Mainz, der Dr. Christian Schaad hieß und zweiundvierzig Jahre alt war. Der junge Mann arbeitete im Bergamt des Landes in Mainz und hatte eine Stinkwut auf seinen Arbeitgeber. Einzelheiten erspare ich mir jetzt, es geht um die Tatsache, dass in der Vulkaneifel Berge verschwinden, weil das Bergamt sie für den Abbau freigibt. Dieser junge Mann fährt nach Walsdorf in den dortigen Lavabruch. Der dazugehörende Goßberg ist bereits verschwunden. Der Geologe stürzt eine senkrechte Wand hinunter und kann nicht mehr gerettet werden. Man geht von einem Unfall aus. Ich gab mich damit nicht zufrieden, Baumeister auch nicht. – Wie auch immer: Vierzehn Tage später ruft mich der Leiter der Mordkommission an und bittet mich, einen Toten zu besichtigen. Dieser Tote sitzt in seinem Luxusauto auf einer Wiese etwa zwölf bis zwanzig Meter oberhalb des Bauernhofes Jaax, über den wir eben redeten. Der Tote ist ein Unternehmer aus Köln,

Norbert Bleckmann mit Namen, fünfzig Jahre alt, wird auf etwa zehn bis zwölf Millionen Vermögen geschätzt. Wohlgemerkt, der Tote sitzt in seinem Auto bei offener Tür und ist, als wir ihn besichtigen, seit vielen Stunden tot. Eingetreten ist der Tod etwa gegen drei Uhr nachts. Kein Verdacht auf Fremdeinwirkung. – Dann erscheint eine junge Frau namens Nina bei Baumeister und bittet um Hilfe. Sie erklärt, sie sei die Frau des toten Geologen und niemand könne ernsthaft der Meinung sein, ihr Mann sei einfach die Steilwand hinuntergefallen. Sie sagt: ›Den hat jemand gestoßen!‹ Aber sie hat keine Vorstellung, wer das gewesen sein könnte. Wir nehmen die Frau, die im vierten Monat schwanger ist, auf. Sie fährt einen schwarzen Porsche und ist einwandfrei ein verwöhntes Balg, aber sehr nett. – Dann wird in einem Wohnwagen, in dem normalerweise ganz üble Nutten Geschlechtsverkehr mit Wald im Hintergrund anbieten, eine alte Frau gefunden. Alter ungefähr sechzig Jahre, Herkunft und Name sind zunächst nicht bekannt. Zungenbeinbruch, jemand hat ihr den Hals mit aller Kraft zugedrückt. Die Obduktion ergibt, dass sie fast zum gleichen Zeitpunkt wie Norbert Bleckmann diesen Planeten verlassen hat. Dann wird auf dem Gürtel der Frau der Abdruck beider Daumen des toten Norbert Bleckmann aus der Edellimousine gefunden. Wir wissen inzwischen, dass er sie erwürgte. Kein Zweifel. Er muss also, nach Lage der Fakten, die alte Frau erwürgt haben und dann strikt zum Platz über dem Bauernhof des Jaaxens gefahren sein. Der Wohnwagen, in dem die alte Frau gefunden wurde, wird in der nächsten Nacht abgefackelt. Kriminalisten stellen einwandfrei Benzin als Brandbeschleuniger fest. Wir haben nicht den Schimmer einer Ahnung, was der Brand bewirken sollte. Vielleicht gar nichts. Auffällig aber: Es kommt zweimal der zweite Mann des Glatt- Imperiums dort vorbei, offenbar um zu schauen, was da passiert ist. Das ist Friedhelm Werendonk. Und der ist meiner Meinung nach ein Schleimer.« Sie hatte schnell gesprochen, erhitzt. Jetzt bat sie mich: »Baumeister, machst du bitte weiter? Es ist wirklich verwirrend und sehr umfangreich.«

»Also«, begann ich, »dieser Werendonk, um die Fünfzig, ist Glatts Mann fürs Grobe, der dafür sorgt, dass der Laden wächst und gedeiht, der garantiert mehr Leichen im Keller hat, als wir zählen können. Wir wissen von ihm, dass er den Geschäftspartner seines Unternehmens Norbert Bleckmann kontrollierte. Bleckmann brauchte Kontrolle. Er war ein knallharter, eiskalter Unternehmer, der sich in den Kopf gesetzt hatte, eine sehr schöne, junge Prostituierte zu besitzen. Er zahlte für diese junge Frau einen Scheck über 300.000 Euro. Das klingt wie ein Märchen aus ganz schlechten Zeiten, war aber so. Die junge Frau wollte aber nicht mit Bleckmann leben, sie verschwand, um wieder zu ihrem Zuhälter Elvis, dem Stier zurückzukehren. Bleckmann rastete aus, versteckte die junge Frau vor dem Zuhälter in dem Wohnwagen, in dem später die alte Frau gefunden wurde. Wahrscheinlich geschah dies sogar gegen ihren Willen. Bleckmann versuchte sie dort unter Kontrolle zu halten. Fakt ist, diese alte Frau war die Mutter der Prostituierten und hieß Maria Waclawick, die schöne Tochter heißt Anna Waclawick. Genauere Einzelheiten haben wir noch nicht, wir kennen zum Beispiel die Ereignisabfolge in diesem Wohnwagen nicht. Eine merkwürdige Begebenheit: Maria Waclawick, wenn sie es denn wirklich war, denn wir stützen uns hierbei nur auf die Aussage eines todeshungrigen AIDS-Kranken, Maria also taucht auf dem Hintersitz eines Motorrads auf – in unmittelbarer Nähe zu dem Wohnwagen, der Fahrer ein ungefähr fünfundzwanzigjähriger Mann. Aber das erscheint mir im Moment nicht wichtig. Wichtiger war, dass wir mit der Frau des toten Bleckmann sprechen konnten.

Diese Frau sagte nämlich Erstaunliches. So zum Beispiel, dass Bleckmann und Glatt ihr Geschäftsfeld sehr schnell und weit ausgebaut haben. Das geht über eine dritte Schuhfabrik bis hin zu einem Kerzenhersteller in Pakistan, einem Kunstblumenhersteller in Thailand, und einer Lampenherstellung irgendwo in Deutschland. Dabei darf man nicht geringschätzig lächeln, denn Kunstblumen zum Beispiel sind ein enormer Wachstumsmarkt. Wir sehen diese Dinger überall, und Glatt hatte mal wieder den richtigen Riecher, wie mir scheint. Unser Ziel muss es sein, den Stier Elvis zu sprechen und diese angeblich wunderschöne polnische Nutte.«

»Entschuldige die Unterbrechung«, murmelte Rodenstock, »aber da gibt es einen bösen Scherz über Glatt. Wisst ihr, wo sich die besten und empfindsamsten Angestellten des Hauses Glatt am häufigsten treffen? Immer im Wartezimmer des nächsten Therapeuten.« Er lachte.

»Wie kommst du an so etwas?«, fragte Emma..

»Na ja, ich habe jetzt Zugang zu den Wartezimmern von Psychiatern.« antwortete er grinsend. »Ich gehöre einer Elite an.«

»Wie auch immer, die Ehefrau des toten Bleckmann sagte eindeutig bei Vorlage eines Fotos aus, sie habe diesen Geologen Dr. Christian Schaad im Vorzimmer der Geschäftsleitung bei Glatt gesehen. Wir zweifeln nicht daran, wenngleich Werendonk das heftig abstreitet. An dieser Stelle haben wir zum ersten Mal eine Verschränkung der Fälle Bleckmann und Schaad. Wir haben aber nicht die geringste Vorstellung, was der Geologe bei Glatt wollte, wir wissen also nicht, wie genau diese Überschneidung aussieht. – Weiter zum bisherigen Ende. Der Geologe Schaad hatte einen Freund, einen seltsamen, treuen Freund. Das ist ein junger Mann, dreißig Jahre alt, der gewissermaßen auf dem Level eines Zwölfjährigen stehen geblieben ist. Und dieser Junge sagte aus, dass der Geologe herausgefunden habe, dass man auf den größten und wichtigsten Förderer von Lava und Basalt in der Eifel einen schweren, massiven Angriff fahren wolle. Offensichtlich will man das Geschäft in großem Umfang übernehmen. Es ist ein traumhaft sicheres Geschäft, es ist ein großes Geschäft. Aber der Zwölfjährige kennt keine Namen. Es wird sich um eine feindliche Übernahme handeln, und nichts ist einfacher anzunehmen, als dass dieser Angriff von zwei Leuten kommen sollte: Von Glatt in Daun und von Bleckmann in Köln. Aber: Dafür haben wir keinen Beweis, nicht den geringsten. Allerdings steht ein Interview mit diesem Unternehmer noch aus. Er heißt Seeth.«

»Sieh mal an, das Urgestein«, sagte Rodenstock beinahe liebevoll.

»Kennst du ihn?«, fragte Emma.

»Aber ja, ich habe ihn kennen gelernt. Das ist lange her. Er erlebte ein schweres Unglück mit seinem Sohn. Der starb an einer sehr schnell und tückisch verlaufenden Leukämie. Es gab keine Rettung, der Alte ist schier verzweifelt, der war richtig am Ende. Das ist jetzt Jahre her. Dieser Sohn hatte seinerseits zwei Söhne. Und der Alte hat beschlossen: Solange die mein Geschäft lernen, kann ich nicht sterben! Und das wird er auch durchhalten, solange der alte Mann da oben ihm dabei beisteht. Ich weiß nicht, wie alt diese Enkel sind, ich weiß nur, dass der alte Seeth ein erstaunlich guter Kaufmann ist und erstaunlich gradlinig und ehrlich. Soll ich euch einen Termin machen?«

»Ja«, sagte ich. »Das wäre nett. Eins habe ich noch vergessen. Das ist auch erst seit zwei Tagen wichtig. Die Familie Jaax hat auf dem Hof einen Arbeiter, einen nach Stunden bezahlten Arbeiter, nehme ich an. Ich erinnere mich daran, dass die Frau Jaax sagte, früher habe man so einen Menschen Knecht genannt. Mir fällt jetzt auf, dass ein solcher Mann eigentlich kontraproduktiv ist, oder aber er ist eingeweiht, er gehört zum Team, er ist Teil der Maschine.«

»Was ist deine Empfindung dabei?«, fragte Rodenstock.

»Knecht geht eigentlich nicht, leuchtet mir nicht ein«, sagte ich. »Auch wenn das Lager nur nachts geöffnet wird, und nur für Stunden. Du kannst auf einem Bauernhof keinen Knecht arbeiten lassen, der niemals in dieses Gebäude darf, und der weiß: Es ist streng verboten, an diese Halle auch nur heranzugehen. Da passt eines nicht zum anderen. Ich gehe davon aus, dass ein solcher Mann unbedingt reden würde, zum Beispiel beim Bier in einer Kneipe. Wir müssen also schnellstens diesen Mann auftreiben, falls es ihn überhaupt gibt.«

»Ihr müsst euch auch schlau machen, wer die Baugenehmigung erteilt hat. Es muss bei den Behörden Unterlagen für den Bau dieser Halle geben. Vielleicht kann man daraus schließen, was darin gelagert wird, und vor allem müsst ihr feststellen: Wie lange steht diese Halle schon?« Rodenstock blickte sich um, als suche er etwas. Dann sagte er: »Emma, Liebling, kriege ich einen großen Kognak, ein, zwei Riegel Bitterschokolade und eine dicke Zigarre? Zusammen mit einem starken Kaffee? Ich fange in diesen Minuten ein neues Leben an.«

»Mein Held und Gebieter«, murmelte sie lächelnd. »Alles, was du willst.«

Ich konnte ebenfalls einen Kaffee ergattern, und Rodenstock fiel völlig aus der Rolle, als er mir eine seiner gewaltigen Brasil anbot. Ich nahm sie nicht, ich fürchtete eine Rauchvergiftung.

»Dann müssen wir Glatt ins Visier nehmen«, sagte Rodenstock locker mit einem Stück Bitterschokolade im Mund. »Wir müssen die Frage stellen: Könnte es sein, dass er den Auftrag gab, den Geologen zu töten?« Er griff zu dem Glas mit Hennessy und ließ sich einen beachtlichen Schluck über die Zunge rollen. Dann Kaffee, dann eine gewaltige Wolke Tabakqualm. Er hielt die Augen dabei geschlossen.

»Ist das nicht ein wenig heftig?«, fragte seine Ehefrau mit schmalem Mund.

»Warum sollte Glatt einen unbedeutenden Geologen töten lassen?«, fragte ich. »Glatt ist der typische Provinzkönig, Glatt ist mächtig, Glatt hat viel Geld, Glatt ist der Mann, den jeder gern kennen möchte, weil er Glatt ist. Aber ein Mord? Das wäre doch ein viel zu großes Risiko. Und warum denn auch? Was kann der Geologe denn groß wissen, dass Glatt ihn tot sehen möchte?«

»Da fällt mir eine Geschichte ein, die ich beim Zahnarzt gehört habe«, murmelte Emma. »Ein junger Mann kriegt seinen ersten Job bei Glatt. Er kleidet sich mit Papis Hilfe neu ein, kauft ein teures Jackett, eine Designerjeans. Nach dem ersten Arbeitstag geht er zu seinem Auto und wird von seinem Abteilungsleiter angesprochen. Der sagt: ›Jochen, die Abteilung hat ein Problem mit deiner Hose!‹ Das ist Deutschland 1960. Und genau so funktioniert dieser Laden, habe ich gehört. Uralte Methoden werden aus der Mottenkiste geholt, der Betrieb bestimmt einzig und allein den Tag und die Nacht. Das hört sich nicht nur spießig an, das ist es auch. Auf den Fluren haben Arbeitnehmer mit dem vorgeschriebenen Gruß ›Guten Tag, Herr Glatt‹ an ihm vorbeizugehen. Dazu ein klarer Blick und ein jugendliches Lächeln. Aber Mord?«

»Ist er eigentlich so ein Typ höher-weiter-schneller?«, fragte Rodenstock und sah mich an.

»Ich weiß zu wenig von ihm, ich habe gehört, er ist ein klassischer Kapitalist mit einem provinziellen Bildungsstand. Er ist eigentlich nichts Besonderes. Jede Provinz hat ihren Glatt, auch jede Provinz in England oder in Japan. Er ist ein absolut austauschbarer Typ, der seinen Mitmenschen dauernd versichert, er wisse genau wie die Welt geht, und was ihr schadet und was ihr gut tut. Auf der anderen Seite muss man sehen, dass er dieser Region sehr viel Geld bringt. Er ist also kostbar für die Eifel. In manchen Ecken soll er furchtbar kleinlich sein. Zum Beispiel kann er nicht dulden, dass jemand ihm nicht glaubt oder ihm schlichtweg die Gefolgschaft verweigert. Es hat Fälle gegeben, dass er Angestellte in aller Öffentlichkeit minutenlang wüst beschimpft hat. Dann wird er rüde, brüllt herum und tritt schon mal ins chinesische Porzellan. Und Leute, die ihn dann zu erklären versuchen, sagen, er sei doch nur besoffen. Er schreibt Kolumnen in einem Anzeigenblättchen, die journalistisch gesehen eine Anhäufung an Blödsinnigkeiten sind und von einem derart niedrigen Niveau, dass man glaubt, so etwas könne noch nicht mal einem Stammtisch einfallen. Und er macht dabei ziemlich wahllos Ämter und Amtsträger, Politiker und hohe Beamte nieder, als habe er einen Hang, schwere psychosomatische Störungen synchron in einen Computer einzugeben ...«

»Schluss mit Schimpfen, da kommt Besuch«, stellte Emma sachlich fest. »Ein lautloses, großes, schwarzes Auto.«

14. Kapitel

Es klingelte, Emma öffnete. Es blieb lautlos, weil ein schmaler, kleiner Mann in einem dunklen Anzug schnell an ihr vorbeisegelte, direkt auf Rodenstock zueilte und etwas atemlos mit dunkler Stimme haspelte: »Grüß dich, mein Lieber. Lange nicht gesehen. Ich hoffe, es geht dir gut. Wir sollten uns mal treffen, wenn Zeit ist. Ich bin dir dankbar, ich bin dankbar für jeden Hinweis. Wir arbeiten mit einer viel zu kurzen Personaldecke, aber das kennst du ja. Du siehst gut aus.« Dann ließ er sich auf einem Stuhl nieder und starrte uns an, als wollten wir ihm ein Überraschungsgeschenk machen, zu irgendeinem Jubiläum gratulieren.

Sogar Rodenstock wusste anfangs nichts Rechtes zu sagen. Er murmelte: »Tja, ähem, tss, also ... Wenn du nichts dagegen hast, stelle ich uns erst einmal vor. Das ist Emma, meine Frau, selbst Kriminalistin in den Niederlanden. Dann Baumeister, ein sehr guter Freund, ein Journalist ...«

»Vielleicht können wir uns irgendwohin zurückziehen«, sagte der kleine Mann hastig und drängend, als habe er überhaupt nicht zugehört. »Also, ich meine, nicht coram publico und so. Da bin ich dann auch schneller im Bilde, meine ich, und kann beurteilen, ob das irgendetwas für uns ist.«

Rodenstock saß plötzlich sehr aufrecht. »Ob das irgendetwas für euch ist?«, fragte er hastig. »Was soll das denn?«

Er war vielleicht Mitte der Vierzig, oder wenig darüber. Sein Gesicht war schmal und deutete auf längere Phasen unter Bräunungslampen hin. Seine Haare waren kurz und dunkel, grau an den Schläfen, seine Augen stechend mit einem nach innen gekehrten Blick, als müsse er sich hüten, Aufmerksamkeit zu verteilen. Sein dunkelgrauer Anzug saß perfekt, seine

Krawatte war ein greller Streifen in Pink, das Hemd makellos weiß, die Armbanduhr ein sehr massives Stück in irgendeinem silbrigen Metall, das größer war als sein Handgelenk.

»Also, das soll sagen, dass ich unmöglich im Beisein eines Journalisten über die von dir am Telefon angedeutete Situation urteilen kann. Und schon gar nicht kann ich sie öffentlich diskutieren.«

»Aber du sollst sie doch gar nicht öffentlich diskutieren«, sagte Rodenstock verblüfft. Dann räusperte er sich und setzte hinzu: »Im Übrigen hat dieser Journalist die Sache entdeckt.«

»Dann kann der Herr doch aufschreiben, was er entdeckt hat. Er kann es allerdings nicht verwenden, nicht ehe ich darüber entschieden habe. Ich nehme diese Unterlage zu mir, lese sie aufmerksam und entscheide dann, ob wir in irgendeiner Form die Ermittlungen aufnehmen.«

»Tja«, sagte Emma mit einem Lächeln. »Dann sind wir wohl falsch bei Ihnen.«

»Nicht, wenn Sie etwas entdeckten, bei dem meine Behörde zuständig ist«, schnappte er. »Und nicht, wenn Ihre Beobachtungen Verstöße gegen eindeutige Gesetze bedeuten.«

»Du lieber Himmel«, sagte Rodenstock. »Wie lange haben wir uns nicht mehr gesehen? Zehn, zwölf Jahre? Und ich dachte, aus dir wäre etwas geworden. Wer ist dein Vorgesetzter?«

»Komm mir nicht so!«, drohte er.

»Ach, Junge«, murmelte Rodenstock, »du hast doch keine Ahnung. Du bist ausschließlich zuständig für Atemlosigkeiten, wie mir scheint. Also, wer ist dein Vorgesetzter?«

»Colbert«, sagte er. »Bruno Colbert, Generaloberst der Bundeswehr, Oberregierungsdirektor. Tja, dann gehe ich mal wieder.« Er stand auf, er verbeugte sich leicht, er sah auf seine Armbanduhr. »Du wirst kein Glück haben. Er ist eine Träne.«

Weil niemand sich bewegte, weil niemand lächelte, setzte er sich mit gänzlich starrem Gesicht in Bewegung und war in Sekunden aus dem Haus, die Tür klackte.

»Himmel, Arsch und Wolkenbruch!«, schrie Rodenstock. »Wieso wundert man sich, dass Behörden nur noch sich selbst versorgen?«

Er begann in fliegender Hast zu telefonieren, zog sich auf das Sofa zurück, und schoss seine Sätze wie Raketen ab. Zum Beispiel redete er von einem »unbedingten Z-16-Einsatz« und konnte auf Nachfrage nur sagen: »Das hieß aber mal so, verdammt noch mal, junger Mann!« Dann schien er ein wenig weiterzukommen, er sagte resolut: »Nun geben Sie mir schon das Diensthandy, verdammt noch mal. Nein, ich habe nicht die geringste Ahnung, was da drin ist. Deshalb will ich ja den Chef sprechen, und nur den Chef, verdammt noch mal. Und es ist mir scheißegal, dass seine Tochter heute geheiratet hat, er muss doch nicht mit ihr schlafen, oder? Also her mit der verdammten Nummer.« Das schien auch nicht weiterzuführen, er versuchte es mit einer anderen Verbindung, er wurde ölig glatt, er säuselte: »Verdammt Hacke, junge Frau. Ich weiß nicht, was Sie da tun, aber ich weiß todsicher, dass Sie das niemals mehr tun werden, wenn Sie nicht schneller reagieren. Nein, zum Teufel, kein Vorzimmer. Was nutzt mir denn mitten in der Nacht ein Vorzimmer? Ich brauche eine bestimmte Nummer, ich will Ihren Chef jetzt und augenblicklich anrufen. Auch dann, wenn er sich gerade um seine Verdauung kümmert.« Lange Pause. »Okay, ich schreibe mit.« Dann ein muffiges: »Danke!«

Er wählte wieder und sagte: »Spreche ich mit Bruno Colbert? Mein Name ist Rodenstock, ich wage es, Sie anzurufen, weil hier ein äußerst dickes Ding zu geschehen scheint, und weil ich sonst gezwungen bin, das Innenministerium anzurufen. Und, ehrlich gestanden, möchte ich das nicht, weil meine

Erfahrungen auf dem Sektor nicht erfreulich sind. Sie sollten bitte Zeit haben, mir drei Minuten zuzuhören. Ist Ihnen das möglich?« Es war anscheinend möglich, Rodenstocks Stimme senkte sich zu einem vertraulichen Flüstern.

Es war 0.45 Uhr, als er seufzend bekannt gab: »Der Mann kommt jetzt. Aus Koblenz.«

»Da sind wir doch froh!«, sagte seine Ehefrau. »Wie ist das eigentlich? Musst du nicht zurück in die Klinik?«

»Ich muss zum Frühstück dort sein, ich habe also noch Zeit«, antwortete er lächelnd.

»Dann könnten wir uns doch eine Stunde hinlegen. Dieser Mann wird einige Zeit brauchen.«

»Das ist eine gute Idee«, sagte ich. »Verzieht euch, ihr alten Leute, und ich bewache tapfer euer Haus.«

Sie verzogen sich tatsächlich, und ich schlug mein Lager auf dem Sofa auf, hörte dösend Radio D-Kultur, schlief ein, und wurde von Emma geweckt, die kichernd sagte: »Er rief an, er ist schon in Niederehe, und du siehst richtig niedlich aus, wenn du schläfst.«

Als er aus seinem Auto stieg und klingelte, duftete es nach Kaffee, und Emma war dabei, ein paar Brötchen aufzubacken. Sie öffnete die Haustür und sagte: »Guten Morgen, Sie werden schon erwartet. Gehen Sie nur durch.«

»Das ist sehr freundlich«, sagte eine hohe, etwas heisere Stimme. Und dann stand er in der Tür, linste freundlich auf uns, und war alles in allem viel schlimmer als eine Träne. Er trug einen sehr alten Trenchcoat, hatte den Kragen hochgeschlagen, die zwei Enden eines Gürtels hingen lang herunter, und seine Rechte umklammerte eine uralte Aktentasche mit ordentlichen Lederschließen, wie man sie vor fünfzig Jahren kaufen konnte. Er hatte ein rundes Gesicht mit stark fleischigen Wangen, und seine trüben, etwas rotgeränderten Augen versprühten eine unsägliche Milde, als sei er außerstande, so etwas wie einen zornigen Satz formulieren. Die wenigen Haare auf seinem Kopf waren lang, und er hatte sie sich einfach quer über den Schädel gelegt, als friere er. Alles in allem war er ein kleiner, fetter Mann, nahe den Sechzig.

Offensichtlich hatte er auch keine Ahnung, wie er aus dem Trenchcoat herauskommen sollte. Er ließ kurzerhand die Aktentasche auf den Boden fallen, griff nach dem rechten Ärmel des Mantels und versuchte irgendwie dem Kleidungsstück zu entkommen, was aber nicht gelang, bis Emma freundlich sagte: »Warten Sie, ich helfe Ihnen.«

»Diese Dinger sind auch recht unpraktisch«, sagte er. »Kann ich den Stuhl da nehmen?«

»Oh, sicher«, sagte Rodenstock. »Natürlich.«

Er setzte sich, hatte die Aktentasche auf seinem Schoß und hielt sie mit seinen dicken Patschehändchen umklammert. Er erklärte: »Meine Tochter heiratete gestern, und mein Männergesangverein hatte einen sehr intimen, schönen Auftritt, wenn Sie verstehen, was ich meine. Da wurden es denn schon mal zwei Bier. Ich singe seit vierzig Jahren im Tenor, es macht mir Freude. Aber ich habe einen guten Fahrer. Dürfte ich Sie bitten, dem eine Tasse Kaffee an den Wagen zu bringen?«

»Kann er denn nicht ins Haus kommen?«, fragte Emma.

»Natürlich, wenn das möglich ist. Er ist ohnehin sehr verschwiegen.«

Also verschwand Emma, um den Fahrer zu holen, und Rodenstock murmelte: »Wir hatten kein Glück mit einem Ihrer leitenden Herren.«

»Der rief mich schon an«, nickte er freundlich. »Er ist ein guter Manager, aber wenn es an den Beruf geht, taugt er überhaupt nichts.«

Der Fahrer kam hinter Emma her und erwies sich als ein Hüne, der stumm grüßte, und zielgenau an uns vorbeiging zu einem Hocker, der im Halbdunkel wartete und nie benutzt wurde.

»Das ist Manfred Glöckler«, stellte sein Chef ihn vor. »Ihm braucht man niemals etwas zweimal zu sagen.«

Glöckler grinste. Er war um die dreißig Jahre alt und trug das Grau offizieller Fahrer. Sekunden später verschmolz er mit seiner Umgebung, man hörte ihn nicht einmal atmen, seinen Kaffee trank er vollkommen lautlos.

»Mein Name ist Bruno Colbert, ich bin beim Zoll beschäftigt«, sagte sein Vorgesetzter.

Rodenstock stellte sich, seine Frau und mich vor und schloss an: »Wir glauben, wir haben eine Sache, die mit polizeilichen Mitteln nicht zu klären ist. Es sei denn, wir verzichten auf den gesamten Hintergrund. Ich schlage vor, dass mein Freund Baumeister erzählt, wie er diesen Bauernhof erlebt hat.«

»Einen Augenblick noch«, sagte er und hielt einen kurzen, stummeligen Zeigefinger hoch. »Ich hörte, Sie seien Journalist. Da frage ich Sie, ob ich Gefahr laufe, dass Sie morgen oder ganz zur unrechten Zeit irgendetwas veröffentlichen oder sich aktiv im Internet aufhalten?«

»Nicht die Spur«, sagte ich.

Rodenstock sagte: »Auf keinen Fall, dafür bürge ich.«

»Dann ist es in Ordnung«, nickte er und setzte sich zurecht, indem sein kurzer Oberkörper wie ein kleiner Sack ein Stück nach vorne klappte. Er maß vielleicht 165 Zentimeter. Er hatte die Aktentasche neben sich gestellt, faltete die Hände vor dem Bauch und wirkte irgendwie andächtig. Sein Anzug war aus Tuch und nachtschwarz, er trug einen silberfarbenen Schlips und ein kleines, weißes Einstecktuch in der Brusttasche. Es war sehr gut vorstellbar, wie seine Frau an ihm herumzupfte und energisch forderte: »Nun steh doch endlich mal still!«

Ich erzählte, ich vermied jede Länge, ich versuchte, die Geschichte so plastisch wie möglich darzustellen.

Dieser fette, kleine Mann saß mir gegenüber, hielt seine wässrigen Augen wie in einem kleinen Schlummer halb geschlossen, knetete seine Hände vor dem Bauch, starrte tränenblind ins Nichts und schaffte es sogar, lautlos zu gähnen.

Plötzlich bellte er ohne jede Ankündigung: »Glöckler! Was meinst du?«

Der Fahrer auf seinem Schemel im Hintergrund sang mit Grabesstimme: »Das scheint eine lohnende Sache zu sein, Chef.«

»Das sehe ich auch so«, nickte er. »Sagen Sie, Herr ...«

»Baumeister«, sagte ich.

»Sagen Sie, Herr Baumeister, bei der Schilderung der Lage des Anwesens in der Landschaft haben Sie Wert auf die Tatsache gelegt, dass dieser Hof sehr schwer zu überwachen ist. Habe ich das richtig gehört?«

»Das haben Sie. Der Hof liegt am Ende eines schmalen Asphaltbandes, was hier in der Eifel Wirtschaftsweg genannt wird. Es ist gerade breit genug, einen Güllewagen zu tragen. Die Entfernung zur Bundesstraße 421 beträgt etwa dreihundert bis vierhundert Meter. Rechter Hand von diesem Wirtschaftsweg liegt der Hof nach einem Hohlweg in einem kleinen, sehr perfekten Kessel. Das zu überwachen scheint mir unmöglich, ohne die Bewohner aufzuscheuchen. Die Überwachung von der Wiese aus, die darüber liegt, ist unmöglich, weil vom ersten Geschoss des Hauses, sowie aus Dachfenstern jeder Beobachter entdeckt wird. Auch die Überwachung durch Wanderer erscheint mir problematisch. Jeder, der zweimal zu Fuß durchkommt, erregt schon Aufmerksamkeit.«

»Nun ja, es gibt gewisse technische Möglichkeiten. Glauben Sie, dass man das Innere der Halle durch eine Schlauchkamera filmen kann?«

»Dazu müsste man feststellen, wie die großen Tore eingehängt sind. Sie denken wahrscheinlich an den Weg unter dem Tor her in das Innere. Das scheint mir nicht möglich, aber ich lasse mich gern belehren.«

»Wie ist das Dach konstruiert?«

»Es sind Wellblechbahnen, dunkel lackiert, wahrscheinlich aufgeschraubt. Kann Aluminium sein, kann auch Kunststoffmaterial sein.«

»Sie sagten, hinter dem Haus in Richtung der Bundesstraße liege ein Garten, dann ein schmaler Waldstreifen, dann eine Wiese. Richtig?«

»Richtig.«

»Besteht eine Chance aus dieser Richtung?«

»Nein«, sagte ich. »Ich sehe nur eine einzige Chance. Wenn es uns gelingt, das Ehepaar irgendwohin zu locken, sodass man eine oder zwei sichere Stunden hat, um das Objekt zu erkunden. Aber ob so etwas möglich ist, weiß ich nicht.«

»Glöckler?«

»Es gibt nur einen Weg, Chef. Wir müssen an die Steuerungselemente ran, wir müssen sie aufspielen, um sie nutzen zu können.«

»Und wie machen wir das, Glöckler?« Seine Stimme war hart.

»Das weiß ich noch nicht, Chef.«

»Rodenstock, wenn wir stürmen, laufen wir Gefahr, dass wir nur die Halle und diese Leute bekommen, aber niemanden sonst. Was halten Sie von dieser Möglichkeit?«

»Überhaupt nichts«, sagte Rodenstock. »Wir hätten damit nur einen schnellen Erfolg, der aber nicht effektiv und zielführend wäre. Man muss die Struktur im Hintergrund aufdecken, die Organisation des Ganzen. Das sollten wir also streng ausschließen.«

»Ich habe eine Frage«, sagte ich. »Um was könnte es sich denn handeln?«

»Alles!«, bellte er. »Alles, von Bier bis Schnaps bis Rauschgift. Die Eifel ist in der Logistik Europas ein phantastisches Aufmarschgebiet zu allen illegalen Märkten im Westen, von Frankreich über Spanien bis Großbritannien, und selbstverständlich den Benelux-Staaten. Ganz abgesehen von Waffen aller Art. Wir haben düstere Ahnungen, junger Mann, ganz düstere Ahnungen. Aber jetzt zu Ihnen, Frau Rodenstock. Besteht die Möglichkeit, einen Weg zu diesem Hof freizumachen? Von Frau zu Frau?«

»Das muss man ausprobieren. Aber Sie wissen ja, nach einem Versuch bleibt kein zweiter. Diese Leute werden sehr misstrauisch sein. Wenn sie dichtmachen, schließen sie uns von der gesamten Logistik aus, wir haben dann nichts in der Hand, wie mein Mann schon sagte.«

»Wenn ich was sagen darf, Chef.«

»Ja, Glöckler?«

»Wir könnten P-2 hinschicken. Sofort.«

»Das könnten wir. Ja, er ist eine Eule, er ist ein Wurm.«

Glöckler lachte leise.

Sein Chef fuhr fort: »Bleibt festzuhalten, dass ein Mann von uns sich morgen bei Ihnen meldet. Er wird sich als Zöllner ausweisen, und Sie sollten ihn, bitte, unterstützen bei allem, was er verlangt. Er ist schweigsam, gehört aber zu den Besten. Er wird sich hier melden, wenn es recht ist. Glöckler, wir fahren. Ich danke Ihnen für die Informationen. Ich lasse Ihnen eine Handynummer hier, damit Sie mich erreichen können. Ja, und noch etwas: Die Größe und Bauart dieser Halle deutet darauf hin, dass der Inhalt möglicherweise wertvoll ist. Das lässt mich annehmen, dass die Gegenseite gut aufgerüstet ist. Da keine menschliche Erfindung wirklich sicher ist, dürfen wir davon ausgehen, dass Ihre Handynummern überwacht werden können. Sie sollten in dieser Sache nur mit Festnetzanschlüssen operieren, und jeweils nur so kurz wie nötig. Sie sollten auch unter keinen Umständen Recherchen im Internet betreiben, und sich über ihre Webseiten miteinander unterhalten. Es soll keinerlei Neugierde erkennbar sein. Und Sie sollten unter keinen Umständen die Inhaber dieses Bauernhofs kontaktieren oder Erkundigungen über sie einholen, von denen sie erfahren könnten. Das könnte unser Wild verscheuchen.« Er stand auf und reckte sich, als habe er tief geschlafen.

Emma hielt ihm seinen Trenchcoat hin.

»Nicht schon wieder dieses unpraktische Kleidungsstück!«, entschied er und nahm den Mantel über den Arm.

Es war 2.55 Uhr, und es regnete in Strömen.

»Er ist gut«, sagte Rodenstock nachdenklich. »Jetzt wird es darauf ankommen, wie gut seine Leute sind.«

»Ich gehe schlafen«, sagte ich. »Es war ein langer Tag.«

»Seid nicht allzu mutig«, murmelte Rodenstock. »Ich werde duschen und fahren. Meine Arbeit ruft mich.«

»Herzlichen Glückwunsch«, sagte ich. Etwas Besseres fiel mir nicht ein, etwas Besseres konnte man auch nicht sagen. Ich erlebte zum ersten Mal, dass Rodenstock richtig verlegen wurde und uns nicht einmal mehr anschauen konnte. Stattdessen hatte er einen hochroten Kopf, den er unbeholfen zu bedecken versuchte.

15. Kapitel

Die Katzen hatten auf ihren nächtlichen Streifzügen eine Ratte getroffen und in die Küche geschafft, um ein wenig mit ihr zu spielen. Es hatte keinen Sinn, sie zu beschimpfen und zu verfluchen, es half nur, ruhig zu bleiben und keine Panik aufkommen zu lassen.

Das graue Tierchen hatte sich in ein Regal geflüchtet, in dem ich allerlei aufbewahrte, von Öl- und Essigflaschen bis hin zu Töpfen und Pfannen, die ich seltener brauchte, Kartoffeln, Dosengemüse sowie alle möglichen Rollen mit Folien und ähnliche Dinge.

Ich gab den beiden Katzen also in zwei Schüsselchen Katzenfutter, und schloss die Küchentür. Irgendwie würde das Leben sich durchsetzen.

Als ich nach zwanzig Minuten erneut die Küche betrat, um mir ein Brot zu schmieren, lagen die Katzen auf zwei Stühlen dösend nebeneinander, und die Ratte fraß bedächtig und mit offensichtlichem Genuss das Katzenfutter. Natürlich sah sie die offene Tür, rannte mit affenartiger Geschwindigkeit los und entwischte ins Haus. Ich sah sie noch die Treppe nach oben nehmen. Meine Katzen dösten weiter, wahrscheinlich in der Annahme, dass die Ratte ihnen ohnehin nicht entkommen konnte.

»Ihr seid Schlappschwänze!«, murrte ich, aber sie hörten mir nicht einmal zu.

Im Fernsehen war die Hölle los. Japan hatte ein Erdbeben der Stärke neun erlebt, ein Tsunami war über das Land gerauscht, über die mögliche Zahl an Todesopfern mochte kein Mensch spekulieren, aber es gab eine kleine Stadt, in der allein zehntausend Menschen unter den Trümmern zu liegen schienen. Und die Betreibergesellschaft eines japanischen Atommeilers gab einen schweren Störfall zu – Kernschmelze nicht ausgeschlossen. In Deutschland meldete sich die Kanzlerin zu Wort, auch hier seien Sicherheitsstandards neu festzulegen. In Libyen drohte ein Bürgerkrieg, die Europäer wussten nicht, was sie dazu sagen sollten, die NATO wartete ab, die USA waren unschlüssig, und die Welt durfte auf allen Kanälen beim Sterben zusehen.

Ich ging hinauf in mein Schlafzimmer, wollte mich hinlegen, schlug die Decke zurück und sah die Ratte. Sie hockte vollkommen reglos im Warmen und bewegte keinen Muskel.

»Na, ja«, sagte ich beruhigend, »es sind ja auch harte Zeiten. Warte mal, ich besorge dir was.«

Ich ging hinunter in die Küche und schnitt ihr ein Stück Emmentaler ab, wusste aber nicht, ob Eifelratten Emmentaler mögen. Als ich wieder oben angekommen war, war die Ratte selbstverständlich verschwunden, aber weit konnte sie nicht sein. Ich legte ihr also den Käse auf einen Bettvorleger und wünschte ihr gute Nacht. Es war mittlerweile vier Uhr, ich war hundemüde, und mein Gehirn verweigerte jede Tätigkeit.

Ich wurde gegen zwölf Uhr wach, weil jemand klingelte. Es hatte keinen Sinn, das zu überhören, weil solche Leute in der Regel hartnäckig sind und immer wiederkehren. Ich zog also den Bademantel über, registrierte, dass die Ratte den Käse angenommen hatte, und ging tapfer hinunter. Ich öffnete die Tür und stand vor einem Mann, der aussah, als habe er die letzte Hungersnot nur knapp überlebt.

Er sagte: »Mein Name ist Erhard, ich komme vom Zoll. Hier ist mein Ausweis. Frau Rodenstock war nicht anzutreffen, also kam ich hierher.«

»Das ist schön«, sagte ich. »Sie sind also P-2.«

»Kann man so sagen«, nickte er lächelnd. Er war vielleicht fünfunddreißig Jahre alt, hatte struppiges, dunkles Haar und war entsetzlich mager. Er hatte keine Wangen, sondern Löcher, und seine dunklen Augen lagen tief in ihren Höhlen. Seine Erscheinung war ausgesprochen schlunzig, er trug eine deutlich überalterte, grüne Weste über einem blauen Flanellhemd, eine Jeans etwas älterer Bauart über einfachen, ausgelatschten, blauweißen Sporttretern. So, wie er da stand, war er der beruhigende Kumpeltyp.

»Dann kommen Sie herein, und ich versuche mich an einem Kaffee.« Ich ging voraus und sagte: »Da im Wohnzimmer« Ich drehte mich halb zu ihm herum und sah, dass er eine schwere Waffe unter der linken Achsel trug. »Ihre Zimmerflak brauchen Sie hier aber nicht«, murmelte ich.

»Entschuldigung«, sagte er. »Wird nicht wieder vorkommen.«

»Ich ziehe mir schnell etwas an, es war spät heute Nacht«.

»Ich hörte davon«, sagte er und legte seine Kanone der Einfachheit halber auf meinen Couchtisch.

Ich setzte einen Kaffee an, zog mir schnell etwas über und hörte, wie er mit den Katzen sprach. Es klang so, als habe er selber eine.

Ich servierte uns den Kaffee, dazu einige Restplätzchen, die garantiert aus der Zeit der Bauernkriege stammten. »Es kann losgehen«, sagte ich und sah ihn an.

»Ich bin kein Waffennarr«, erklärte er sanft. »Wir sind gehalten, im Dienst eine Waffe zu tragen. Das hat mit unserem Beruf zu tun und mit der Tatsache, dass wir uns ziemlich häufig unter fragwürdigen Existenzen bewegen, die ebenfalls Waffen tragen und sie auch benutzen.«

»Oh, ich weiß, dass Waffen zuweilen notwendig sind. Es sollte keine Beleidigung sein, nur die Feststellung, dass Sie das Ding hier in diesem Haus nicht brauchen werden.«

»Ich habe das auch so verstanden«, nickte er. »Vielleicht ist es notwendig, Ihnen zu erklären, auf was Sie bei der Halle wahrscheinlich gestoßen sind. Sonst könnten Sie in eine Falle stolpern und sich nicht helfen. Wir nehmen an, dass Sie auf ein Warenlager gestoßen sind. Diese Lager sind grundsätzlich illegal, und nach Schätzung des Staates gehen die Steuern, die jährlich dabei verloren gehen, in den zweistelligen Millionenbereich. Die Rolle, die die Eifel dabei spielt, scheint zunächst nebensächlich. Für die Bekämpfung allerdings hat die Eifel die schwarze Karte, denn hier wird es gefährlich.« Er trank einen Schluck Kaffee.

»Es kann ja auch sein, dass das ein Mehllager der Vereinigten Bäcker-Innungen in der Eifel ist«, gab ich zu bedenken.

Er grinste faunisch und nickte. »Schön wär's. Ich gebe Ihnen ein Beispiel, wobei Sie wissen müssen, dass das Geschäft mit dem Schmuggel einen ungeheuren Gewinn bringt.« Er senkte den Kopf, schloss die Augen, konzentrierte sich. »Sie brauchen zunächst einen klassischen Paten. Dieser Pate stellt die Firmen und Hallen, die Sie brauchen, in Bereitschaft, und selbstverständlich die kleine Gruppe von Mitwissern und die gesamte Transportlogistik. Er kontrolliert Firmen, gründet sie sogar eigens für seinen Zweck. Er hat in der Regel ganze Gruppen von Spezialisten hinter sich, die die Teile des Systems verantworten. Nehmen wir an, es geht um erstklassigen englischen Whisky. Die Flasche kostet in der Herstellung etwa zwei bis drei Euro. Der englische Hersteller verkauft eine große Charge davon an eine englische Firma namens X. Sagen wir, es geht um zwanzigtausend Flaschen. Die Firma X versendet die Flaschen unter Steueraussetzung an eine niederländische Firma N, die ebenfalls ein Steuerlager ist. Das heißt, die jeweiligen staatlichen, sehr hohen Steuern wie Branntweinsteuer oder Genusssteuer, werden nicht erhoben.

Die zwanzigtausend Flaschen werden in Europa begleitet von den entsprechenden Verwaltungsdokumenten, sodass alle beteiligten staatlichen Stellen diese Papiere sehen und überprüfen können. Theoretisch. Jetzt ist also der Whisky in den Niederlanden. Vom Lager N in den Niederlanden wird der Whisky an ein Steuerlager in Deutschland D versendet, das heißt, auch hier fallen keinerlei Steuern an. Das Lager in Deutschland verkauft die Ware dann offiziell an ein Lager in England, ebenfalls unter Steueraussetzung. Der anschließende Transport erfolgt durch Spediteure, die der Pate vorher ausgesucht hat, die ihm bekannt sind, die bei dem Spiel also mitmachen. Wenn diese Ladung nach England nicht entdeckt wird, wenn der Zoll an den Seehäfen nichts davon mitbekommt, erreicht die Ware also erneut ein englisches Lager, so wird das deutsche Lager informiert, dass die Ware angekommen ist. Das deutsche Lager vernichtet jetzt alle Papiere und erfindet eine neue Spur. Es sendet die Ware angeblich nach Spanien, ebenfalls wieder mit begleitenden Papieren. Der Transport dieser Papiere wird in der Regel von Kurieren erledigt. Von Spanien aus wird die Ware dann in irgendein Land außerhalb Europas verkauft. Aber nur auf dem Papier. Das heißt: Die zwanzigtausend Flaschen Whisky sind ziemlich schnell von England über die Niederlande nach Deutschland und zurück nach England gegangen. Der Vorgang ist einfach und wird auch noch von der Bürokratie begünstigt, weil eventuelle behördliche Anfragen nach diesen zwanzigtausend Flaschen etwa ein Jahr brauchen, ehe sie beantwortet werden. Eine Flasche Whisky dieser Güte kostet in England im offiziellen Handel etwa 60 Euro. Das heißt, dass der Pate alles in allem einen Gewinn von etwa 58 bis 57 Euro pro Flasche macht. Bei zwanzigtausend Flaschen sind das rund 1,1 Millionen Euro. Natürlich hat der Pate nach Erledigung seines Geschäftes die Firma in Spanien aufgelöst, niemand der Verantwortlichen ist mehr greifbar. Der Pate kann sich andere Fischzüge ausdenken und sie starten. Das Ganze ist übrigens zur Erheiterung des Publikums auch schon einmal mit fünfhundert Mastschweinen durchgezogen worden, die real niemals den heimischen Stall verließen, aber in sechs europäische Länder verkauft wurden. Das ist aber nur eine der vielen möglichen Varianten, und dabei gilt die Regel, dass der Transport dieser zwanzigtausend Flaschen Whisky von Lager zu Lager besonders schnell vonstatten gehen muss, damit die behördliche Bürokratie Monate hinterherhinkt und zuletzt einfach aufgeben muss, weil Firmen und Beteiligte spurlos verschwunden sind. Es muss auch deshalb schnell gehen, weil lange Fahrtstrecken, Umwege, langes Lagern die Möglichkeiten der Entdeckung vergrößern. Mit einem Wort: Der Warenumsatz in den illegalen Lagern ist sehr hoch.« Er hielt einmal kurz inne, konzentrierte sich neu und fuhr fort: »Wir gehen davon aus, dass in den Seehäfen bestenfalls nur jeder zehnte Lkw flüchtig untersucht wird, nur jeder dreißigste Lkw gründlich. Also, die durchaus meisten Lkws kommen durch. Es kommt noch hinzu, dass es in jedem Land Zöllner gibt, die gegen Bares bestimmte Lkws einfach durchfahren lassen. Bei den geheimen Lagern, die gern in der Eifel aufgebaut werden, spielt die geografische Lage eine besondere Bedeutung. Die Eifel liegt wie ein Riegel vor allen westeuropäischen Staaten. Also werden hier von den Schmugglern am liebsten ausgediente, leerstehende Hallen in kleinen Industriegebieten gesucht, lieber aber noch Scheunen in Bauernhöfen, weil dort der Normalverbraucher einfach nicht auf die Idee eines Warenlagers kommt. Und wenn Sie mich fragen, warum dieses Lager in Hillesheim so außerordentlich günstig scheint, dann deshalb, weil ein Truck, also eine Zugmaschine mit Auflieger, schnurstracks die schmale Bahn in diese Halle fahren kann, um nach Ent- oder Beladung auf der anderen Seite wieder auszufahren. Dauer des sichtbaren Vorgangs nicht mehr als jeweils zwei bis drei Minuten – so lange wie die Fahrt von der Bundesstraße zum Bauernhof braucht. Mitten in der Nacht fällt so etwas überhaupt nicht auf. Haben Sie noch Fragen?«

»Ja, ungefähr zweitausend. Alkohol ist doch nicht das einzige Schmuggelgut, oder?«

»Nein. Deshalb meine Erwähnung der Schweine. In China produzierte, gefälschte, europäische Zigarettenmarken unter Tarnladung sind ebenso dabei wie Hundert-Liter-Fässer Bier, englisches Bier, gefälscht in China. Aber leider auch weiche und harte Drogen. Und in dieser Hinsicht kann ich in unserem Fall nur hoffen, denn Drogen wären gar nicht gut. Drogen weisen immer auf eine bewaffnete Gruppe hin, also eine heiße Organisation. Sie sollten aber auf jeden Fall nicht vergessen, dass diese Schmuggler eine rüde Bande sind, die vor keiner Gewalt zurückschrecken wird. Jeder, der teilnimmt, verdient, und jeder verteidigt diesen Verdienst ziemlich brutal. Es kommt hinzu, dass die Paten in diesem Gewerbe durchaus mit Mafiabossen verglichen werden können. Sie sind höflich, herzlich und zuvorkommend, wirken wie die Chefs von Tanzschulen, aber sie werden Sie töten, falls nötig. Sie sehen hier nur das harmlose, bäuerliche Ehepaar aus der Eifel, aber Sie sollten nicht vergessen, dass die zu jeder Zeit einen Notruf losschicken können. Und dann haben wir hier einen Kleinkrieg.«

»Was heißt Notruf, was heißt Kleinkrieg?«, warf ich ein.

»Einfach zu beantworten. Wenn das Lager so umfangreich ist, wie wir annehmen, dann kommt der Punkt, an dem wir uns darauf einstellen müssen, dass die Hintermänner auftauchen. Wenn also das Ehepaar Jaax aus irgendeinem Grund beobachtet wird, meistens aus höchstem Misstrauen, dass die Halle nicht mehr sicher ist, telefoniert man mit irgendeiner entscheidenden Stelle, man löst den Notruf aus. Der Notruf besteht aus einem einzigen Wort. Die Regel ist, dass dann in den darauf folgenden Stunden ohne Rücksicht auf die Tageszeit das komplette Lager geräumt wird, dass also Lkw nach Lkw auftaucht, um beladen wieder zu verschwinden. Dann tauchen auch Sicherungsleute auf dem Bauernhof auf, die diese Transporte und die Halle absichern. Das sind ziemlich gefährliche Leute, wie Sie sicher verstehen werden. Die fackeln nicht lange.«

»Was wäre denn für Sie der beste, der ideale Weg, um die Sache aufzulösen?«

Er lachte laut auf: »Der ideale Weg? Wenn das Ehepaar mich auf den Hof einlädt, mir Streuselkuchen und Kaffee serviert, und uns alle beteiligten Personen nennt, vor allem die, die die ganze Sache finanzieren. Aber die wird das Ehepaar gar nicht kennen. Ideal für mich wären etwa zwei Stunden Zeit.« Er trank von dem Kaffee. »Ich brauche etwa eine Stunde für das Wohnhaus, weil ich da eventuell an die Steuerung der Halle kommen kann. Ich könnte auch sehen, ob die etwas auf dem Computer haben, was das Lager betrifft. Für die Halle brauche ich bei der Größe etwa eine weitere Stunde, um die Ladung zu sichten. Und erst danach können wir uns um die Organisation kümmern, die dahintersteckt. Ich gehe einmal davon aus, dass Sie mir möglicherweise helfen können, diese Bauern für zwei Stunden abzulenken. An allen anderen Aktionen kann ich Sie nicht teilnehmen lassen. Das widerspräche streng meinen gesetzlichen Aufgaben und Pflichten.«

»Moment, P-2, so geht das nicht. Ich recherchiere einen Fall mit drei Toten. Ich entdecke und recherchiere eine merkwürdige Halle auf einem Bauernhof. Und jetzt kommen Sie und sagen mir, ich soll mich raushalten. Ich werde meine Recherchen nicht unterbrechen. Teilnehmen will ich ja gar nicht, ich will nur dabei sein.«

»Das hat der Alte mir so gesagt, er hat das vorausgesehen«, grinste er ganz unverkrampft.

»Und? Erteilen Sie mir jetzt Berufsverbot?«

»Nein, das tun wir nicht. Aber wir möchten uns versichern, dass wir immer genau wissen, wen und was Sie gerade recherchieren. Dass also die Notwendigkeit besteht, sich abzusprechen, abzustimmen, um kein unnötiges Risiko einzugehen. Schließlich habe ich Ihre Akte gesehen. Sie gelten als verlässlich, sogar als verschwiegen. Sie wären meine Premiere mit den so genannten Medien.«

»Ich habe eine Akte bei Ihnen?«

»Na ja, in Sicherheitskreisen, sage ich mal.«

»Heiliges Strohfeuer! Also, wir sprechen uns ab, wir wissen immer genau, was der andere tut. Was Sie tun und vorhaben, erfahre ich also auch? Ist das richtig so?«

»Ja, das ist richtig so. Und das gilt natürlich auch für Frau Rodenstock.«

»Warum können denn Drogen in dieser Halle sein? Sind nicht Drogendealer etwas grundsätzlich anderes als Whiskyschmuggler?«

»Nein. Das war einmal so, das ist nicht mehr. Es steckt einfach zu viel Geld im Geschäft. Und es kann sein, dass einer der Paten aus dem normalen Schmuggelgeschäft ist und der andere sich auf Drogen spezialisiert hat. Können Sie versuchen, mir dieses bäuerliche Ehepaar zu schildern?«

»Die sind so erschreckend normal, dass es fast wehtut. Das wird nicht ausreichen, Sie müssen den ganzen Fall kennen. Der ist ziemlich umfangreich. Und er beschreibt unter anderem einen sehr reichen Kaufmann, der tot in seinem Auto auf einer Wiese über ausgerechnet diesem Bauernhof gefunden wurde. Ich werde versuchen, mich kurz zu fassen.«

Er hörte konzentriert zu, er notierte sich nichts, und einmal erwähnte er bei einer Zwischenfrage, dass er unser Gespräch nicht aufnehme. An einigen Punkten nickte er, weil er wohl eigene Erfahrungen wiedererkannte. Schließlich sagte er: »Soweit, so gut. Die Frage, was in der Halle lagert, können wir relativ schnell beantworten. In der kommenden Nacht, wenn es Ihnen passt. Aber wie komme ich an zwei Stunden Zeit ohne diese Bauern?«

»Wer dieses Problem löst, bekommt ein Wasserschloss mit Personal am Niederrhein geschenkt«, murmelte ich. »Ich weiß es nicht. Noch nicht.«

»Ich möchte in der kommenden Nacht einige Kleinigkeiten vorbereiten, mich umsehen, die Lage abklären. Das wäre es auch schon.«

»Aha«, sagte ich. »Und wann werden wir das machen? Ich meine, um wie viel Uhr?«

»Wir fangen um zwei Uhr an. Ich bin im *Augustiner-Kloster* untergebracht. Unter dem Namen Leo Erhard. Das für den Fall, dass Sie mich erreichen müssen. Wir sehen uns um zwei Uhr auf dem Parkplatz des Hotels. Und wir sollten die ganze Zeit über Festnetzanschlüsse benutzen, keine Handys. Und noch etwas Grundsätzliches. Keiner von uns dreien spielt den Helden!«

»Und warum nennt man Sie P-2?«

»Das ist einfach zu beantworten. Bei einem bewaffneten Einsatz war ich die Pistole Nummer zwei. Allerdings hatte man vergessen, mir eine Pistole zu geben.« Er grinste: »Der ganze Einsatz war so geheim, dass ich von der Pistole nichts wusste. Seitdem habe ich diesen Namen.«

»Vergessen Sie nicht, dass ich dort auf dem Bauernhof niedergeschlagen wurde. Das deutet doch darauf hin, dass jemand den Verdacht hat, dass dort etwas nicht stimmt. Wir kennen diesen Unbekannten aber noch nicht. Wäre es nicht besser, erst einmal herauszufinden, wer das ist?«

»Das sind die Unsicherheiten, mit denen wir immer rechnen müssen. Vielleicht klärt sich das, vielleicht auch nicht. Ich würde das Risiko eingehen und nicht lange um diesen Unbekannten herumrecherchieren. Ich bin heute Morgen mit dem Hubschrauber über das Gehöft geflogen. Ich habe gesehen, dass auf der anderen Seite von Hillesheim ein gut ausgebauter Waldweg bis nahe an das Gehöft führt. Da gibt es ein Einkaufscenter, zu dem eine Straße führt. Diese Straße nehmen wir, dann den Weg in den Wald. Ist das in Ordnung?«

»Das ist in Ordnung«, sagte ich. »Ich rufe Emma Rodenstock an, damit sie im Bilde ist.«

»Stimmt es übrigens, dass sie eine ... nun ja, eine harte Frau ist?«

»Ja, das stimmt. Auf der anderen Seite ist sie jedoch eine warmherzige Frau. Aber wenn es um den Schutz für Kollegen geht, dann schießt sie auch schon mal. Und sie schießt gut.«

»Sie ist Jüdin, nicht wahr?«

»Ja, ist sie. Eine Jüdin mit schlimmen Erfahrungen. Den größten Teil der Familie brachte Hitler um. Aber sie ist nicht verbittert, sie läuft niemals anklagend durch die Welt. Sie kümmert sich rührend um alle, die überlebten, und um alle, die heute geboren werden. Sie ist so eine Art Heilige Johanna ihrer Sippe. Shalom.«

»Shalom«, nickte er. »Ein langer Schatten. Wir sehen uns heute Nacht.« Er stand auf, die Tür klackte, sein Wagen röhrte dumpf, ein ziemlich mächtiger, blauer GMC, acht

Zylinder, ein Spritfresser, wie er im Buche steht. Weiß der Teufel, was er darin transportierte, die Fenster waren dunkel wie die Nacht.

Ich überlegte, wie man das Bauernehepaar für zwei Stunden aus der Welt schaffen könnte, gab aber bald auf, weil mir keine Lösung einfiel. Auf der anderen Seite war ich unruhig, weil so viele Fragen ohne Antwort waren, weil wir so vieles noch nicht wussten.

Ich rief also Emma an, um ihr von dem nächtlichen Plan zu berichten, und sie sagte aufgeregt: »Du könntest eigentlich herkommen, Baumeister. Ich habe Besuch von meinem sehr netten Bankberater.« Das »sehr netter Bankberater« klang wie ein Triumphgeheul.

»Etwa der Jammerjunge?«

»Ja. Genau.«

Also machte ich mich auf den Weg nach Heyroth. Das war tröstlich: Irgendetwas lief immer, irgendwie ging es immer weiter.

Der Jammerjunge war einwandfrei ein solcher. Er trug sein Haar mittellang, hatte rechts einen Scheitel wie mit dem Lineal gezogen und links einen Vorhang von mittelbrauner, stark glänzender Mähne, die ihm allerliebst in einem adretten Bogen vor dem linken Auge hing. Er trug ein Jackett in Pfeffer und Salz, ein etwas schlabbriges, weißes Hemd, eine Krawatte, die nackte Frauen in Umrissen zeigte, und eine herkömmliche, blaue Jeans. Er stand ruckartig auf, als ich mich näherte, ließ seine rechte Hand nach vorn schnellen, um mich zu begrüßen, und murmelte ganz sanft seinen Namen, den ich nicht einmal annähernd verstehen konnte. Vielleicht war er zweiundzwanzig, vielleicht fünfundzwanzig, auf jeden Fall hatte er die makellose Haut eines Babys.

»Herr Baumeister ist ein lieber Freund des Hauses und darf ruhig alles von dem wissen, was wir beide hier besprechen.« Emma säuselte, sie hatte ihn längst so komplett eingewickelt, dass er es vermutlich erst in zwei Jahren merken würde. So gesehen war er ein ideales Opfer. Vor sich hatte er einen Tee, an dem er von Zeit zu Zeit zögerlich nippte.

»Also, es geht darum«, erklärte mir Emma gekünstelt, »dass Herr Heisenmann der Meinung ist, man könne durchaus und beruhigt wieder in Fonds einsteigen. Erfreulicherweise ergeben sich sowohl am englischen, wie auch am saudi-arabischen Markt erstaunliche Einstiegsmöglichkeiten.«

»Du lieber Gott, nicht schon wieder Fonds!«, sagte ich mit deutlichem Ekel in der Stimme. »Unsere Frau Bundeskanzlerin hat ja erklärt, die Deutschen hätte die große Krise erstaunlich schnell gemeistert. Aber das stimmt nicht, wir haben nur die Banken gerettet, sonst nichts.«

»Also, da würde ich Ihnen widersprechen wollen«, sagte Herr Heisenmann energisch. »Wir, also die Banken, haben das erstaunlich fest im Griff. Was Neues in Richtung Krise sehen wir nicht.«

»Das habt ihr beim letzten Mal auch nicht«, murmelte ich wegwerfend. »Geht es denn um viel Geld?«

»Erst einmal nur um Beratung«, stellte Herr Heisenmann fest. »Und es ist Frau Rodenstock vollkommen freigestellt, auch andere Anbieter anzuschauen.«

»Da sind wir aber froh«, sagte ich.

»Und stell dir vor«, säuselte Emma weiter, »wir haben auch über die Frage gesprochen, wie denn all die armen Landwirte in der Eifel durch die mageren Zeiten kommen.«

»Na ja, man sprach von einer Vernichtung der Kleinbauern«, sagte Herr Heisenmann. »Aber das war vor meiner Zeit.«

»Welche Bauern sind denn übrig geblieben?«, fragte ich.

»Nur die großen«, sagte er wegwerfend, als lohne es sich nicht, über die zu reden. »Sie sind mit den Subventionen in andere Sphären aufgestiegen, aber die Lage bleibt nach wie vor schwierig. Es gibt ein paar, die durch Zupachtung und Kauf viel Acker dazugenommen haben, aber die haben andere Ziele. Die bauen Mais und Weizen an, damit die Energiewirtschaft beliefert werden kann, also das sind kleine Fabriken.«

»Und so Leute wie die Jaax bei euch in Hillesheim? Betrieb mit über hundert Milchkühen. Wie geht es denen?«

»Also, gut, würde ich mal sagen. Wenn sie gut wirtschaften, durchaus gut. Aber für Besonderes bleibt da nichts mehr. Nun hat sich ja der Jaax vor vier Jahren die neue Scheune gebaut, voll klimatisiert mit allem Drum und Dran. Aber das Ding war sehr teuer …«

»Wieso denn eine Scheune voll klimatisiert?«, unterbrach Emma mit einem nicht ausgesprochenen aber deutlichen »Huch«.

»Na ja, das ist ein Spezialfall. Er lagert sehr viel Kraftfutter, verkauft auch an die anderen. Also, ich sage mal, er müht sich. Aber es bleibt viel Arbeit, und Gott sei Dank haben sie auch keine Kinder, da lässt sich das schon machen. Wir haben die Investition lange misstrauisch beäugt, ehe wir zugestimmt haben. Aber dann, bei der Einweihung, waren alle Beteiligten zufrieden. Nur der Rotwein, den sie ausschenkten, der hatte einwandfrei was von ALDI.«

»Eine Scheune, die eingeweiht wird? So was höre ich zum ersten Mal«, sagte Emma verblüfft. »Und mit Rotwein?«

»Also, das war ausschließlich sie! Ich meine die Frau Jaax, also Klara Jaax.« Er lächelte maliziös. »Sie sucht unermüdlich nach Aufstiegschancen in der besseren Gesellschaft. Und das in der Eifel! Das stelle man sich einmal vor! Also, ich würde hier keine gehobene Gesellschaft feststellen können, denke ich. Das hier ist doch alles sehr Provinz, oder?«

»Und wo verkehren Sie, junger Mann?«, fragte ich.

»Also, grundsätzlich kommt für mich nur Köln infrage. Oder, noch besser, Kurztrips nach Berlin!«

»Da haben Sie recht, Herr Heisenmann!«, strahlte Emma. »Was hat denn die Scheune bei dieser Familie ...? Also, ich weiß den Namen nicht mehr.«

»Jaax«, bekundete Herr Heisenmann. »Sebastian und Klara Jaax.«

»Ich meine, wie viel Geld muss man denn in die Hand nehmen, um solch eine Scheune zu bauen?«, fragte Emma.

»Also, gute 250.000 waren das schon. Also, leicht gefallen ist uns das nicht, das können Sie mir glauben. Aber er konnte ja eine gute Einnahme durch das Kraftfutter nachweisen. Er verkauft ja auch nach Holland und nach Belgien. Von nichts kommt nichts. Aber beim Kraftfutter läuft auch viel über Bargeld, genauso wie beim Viehverkauf. So sehen wir denn Sebastian Jaax einmal oder zweimal im Monat in unserem Hause, wie er seinen Verdienst bei uns ablädt. Mein Chef machte neulich so einen herrlichen Witz. ›Solange Herr Jaax durch unsere Tür kommt, so lange ist unser Land nicht verloren.‹ Also, ich finde das himmlisch.«

»Was zum Teufel macht eine Scheune so teuer?«, fragte ich.

»Die Außenhaut«, antwortete Herr Heisenmann. »Sie ist gewissermaßen atmungsaktiv. Und natürlich das Innere mit den ganzen Spezialstahlregalen, die eigens geschmiedet werden mussten. Das geht ja mächtig ins Geld.«

»Ach, da erinnere ich mich, dass neulich jemand sagte: Die haben viel Wald geerbt, diese Jaaxens. Stimmt das eigentlich?« Emma machte einen derart naiven Eindruck, dass ich ihr nicht einmal einen müden Euro überlassen hätte. Aber sie war erfolgreich, weil Herr Heisenmann augenblicklich gedankenschwer nickte.

»Ja, davon war die Rede, aber davon ist uns nichts bekannt. Bei uns jedenfalls nicht dokumentiert. Und so was wüssten wir. Aber so ein Gerede hat man ja oft in Kleinstädten oder auf dem Lande.«

»Wie viel Leute arbeiten denn auf dem Hof der Jaaxens?«, fragte ich.

»Also, sie haben ja alles unter Automaten umgestellt, von der Milch bis zum Mist, alles läuft über Computer. Das muss man auch haben. Sie hatten über die Jahre einen Mann aus Hillesheim, aber der hat wohl gekündigt vor einem halben Jahr. Jetzt haben sie keinen mehr, und es geht immer noch schlank mit der Arbeit. Jobst hat ja auch gesagt, sie nutzen jeden Angestellten mies aus. Obwohl das jeder Angestellte sagt. Und außerdem ist Jobst auch jeden Tag, den Gott werden lässt, dabei, seine zahlreichen Abendbierchen zu nehmen. Und da kann er morgens nicht fit sein, sage ich mal.«

»Also, ich will mal eben in Rodenstocks Adressverzeichnis sehen. Geht das?«, fragte ich.

»Geh nur«, nickte Emma.

Also ging ich die Treppe hoch in Rodenstocks Arbeitszimmer und rief Tom Ewertz an, der bei allem, was mit Bauern zusammenhing, auf einen guten Wissensfundus zurückgreifen konnte.

Es dauerte eine Weile, ehe ihn seine Frau auftreiben konnte, aber dann war er da und fragte: »Was willst du denn wissen?«

»Ich will wissen, ob man Kraftfutter in einer vollklimatisierten Scheue lagern muss.«

Er schwieg eine geraume Weile, dann fragte er lachend: »Du redest von Jaax, Sebastian Jaax, nicht wahr?«

»Ja.«

»Also, ich kenne keinen Hersteller, der das vorschreibt oder aber anregt. Als damals in der Zeitung die Rede von der neuen

Scheune bei Jaax war, haben wir gelacht. Wir haben gedacht, er hätte die Bank über den Tisch gezogen oder eine neue Masche für gekühltes Heu erfunden. Aber die Bank hat das ganze Gerede ja auch als Werbung für sich betrachtet. Also, bei Kraftfutter ist es so, dass es entweder in Eimern oder in Säcken geliefert wird. Es wird ziemlich schnell verbraucht, aber besonders lagern musst du es nicht Und selbst wenn du Säcke oder Eimer ein Jahr lang lagerst, dann spielt das nicht die geringste Rolle bei der Qualität. Aber das öffentliche Gerede hat wahrscheinlich mit Klara Jaax zu tun. Sie will immer den Eindruck erwecken, dass sie was ganz Besonderes ist. Klara Jaax ist damals jedenfalls durch die Eifel gelaufen und hat jedem erzählt, sie bauen jetzt eine vollklimatisierte Scheune.«

»Ich danke dir sehr«, sagte ich. »Aber eine Frage noch. Es ist die Rede davon, dass Jaax auch Abnehmer in Holland oder Belgien hat.«

»Das haben wir auch gehört. Das Komische ist aber, dass einheimische Betriebe, die von Jaax kaufen wollten, immer die Antwort bekamen: ›Wir haben im Moment nicht genug auf Lager, wir sind gebunden an unsere holländischen Kunden.‹ Bisher hat kein Eifeler Betrieb jemals bei Jaax kaufen können.«

»Wie schätzt du denn das Ehepaar Jaax ein?«

»Also, er ist ein ruhiger, bedächtiger Typ. Sie ist eine wilde Hummel, und sie lebt auf, wenn der Karneval kommt. Er schmeißt zu Hause den Laden, und sie vertritt die Familie nach außen.«

»Hast du gehört, dass sie nach Neuseeland auswandern wollen?«

Er lachte leise. »Darauf darfst du in der Eifel nichts geben. Das wurde auch schon mal von mir behauptet, und angeblich hatte ich in Neuseeland sogar schon tausend Schafe gekauft. Klara Jaax war ja schon in Neuseeland, als Touristin. Vielleicht heißt es jetzt von ihr, dass sie dort zweitausend Schafe gekauft hat. Kümmere dich nicht darum, das ist normal. Du weißt doch, wie die Leute reden.«

»Haben sie eigentlich Arbeiter oder Angestellte?«

»Nein, soweit ich weiß nicht. Aber sie sind vollautomatisch ausgerüstet, immer die neusten und besten Maschinen, alles über Computer. Die haben eine Entmistungsanlage, die schon traumhaft ist. Du drückst ein Programm und alles läuft wie von selbst. Da steckt Geld dahinter, sage ich mal, viel Geld. Und woher das stammt, müssen sie selber wissen. Unsereiner hat da keinen Einblick.«

»Ich danke dir sehr.«

Ich ging wieder hinunter zu Herrn Heisenmann und Emma, die gerade dabei waren, erneut über Fonds zu diskutieren. Ich sagte: »Ich muss heim. Ich bin heute Abend eine halbe Stunde vor Start hier bei dir.«

»Ja«, nickte Emma

»Machen Sie es gut, Herr Heisenmann, und danke für die Anregungen.«

Herr Heisenmann erwiderte mit der ganzen Kraft des Wissenden: »Man tut, was man kann.«

16. Kapitel

Ich war pünktlich, ich ließ Emma nachts um 1.30 Uhr zusteigen. »Der Jammerjunge war furchtbar«, sagte ich.

»Ja, er ist immer so. Und eines Tages feuern sie ihn, weil er sämtliche internen Kenntnisse über Kunden breit in die Bevölkerung streut. Was hat er denn an besonderen Blödsinnigkeiten erzählt?«

»Die Arie mit der voll klimatisierten Scheune. Man muss Kraftfutter gar nicht klimatisiert lagern. Aber Jaax hat auch noch keinen Sack davon an Eifeler Bauern verkauft. Und das scheint mir merkwürdig. Also, entweder bekommen wir rote Ohren, weil wir keine Ahnung haben, oder aber an der ganzen Geschichte gibt es keine wahre Einzelheit.«

»Wir werden es bald wissen«, meinte Emma.

»Hat Rodenstock schon einen Termin für uns bei dem alten Seeth?«

»Noch nicht. Und wann willst du zu Elvis, dem Stier?«

»Sobald das möglich ist.«

Emma seufzte vor sich hin. »Und wenn alles mit allem zusammenhängt?«, fragte sie ein wenig mutlos.

»Dann habe ich eine wirklich gute Geschichte für meine Freunde in Hamburg. Dann werde ich vermutlich für zwei bis drei Stunden wohlhabend sein. Jedenfalls solange ich nicht an das Geld heran kann. Machst du wirklich mit dem Jammerjungen Geschäfte?«

»Nie im Leben. Aber er ist immer ganz willig. Und jedes Mal, wenn ich wirklich etwas bei der Bank kaufe, dann sagen wir, er habe die Sache eingefädelt. Und er glaubt das auch. Sein Vater hat hier ziemlich großen Einfluss, und sein Vater glaubt natürlich an ihn.«

Die Nacht war lau, es roch nach Frühling, es herrschten beinahe zehn Grad. Auf dem Parkplatz hinter dem *Augustiner-Kloster* stand P-2 vor seinem Wagen und begrüßte uns mit den Worten: »Dem Wetter nach zu urteilen, werden wir Erfolg haben.« Er war ganz in Schwarz gekleidet und machte einen ruhigen und gelassenen Eindruck.

Wir stiegen ein, setzten uns neben ihn, weil sein Wagen breit genug war. Er rollte unverzüglich los.

Emma sagte: »Also, wir wissen inzwischen einiges mehr. Wir haben mit einem jungen Banker über das Ehepaar Jaax gesprochen.« Dann erzählte sie, während P-2 in aller Seelenruhe und ohne jede Hektik über die Landesstraße in Richtung Köln rollte. Beim REWE fuhr er nach links und nahm den Wiesenweg geradeaus in Richtung Wald.

»Das hört sich komisch an«, murmelte er. »Aber wir werden bald wissen, ob es nur komisch ist.«

»Haben Sie eigentlich eine Ahnung, wie viele solcher Scheunen es in der Eifel gibt?«, fragte ich.

»Wir gehen davon aus, dass es etwa zehn sind, die andauernden Betrieb haben. Das weiß man aus Hochrechnungen der geschmuggelten Waren. Das hier wäre das erste Lager, das wir in vollem Betrieb finden. Sie dürfen auch nicht vergessen, dass die meisten nicht permanent in Betrieb sind, manchmal aus Sicherheitsgründen über Monate nicht genutzt werden, um dann für eine einzige Schmuggelaktion wieder aktiviert zu werden.« Unvermittelt hielt er im Wald an. »Ich will Ihnen einiges für diesen kleinen Einsatz erklären. Ich werde mit meinem Equipment auf die Rückseite dieser Scheune gehen. Sie, Frau Rodenstock, bleiben bitte am Beginn des Hohlweges stehen. Sie werden eine grellrote Lampe haben, die Sie ein paar Mal aufblitzen lassen, falls jemand sich von der Bundesstraße aus nähert. Sie, Herr Baumeister, werden unten an meiner Leiter stehen und die Warnung weitergeben. Wir beide werden eine stehende Verbindung mit den Funkgeräten haben. Falls eine Störung kommt, werden wir unter keinen Umständen in Panik verfallen. Wir bleiben einfach ruhig stehen. Sie, Frau Rodenstock, gehen einfach hinter den nächsten Busch, Sie, Herr Baumeister, legen sich einfach samt meiner Leiter flach auf die Erde. Ist das soweit klar?«

Wir versicherten ihm, dass wir das verstanden hatten, und er rollte weiter.

Nach ungefähr dreihundert Metern schaltete er die Scheinwerfer aus, und mir war es vollkommen unerklärlich, wie er unter den Bäumen noch etwas sehen konnte. Dann bemerkte ich, dass er ein kleines Fernglas wie eine Brille trug, und ich sah ihn fragend an.

»Es ist ein Nachtglas«, erklärte er erheitert. »Ich bin nicht Superman.«

Als er stoppte, deutete er nach links über eine Wiese. »Da drüben ist der Hof der Familie Jaax. Falls wir uns fluchtartig zurückziehen müssen, würde ich vorschlagen, über die Wiese unter diese Bäume hierher zu kommen.«

»Ich habe meine Achtunddreißiger eingesteckt. Ich sollte die wohl besser hier lassen«, bemerkte Emma schuldbewusst.

»Das wäre gut«, erwiderte er trocken. »Dann müssen wir nur noch die Geschichte mit den Gesichtern aus der Welt schaffen. Sie müssen wissen, dass nachts die Gesichter der Menschen am leichtesten zu bemerken sind. Das hängt mit der relativ großen Fläche zusammen. Ich habe hier einen Blumentopf mit feuchter Erde, im Hotel geklaut, und wäre dankbar, wenn Sie sich die Wangen und die Stirn abdunkeln. Und Regenwürmer sind nicht drin.« Er kicherte ganz hoch, als sei das alles ein großer Spaß. Dann gab er den Einsatzbefehl: »An alle bösen Geister: Wir kommen, und wir machen das ganz locker und entspannt.«

Wir stiegen aus, er öffnete die Heckklappe und reichte erst mir, dann Emma einige Teile an. Bei mir war es ein etwa 1,20 Meter langes Gewirr aus schwarzen Rohrstangen, unterbrochen von merkwürdigen, flachen Tritten. Ich hatte keine Ahnung, was das sein mochte.

Emma bekam zwei kleine Plastiktaschen in die Hand gedrückt – jeweils etwa doppelt so groß wie eine große Zigarrenkiste. Die Heckklappe ließ P-2 offen.

Wir marschierten hintereinander über die Wiese, erreichten den Beginn des Hohlwegs und hielten erst einmal an.

P-2 hatte sich einen unförmigen Rucksack auf den Rücken geladen. Ich übernahm zusätzlich Emmas zwei kleine Taschen, sie bekam die Lampe und blieb zurück.

Sie flüsterte voller Wut: »Das ist vollkommen uncool, ich habe ja gar nichts zu tun.«

P-2 grinste, und wir beide zogen durch den Hohlweg an unser Ziel.

Erstaunlich für mich war die beinahe komplette Sorglosigkeit, mit der der Agent vorging. Als einmal die Stangen meiner Last etwas schepperten, blieb ich ruckartig stehen und fühlte eindeutig Panik in mir hochschießen. Er winkte uns in aller Gemütsruhe weiter, als habe er nichts gehört.

Wir gingen in den tiefschwarzen Schatten der Halle, bis etwa zur Mitte des Gebäudes.

P-2 stellte erst einmal die Verbindung zwischen unseren Funkgeräten her, die er eigens für diesen Einsatz mitgebracht hatte. Diese kleinen Hightech-Geräte waren mir vertraut: moderne Funkgeräte für eine abhörsichere Verbindung. Dann flüsterte er: »Wenn ich auf mein Walkie Talkie drücke, leuchtet bei Ihnen die digitale Anzeige auf, und Sie sollten danach greifen, um hören zu können, was ich will. Und: Das Ganze umgekehrt, wenn Sie mir etwas zu sagen haben.«

Er nahm das Bündel schwarzer Röhren, das ich getragen hatte, und zog sie auseinander. Es war eine vollkommen schwarze Einholmleiter mit Trittflächen auf beiden Seiten. Er lehnte sie an das Dach der Halle, prüfte ihren Stand und sagte dann »Okay«, als mache er so etwas dreimal pro Tag. Dann öffnete er seinen Rucksack und entnahm ihm einen tragbaren Bildempfänger, den er startete und auf die Bildklarheit prüfte. Er öffnete eine Schachtel aus dem Rucksack und entnahm ihr ein langes, schwarzes Kabel, das er an einem Ende mit zwei parallel laufenden Kabelenden versah. Und um mich nicht ungebildet zurückzulassen, erklärte er: »Eine Kamera und ein wenig Licht.« Dann steckte er sich ein unförmiges Gerät in die Weste und erläuterte: »Ein Bohrer, damit wir reinsehen können.«

Er sah jetzt aus, wie humorige Zeichner einen Weihnachtsmann darstellen, der unter den Geschenken für die lieben Kleinen schier zusammenbricht. Alles, was er brauchte, baumelte an breiten Kunststoffriemen an seinem Körper.

Dann prüfte er erneut den Stand der Leiter und verschwand mit großer Schnelligkeit himmelwärts. Auf seinem Weg drehte er sich plötzlich noch einmal um.

»Bleiben Sie ruhig, was auch passiert. Und kümmern Sie sich nicht um mich.«

»Na, Klasse! Welch ein enormes Sicherheitsdenken!«, flüsterte ich. »Gute Reise!«

Zunächst einmal geschah gar nichts, und verblüfft musste ich feststellen, dass ich ihn nicht hörte.

Von Emma war nichts zu sehen, was angesichts der Nachtschwärze eher beruhigend wirkte.

Dann hörte ich ein leises Summen, konnte aber nicht feststellen, woher es kam. Ich nahm an, es war der Bohrer von P-2, und nach einigen Sekunden war es wieder bedrückend still.

An derartigen Einsätzen, die in meinem Leben recht selten waren, liebe ich besonders das Phänomen der dahinkriechenden Zeit. Immer, wenn du glaubst, es seien fünf oder zehn Minuten vergangen, stellst du fest, dass es gerade einmal eine Minute war. Die Schatten um dich her werden zu ziemlich miesen Aliens, die nach deinem Blut dürsten.

Ich weiß also nicht mehr, wie lange es dauerte, bis Emma zum ersten Mal ihre Lampe aufleuchten ließ. Viel mehr als zehn oder fünfzehn Minuten werden es nicht gewesen sein.

Ich sagte in mein Funkgerät: »Wir bekommen Besuch.« Ich konnte keine Antwort hören und nahm an, er sei gewarnt.

Ich zog die Leiter vorsichtig vom Dach und legte sie lang auf den Boden. Sie war erstaunlich leicht. Dann legte ich mich neben sie mit dem Gesicht zum Hohlweg.

Ein Pkw kam sehr gemächlich durch den Hohlweg herangerollt, die Lichter schon ausgeschaltet. Diesmal konnte ich die Nummer leicht ausmachen. Sie lautete K-PP 11918. Es war ein schwarzer BMW der Fünferreihe. Seine Bremsen ächzten ein wenig.

Dann folgte das Geräusch, das ich schon kannte: Das Tor wurde aufgefahren. Das Auto setzte sich erneut in Bewegung und verschwand aus meinem Blickfeld, und einen Augenblick lang war der Weg vom Tor in den Hohlweg hinein taghell erleuchtet. Das Tor wurde wieder zugefahren.

Ich stand auf, ich legte ein Ohr an die Wand der Halle. Ich hörte nicht das geringste Geräusch, keine Sprache, keinen Motor.

Es war jetzt 2.30 Uhr.

Nach etwa zehn Minuten, die mir wie eine Ewigkeit vorkamen, blinkte Emma vom Ende des Hohlweges her erneut Alarm.

»Da kommt erneut etwas!«, sagte ich in das Funkgerät und legte mich wieder auf die Erde.

Es war ein Truck, ein MAN, ein Fahrzeug mit französischen Kennzeichen, der schon im Hohlweg die Scheinwerfer ausschaltete. Er blieb vor der Halle stehen, die Druckluft zischte, seine Tür klackte.

Der Fahrer bewegte sich vor seinem Lkw her und stellte sich nur ein paar Meter entfernt an die Ecke der Rückseite der Halle, um zu pinkeln. Dazu summte er irgendeine Melodie, wogegen ich wenig einzuwenden hatte, solange er mich nicht wässerte.

Der Fahrer verschwand wieder aus meinem Blickfeld, kletterte ins Fahrerhaus, warf den Motor an. Das Tor begann sich zu bewegen, der Lkw wurde in strahlendes Licht getaucht und rollte vorwärts.

Nahmen wir sechs Meter Länge für den BMW an und etwa fünfundzwanzig Meter für den Truck, dann war für den Moment mit keinem Neuzugang mehr zu rechnen, es sei denn, die Kunden standen Schlange.

Ich hörte nach wie vor nicht das geringste Geräusch vom Dach, P-2 schien bewegungslos und vollkommen geräuscharm zu funktionieren. Aber in der Halle wurde jetzt der Motor eines Gabelstaplers gestartet. Das war deutlich zu hören, es war ein dumpfes Röhren.

Ich stand auf, lehnte die Leiter wieder an das Dach und sagte in das Funkgerät: »Alles klar, bis zum nächsten Mal.«

Dann dachte ich, dass aus meiner Position das Wohnhaus gänzlich außer Acht gelassen wurde, und dass auch P-2 es vom Dach aus wahrscheinlich nicht sehen konnte, denn er würde sich ganz gebückt oder liegend halten.

Ich bewegte mich an der Rückwand entlang bis zur Ecke. Im Wohnhaus brannte kein Licht, kein Fenster war erleuchtet. Das erschien mir seltsam. Waren beide Partner in der Halle?

Plötzlich ging über der Haustür eine Lampe an, und Klara Jaax kam im Schlendergang auf die Halle zu. Sie rauchte eine Zigarette, und sie bewegte sich sehr träge wie ein Mensch, der keinerlei Unruhe in sich hat.

»Die Ehefrau kommt!« warnte ich P-2 und lief zurück zu dem Punkt, an dem die Leiter stand.

Ich wartete an der Ecke des Gebäudes, bis ich erkennen konnte, dass die Frau den normalen Zugang, die kleine Tür in die Halle benutzte.

Aus Emmas Sicht schien alles ruhig, sie war nicht zu sehen, und ihre Lampe blieb unbenutzt.

Müller war plötzlich da und stupste schwanzwedelnd an meine Knie. Wahrscheinlich war er heilfroh, mich wiederzusehen, wahrscheinlich hatte er mich all die Tage über schmerzlich vermisst. Ich sagte kein Wort, aber ich streichelte ihn und gab irgendeinen dumpfen Laut der Wiedersehensfreude von mir, was ihn eindeutig noch verrückter machte. Die Panik, ihn plötzlich laut winseln zu hören, traf mich fast wie ein körperlicher Schmerz, und ich beruhigte ihn, soweit ich das konnte.

P-2 meldete sich. Er sagte: »Wir haben Erfolg!«

Ich meldete zurück: »Ich habe hier einen Hund.«

»Abbrechen?«, fragte er.

»Nicht bissig!«, widersprach ich.

Dann lehnte ich mich gegen die Seitenwand der Halle, sodass ich Emmas Lichtzeichen sehen würde, und versuchte mich zu entspannen. Müller war noch immer da, und stieß von Zeit zu Zeit gegen mich, schnaufte wild. Einmal bückte ich mich hinunter zu ihm und bekam seine feuchte Zunge durchs Gesicht gezogen. Es war ein durchaus inniges Verhältnis.

Dann sah ich ihn, und merkwürdigerweise erschrak ich nicht. Er stand etwa drei Meter von mir entfernt, etwas höher als ich in der kurzen steilen Böschung zwischen zwei Sträuchern. Er bewegte sich nicht, und die Szenerie wurde zu einem Horrorfilm, weil ich absolut nicht wusste, was ich tun konnte.

Ich meldete hauchend an P-2. »Wir haben Zuwachs. Ein Mann.«

»Abbrechen?«

»Nein. Ich versuch mal was.«

Es war mir gleichgültig, ob er mich gehört hatte. Ich bewegte mich so normal, wie ich konnte. Ich nahm die Leiter von der Dachkante und ließ sie dann scheinbar vorsichtig auf die Erde sinken. In einem günstigen Winkel griff ich hart zu, schwang die Konstruktion herum und rammte sie mit aller Gewalt in seine Richtung.

Er seufzte ganz hoch und ganz laut, seine Arme kamen herunter vor seinen Leib, und dann stürzte er mir vor die Beine.

»Ich habe ihn!« meldete ich triumphierend zu P-2.

»Abbrechen?«, fragte er wieder.

»Geht auch so«, sagte ich.

Ich stellte die Leiter wieder an das Dach und ging in die Knie, um zu sehen, wer er war, wie er aussah, ob er atmete. Ich zündete mein Feuerzeug an.

Es war ein junges Gesicht. Ich kannte es nicht, hatte es nie gesehen. Vielleicht dreißig Jahre alt. Er trug einen Dreitagebart, nur ein schmuddeliges, dunkles T-Shirt über alten Jeans, und seine Hände sahen nach viel schwerer Arbeit aus. Ich knipste das Feuerzeug an und schob seine Oberlippe hoch. Er hatte ungepflegte Zähne, er putzte sie nie, sie waren brüchig und quittengelb. Im Moment schien er bewusstlos – und wurde augenblicklich mein Albtraum.

Was, wenn ich ihn ernstlich verwundet hatte?

»Er ist bewusstlos«, meldete ich nach oben.

»Zu riskant. Wir brechen ab«, entschied P-2. »Der BMW kommt jetzt raus.«

Etwa drei Minuten später ging das Tor auf der Rückseite auf, und der BMW kam in einem weiten Bogen vom Hof her in den Hohlweg gefahren und verschwand.

Ich kniete wieder neben dem Unbekannten nieder. Er hatte nichts in den beiden Taschen der Jeans, also drehte ich ihn herum und hatte Glück. Er trug eine Geldbörse in einer Hosentasche und hatte dankenswerterweise außer einem Zehn-Euro-Schein auch einen Ausweis darin und einen kleinen Zettel, auf den er eine Hartz-IV-Angabe gekritzelt hatte. Er führte den Vornamen Jobst, Jobst Leuer, geboren in Euskirchen im Jahr des Herrn 1980. Der Beruf stand auf dem Zettel in etwas krakeliger Schrift. *Landwirtschaftsgehilfe* stand da, falls das ein Beruf war. Ich steckte den Ausweis samt Zettel wieder in die Börse und stopfte sie in seine Tasche. Dann drehte ich ihn erneut herum.

Er schnappte plötzlich nach Luft und schlug die Augen auf.

»Kannst du mich hören?« flüsterte ich. »Nur nicken.«

Er nickte.

»Jobst Leuer!«, sagte ich leise. »Du bist völlig weg, wenn du dich rührst. Ist das klar?«

Er nickte.

»Halt also den Mund und versuch nicht, wegzulaufen. Du hast mich niedergeschlagen.«

Er nickte wieder.

»Kannst du stehen?«

Er nickte. Dann drehte er sich zur Seite und stellte sich hin. Es wurde ihm schwindlig, er griff nach mir.

»Wenn du Mist baust, wirst du erschossen«, flüsterte ich. »Lehn dich an die Mauer.«

Er lehnte sich an die Mauer und er legte beide Hände auf seinen Bauch und beugte sich weit vor. Wahrscheinlich hatte er Schmerzen.

P-2 kam vom Dach heruntergestiegen, sah den Mann nur flüchtig an und bemerkte: »Der Laster wird noch eine halbe Stunde brauchen, wir können abrücken.« Unvermittelt drehte er sich zu Jobst und murmelte: »Wo wohnst du denn, mein Junge?«

»Graf-Mirbach-Platz 26c«, antwortete Jobst leise und zittrig. »Da habe ich eine Bude.«

»Warte auf uns gegen Mittag. So um zwölf. Und kein Wort zu irgendwem, oder du wanderst in den Bau. Ist das klar? Und jetzt Abmarsch.«

Jobst nickte nur, er war erkennbar beeindruckt, und er machte sich sofort auf den Weg. Er stieg einfach die steile Böschung hinauf und verschwand.

Wie wir gekommen waren, verschwanden wir auch wieder und schleppten die Technik von P-2 über die Wiese.

Emma sagte: »Beim nächsten Mal will ich anders eingesetzt werden, nicht so lahm, nicht so sekretärsmäßig.« Dann fragte sie hell: »Und? Haben wir denn den Hauch eines Erfolgs?«

»Wahrscheinlich ja«, sagte P-2 gepresst. »Das werden wir gleich sehen.«

Er lud die Technik in seinen Wagen, drehte ihn und ließ ihn losrollen.

»Haben wir irgendwo einen großen Flachbildschirm?«

»Haben wir. Da müssen wir nach Heyroth«, sagte Emma. »Das lief ja alles sehr glatt.«

»Eigentlich nicht«, murmelte P-2. Er schien verwirrt. »Zuerst bekamen wir einen Besuch von einem Hund, und dann einen von dem Mann, der Baumeister beim ersten Treffen niederschlug.«

»Das ist doch nicht wahr«, sagte sie verblüfft.

»Doch, doch«, sagte ich. »Wir treffen uns hier dauernd mitten in der Nacht, das ist eine solide, soziale Bindung. Er heißt Jobst, und dieses Mal war ich schneller.«

»Ach, wie schön«, sagte sie inbrünstig. Dann zündete sie sich einen ihrer stinkenden Zigarillos an, gab aber auf, als P-2 tief aufseufzte und dann das Fenster runterließ.

»Was glaubst du«, fragte er mich, »wer ist dieser Mann?«

»Er ist der Mann, der bis vor ein paar Monaten auf dem Hof arbeitete«, sagte ich. »Das erscheint mir nahezu sicher. Die Frage wird sein, ob wir ihn unter Kontrolle kriegen.«

»Notfalls werde ich ihn bezahlen«, überlegte er leichthin.

Es war 3.10 Uhr.

Als wir in Heyroth ankamen und vor dem Haus hielten, sahen wir dort den schwarzen Porsche von Nina stehen.

»Sie hat einen Schlüssel«, erklärte Emma. »Ich habe ihn ihr gegeben.«

»Kein Problem«, murmelte ich. »Vielleicht schläft sie ja.«

»Sie schläft«, nickte Emma. »Sieh mal oben links. Sie lässt das Lämpchen brennen, sie kann nicht ohne Licht schlafen.«

P-2 schleppte in drei Gängen sein Equipment ins Haus, kabelte ein und aus, überlegte, fummelte mit Adaptern herum und sagte schließlich: »Jetzt müssten wir etwas sehen.«

Zu dem Zeitpunkt war der Kaffee fertig, und wir hockten uns vor den Bildschirm wie Kinder, die auf ein Märchen warten.

»Jedes Mal, wenn es flimmert und Bilder schnell laufen und sich überlagern, habe ich die Kameraeinstellung verändert«, erklärte er. »Ich werde euch aber sagen, was ihr seht. Ihr werdet staunen.« Er wirkte immer noch verwirrt, zuweilen schienen seine Augen sich nach innen zu richten, als habe er etwas gesehen, was er nicht erwartet hatte.

Die ersten Aufnahmen zeigten eine weiße, helle Wand durch nichts unterbrochen. Das Bild flirrte. Dann wurde das Bild scharf, und wir sahen die weiße Wand sehr genau, unterteilt in Böden aus Stahl und darauf stehenden Kartons, die ihrerseits auf Paletten standen. Es war ein riesiges Regal mit Kartons. Sie trugen einen deutlichen Aufdruck. *Dimple* war zu lesen, auf anderen Kartons *Wodka Gorbatschow*, dann *Jim Beam*.

»Da könnte man sich schon betrinken«, sagte P-2 stolz. »Das ist also die Abteilung harte Sachen. Dann gibt es etwas links von der jetzigen Kameraeinstellung eine Menge Sekt, das kommt gleich: Ich lasse es jetzt einmal kurz durchlaufen.«

»Stopp«, sagte ich. »Ich möchte es genauer haben. In welche Richtung sehe ich denn jetzt? Ich meine von deiner Position in der Halle aus.«

»Alles, was du siehst, ist jetzt rechts von mir, das heißt, es ist von der Mitte des Daches in Richtung Wohnhaus aufgenommen, also zur Ausfahrt der Halle hin. Wenn das Bild sich komplett dreht, bedeutet das, jetzt filme ich den Eingangsbereich. Also, ich sage mal sofort, dass ihr euch nicht verwirren lasst von den Aufdrucken auf den Kartons. Im Grunde genommen ist das Lager zunächst wie ein kompletter Schnapsladen mit allen wichtigen gängigen Sorten von Whiskys, Wodkas, Tequila, Sekt und den bekannten sauteuren Likören, die man in Bars zum Mixen verwendet. Ich habe aber auch edle Rieslinge von der Mosel gesehen. Da, jetzt kommen sie links ins Bild. Und jetzt kommt der schwarze BMW in die Halle. Und von der anderen Seite kommt unser Freund Sebastian Jaax ins Bild. Der Fahrer steigt aus, Managertyp. Die beiden Männer kennen sich, sie umarmen sich sogar. Da legst du dich lang hin, das wirft dich um: Gauner vor Beute. Jetzt nehme ich meinen kleinen Scheinwerfer raus und filme mit dem Licht der Halle. Das ist so grell, dass ich das Bild abdunkeln musste.« Seine Stimme wurde plötzlich höher, er drehte auf, er wurde immer erregter. »Der BMW-Fahrer kommt wegen einer besonderen Fracht. Die liegt vorne in Richtung Wohnhaus auf der linken Seite der Halle. Es sind zwei weiße Beutel, die der Jaax da anschleppt. Ich schätze mal je ein Pfund. Seht mal, der BMW-Mann schlitzt einen auf. Da, er hat ein Messer, er sticht einen Beutel an, er nimmt eine Messerspitze voll und streicht sich das Zeug über das Zahnfleisch. Ja, klar, er ist ein Profi, unser Kleiner, er muss doch prüfen, ob das Zeug auch richtig gut kühlt, und das Zahnfleisch unempfindlich und taub macht. Ja, Freunde, das dürfte Kokain sein. Dann kommt ein weiterer weißer Beutel hinzu. Ich weiß nicht, woher Jaax den Beutel genommen hat, er war einfach zu schnell damit, ich konnte ihm nicht folgen. Auch diesen Beutel sticht er an und nimmt eine Probe auf die Zunge. Keine Ahnung, was das ist, vielleicht Heroin.« P-2 war jetzt richtig in Fahrt, er gluckste: »Oh, Leute, das ist ein besonderer Tag in meinem Leben. Das habe ich noch nie erlebt.« Er hielt einen Moment inne, er atmete sehr schnell und erregt. »Und jetzt geht der BMW-Fahrer auf die rechte Seite der Halle. Da, seht ihr? Er holt einen kleinen Karton, Schuhkarton würde ich sagen, seht ihr das? Und er nimmt einen Beutel heraus, das Zeug ist weiß, aber es ist kein Pulver, es sind Tabletten. Seht ihr das Zeichen auf dem Karton, mitten auf dem Deckel? Das ist das Logo für *Adam and Eve*, das sind Speed-Tabletten. Himmel, Arsch und Zwirn, was haben die da aufgebaut? Das ist die Hölle, die Hölle ist das. Und jetzt habe ich einen Schwenk auf die gegenüberliegende Seite zur Einfahrt hin. Was seht ihr da, Leute? Jawohl. Zigaretten. *Marlboro, West, Camel*. Die Kamera ist wirklich gut, kann man alles gut lesen.«

Der Bildschirm wurde grau. Wir alle schwiegen einen Moment. Es brauchte seine Zeit, bis uns die Tragweite dessen, was wir soeben gesehen hatten, bewusst wurde.

»Das hast du gut gemacht«, sagte Emma leise. Sie war totenblass.

»Gratulation«, fügte ich hinzu.

»Ich habe ganz systematisch gedreht«, erklärte er dann ein wenig monoton weiter. »Es ist nur ein erster Überblick, aber ich weiß, meine Leute werden im Dreieck springen.«

Dann ein Flackern auf dem Bildschirm, man konnte wieder etwas erkennen.

»Da, seht«, P-2 zeigte auf die linke Ecke des Bildes, »jetzt rutscht der BMW ganz nach vorn, geht aus dem Bild. Gleich kommt der Lkw rein. Und der Sauhund versaut mir den ganzen Film, weil ich mit meiner Kamera nicht an ihm vorbeikomme. Das klappt einfach nicht, der Truck ist zu hoch. Jetzt seht ihr im Hintergrund, wie die Frau des Bauern hereinkommt. Da! Sie schließt die Tür hinter sich, sie macht zwei, drei Schritte nach vorn, sie verschwindet im Schlagschatten des Lkw. Was sie anschließend macht, weiß ich nicht, der Truck ist im Weg.« Seine Stimme wurde leiser, verlor sich, wurde überlagert von einer erregten Konzentration. »Ich weiß, dass meine Leute so etwas seit Jahren nicht mehr gesehen haben. Aber die Drogen machen mich wild, das macht mich echt wild, das ist eine Sauerei. Und es kann sein, dass der Drogenvorrat in der Halle überhaupt nicht in ein anderes Land gebracht werden soll. Die Halle dient vielleicht als Lager für Deutschland, kann so sein, muss aber nicht. Ich weiß es nicht, ich muss nachdenken.«

»Trinkst du einen Kognak?«, fragte Emma.

»Ja«, nickte er. »Einen ganz großen.«

»Du solltest wirklich nur mit deinem Chef sprechen, mit niemandem sonst«, sagte ich.

»Was? Wie? Was meinst du?« Er war verwirrt.

»Du solltest niemanden einweihen und nur mit deinem Chef sprechen«, wiederholte ich. »Leute, die so etwas einlagern können, dürften auch in der Lage sein, Bestechungen zu bezahlen. Ziemlich viel Bestechung, würde ich annehmen.«

»Ja«, nickte er. »Du hast wohl recht.«

»Erst mal der Kognak«, murmelte Emma und verschwand irgendwohin.

Sie kam nach einer Weile mit zwei Wassergläsern zurück, in denen Kognak war, etwa ein sechsfacher.

»Masel tov!«, sagte sie.

»Musst du denn jetzt nach wie vor in die Halle? Reicht das nicht, was du gefilmt hast?«, fragte ich.

Er trank einen großen Schluck, dann räusperte er sich. »Ich muss in die Halle, ich muss an die Ware, ich muss an die Drogen. Wir brauchen eine ungefähre Bestandsaufnahme. Wir brauchen unbedingt Proben davon. Winzigkeiten, aber eben Proben. Bei den Drogen können wir durch Proben bestimmen, woher sie sind. Die Schnäpse könnten gefälscht sein, die Weine auch, sogar der Sekt. Dann bräuchte man eben Proben von diesen Fälschungen. Und die Proben der Tabake aus den Zigaretten. Ich würde sagen: Ja, ich muss rein. Wieso?«

»Ich habe eben an Karneval gedacht«, sagte ich. »Und ich glaube, ich weiß auch, wie du hineinkommst.«

»Aber erst einmal feiern wir«, sagte Emma und grinste mir zu.

Es war eindeutig: Sie wollte P-2 ein wenig unter Strom setzen, er musste unbedingt herunter von dem hohen Pegel seiner Erregung.

Ich kam erst um fünf Uhr zu Hause an, und ich war nicht müde.

17. Kapitel

Es war elf Uhr, als ich übel gelaunt erwachte. Ich hatte einen wüsten Traum gehabt, hatte aber keine Erinnerung an Einzelheiten. Ich war ein wenig durcheinander. Es war um Jagd und Verfolgung gegangen, und jemand hatte geschossen. Aus einer kleinen Waffe, die ein scheinbar endloses Magazin hatte und nicht aufhören wollte, zu feuern. Aber niemand der Mitspieler hatte ein Gesicht, es waren graue Flächen, in denen die Augen wie drohende Punkte waren, wie Läufe von Waffen.

Ich ließ mir ein Bad ein und versuchte so etwas wie ein Ergebnis der vergangenen Nacht zu finden. Plötzlich erschien es mir geradezu dümmlich, in die Halle einzubrechen, um Proben zu ziehen.

Ich rief P-2 im *Augustiner-Kloster* an. Ich sagte: »Ich halte das Ziehen von Proben in der Halle für falsch. Es ist ein zu hohes Risiko.«

»Ich habe mit meinem Chef gesprochen. Ich bekomme eine eigene Ermittlungsgruppe. Ich soll versuchen, Proben zu bekommen. Aber nur dann, wenn keinerlei Risiko damit verbunden ist. Ob das geht, weiß ich nicht.« Er klang hohl, nicht überzeugt, zutiefst unsicher und erschöpft. »Du hast aber doch gesagt, dass du einen Weg weißt.«

»Das könnte sein. Was tut ihr denn normalerweise an diesem Punkt, den wir jetzt erreicht haben?«

»Wir recherchieren das Umfeld, wir richten Überwachungskameras ein, um zu erfahren, wer das Lager anfährt. Dazu kommt das verdeckte Abtasten von Banken, von Firmen, von Personengruppen. An die kommt man durch die Autokennzeichen. Unter normalen Umständen würden wir die Halle nicht antasten, und schon gar nicht offiziell dort auftauchen.

Aber so ein gewaltiges Lager hatten wir bisher nie. Hast du etwas Besseres?«

»Nein«, antwortete ich. »Ich schau mal, was ich erreichen kann.« Ich dachte wütend: Wir müssen es einfach versuchen, was auch dabei herauskommen mag.

»Wann sehen wir den Jobst?«, fragte er.

»Gleich um zwölf«, antwortete ich. »Kommst du dorthin?«

»Natürlich«, sagte er.

Ich beeilte mich und saß kurz darauf schon wieder in meinem Auto. Ich war nicht sonderlich gewaschen, nicht sonderlich rasiert und hatte die Haare einfach nass gemacht. Es war die Ein-Tropfen-Wasser-Methode. Das ganze Leben war unaufgeräumt.

Als ich am Graf-Mirbach-Platz in Hillesheim auftauchte, war P-2 schon da und wartete.

»Das hier wird schwierig«, murmelte er.

Das Haus lag ein wenig zurückgebaut, hatte Erdfarben und wirkte ausgesprochen bürgerlich. Aber die Klingel, die seinen Namen trug, war eigens und provisorisch angebracht und nicht Teil des normalen Schildes.

Es ging in eine winzige Souterrain-Wohnung, zwei Zimmer, eingebaute Küchenzeile, winziges Bad. Ein halbes Fenster zum Garten hin, der Blick in einen Fensterschacht.

Er stand in seiner Wohnungstür und konnte uns kaum ansehen. Er hatte getrunken, und er roch auch so. Seit vier oder fünf Tagen nicht rasiert. Er kratzte sich in den Haaren und sagte rau: »Spät geworden. Ein paar Kumpels waren da. Kommt rein.«

Es gab ein uraltes, durchgelegenes Sofa in Dunkelrot, zwei Sessel aus zwei Epochen, einen mit Bierflaschen übersäten Couchtisch, an der Wand ein Poster von Herbert Grönemeyer. Es gab noch einen kleinen, uralten Küchenschrank, der vollkommen zugestellt war mit schmutzigem Geschirr. In der Spüle hatte Jobst die Kippen entsorgt. Sie hatten sich halbe Hähnchen mit Fritten kommen lassen und die Reste auf Papptellern in einer Plastikwanne entsorgt.

»Hier sieht es scheiße aus«, sagte P-2 aggressiv.

»Ja«, nickte Jobst und nahm einen der Sessel. »Ich meine, ich bin ja auch durcheinander. Stimmt ja nichts mehr. Ich hab heute Morgen die Kumpels angerufen und dann hoch die Tassen.«

P-2 sagte heftig: »Hör zu, du Arsch. Ich habe dich heute Nacht gehen lassen, weil ich denke, man muss jedem eine Chance geben. Aber wenn ich die Sauerei hier sehe, denke ich, du hast die Chance nicht verdient.«

Jobst Leuer antwortete nicht, er begann sich eine Zigarette zu drehen, er bewegte den Kopf ein paar Mal hin und her, er murmelte: »Jaah.«

»Also gut«, sagte ich leichthin. »Wem hast du das von heute Nacht erzählt?«

»Keinem«, sagte er hastig. »Keinem. Ich bin doch nicht bescheuert.«

»Ich bin Zollfahnder«, sagte P-2. »Auf meinem Dienstausweis steht, dass mein Arbeitgeber die Bundesrepublik Deutschland ist. Lies mal!« Und als Jobst Leuer nicht sofort nach dem Ausweis griff, wurde er heftig: »Lies gefälligst!«

Jobst Leuer las und sagte: »Ja, okay.«

»Wie geht das jetzt weiter?«, fragte P-2.

»Das weiß ich doch nicht«, sagte er schnell.

»Erzähl«, sagte ich. »Erzähl schnell, sonst passiert was. Was ist da gelaufen auf dem Hof?«

»Also, ich war da früher auf Arbeit. Das hörte dann auf ...«

»Warum hörte das auf?«, bellte P-2.

»Ich hatte Zoff mit ihm. Weil er sagte, ich würde mich immer um Sachen kümmern, die mich nichts angehen.«

»Was waren denn das für Sachen?«, fragte ich.

»Ja, die Sachen mit der Halle. Also, da läuft was in der Halle, aber ich weiß nicht, was. Jedenfalls ist das komisch. Aber ich habe gesagt: Bitte, wenn er das so sieht, dann gehe ich eben.«

»Was ist denn mit dieser Halle?«, fragte ich.

»Also, das weiß ich auch nicht genau. Aber tagsüber geht da ja keiner rein, also niemals, wenn ich da gearbeitet habe.«

»Und nachts bist du da und guckst zu?«, fragte P-2, immer noch ungehalten. »Was siehst du denn da?«

»Da kommen Pkws und Lkws. Und jedes Mal gehen die Tore auf und dann wieder zu. Ich weiß nicht, was da läuft. Ich hab das notiert, ich habe die Autokennzeichen aufgeschrieben. Ich habe eine Liste gemacht. Wartet mal.« Er stand auf, er bewegte sich zu dem kleinen Küchenschrank, öffnete eine Tür und holte zwei DIN-A4-Blätter und legte sie auf den Tisch.

»Sind da auch Pkws aus dem Vulkaneifelkreis dabei?«, fragte ich.

»Ja«, nickte er knapp. »Also, dieser Direktor von Glatt, der war hier. Zwei, drei Mal. Ach ja, Werendonk heißt er. Und dieser Mann, den sie tot in seinem Auto gefunden haben, der war auch hier. Mehrmals sogar. Und einmal der Glatt selbst in so einem seltenen, teuren Auto.«

»Was denkst du denn, Jobst?«, fragte ich friedlich.

»Also, ich sage mal, das muss illegal sein. Betrieb nur nachts? Das gibt es doch normal nicht, oder?«

»Was lief denn mit der Frau?«, fragte ich.

Er drückte die Zigarettenkippe im Aschenbecher aus, er wollte die Frage offenbar überhören, ließ seine Hände flattern und sagte wieder: »Jaah.«

»Nun mal langsam«, sagte P-2 betulich. »Wir kommen schon noch parat. Oder glaubst du das nicht?«

»Doch, doch!«, nickte Jobst eilig.

»Also, was war mit der Frau?«, fragte ich erneut.

»Also, das kann doch mal passieren«, blaffte er. »Wir sind doch unter Menschen, nicht? Das war doch nichts Schlimmes.«

»Was war mit der Frau?«, fragte ich wieder.

»Na ja, wir hatten was getrunken, sie und ich. Da ist es dann passiert. War im Stall, hinten, wo wir das Stroh liegen haben. Jedenfalls das erste Mal.«

»Und die anderen Male?«, fragte P-2.

»Da war sie hier, oder wir blieben im Auto irgendwo. Je nachdem.«

»Gut. Der Mann hat natürlich davon erfahren?«, sagte ich.

»Hat er nicht. Hat er gar nicht.« Er war empört. »Ich hab den Mund gehalten, auf mich kann man sich verlassen.«

»Aber du hast die Frau gefragt, was das mit der Halle ist, was das bedeutet, was diese Halle ist, nicht wahr?«, sagte ich so sanft, wie es möglich war.

»Ja, stimmt.«

»Und, was hat die Frau gesagt?«, fragte P-2.

»Erst hat sie gesagt, dass mich das nichts angeht, aber später hat sie gesagt, dass sie vielleicht einen Job für mich hat. Also, einen besser bezahlten Job, als die Arbeit auf dem Hof. Sie hat gesagt, ich könnte vielleicht Hallenmeister werden.«

»Hallenmeister?«, schnaufte P-2. »Was ist das denn?«

»Dass ich nachts die Kunden bediene«, sagte er mit einem schmalen Lächeln.

Ich musste grinsen. »Und du hast der Frau auch gesagt, dass du die Liste mit den Autokennzeichen hast, nicht wahr?«

»Ja, anfangs schon. Sie sagte, das mit der Liste wäre doch blöde und würde nur schaden. Ich soll es vergessen, sagte sie.«

»Und dann hat sie dir die Liste abgekauft«, sagte ich. »Was hat sie gezahlt?«

Er hielt den Kopf gesenkt, als würde er verprügelt.

»Zweifünf«, sagte er. »Sie sagte, das wäre ein Freundschaftspreis, und ich soll damit aufhören.«

»Und was ist das hier für eine Liste?«, fragte P-2.

»Das ist eine neue«, murmelte er. »Also, eine von diesem Monat.«

»Kann ich die hier mitnehmen?«, fragte P-2.

»Ja, klar.«

»Sind die Treffen denn seltener geworden in der letzten Zeit?«, fragte ich.

»Etwas seltener schon. Sie hat gesagt, ihr Mann hätte was gemerkt. Aber ich soll mir keine Sorgen machen. Das sagte sie so.«

»Aber stattdessen hat er dich gefeuert«, sagte ich freundlich.

»Genau«, nickte Jobst. »Er hat gesagt, ich arbeite nicht, ich bin nicht fleißig, ich mach mir nichts aus Arbeit. Obwohl: Das stimmt nicht, ich habe gearbeitet wie ein Pferd. Die ganze Zeit.«

»Und was hat seine Frau gesagt?«, fragte ich. »Also, er hat dich gefeuert, und du bist zu seiner Frau gegangen. Und was hat die gesagt?« Ich lächelte ihn an.

Er war ein Trauerkloß, was immer er auch angerichtet haben mochte. Er war ein trauriger Mensch, er war einer, der immer verlieren würde, Liebe hin oder her.

»Sie hat gesagt, ich soll mich vom Acker machen und keinen Streit anfangen. Sie würde das später irgendwie lösen.«

»Aber sie hat es nicht gelöst. Und sie ist dann hierher gekommen, nicht wahr? Oder ihr habt euch irgendwo getroffen.«

»Ja, das war ein paar Mal so.«

»Und du kriegst jetzt Hartz IV?«, fragte ich.

»Ja«, nickte er. Dann griff er nach seinem Tabak, um sich eine Zigarette zu drehen.

Ich holte eine alte *Spitfire* von Lorenzo aus der Tasche und begann sie zu stopfen.

»Gut, Junge, bis jetzt warst du ja einigermaßen ehrlich. Aber jetzt musst du uns auch sagen, wie viel dir die Frau im Monat zahlt.«

P-2 drehte ganz schnell den Kopf weg, Jobst Leuer starrte mich an und machte wieder: »Jaah.«

Ich zündete meine Pfeife an und sagte: »Sie gibt dir das Geld schwarz, nicht wahr? Und du brauchst keine Quittung unterschreiben, oder? Und sie sagt immer noch, sie hat eines Tages einen Job für dich, nicht wahr? In der Halle. Und jedes Mal ist sie ausgehungert und will mit dir schlafen, ganz schnell, egal wo, oder? Also, Jobst Leuer, nun mach uns hier nicht die Minna. Wie viel?«

»Also, sechshundert cash«, sagte er leise. »Kann auch mal achthundert sein, je nachdem wie viel sie abzweigen kann.«

Eine Weile herrschte Schweigen, dann fragte P-2: »Und, was machen wir jetzt mit dir?«

Zum ersten Mal erlaubte er sich ein zaghaftes Grinsen, zum ersten Mal blieb er ein wenig der Sieger, zum ersten Mal hatte er wohl das Gefühl, seine Sache gut gemacht zu haben. »Was wollt ihr denn mit mir machen?«, fragte er verblüfft. »Das ist doch nix Illegales, oder?«

»Ist es garantiert nicht!«, versicherte ich ihm. »Ich nehme an, ihr zwei seid erwachsen.«

»Ich überlege mir etwas«, sagte P-2. »Bis dahin räumst du hier auf, sprichst mit keinem Menschen und kommst auf keinen Fall nachts auf den Hof. Die Kennzeichenliste hier nehme ich mit. Hast du ein Handy? Dann schreib mir die Nummer auf. Und wenn ich höre, dass du darüber sprichst – egal zu wem –, dann ziehe ich dich aus dem Verkehr. Ist das auch klar?« Dann überlegte er zwei Sekunden und setzte hinzu: »Hör zu, Jobst. Das hier ist eine verdammt ernste Geschichte, das ist ein bitteres Spiel. Da geht es um sehr, sehr viel Geld und sehr hohe Strafen, verstehst du? Und ich will, dass du den Mund hältst, ich bitte dich also, zu niemandem darüber zu reden. Nicht einmal mit deinem besten Kumpel. Ohne deine Hilfe können wir das einfach nicht schaffen. Notiere dir alles, an was du dich erinnern kannst. Und dann ist noch etwas wichtig. Es kann sein, dass deine ehemalige Chefin mit dir schlafen möchte. Dann tu das. Frag sie ruhig nach dem Job in der Halle, aber nicht zu sehr. Du hast uns nie gesehen, du weißt nichts, und dein Leben läuft weiter wie bisher. Und für die Polizei wirst du ein wichtiger Zeuge sein. Okay?«

»Ja«, nickte er. »Das habe ich jetzt verstanden. Klar, geht in Ordnung. Da könnt ihr euch drauf verlassen.« Und sein Gesicht war zum ersten Mal ganz ruhig.

Auf dem Weg zum Wagen begann P-2 ganz hoch zu kichern. »Wie bist du denn auf die Idee mit der Frau gekommen?«

»Na ja, wenn du zwei und zwei zusammenzählst, war das doch ganz einfach. Manchmal höre ich auf meinen Bauch. Fragt sich nur, ob der Knabe dichthält.«

»Notfalls buchte ich ihn ein«, sagte er. »Nein, ich steige nicht in dein Auto, ich gehe zu Fuß zum Hotel. Ruf mich an, wenn irgendetwas anliegt. Ich muss nachdenken, ich habe einen ungeduldigen Chef.«

»Wenn du ihn wegsperrst, geht die Sache schief«, sagte ich. »Er wird dann einen Anwalt anrufen.«

»Ich weiß das«, nickte er. »Aber ich habe jetzt eine Arbeitsgruppe, ich muss ihnen Arbeit geben, verstehst du? Der Chef ist gut, aber er ist auch strikt. Er wird in ein paar Tagen ein komplettes Drehbuch erwarten. Ich kann nicht mehr lange nachdenken und Schritt für Schritt planen. Das heißt, dass eine Unsicherheit nach der nächsten kommen wird.«

»Deshalb arbeite ich so gerne allein«, murmelte ich. »Aber ich hoffe doch, dass du keine Angst vor beruflichem Erfolg hast, oder? Bis später.«

Ich wusste jetzt, was ich wollte. Ich fuhr geradewegs zur *Dauner Kaffeerösterei*, den einwandfrei süßesten Laden der Eifel, in dem es nach allen Herrlichkeiten dieses Planeten duftet – man muss sich zuweilen belohnen.

Ich begrüßte die Chefin Heike, ich gönnte mir eine herbe Schokolade, eine heiße Sache. Ich saß schlürfend auf einem hohen Hocker, starrte hinaus ins Leben und überlegte einige Menschen und Dinge.

Friedhelm Werendonk zum Beispiel und seinen Chef, den Industriellen Glatt. Den alten Seeth, den toten Christian Schaad, die tote Mama einer Kölner Prostituierten, den sterbenden Antek, den toten Kaufmann Norbert Bleckmann, seine Ehefrau, die Ivonne, die jetzt überlegen würde, ob sie denn weiter Geld verdienen oder einfach herumgammeln sollte.

Was war denn klar in diesem Gewirr der Figuren? Wenig.

Dann kam Hans, der zweite Chef des Hauses, auf mich zugeschlendert und lugte freundlich lächelnd durch seine randlose Brille. Er war gut einen Kopf größer als ich, und merkwürdigerweise dachte ich immer an einen Schachspieler, wenn ich ihn sah. Ich hatte keine Ahnung, ob er Schach spielte, er sah nur einwandfrei so aus.

»Ich habe ein Problem«, erklärte ich etwas verkniffen.

»Das ist zunächst noch kein Problem«, stellte er fest.

»Kann ich dir das mal auf den Tisch legen?«

»Durchaus«, nickte er.

»Es ist so, dass ich ein Ehepaar gründlich verladen möchte. Das hört sich wie ein Scherz an, ist aber keiner.

Ich möchte erreichen, dass dieses Ehepaar am Abend Haus und Hof verlässt. Für zwei, zweieinhalb Stunden. Möglichst bald.«

»Dann lade sie zum Essen ein und die Sache ist paletti.«

»Nein, nein, ich darf nicht mitspielen, ich darf noch nicht einmal etwas davon wissen.«

»Aha. Jetzt wird es kompliziert.«

»Der Mann ist so ein Gemütsknochen«, erklärte ich. »Er muss zum Jagen getragen werden. Sie hat nur ein Interesse: den Karneval. Kriegst du so etwas hin?«

»Also, ich soll sie zum Essen einladen?«

»Ja, das wäre schön.«

Er sah mich lange und unverwandt an. »Du hast einen Scherz vor, oder?«

»Nein, es ist kein Scherz«, widersprach ich. »Es ist sogar bitterer Ernst.«

»Aha!«, murmelte er und hörte auf zu lächeln. »Wie alt sind sie denn?«

»So etwas über vierzig.«

»Du hast gesagt Haus und Hof. Sind sie Bauern?« Jetzt lächelte er wieder.

»Genau«, gab ich zurück.

»Und wann muss das stattfinden?«, fragte er.

»In den nächsten Tagen.«

»Und während sie mit mir essen, willst du sie ausrauben, oder irgendetwas in der Art.«

»Eher irgendetwas in der Art.«

»Du willst sie vom Hof haben, um irgendetwas auf dem Hof anzustellen?«

»Du bist von erschreckender Hellsichtigkeit.«

»Und die Frau ist karnevalssüchtig?«

»So ist es.«

»Dann überlege ich mal. Kannst du mir denn die Adresse geben?«

»Aber natürlich. Ich schreibe sie dir auf.«

»Und es ist vollkommen legal?«, fragte er mit schmalen Lippen.

»Oh ja. Es ist sogar im Interesse aller Bürger. Und später kann ich dir auch genau darlegen, warum.«

»Okay, ich geh mal wieder arbeiten. Ich rufe dich an.«

Ich bestellte mir einen weiteren Kakao und schrieb ihm die Adresse auf. Es ist immer wieder höchst erstaunlich, wie perfekt in der Eifel die Nachbarschaftshilfe funktioniert.

Ich fuhr heim, wollte mich zwei Stunden hinlegen, mich drückte das Alter.

Ich war noch nicht aus Daun heraus, als ich einen Anruf bekam.

»Nina hier«, sagte sie hell. »Also, ich habe in seinen Sachen nichts gefunden, außer ein Tagebuch. In dem stehen nur zwei Sätze, sonst gar nichts. Aber die könnten vielleicht weiterhelfen.«

»Ich komme«, sagte ich.

Ich fuhr also durch nach Heyroth, denn müde war ich nicht mehr. Emma und Nina hatten sich zwei Stühle herausgeholt und saßen in der Sonne.

»Wie ist das Baby drauf?«, fragte ich.

»Es boxt«, antwortete Nina.

»Du kannst dir einen Kaffee besorgen«, murmelte Emma. »Wie war es bei dem Unglücksraben Jobst Leuer?«

»Eine schöne Geschichte, ich erzähle sie gleich.«

»Du hast nicht viel Zeit, wir sind gleich beim alten Seeth angesagt«, sagte sie. »Im schönen Strohn, wo auch Berge geklaut werden.«

Ich holte mir einen Becher mit Kaffee und nahm einen Stuhl mit. »Und wie lauten die magischen Sätze?«

»Der erste Satz lautet: *Der alte Seeth weiß nicht, was auf ihn zukommt.* Der zweite Satz lautet *Luxemburg sagt: 2010 über POWER POINT.*«

»Was ist das, eine Telefonnummer?«

»Ist es nicht«, sagte Emma. »Wir haben keine Ahnung, was es sein kann.«

»Wahrscheinlich irgendetwas Finanzielles. Vielleicht nur eine Jahreszahl?«, sagte ich. »Haben wir irgendjemanden, der im Bankendorado Luxemburg arbeitet?«

»Ich werde Rodenstock fragen«, sagte Emma. »Bist du nicht müde?«

»Doch, eigentlich schon. Aber ich habe im Augenblick keine Zeit, müde zu sein. Wann ist Seeth?«

»Gleich um fünf. Rodenstock sagte, wir sollten vorsichtig mit ihm sein, er sei gesundheitlich schlecht dran.«

»*Luxemburg sagt 2010 über POWER POINT* scheint auf einen Menschen hinzudeuten, der in Luxemburg etwas sagt«, überlegte ich. »Vielleicht ist im Jahr 2010 etwas passiert? Was könnte das sein?«

»Wir kommen schon noch drauf«, murmelte Emma. »Lass uns fahren, du kannst später erzählen. Ist dieser junge Mann ein solcher Verlierer, wie er scheint?«

»Eigentlich ja«, sagte ich. »Aber er vögelt mit der Chefin.«

»Sieh mal einer an«, strahlte sie. »Was weiß er von der Halle?«

»Ich glaube nichts, er hat sie ja nie richtig gesehen, er stand nur immer davor und konnte es nicht fassen.«

»Warum haben sie ihn denn überhaupt angestellt?«

»Das war eine Dummheit«, nickte ich. »Aber dann wollte die Chefin ihn behalten, weil er im Stroh so flexibel war. Und vorher dachten sie wahrscheinlich, dass er ihrem Hof die nötige Ausstrahlung geben könnte. Ein Hof mit Angestelltem. Wir ziehen ab. Mach's gut, Nina.«

»Ihr auch«, sagte sie mit beiden Händen auf dem Bauch.

Im Wagen bemerkte Emma: »Entschuldigung, wenn ich eindöse.«

Ich antwortete gar nicht, und als ich hinter Dreis auf den Zubringer zur Autobahn fuhr, schlief sie schon.

Das Anwesen Seeth in Strohn war gewaltig mit zwei Walmdächern. Die Fenster waren mit dunkel gebeizten Brettern umlegt, in die ein bajuwarisches Muster geschnitten war. Es gab sogar gelbe Butzenscheiben, und die Garage war so groß, dass eine Kfz-Werkstatt sich gefreut hätte. Es gab keine Klingel, es gab einen massiven Klopfer aus Bronze.

»So demonstrierte man 1960 Geld«, sagte ich und klopfte.

Ich war gespannt auf die giftige Alte, die mich am Telefon immer angefaucht hatte. Ich weiß nicht, was ich erwartete, wahrscheinlich am ehesten eine dicke, alles niederwalzende Maschine mit Nudelholz.

Die alte Frau, die uns öffnete, war klein wie ein Zwerg, mager wie eine Bergziege, hatte aber eindeutig diese grummelnde, tiefe Stimme, die an einen Brunnen denken ließ. »So, da haben Sie sich ja durchgesetzt«, bemerkte sie bissig.

»Ja«, erwiderte ich. »Schönen Tag auch.«

Dann standen wir in einer Halle. Der Autor Gustav Freytag, der solche Bilder um 1870 beschrieb, hätte wahrscheinlich von einer »Halle für die Edlen des Stammes« gesprochen. In der Mitte hing ein Wagenrad von der Decke, darauf montiert etwa zwölf Schirme mit gelbem Funzellicht. An der Wand stand ein Schrank, mehr als zwei Meter hoch, vier Meter breit, jede Tür edel geschnitzt mit Motiven aus dem bäuerlichen Leben.

Auf einem Balken über den Türen das Vaterunser in Latein. Dunkle Eiche das Ganze.

»Herr Seeth ist hier!«, sagte die Bergziege huldvoll und öffnete eine Tür wie zur Besichtigung. »Wenn Sie eintreten wollen ...« Dann setzte sie sehr geziert hinzu: »Kaffee oder Tee?«

»Tee bitte«, sagte Emma.

Was wir sahen, war eindrucksvoll. Albert Seeth saß an einem mächtigen Schreibtisch unter dem Licht einer großen Stehlampe. Es wirkte, als habe er sich eine Insel geschaffen, auf der er nur zu erreichen war, wenn er selbst es wollte. Seine Stimme war tief.

»Kommen Sie herein«, sagte er leise.

Das, was als Erstes auffiel, war sein Haar. Es lag wie eine silberne Haube über seinem Kopf. Er war ein mächtiger Mann mit einem großen Kopf und einem eindrucksvollen Gesicht. Seine Augen waren merkwürdig hell und klar.

»Setzen wir uns an den Tisch«, sagte er. »Da haben wir es bequemer. Ich hoffe, ich kann Ihnen helfen.« Dann stand er auf und kam um seinen Schreibtisch herum, ging zu dem Tisch und setzte sich. Es wirkte so, als verweigere sein Körper ihm den Gehorsam. Er ging langsam und zittrig. Als er einen der Stühle erreichte, kam seine Hand rasch nach vorn, um sich festzuhalten.

»Es war wohl Ihr Mann, der mich anrief«, sagte er zu Emma.

»Ja«, nickte sie. »Er hilft uns bei einem Problem, das wir haben. Es gibt Leute, die trotz ihrer Erkenntnisse nicht reden.«

»Ja ja, zu denen gehöre ich auch. Manchmal zumindest. Um welches Problem geht es denn eigentlich?«

»Wir hörten Gerede«, sagte ich. »Zum Beispiel, dass irgendjemand versucht habe, Ihre Firma zu übernehmen. Wir wissen nicht, ob es stimmt, wir wissen nicht einmal sicher, ob es einen solchen Versuch gab.«

Er trug einen einfachen beigefarbenen Kaschmirpullover zu einem weißen Oberhemd, und die schwere goldene Armbanduhr wirkte wie ein Gewicht, das er kaum zu tragen vermochte.

»Oh ja, es gab einen solchen Versuch«, nickte er. »Bisher habe ich nicht darüber gesprochen. Aber nun will ich es tun, da die Gefahr abgewendet wurde. Es passierte gegen Ende des Jahres 2010, es passierte in Luxemburg. Ich hoffe, ich kann mich auf Ihre Diskretion verlassen?«

»Das können Sie sicher«, nickte Emma schnell

Die Haushälterin kam herein. Sie trug ein Tablett mit den Getränken, stellte Tassen vor uns hin. Ich bekam keine, ich hatte mich nicht rechtzeitig gemeldet. Aber immerhin ein Wasserglas, Trostpreis.

»Mach mir einen Pfefferminztee«, sagte er.

»Ja, Herr Seeth«, sagte sie voll Ehrfurcht.

Dann verschwand sie eilig, um Sekunden später zurückzukehren und ihm einen Beutel Tee in die Tasse zu legen, auf den sie dann heißes Wasser gab.

»Tja«, sagte er leicht erheitert. »Das war eine verrückte Geschichte. Manchmal glaube ich, dass der liebe Gott mich mag. Das wäre sonst sehr eng geworden, und ich hätte es noch nicht einmal begriffen. Also, es ging um einen jungen Geologen aus Mainz, der über viele Tage hinweg aufgeregt versuchte, mich zu sprechen. Und die Apollonia, die mich hier umsorgt, hat alles getan, um ein Treffen zu vermeiden. Sie beschützt mich, und manchmal beschützt sie mich zu meinem Schaden. So ist das nun einmal im Leben.« Er nahm seinen Teebeutel am Faden und bewegte ihn durch das heiße Wasser. Seine Hand zitterte sehr stark.

»Der junge Geologe hieß sicher Dr. Christian Schaad«, sagte Emma laut und deutlich.

»So ist es!«, nickte er. »Ein heller Kopf, das muss ich sagen, auch wenn er der Meinung war, ich wäre sein erbitterter Gegner. Er war der Ansicht, ich sei ein Bergdieb, weil ich Lava und Basalt abbaue. Natürlich konnte er nicht wissen, dass ich der Ansicht bin, dass man mit der Natur vorsichtig umgehen muss. Woher hätte er das auch wissen sollen?« Er schüttelte leicht den Kopf. »Leider ist er tödlich verunglückt, was ich sehr bedauere.«

»Vielleicht ist er das nicht«, sagte ich. »Es kann sein, dass jemand ihn vom Berg gestoßen hat. Aber wir wollten Sie nicht unterbrechen.«

Er sah mich mit großen Augen an. »Das ist mir neu«, sagte er. »Das kommt jetzt aber sehr überraschend. Sind das neue Erkenntnisse?«

»Es gibt durchaus Einzelheiten, die das vermuten lassen«, erklärte Emma. »Er war einigen Leuten stark im Weg, wenn man das einmal vorsichtig formulieren will. Aber wir haben noch keine gesicherten Erkenntnisse.«

Er sah sie an und nickte: »So ist das also. Wie auch immer, der junge Mann tauchte also im letzten Dezember hier auf. Apollonia war gerade aus dem Haus, ich bediente mein Telefon selbst, so kam das. Ich glaube, ich muss da ein wenig aus meiner Geschichte erzählen, sonst können Sie das nicht verstehen.« Er setzte sich zurecht, er konzentrierte sich, seine rechte Hand lag auf der Tischplatte und zitterte. Aber er war von großer Würde und von großer Klarheit. »Dieser Betrieb hier wurde von meinem Vater gegründet. Wir bauen also seit Ende des Krieges Lava und Basalt ab. Es war immer schon ein sehr solides Geschäft, weil sowohl Basalt als auch Lava in zunehmendem Maß gefragt sind. Beide Stoffe sind, wenn Sie so wollen, auch Teile des Hauses, das man baut. Wir sind den Leuten in der Eifel ein klarer Begriff, wir sind ein Teil dieser Landschaft, wir gehören dazu, und für viele von ihnen sind wir auch ein Leben lang der Ernährer. Seeth in der Eifel bedeutet für viele Menschen eine lebenslange Verbundenheit, es sind meine Leute.« Er beugte sich leicht vor, schloss die Augen, die Lippen zitterten, er suchte seinen Weg. »Von Zeit zu Zeit braucht ein solcher Betrieb frisches Kapital, weil die Lastwagenflotte umgerüstet werden muss, weil Gerätschaft im Abbau erneuert werden muss, weil neue Abbauflächen vorbereitet werden müssen und so weiter. Das ist ganz normal, das ist Teil des Geschäftes. Ich musste wieder einmal neue Trucks kaufen, etwa dreißig. Das ist nichts Besonderes in meinem Gewerbe. Zum einen kann man eine solche Flotte beim Hersteller der Trucks selbst finanzieren, zum anderen durch hiesige Banken oder auch durch freie Kapitalgeber am Markt. Also, mit einfachen Worten: Jeder, der so etwas finanziert, will selbstverständlich daran verdienen. Ich ging einen sehr herkömmlichen Weg, weil ich dabei immer gut gefahren bin. Ich sagte meiner Sparkasse, sie sollten sich umhören. Und die taten das auch und stießen in Luxemburg auf eine neue Firma, die ihre Dienste genau für dieses Segment der industriellen Finanzierung anbot. Die Finanzierung und die Konditionen waren durchaus günstig, ließen eigentlich nichts zu wünschen übrig, und wir entschieden uns für diesen Weg. Und genau in dieser Phase der Vertragsentscheidung erschien dieser junge Geologe aus Mainz, der hier auftauchte und behauptete, Glatt wolle uns schlucken, das sei der Hintergrund!« Er räusperte sich, die Geschichte nahm ihn noch immer mit. »Ich muss Ihnen ehrlich sagen: Das wollte ich nicht so richtig glauben. Was sollte ausgerechnet Glatt mit meiner Firma anfangen? Der Geologe sagte: ›Herr Seeth! Sie sind viel zu naiv!‹ Das war starker Tobak, wie wir früher sagten, das wollte ich nicht glauben. Auf der anderen Seite hatte ich über Glatt gehört, dass er seinen Gemischtwarenladen durchaus mit neuen Firmen in neuen Branchen aufmöbeln will. Es kommt ihm offenbar zunächst weniger auf Fachwissen an, als vielmehr auf die Chance, irgendwo abzuräumen und einzusacken. Aber der Geologe ging ja weiter, der Geologe sagte: ›Herr Seeth, Glatt hat diese Firma in Luxemburg eigens so aufgestellt, dass Sie in die Falle gehen. Er wird den Zehn-Millionen-Deal mit Lastern dazu verwenden, sich bei Ihnen einzukaufen, das ist der einzige Zweck dieser Firma. Er wird Druck machen und notfalls Verträge kündigen.‹ Ich muss Ihnen gestehen, dass mir der Kragen platzte, ich wollte den jungen Mann rauswerfen, ich dachte: Der leidet massiv unter Verfolgungswahn! Aber dann legte der Mann mir eine kurze Notiz auf den Tisch, auf der Folgendes stand: *Glatt gründet durch seinen Vize Friedhelm Werendonk die Gesellschaft POWER POINT im August 2010 und lässt sie bei der Bank of Scotland eintragen. Im Oktober des Jahres lässt er sie in Luxemburg zu. Er bietet Industriefinanzierung zu besonders guten Konditionen an.*« Er legte wieder eine Pause ein, es war zu spüren, dass es ihn anstrengte. »Dann dachte ich, dass es nicht zu viel verlangt sei, die Anschuldigungen des jungen Mannes zu prüfen. Wir setzten also einen sehr erfahrenen Anwalt ein, mit dem wir schon oft gearbeitet haben. Dieser Mann sitzt in Luxemburg, er hat die Szene gut im Blick, er hat Verbindungen. Also: Dieser Mann findet heraus: Wir waren der erste und einzige Kunde der POWER POINT. Es war buchstäblich eine Rettung in letzter Sekunde. Interessant war auch der Hintergrund: Werendonk arbeitete in dieser Sache für Glatt. Es gab aber noch einen weiteren Teilhaber bei der Einrichtung dieser Firma. Der Mann hieß Norbert Bleckmann und stammt wohl aus Köln. Ich wurde nachdenklich: Warum sollte jemand nicht versuchen, mich aus dem Geschäft zu drängen? Gerade hatte das Bergamt in Mainz die Flächen, auf denen in Zukunft abgebaut werden kann, von vierhundert auf zweitausend Hektar ausgeweitet. Das roch nach einem ganz sicheren, ertragreichen Geschäft in den nächsten zwanzig, dreißig, fünfzig Jahren, das musste eigentlich jedem, der auf der Suche nach Geschäftsfeldern war, sofort einleuchten. Und da war es verdammt gut und hilfreich, den alten Seeth erst einmal zu schlucken, also sein Geschäft zu übernehmen und damit die gesamte Logistik, die das Geschäftsleben einfacher macht.« Er lehnte sich zurück und breitete die Arme ein wenig aus. »Wissen Sie, was das Komische an der ganzen Sache war? Der Geologe hatte nicht die geringste Ahnung von Wirtschaft und Finanzen.« Er lachte kehlig, es machte ihm Spaß, er hatte aufrichtig Freude daran. »Ich habe ihn natürlich gefragt, wie er denn das herausgefunden hat. Er gab mir keine Antwort, er erklärte, das sei ganz langsam wie ein Kaleidoskop zusammengesetzt worden. Hier ein Stückchen und da ein Stückchen! Das war alles, was er dazu sagen wollte.«

»Warum war denn vor ein paar Tagen der Friedhelm Werendonk bei Ihnen?«, fragte ich. »Das weiß ich zufällig von Ihrer Apollonia.«

Er sah mich an und nickte langsam. »Der Werendonk wollte mich nicht sprechen. Den hätte ich mir nicht freiwillig angetan. Den habe ich hierhin zitiert. Ich wollte die Sache beenden. Ich habe ihm gesagt, er solle mich ein für allemal in Ruhe lassen, er solle seinem Chef sagen, dass das ein richtig mieses Stück sei. Das war alles, mehr wollte ich nicht. Da habe ich nur Verachtung, das ist eine seelenlose Jagd auf Geld. Sie werden ganz sicher irgendwann daran ersticken.« Die letzten Worte röhrte er hohl, das Thema nahm ihn mit.

Emma mischte sich ein, sie sagte: »Herr Werendonk hat uns versichert, dass er bei Ihnen war, um Basalt und Lava zu kaufen für das Betriebsgelände Glatt in Daun.«

»Das ist doch lächerlich«, murmelte er. »Kein Wort davon.«

»Ihre Enkel stehen sicher schon bereit«, sagte ich begütigend, weil seine Wangenknochen erheblich arbeiteten, und weil er plötzlich sehr blass war.

Er sah mich an, kehrte auf die Erde zurück und nickte: »Ja, sie werden in diesem Jahr einsteigen, und sie werden ihre Sache gut machen.«

Damit hatten wir zunächst alles erfahren, was wir erfahren wollten. Wir standen auf, bedankten uns und gingen hinaus.

Im Wagen meldete sich mein Telefon, und ich schaltete auf Lautsprecher.

»Ich habe etwas für euch«, meldete sich P-2. »Wisst ihr, wer dem Bauern Jaax die schöne, klimatisierte Halle verkaufte? Wisst ihr nicht, wetten? Es war der Kölner Kaufmann Norbert Bleckmann. Jetzt braucht ihr nicht mehr herumzurätseln, weshalb der auf die Wiese fuhr. Der wollte einfach sein ehemaliges Eigentum anschauen.«

Emma hauchte: »Jetzt wird es wirklich lebensgefährlich. Erinnerst du dich daran, dass ein Kölner Staatsanwalt gesagt hat, Bleckmann sei immer ein Kaufmannsschwein gewesen?«

»Sie haben den Schmuggel geplant«, sagte ich. »Die Herren haben dem Bauern die Halle verkauft und den Schmuggelbetrieb aufgenommen. Und manchmal haben sie nachts die Halle besucht, und manchmal haben sie sie nachts beobachtet. Es war ihr Kind. Ja, du hast recht: Jetzt wird es lebensgefährlich.«

18. Kapitel

Ich setzte Emma in Heyroth ab und fuhr heim, ich war todmüde und wollte nur noch schlafen. Ich versorgte die Katzen, nahm mir endlich die Abdeckung der Wunde auf dem Kopf ab und fand mich heldenhaft. In Zukunft würde ich eine erstklassige, rötliche Linie auf dem Schädel mit mir herumtragen. Das, was mir noch blieb, waren die Fäden. Ich versuchte es mit einer Pinzette, scheiterte aber. Ich war zu vorsichtig und zu zittrig. Ich musste also zu meiner Ärztin Dorothea Harbusch gehen, um diese Zierde entfernen zu lassen. Natürlich überlegte ich, ob ich an dieser Stelle auf dem Schädel haarlos bleiben würde, aber das schien mir kein großes Problem, das musste ich in Kauf nehmen. Mein Schädel war ohnehin nur noch mit gelegentlichem Buschwerk bedeckt. Da spielte eine einzelne Heldengedenknarbe keine große Rolle mehr.

Ich hatte ein Fax; Hans Hilberg von der Kaffeerösterei zu Daun hatte sich gemeldet. Er schrieb: *Der Termin ist morgen Abend, das Essen läuft auf der Burg in Daun, die Zusammenkunft wird zwanglos etwa zwei bis drei Stunden dauern. (Und Du bezahlst die Rechnung!) Beginn ist 20 Uhr. Die Heimfahrt nach Hillesheim ist lang genug, das Anwesen wieder rechtzeitig zu räumen. Alles andere kannst du dann in der Zeitung lesen.*

Zeitung? Was hatte er vor, wieso Zeitung?

Ich rief P-2 über das Festnetz in seinem Hotel an. Als ich ihn an der Strippe hatte, sagte ich: »Du hast morgen Abend eine sturmfreie Bude für etwa zwei bis drei Stunden. Aber für die Absicherung musst du selbst sorgen, das schaffe ich nicht. Und seid um Gottes willen vorsichtig.«

»Das ist toll«, sagte er. »Bei der Gelegenheit eine Quizfrage: Was schätzt du, wie viel Norbert Bleckmann am Verkauf der Halle an die Familie Jaax verdient hat?«

»Woher soll ich das wissen?«

»Fast vierzigtausend«, sagte er, es klang andächtig. »Das ist so ein Punkt, der mir mal wieder beweist, dass ich in der falschen Branche arbeite. Was machst du jetzt?«

»Ich gehe schlafen«, sagte ich. »Mein Kreislauf macht mir zu schaffen, ich werde alt.«

Ich musste schlafen, ich musste vermeiden, darüber nachzudenken, welch eine kriminelle Vereinigung da aufgebaut worden war. Wer hatte was getan, wer hatte was zu verantworten? Das Karussell in meinem Kopf begann sich schon zu drehen, und ich fürchtete diesen Zustand.

In der Küche entdeckte ich einen Beuteltee, der mir richtig erschien. Er enthielt Baldrianwurzel, Melissenblätter, Hopfenzapfen, Rosmarinblätter, Anis, Ringelblumenblüten, Pomeranzenblüten. Das klang so gewaltig, dass ich vermutlich ohnmächtig werden würde. Das Gebräu war geschmacklich nicht gerade vom Feinsten, machte mich aber tatsächlich ein wenig ruhiger, ich erreichte mein Schlafzimmer nicht mehr, ich schlief auf meinem Sofa ein.

Ich wurde gegen acht Uhr am Morgen wach, weil Schneewittchen mir ihre Krallen ganz vorsichtig über meine linke Hand zog. Ich protestierte ein wenig, fühlte mich aber gut und ausgeschlafen. Satchmo hockte an der Tür zur Terrasse und hatte die leblose Ratte im Maul, die ich längst vergessen hatte. Ich schimpfte ein wenig und teilte ihnen ihr Industriefutter zu, was sie trotz der Beutetiere immer verlangten. Dann verzog ich mich in mein Badezimmer, um mich tagfein zu machen.

Sie hatten also eine eigene Organisation aufgebaut, sie hatten sich darauf spezialisiert zu schmuggeln, sie waren übermütig geworden, sie hatten ihre Grenzen nicht mehr gesehen. Kriminalisten hatten mir oft erklärt, dass diese Leute sich verhielten, wie die meisten ihrer Branche: Strikt und nach Sachlage Steuern bezahlen! Streng auf Solidität achten! Und dann, wenn sie in der Lage waren, schwarzes Geld zu aktivieren, wagten sie den Schritt zu den Gesetzesbrechern. Friedhelm Werendonk, erster Mann nach dem Industriellen Glatt, hatte Emma und mir versichert: »Wir achten moralisch und ethisch auf strengste Maßstäbe!« Das hatte eindeutig so geklungen, als glaube er selbst daran.

Würde P-2 jemals beweisen können, dass der Industrielle Glatt selbst in der Halle gewesen ist? Würde Friedhelm Werendonk behaupten, dass Glatt von alledem nichts gewusst hatte? Würde also die oft zitierte Nibelungentreue in diesem Fall eine Hauptrolle spielen?

Dann die wichtigste Frage: Wer hatte den Geologen Dr. Christian Schaad im Lavaabbau in Walsdorf die Steilwand hinuntergestoßen? Ich zweifelte nicht eine Sekunde daran, dass jemand dies getan hatte, aber würde es jemals zu beweisen sein?

Ich machte mir einen Kaffee, aß eine Kleinigkeit auf der Terrasse in der Sonne, hörte die Nachrichten aus Japan und Libyen und wurde schon träge, weil die Sonne mir so gut gefiel und das Nichtstun richtig genüsslich war.

Dann rief Emma an und sagte: »Wir haben gegen Abend einen Termin mit Elvis, dem Stier. Ich darf dir sagen, dass er auch einen bürgerlichen Namen hat. Er heißt Werner Schach, wie das Spiel, und er klang nicht so, als sei er ängstlich. Wahrscheinlich ist das für ihn eine Unterhaltungseinlage – und die gemischte Unterhaltungstruppe kommt aus der Eifel.«

»Ich will trotzdem wissen, ob er mich verprügeln ließ. Und ich will auch wissen, wie es dem Wasserbett geht, also dem schönen polnischen Mädchen.«

»Er hat mir versprochen, dass sie da sein wird«, murmelte Emma. »Wir können also auch das Durcheinander um Norbert Bleckmann klären. Und es muss dir klar sein, dass wir von der Halle bei der Familie Jaax nichts wissen dürfen. Wir würden die Untersuchungen des Zolls massiv gefährden. Das kann ein Eiertanz werden.«

»Ich frage mich, wie diese Leute überhaupt auf die Drogen kamen«, überlegte ich laut. »Drogendealer sind doch etwas ganz anderes als Schmuggler. Allerdings hat P-2 behauptet, das sei heutzutage nicht mehr so. Wegen der hohen Verdienste, sagte er. Aber die Gruppe musste auch beliefert werden. Wer hat das gefingert?«

»Drogen finde ich ekelhaft«, stellte sie fest. »P-2 hat eben angerufen. Er hat eine Heidenangst, dass die Schmuggler durch irgendetwas gewarnt werden. Und er bittet uns, still zu sein. Rodenstock rief an, ich habe ihm von unserem Gespräch bei Seeth erzählt. Er sagt, wir haben jetzt eigentlich nur noch ein ausführliches Gespräch mit Glatt zu führen und den weißen Allradwagen zu finden, der zu dem Treffen mit Christian Schaad in den Tagebau bei Walsdorf kam. Und er sagt, du solltest nicht tapfer sein. Ich soll dir ausrichten, ein blaues Auge und ein Schmiss auf dem Kopf seien genug. Ich bin so glücklich, Baumeister, er wird gesund zurückkommen!«

»Du hast es verdient, Emma, und ich freue mich auch. Wann fahren wir?«

»Komm mich um sechs abholen«, sagte sie.

Ich begann zu telefonieren, wir brauchten den Industriellen Glatt. Ich erinnerte mich daran, ihn einmal gesehen zu haben. Er wirkte wie der Mann von nebenan, wie ein Normalbürger.

»Vorzimmer Glatt. Was kann ich für Sie tun?«, fragte eine Frau.

»Ich möchte einen Termin haben«, sagte ich.

»Bei wem, bitte?«

»Bei Herrn Glatt, bitte. Und, wenn es möglich ist, in den nächsten Tagen.«

»Um was soll es denn gehen?«

»Um eine Firma in Luxemburg. Sie heißt POWER POINT.«

»Heißt so Ihre Firma?«

»Nein, es ist Ihre Firma.«

»Bitte, warten Sie einen Moment, ich frage nach.« Eine Weile herrschte Schweigen, dann war sie wieder da. »Also, uns ist keine Firma mit diesem Namen bekannt, wir haben keine mit diesem Namen. Es muss sich um eine Verwechslung oder einen Irrtum handeln. Und Sie möchten doch bitte Herrn Friedhelm Werendonk, unseren Geschäftsführer in unserem Hause anrufen, der könnte vielleicht weiterhelfen, falls überhaupt.«

»Ich bedanke mich«, sagte ich.

Was hatte ich denn auch erwartet? Und was würde Werendonk antworten? Er würde niemals zugeben, dass er diese Firma eingerichtet hatte, um den alten Seeth aus dem Rennen zu werfen. Er würde bestenfalls die Firma POWER POINT in Luxemburg bestätigen, aber todsicher mit dem Hinweis, dass es eine völlig normale Firma sei, die Investitionskapital anbiete. »Albert Seeth?«, würde er empört fragen. »Albert Seeth? Wozu sollen wir denn Seeth aus dem Rennen werfen? Er ist doch genauso wie wir ein ehrbarer Kaufmann!«

Dann fiel mir ein, dass ich jemanden kannte, der im Bankengewerbe in Luxemburg tätig war. Er hieß Grothus, Norman Grothus. Im Verzeichnis hatte ich seine Handynummer. Ich versuchte es und hatte sofort Glück.

»Grothus hier«, meldete er sich.

»Baumeister aus der finsteren Eifel«, sagte ich. »Siggi Baumeister. Erinnerst du dich?«

Nur ein kurzes Zögern, dann rief er: »Ich erinnere mich! Wie komme ich an die Ehre?« Er lachte.

»Ich will etwas wissen. Habt ihr in Luxemburg ein Verzeichnis der Firmen, die Investment-Kapital anbieten?«

»Haben wir, natürlich. Wen suchst du?«

»Eine Firma namens POWER POINT.«

»Warte mal, da gucke ich direkt nach. Moment. ... Ja, hier. Aber die gibt es nicht mehr, die ist vor rund sechs Wochen aus dem Markt genommen worden. Sie möge ruhen in Frieden. Wie geht es dir denn, altes Haus?«

»Moment, mein Freund«, säuselte ich behutsam. »Ich möchte Weiteres wissen. Angenommen, ich bin mit einer solchen Firma im Markt und möchte über sie illegale Gewinne in den Markt bringen. Hindert mich jemand daran?«

»Du redest von Geldwäsche, mein Freund.« Das klang plötzlich misstrauisch, so als habe ich ihn bedroht.

»Ja, und? Man wird doch fragen dürfen. Oder nicht?«

»Fragen darfst du«, lachte er. »Tatsächlich ist das auf der ganzen Welt so Brauch. Du bietest vollkommen legal dein Kapital an, um irgendwo in Geschäfte einzusteigen. Und wenn das Kapital faul ist, also aus dunklen und schwarzen Quellen stammt, dann ist dir etwas Gutes gelungen: Du hast dein Kapital gewaschen, du hast es ehrlich gemacht. Falls dir nicht jemand draufkommt. Warum fragst du?«

»Ich habe hier den Fall, dass jemand mit äußerst schrägen und ungesetzlichen Methoden viel Geld verdient. Ich frage mich also: Wohin kann er mit diesen Verdiensten gehen? Er kann die Verdienste anderen anbieten, um ein Geschäft zu machen. Ist die Gefahr groß, dabei entdeckt zu werden?«

»Ehrlich gestanden ist die Gefahr nicht sehr groß. Es sei denn, jemand ist gewarnt und wartet darauf, dass du illegal erworbenes Kapital in den Markt einspeisen willst. Ein Staatsanwalt zum Beispiel könnte darauf warten, weil er weiß, dass du ein Sauhund bist. Aber nun sag mir doch endlich mal, wie es dir geht.«

»Eine Frage noch, die mir wichtig ist. Hinter dieser POWER POINT steckten zwei Deutsche. Werendonk und Bleckmann. Kann man feststellen, ob die noch andere Firmen in diesem Markt der Kapitalanbieter haben?«

»Ja, kann man. Es gibt so ein Verzeichnis, das Personen ausweist. Warte, ich guck mal.« Es dauerte eine Weile. »Da haben wir zwei Gesellschaften in Irland, einfache Investmentfirmen. Die eine heißt *McSullivan Ltd.* Die andere sogar *Dracula*. Junge, du kennst vielleicht böse Leute. Und wie geht es dir nun wirklich, Frau und Kinder wohlauf?«

»Wunderbar!«, log ich. »Alles im grünen Bereich. Und bei dir?«

»Frau und Kinder gut im Rennen. Zu viel Arbeit, aber was will man mehr, und ansonsten auch keine Klagen ...«

Es ging so weiter nach einem weit verbreiteten Drehbuch, und schlussendlich fand ich eine Möglichkeit ihm Danke zu sagen und das Gespräch abzubrechen.

Die POWER POINT, eigens eingerichtet, um Albert Seeth um Firma und Ansehen zu bringen, gab es also nicht mehr. Dafür zwei neue. Und diese Möglichkeit nahm mir den Atem: Es konnte gut sein, dass sie mit den Erlösen aus dem Schmuggel Kapital anboten, um ehrlich und solide ihre Kundschaft zu bedienen. Es konnte sogar sein, dass sie den Angriff auf Albert Seeth mit ungesetzlich erworbenen Mitteln gefahren hatten, mit Drogengeld.

Wer hatte Christian Schaad von diesem Manöver erzählt, wer hatte ihm diesen Angriff auf Seeth mitgeteilt und erklärt?

Wer von allen Beteiligten mochte ein weißes Allradfahrzeug fahren?

Wie konnten wir es schaffen, mit den Beteiligten zu sprechen und unser Wissen über das Schmuggellager dabei zu verheimlichen?

Ich brauchte frische Luft, ich setzte mich in meinen Wagen, ließ das Glasdach zurückfahren und rollte los. Ich fuhr an Heyroth vorbei auf den Ahbach zu und parkte, wo der Wasserlauf aus Oberehe auf den nach Niederehe traf. Es war ein wunderschönes Stück Eifel, es machte ruhig, und es war immer ein Geschenk.

Wen konnte der Geologe ausgerechnet im Tagebau Walsdorf getroffen haben? Warum ausgerechnet diese Stelle, die eigentlich öde war, braun und leblos? Hatte Schaad diesen Treffpunkt vorgeschlagen, oder der, den er traf? Warum hätte es ein Gasthaus nicht auch getan? Oder ein Café. Warum dieses gewaltige, trostlose Loch in der Erde in Walsdorf?

Ich stopfte mir eine Zebrano von Stanwell und stellte fest, dass es nahezu unmöglich sein würde, das Schmuggellager in Hillesheim einfach nicht zu erwähnen. Sie hatten es eingerichtet, sie hatten sich dort getroffen, sie hatten damit wahrscheinlich sehr viel Geld verdient. Und es war ein Ausdruck ihrer Auffassung von erfolgreichem Leben. Wie sollten wir das außer Acht lassen?

Ich rief P-2 an.

»Gut, dass du dich meldest«, sagte er heiter. »Wir besprechen hier gerade den heutigen Abend. Weißt du zufällig, welchen Schlosstyp sie in der Haustür und der Halle haben?«

»Woher soll ich das wissen? Herkömmliche Sicherheitsschlösser nehme ich an. Aber du hast doch sicher Spezialisten, oder? Ich rufe jedenfalls an, weil ich eine Bitte habe. Ich habe dir erzählt, dass der tote Geologe in dem Lavaabbau in Walsdorf jemanden traf, der ein weißes, hohes Allradfahrzeug fuhr. Besteht die Möglichkeit, festzustellen, ob jemand im

Bereich des Industriellen Glatt so ein Fahrzeug besitzt? Das Kennzeichen lautet BM für Bergheim, den Rest kennen wir nicht. Ich habe mir die Sache noch einmal durch den Kopf gehen lassen: Mit hoher Wahrscheinlichkeit ist der Geologe deshalb hinuntergestürzt worden, weil er herausgefunden hatte, dass ein massiver wirtschaftlicher Angriff auf den alten Seeth geführt werden sollte. Hier hätten wir das Mordmotiv. Ich brauche also den Besitzer eines solchen Fahrzeugs. Habt ihr die Möglichkeit, so etwas herauszufinden?«

»Das haben wir, ja, auch wenn es schwierig ist«, antwortete er. »Und das BM ist sicher?«

»Das hoffe ich«, sagte ich. »Ein weißes Fahrzeug. Wie lange kann so etwas dauern?«

»Keine Ahnung«, antwortete er. »Wenn wir etwas finden, rufe ich dich sofort an. Und was treibst du?«

»Nichts. Ich stehe hier an einem Bach und schaue zu, wie das Wasser vorbeifließt. Noch zwei Nachrichten, über die du dich freuen wirst. Hast du was zu schreiben? Hier kommen zwei Firmen, aufgestellt in Irland, um Geld zu waschen.« Ich erklärte ihm den Hintergrund und diktierte ihm die Namen. »Wir sind gegen Abend in Köln bei Elvis, dem Stier. Ich werde berichten, was das Treffen ergeben hat. Habt ihr eine Ahnung, wer der Pate der Halle ist? Und wer auf das Rauschgift gekommen ist?«

»Es geht nur langsam voran. Aber eines kann ich sagen: Wir haben die Ehefrau eines gewissen Kölner Kaufmanns ganz vorsichtig ins Gebet genommen. Die erste Aussage war: ›Ich habe ihn immer gewarnt, ich habe ihm immer gesagt: Geh nicht zu weit! Ich habe immer gesagt: Du kriegst, verdammt noch mal, den Hals nie voll!‹« Er schwieg eine Weile. »Dann ist da noch etwas. Wir haben die Kripo eingeschaltet. Für den nationalen Teil. Den internationalen Teil erledigen wir.«

»Okay. Das ist doch schon mal etwas. Bis später.«

Ich rauchte die Zebrano, das machte mich ein wenig gelassener, und ich schaute den kleinen Rauchwölkchen nach, wie sie sich vor mir auflösten. Ein Fischchen sprang, ein winziger, silbriger Strich, der in der Sonne aufblitzte. Dann flog ein Graureiher sehr niedrig über mich hinweg in das Tal hinein, aus dem der Bach kam. Er wusste wahrscheinlich genau, wo er die Forelle finden würde, auf die er jetzt Hunger hatte. In diesem Tal hatten Wanderer vor Jahren Schwarzstörche beobachtet, eine echte Rarität. Ich wusste nicht, ob es sie noch gab, aber schon die Geschichte war tröstlich. Es tat gut, zu spüren, dass ein langer Atem über diesem Bach, diesen Wiesen und tiefen Wäldern wehte, und dass die Hektik der Menschen dagegen sehr hilflos und beinahe grotesk wirkte.

Ich fuhr weiter, ich hatte kein Ziel, ich wusste nur, dass es mir gut tat durch die Sonne zu rollen und träge die Menschen wahrzunehmen, die mir begegneten.

Irgendwann, präzise zwischen Pelm und Gerolstein, beschloss ich dann, mir das Haus anzusehen, in dem der Industrielle Glatt lebte.

Zurück nach Pelm, dann rechts ab auf Hinterweiler und Kirchweiler zu, weiter nach Daun. Was tat ich hier? Baumeister auf Besichtigungsfahrt war eindeutig eine komische Nummer.

Das Haus lag an einem weit geschwungenen Hang mit Blick nach Süden. Es lag isoliert, weil reiche Leute immer isoliert wohnen. Der Sicherheitsabstand zu den benachbarten Gebäuden fiel auf und war gewiss gewollt. Wir hier sind wer, und wir halten genug Abstand zu euch. Deshalb haben wir auch vier Grundstücke gekauft und nicht nur eins. Es gab alles, was man erwartete. Einen glasverkleideten Rundbau nach Süden hin, eine riesig wirkende Garage, sogar ein kleines Häuschen, in dem ein Hausmeister wohnen mochte oder irgendein anderer guter Geist. Der Garten davor und dahinter schien sehr groß zu sein. Irgendjemand hatte einmal formuliert: »Es sind satte tausend Quadratmeter für ein übergroßes Ego, das eigentlich zweitausend braucht!« Ich zählte sechs Kameras an einem drei Meter hohen Zaun, und wahrscheinlich war die gesamte Rückseite ebenso bestückt.

Aber mich interessierte es nicht wirklich, ich fand es fade, also zog ich weiter mit dem Ziel Friedhelm Werendonk. Wie wohnte ein klassischer zweiter Mann?

Richtung Üdersdorf, ein beinahe ähnlich liegender Hang, eine Geländenase mit sechs Häusern, jedes davon in einem großen Garten, jedes davon atmete satte Gelassenheit. Werendonk war das zweite auf der linken Seite und zeigte eine Architektur, die vor zwanzig Jahren einmal Mode gewesen war. Der Haupttrakt des Gebäudes wurde flankiert von zwei Rundtürmchen, und ich konnte mich an Zeiten erinnern, in denen ich einigermaßen fassungslos gefragt hatte, was zum Teufel zwei Türmchen sollten, und was sie verbargen. Die Antwort, und auch daran erinnerte ich mich, hatte gelautet: Treppen, die Treppen! Und es hatte Leute gegeben, die es als durchaus elitär betrachteten, wenn jemand das Geld hatte, zwei Treppen in zwei Türmchen zu setzen. Die Wehrtürme des Spießers Werendonk.

Ich erinnerte mich, dass jemand erzählt hatte, Werendonk sei ein geradezu wüster Arbeiter, der nur selten nach Hause komme, stattdessen schon mal im Betrieb auf einer heimlich eingeschmuggelten Liege in einem Verschlag hinter seinem Schreibtisch ruhe, und zuweilen den Betrieb durch anhaltendes Schnarchen beunruhige. Wie auch immer, gegen erfolgreiches Arbeiten war nichts einzuwenden, die Eifel brauchte diese Menschen.

Eine Frau kam aus der Tür, sie trug eine Basttasche über der Schulter, war gekleidet in blaue Jeans und einen leichten, rosafarbenen Pullover über einer weißen Bluse. Sie war um die Vierzig. Die Doppelgarage schwang auf, sie setzte sich in einen weißen BMW X3, der das Kennzeichen BN-EH 45361 hatte, ließ das geschmiedete Tor auffahren und zischte an mir vorbei, während das Tor sich wieder schloss.

Natürlich, der alte Bauer in Walsdorf hatte sich getäuscht. Die Nummer war nicht BM, sie war BN!

Ich rief sofort P-2 an.

Er wirkte unwillig, er sagte hastig: »Wir sind immer noch in der Planung.«

»Hör zu, kann sein, dass ich das weiße Auto schon habe. Könntet ihr das mal checken? Die Nummer ist BN nicht BM, also Bonn, nicht Bergheim, und das Fahrzeug ist ein weißer BMW X3. Ich gebe dir die Nummer.« Ich diktierte sie ihm. »Ich muss wissen, auf wen das Fahrzeug zugelassen ist. Und zwar schnell.«

»Ja, ja«, sagte er muffig.

Ich wendete und wollte dem BMW folgen, bis ich plötzlich darauf verfiel, die Jagd besser nicht zu übertreiben. Wahrscheinlich fuhr die Frau nach Daun zum Einkaufen. Was sollte groß passieren? Wahrscheinlich war sie doch Werendonks Ehefrau, die selten etwas von ihrem Mann hatte, weil der sich in einem firmeneigenen Verschlag auszuruhen pflegte.

Warum war Werendonk so unglaublich leichtsinnig gewesen, mit dem Auto seiner Frau in den Lavaabbau zu fahren? Nun, zumindest diese Antwort war einfach: Als er auf den Geologen traf, glaubte er zu Recht, dass niemand die ganze Geschichte kannte. Es gab bei dem Geologen nur den Verdacht, dass die Firma Seeth angegriffen werden sollte. Und es war keine Rede von einer vollklimatisierten Halle auf einem

Eifeler Bauernhof. Und schon gar nicht wusste jemand außer den Beteiligten, dass Drogen im Spiel waren. Und er glaubte, dass niemand auf die Idee kommen könnte, ihn unter Verdacht zu stellen. Es gab überhaupt keinen Verdacht.

War Bleckmann auf die Idee mit den Drogen gekommen?

Ich rief Nina an.

»Der Baumeister hier in der Hoffnung, dass es dir und deinem Kind gut geht. Ich habe eine Frage, die nur du beantworten kannst, denn du bist der einzige Mensch, der es wissen könnte. Einverstanden, oder passt es gerade nicht?«

»Nein, nein, es passt schon«, sagte sie. »Ich bin in der Wohnung in Mainz und weiß eigentlich nicht, was ich hier soll. Wir haben hier gelebt, verstehst du? Und er ist nicht mehr da. Und ich finde es beschissen, immer nur ein halbes Leben zu haben.« Sie wurde hastig und wütend. »Ich krame in seinen Sachen herum und weiß, dass es zu nichts führt. Ich hocke hier und denke manchmal, man müsste den ganzen Krempel einfach in die Tonne hauen. Ich kann auch nicht mehr in diesem Bett schlafen. Ich bin so wütend, weil das Leben so unfair ist, verstehst du? Und das habe ich nicht verdient, und ich habe eine Heidenangst, hier schlafen zu gehen ...«

»Du nimmst Abschied, Nina, das tut ganz einfach scheußlich weh.«

»Ja, ja, das weiß ich schon. Ich habe eben eine geschlagene Stunde lang mit seinem Kaffeepott in den Händen am Tisch gesessen und geheult. Und dann habe ich den Pott an die Wand gefeuert, und er ging nicht mal kaputt. Ich weiß gar nicht, was ich hier tue, was ich hier soll.«

»Ich mache dir einen Vorschlag«, sagte ich. »Pack in Ruhe ein paar Klamotten in einen Koffer, setz dich in dein Auto und komm her. Du ziehst für eine Weile auf meinen Dachboden ...«

»Und dann heule ich die ganze Zeit.«

»Ja, natürlich. Das ist doch vollkommen in Ordnung. Das ist so, wenn wir einen Menschen verlieren, wir sind hilflos.«

»Aber ich kann doch jetzt nicht schon wieder in die Eifel fahren, das hat doch gar keinen Sinn und ...«

»Das hat sehr wohl Sinn«, widersprach ich. »Hier hast du Emma, hier hast du mich, und wir gehen dir nicht auf die Nerven, und du kannst dein Kind im Bauch festhalten und dich drauf freuen. Ich sage mal, ich lege dir den Hausschlüssel unter die Matte an der Terrassentür, und du kannst rein. Und wenn dir die Decke auf den Kopf fällt, kannst du auch zu meinen Nachbarn gehen, zu Rudi und Maria Latten, und sie wissen schon, was sie tun können. Oder zum Pferdehof von Ernst und Uschi Müller gleich nebenan. Also, tu was für dich, junge Frau. Aber ich habe eine Frage, kannst du mal zuhören?«

»Natürlich.«

»Dein Mann hatte ja wohl von Wirtschaft und Ökonomie überhaupt keine Ahnung. Der alte Seeth hat sich sehr darüber gefreut und gewundert. Aber dein Mann hat etwas herausgefunden, was sehr wichtig wurde: Der Angriff auf Seeth und die Übernahme seiner Firma. Nun frage ich mich natürlich, wie ist er darauf gekommen? Wer könnte denn deinem Christian diesen Plan erzählt haben? Es muss jemanden geben, der ihm das berichtet hat. Und ich weiß nicht, wer. Das ist die Frage.«

»Also, es stimmt, dass er mit Geld nicht viel am Hut hatte. Er verdiente ganz gut, und er sagte immer: ›Das reicht mir!‹ Er hat auch gesagt: ›Das reicht für uns.‹ Das war so ganz anders als bei meinen Eltern. Er war immer bescheiden, manchmal so bescheiden, dass ich es nicht verstehen konnte. Du hast recht, er hatte nichts von einem Kaufmann, und es regte ihn schon auf, dass ich einen Porsche fuhr, den mir mein Vater geschenkt hat, weil er mir einfach einen Gefallen tun wollte. Dann war da die Sache mit Acapulco. Meine Eltern waren da im Urlaub, und sie riefen an und fragten, ob wir nicht Lust hätten, sie für ein paar Tage zu besuchen. Die Tickets lägen in Frankfurt bereit, wir brauchten nur noch unsere Taschen zu packen. Mein lieber Scholli, da war Christian sauer. Was das denn sollte? Und wie wir denn darauf kämen? Und: Man fliegt für ein paar Tage nicht einfach um die halbe Welt und gibt nebenbei noch Tausende von Euros aus, um überhaupt dahin zu kommen. Wir hatten richtig Krach, und er sagte, sein Vater hätte niemals das Geld gehabt, auch nur nach Mallorca zu fliegen. Ich habe ihm dann gesagt, solche Vergleiche seien unfair.«

»Genau so etwas meine ich. Hat er jemals von irgendeinem Bekannten erzählt, der ihm von einem fiesen Angriff auf den Albert Seeth erzählt hat?«

»Keine Ahnung. Kann aber sein, dass es so einen gab. Wir haben mal mit einem Menschen von der Sparkasse gesprochen, weil wir wissen wollten, wie teuer ein Neubau in der Eifel wäre.«

»Hast du den Namen?«

»Habe ich nicht. Aber es war bei *Michels* in Schalkenmehren. Ist schon mindestens ein Jahr her.«

»Na gut, dann frage ich mal bei *Michels*: Und nicht vergessen: Der Hausschlüssel liegt unter der Matte auf der Terrasse.«

Ich wollte Klarschiff haben, ich wollte wissen, ob ich an der Geschichte etwas verdienen konnte. Ich musste darauf achten, dass ich auch als Rentner noch Chancen auf ein Überleben hatte. Ich rief die Redaktion in Hamburg an und traf auf Sieveking, Bruno Sieveking, der immer schon der Meinung war, er sei der beste Journalist, der ihm in seinem Leben begegnet war.

»Mein Name ist Baumeister«, sagte ich.

»Aus der hemmungslosesten Provinz, die es jemals gab«, dröhnte er. »Na schön, wie viele Leichen haben Sie denn?«

»Nur drei«, äußerte ich zurückhaltend. »Aber Tote sind in dieser Geschichte nicht der ausschlaggebende Faktor. Es geht um den modernen Schmuggel in der Europäischen Union. Haben Sie eine Ahnung, wie man ein Gebinde von zwanzigtausend Flaschen Whisky möglichst gewinnbringend hin und her transportiert?«

»Nein!«, blaffte er. »Wie sollte ich?«

»Das sollten Sie aber wissen, denn so etwas kommt vor. Ich biete Ihnen eine Scheune auf einem Bauernhof in der Eifel an, in der für mindestens sechs bis acht Millionen gefälschte Zigaretten, gefälschte Alkoholika und echte Drogen untergebracht sind. Und das ist noch vorsichtig geschätzt. Harte Drogen, weiche Drogen, alles, was der gebildete Mitteleuropäer heutzutage zum Leben braucht.«

»Sie übertreiben, Herr Baumeister, Sie übertreiben immer.«

»Ja, ja, deshalb bin ich ja auch so gut. Wollen Sie eine solche Geschichte? Oder wollen Sie diese Geschichte nicht? Sie können sie bestenfalls in vier Wochen haben, denn ich recherchiere noch.«

»Wer sagt denn, dass die Geschichte stimmt?«

»Ich.«

»Gibt es Bildmaterial?«

»Oh ja. Da können Sie ganz sicher sein. Gutes Bildmaterial.«

»Eine Seite, zwei Seiten?«

»Vier bis sechs«, sagte ich.

»Dieser Mann ruiniert mir den Tag. Na schön, ich trage zwei, drei Seiten ein, und Sie schicken mir die Geschichte, wenn sie geschrieben ist.«

»Das ist christlich gedacht«, bedankte ich mich, aber er hatte schon aufgelegt.

Dann meldete sich P-2 und teilte lapidar mit, die Besitzerin des weißen BMW X3 sei eine gewisse Lucy Werendonk, gemeldet in Daun in der Eifel und in Bonn, Ehefrau von Friedhelm Werendonk, gemeldet in Daun.

»Wie schön!«, sagte ich begeistert.

19. Kapitel

Ich war pünktlich in Heyroth, Emma stieg zu, und wir brausten los in Richtung Köln. Gleich zu Beginn gab es einen schweren Regenguss, und im Ahrtal wurde die Fahrt abrupt gestoppt, weil ein Motorradfahrer frontal gegen einen Laster gefahren war. Gleich neben der Fahrbahn stand der Hubschrauber in einer Wiese und wartete auf den Patienten. Ich kannte einen kleinen Umweg über einen Feldweg.

»Ich frage mich, was passiert, wenn sie merken, dass wir auf die Schmuggelhalle gestoßen sind«, murmelte Emma.

»Kommende Nacht ist die Wende«, sagte ich. »Wahrscheinlich werden wir ohnehin nicht mehr Rücksicht nehmen müssen. Nach dieser Nacht werden die Leute von P-2 wissen, was in der Halle ist. Sie werden alle diese eindeutigen Spuren zurückverfolgen können, sie werden sagen können: Der Alkohol kommt aus diesen oder jenen Quellen. Und sie werden sagen können, woher die Drogen kommen. Drogen haben eine chemische Handschrift, die Fahnder können eindeutig festlegen, woher sie kommen. Sie haben Kennzeichen von Pkws und Lkws, sie können ihre Recherchen sehr schnell ausweiten, und sie können wahrscheinlich eine erste Ahnung bekommen, wer dahintersteckt. Aber ganz entscheidend ist die Tatsache, dass bei so vielen fachlichen Hilfen die Existenz der Halle einfach nicht mehr verschwiegen werden kann. Sie werden bestimmte Leute festsetzen müssen, damit die ihre Komplizen nicht flächendeckend warnen.«

»Mir ist irgendwie melancholisch zumute«, äußerte sie. »Es geht nur noch um Geld, es gibt keinen anderen Bezugspunkt als Geld. Wir messen alle Leute an dem Geld, das sie verdienen. Sogar ich erwische mich dabei. Soziale Kompetenz scheint keine Rolle mehr zu spielen. Und selbst die kann man sich angeblich kaufen. Jetzt schmuggeln Eifelbauern sogar weiche und harte Drogen, weil sie unbedingt viel Geld in möglichst kurzer Zeit verdienen wollen. Ich frage mich, wohin das führen soll.« Sie rieb ihren Rücken am Sitz, als friere sie.

»Geh mal davon aus, dass Bleckmann auf die Idee mit den Drogen kam. Das passt zu ihm, das passt in das Bild des Kriegers, der täglich im Gefecht steht und beinhart jede Konkurrenz abschießt. Ich glaube, er hat verkündet: ›Leute, ich habe da neuerdings eine wunderbare Geldmaschine an der Hand. Beteiligungen ab 100.000 sind willkommen.‹ Glaubst du das?«

»Ich habe mit Rodenstock telefoniert«, sagte sie leise. »Rodenstock ist der gleichen Meinung. Das ist sehr simpel gelaufen, sagt er. Der Schmuggel funktionierte äußerst erfolgreich, und sie fragten: ›Warum nehmen wir nicht Drogen in das Sortiment auf?‹ Das ist eine Geschäftsmethode, die schon bei den Tante Emma-Läden erfolgreich war. Irgendwie macht mich diese Denkweise krank.«

»Sie ist krank«, sagte ich. »Die Leute wissen es nicht, weil sie sich selbst unter den gleichen Kriterien begreifen. Nahezu alles ist eine Frage des Geldes. Und wenn wir das mit dem Geld geklärt haben, ist alles geklärt. Aber nun lösen wir uns einmal von den betrüblichen Aussichten und wenden uns Elvis, dem Stier zu. Ich hoffe, es wird heiter.«

Die Adresse lag am Rheinufer, nicht weit von den Unterführungen am Hauptbahnhof entfernt, nicht weit entfernt vom Dom. Es war eine alte, dreistöckige Villa in einem großen Garten, und sie wirkte hier vollkommen fehl am Platz. Diese Adressen unmittelbar am Strom waren nur mit Geld aufzuwiegen und links wie rechts von Elvis gab es nur kühle, blaue, himmelhohe Glaskästen, die eindeutig besagten, dass kleine Nummern hier nicht vertreten waren.

Es gab eine große Anzahl teurer und hochmotorisierter Autos vor dem Haus, es gab eine Klingel, aber keinen Namen.

Eine junge Frau in einem sehr keuschen, dunkelgrauen, herkömmlichen Kostüm lächelte uns entgegen: »Sie werden schon erwartet. Willkommen bei Werner Schach. Dort, die Tür, bitte.«

Werner Schach, genannt Elvis, der Stier, saß hinter einem großen, altmodischen Schreibtisch, der sehr aufgeräumt aussah, und grinste uns verschwörerisch entgegen. Es wirkte, als hätten wir zusammen schon so manchen Gaul geklaut. Rechts von ihm saßen zwei junge Männer auf Stühlen, eng an die Wand gerückt, vermutlich das Begleitkommando, das notfalls eine Kanone ziehen konnte.

Elvis stand auf, kam um seinen Schreibtisch herum und gab uns die Hand. Er sagte heiser und gut gelaunt: »Das da sind junge Eleven meines Gewerbes, die etwas lernen wollen. Bitte, nehmen Sie doch Platz!« Er wies auf eine Gruppe von kleinen Sesseln, die um einen kleinen Tisch herum standen. Auf dem Tisch Wasserflaschen und eine Reihe von Gläsern. »Was kann ich für Sie tun?«, fragte er.

»Wir möchten den plötzlichen Tod von Norbert Bleckmann aufklären«, sagte Emma mit einem strahlenden Lächeln. »Da gibt es bei uns einige zeitliche Lücken, die wir nicht schließen konnten. Aber ich habe keinen Zweifel, dass Sie diese Lücken schließen werden.«

»Das hoffe ich sehr«, nickte er. »Einiges weiß ich, anderes nicht.«

Ich hatte meine Kamera im Schoss, ich konnte die beiden Lehrlinge an der Wand genau sehen, und ich fragte mich, ob einer von ihnen ein Mikrofon in der Tasche hatte. Wahrscheinlich. Sie wirkten brav und bieder, sie trugen Business-Anzüge und Krawatten. Sie waren etwa dreißig Jahre alt, sie waren bleich, sie wirkten hungrig, weil sie wahrscheinlich die ganze

Nacht in der Welt des Werner Schach unterwegs waren, die Kassen prüften und das Aussehen der menschlichen Ware, die Schach auf den Markt warf.

Er öffnete eine Flasche, goss Emma und mir ein und murmelte: »Ja, ja, mein Freund Bleckmann. Wissen Sie, er war ein genialer Kaufmann, aber er hatte eine unselige Leidenschaft, die ihn direkt in sein Verderben führte. Diese Leidenschaft werden Sie gleich kennen lernen, und Sie werden mir zugeben, dass sie eine Leidenschaft wert ist. Was ist Ihnen unklar? Was fehlt Ihnen?«

Er sprach ohne jede Spannung, er wirkte gemütlich. Er trug einen dunkelgrauen Anzug mit einer blauen Krawatte auf weißem Hemd, und er wirkte wie der erfolgreiche Spießer, der er wahrscheinlich auch war. Seine Haut war grau und wirkte ungesund, weil er wohl auch Nacht für Nacht in seiner Welt unterwegs war und abschätzen musste, was diese oder jene Kunden an Bargeld ausgeben wollten, ob Schecks das wert waren, was auf ihnen stand.

»Da wäre die Frage, ob Bleckmann gestorben ist, weil er zu viel arbeitete«, begann ich und fotografierte ihn zum ersten Mal. »Sie werden doch einen Überblick haben, wie sein Pensum aussah.«

»Gab es denn den Verdacht, er sei getötet worden?« Er schüttelte irritiert den Kopf, als sei das völlig abwegig.

»Nun hören Sie aber mal, mein Lieber«, bemerkte Emma niedlich und vollkommen harmlos. »Da steht jemand mit seinem Luxusschlitten auf einer Wiese in der Eifel, es ist Nacht, es ist neblig, es ist kalt, weit und breit kein Mensch. Und er stirbt, er stirbt so vor sich hin bei offener Autotür. Soll man da nicht fragen dürfen?«

»Aus diesem Winkel habe ich es noch nie betrachtet«, bemerkte er in vollendeter Unschuld. »Aber als Bürger kommt man ja nicht auf so was. Ich habe ihn ja nie direkt in seiner Arbeit erlebt. Aber ich ahne doch, dass er pausenlos arbeitete. Ich habe ihn jedenfalls nur atemlos erlebt, und er hatte ständig einen doppelten Espresso vor sich. Tag und Nacht. Ich habe mich gefragt: Schläft dieser Mensch denn nie? Also, er kam schon mal in einem Betrieb von mir vorbei, morgens gegen vier, bestellte sich grundsätzlich nur Hallo-Wach, also Espresso und ein Glas Champagner, und sagte dann um fünf, er müsse mal eben nach Amsterdam. Der Kerl war irgendwie irre. Wissen Sie, das hält kein Pferd aus. Und er war ja von seinem Arzt wohl auch gewarnt worden. Seine Frau hat mir jedenfalls gesagt, seine Art zu leben sei wie ein sicherer Selbstmord gewesen.«

»Er hockte in seinem Auto und war tot«, sagte Emma. »Und vorher hat er ein komplettes Durcheinander geschaffen. Er versteckte diese junge Frau in einem Wohnwagen. Dann war sie wieder weg, und stattdessen ihre Mutter da. Und die war eindeutig ermordet mit eingedrücktem Zungenbein. Und vorher war diese Frau zusammen mit einem jungen Mann auf einem Motorrad in der Eifel. Also, es ist sehr verwirrend.«

»Die Kripo war hier«, nickte er. »Und selbstverständlich haben wir alles getan, ihr die Arbeit zu erleichtern. Man weiß schließlich, wie schwierig diese Arbeit ist. Also, den jungen Mann, diesen Motorradfahrer, werden Sie auch kennen lernen. Er ist der Sohn dieser toten alten Frau, demnach der Bruder jener jungen Frau, die Bleckmann so verehrt hat.«

»Sieh mal einer an«, lächelte Emma. »Wie alt ist er denn?«

»Achtundzwanzig, neunundzwanzig.« Plötzlich wirkte er todernst und hob einen Zeigefinger, plötzlich mochte er nicht einmal mehr laut sprechen. »Und ich warne Sie! Der Junge hat keine Ahnung, dass seine Mutter getötet wurde. Er glaubt, sie starb auf dem normalen Weg, und das ist auch verdammt gut so. Dieser Junge ist wie Arnold Schwarzenegger in seiner frühen Jugend: Wenn er auf dem Kriegspfad ist, kann niemand ihn stoppen. Auch ich nicht, und ich bin sein Chef.«

»Aber wie haben Sie das mit der Leiche gefingert?«, fragte Emma erstaunt. »Ich meine, die ist doch erst ein paar Tage danach freigegeben worden.«

»Ich habe ihm gesagt, dass wir Zeit brauchen, sie einzuäschern. Ich habe behauptet, das sei bei uns in Deutschland einfach so. Der Junge liebte seine Mutter, er war verrückt nach seiner Mutter, er hat nur noch geheult. Und als jemand aus meinen Betrieben ihm gesagt hat, er sollte sich nicht so aufspielen, da hat er einmal zugelangt, und ich darf jetzt ein Gebiss bezahlen. Ich habe ihm einen Grabstein für Mama versprochen. Und die Beisetzung der Urne war ein schöner, intimer Festakt.«

»Warum ist er denn so gefährlich?«, fragte ich.

»Er war immer in einem kleinen Dorf zu Hause, und er hatte keine Arbeit. Er hat sich selbst trainiert, er hat Hunderte dieser Kungfu-Filme angesehen, jahrelang. Er hat meine zwei besten Leute innerhalb von Sekunden k.o. geschlagen, es war furchtbar. Ich habe auch eine sehr schöne Muckibude hier in der Altstadt. Er ist dahingegangen und hat einen der Trainer aus dem Stand ins nächste Krankenhaus geschickt, bloß weil der seine Körperhaltung korrigieren wollte. Ich wollte ihn rausschmeißen, ich war fertig mit den Nerven, aber Anna hat mich gebeten, das nicht zu tun. Also habe ich gesagt: ›Okay, er gehört dazu.‹ Ich neige nicht zu Übertreibungen, aber dieser Mann ist lebensgefährlich. Ach ja, er heißt Peter.«

»Wie kam denn dieser Mann auf ein Motorrad? Und seine Mutter gleich hintendrauf?«, fragte ich, und fotografierte die beiden stummen Zeugen vor der Wand.

Elvis hatte plötzlich einen Mund wie ein Strich, diese Einzelheit schien ihm peinlich, sie verstieß gegen seine unbedingte

Ehrlichkeit. Er schlug beide Hände vor das Gesicht. »Also, ich bin für Offenheit. Er hat das Motorrad einfach geklaut, die Helme auch. Beides gehörte einem meiner Pächter, der gerade hier zu einem Besuch aufgeschlagen war. Ich habe gedacht, mich tritt ein Pferd, muss ich Ihnen sagen. Der Junge und die Mutter wollten in die Eifel, sie wollten nach Anna suchen. Anna hockte in einem uralten Wohnwagen, in den Bleckmann sie gesteckt hatte. Sie wussten nicht, wo der Wohnwagen stand, richtig deutsch konnten sie auch nicht. Also sind sie dann nach Köln zurück, nachdem sie Peters Schwester nicht gefunden hatten. Dann erschien Bleckmann hier und nahm die alte Frau wieder mit in die Eifel. Warum, weiß kein Mensch. Er wollte von ihr wohl, dass sie ihre Tochter überreden sollte, mit Bleckmann zu leben, also in irgendeinem eheähnlichen Zustand. Aber die Mama wollte das nicht, sie wollte einfach nur heim nach Polen mit den Kindern. Aber das war bei Anna vorher schon drei oder vier Mal schiefgegangen, weil Anna auch das nicht wollte. Also, sie ist eine klasse Type zum Spaßhaben, auch schon mal zu einem soliden Eros mit Vieren, aber als Versuchshausfrau taugt sie einfach nicht. Sie ist ein wilder Vogel, sie braucht ihre Freiheit. Es muss in der Eifel zu einem Riesenkrach zwischen Bleckmann und der Mutter gekommen sein, jedenfalls war die alte Frau in dem Wohnwagen plötzlich tot, und der Norbert war verschwunden, irgendwie spurlos. Und ich dachte, ich sitze die ganze Zeit im falschen Film. Und dann erschien die Kripo, brachte mir die Nachricht von Bleckmanns Tod und fragte, ob ich zufällig diese ältere Frau kenne. Und dann legten sie mir ein Foto von ihr auf den Tisch. Und ich sagte: Och, nee! Es war widerlich, wenn Sie verstehen, was ich meine.«

»Aber wie kam es denn, dass die schöne Anna mal im Wohnwagen saß und Däumchen drehte und dann plötzlich wieder in Köln war? Ich meine, da muss doch jemand den Zauberer gegeben haben«, warf ich ein. Ich fotografierte ihn wieder.

Er sah mich an, nickte ein paar Mal und grinste dann faunisch. »Das war ich, das war immer ich. Ich hatte Anna ein Handy mitgegeben und gesagt: ›Wenn du die Schnauze voll hast, ruf mich an.‹ Und sie hatte die Schnauze oft von Bleckmann voll, das kann ich Ihnen sagen. Er hat ja auch versucht, sie hier mit einem eigenen Appartement zu beglücken. Und wenn sie da lebte, dann ging das bestenfalls vierundzwanzig Stunden gut, aber dann war Ende im Gelände. Dann rief sie mich an, sie heulte Rotz und Wasser, und ich musste ihr ein Taxi schicken. Bleckmann war völlig von der Rolle, Bleckmann rastete ständig aus, mein Freund Bleckmann benahm sich kindisch, und, was am schlimmsten war: Ich konnte mich nicht mehr auf ihn verlassen.«

Emma warf mir einen schnellen Blick zu und fragte dann harmlos: »Was wollte diese Mutter denn nun hier in Deutschland?

»Sie wollte ihre Tochter nach Hause holen«, sagte er, und er hatte dabei ein Gesicht, als könne er es immer noch nicht fassen. »Sie hat gesagt, sie habe dem lieben Gott einen Eid geschworen. Ich weiß nicht, was solche Frauen denken, ich weiß nicht, wie sie ticken. Sie wollte ihre Anna nehmen und nach Polen zurückkehren. Sie lebten dort in einer Holzbude, oben mit Dachpappe drauf. Sie hatten einen klapprigen, schlechten Ofen, aber kein Holz dafür. Sie hatten kein Geld, und sie verkamen, weil sie im Dreck lebten. Sie hatten einen Acker mit Kartoffeln und ein Beet für Möhren und nie genug zu essen. Deshalb ist die Tochter doch ausgebrochen, deshalb flüchtete sie nach Warschau, wo sie sehr schnell ihre Schönheit einzusetzen lernte. Diese alte Dame war mindestens so verrückt wie ihr Sohn und wie ihre Tochter zusammen.« Er wedelte völlig verunsichert mit beiden Händen. »Ich erzähle Ihnen mal die Geschichte, wie sie wirklich war. Anna fing in Warschau auf dem Straßenstrich an. Schon da ist diese Mutter gekommen und hat einen Riesenwirbel gemacht, um sie heimzuholen. Später war Anna dann was wirklich Besseres. Feines Etablissement, Altstadt von Warschau, richtig seriös und gut ausgestattet. Zwanzig erstklassige Damen. Auch da erschien diese Mutter und wollte ihre Tochter zurückholen. Sie erschien nicht einmal, sondern dreimal. Und beim letzten Mal brachte sie einen katholischen Priester mit. Und ob Sie es glauben oder nicht: Dieser Priester hat in dem Etablissement zu predigen angefangen. Er machte in Exorzismus, er wollte ihr den Teufel austreiben. Und das, obwohl gerade zwei ganz wichtige Politiker zu Gast waren. Anna sagte, sie habe sich zu Tode geschämt. Hier war es genauso: Mutter und Sohn tauchten hier in unserem Zentralbüro auf, klingelten und sagten, sie hätten gern ihre Anna wieder und wollten dann zusammen mit Anna heim nach Polen fahren. Ich sage Ihnen, ich habe das nicht geglaubt, ich dachte, da spielt mir einer einen Streich, da will mich ein Kollege verladen.«

»Da gab es auch einen Scheck«, sagte Emma leise. »Einen Scheck über 300.000 Euro. Können wir den mal sehen?«

»Selbstverständlich«, nickte Elvis. »Der Scheck ist ja mittlerweile berühmt.« Er ging hinter seinen Schreibtisch, zog eine Schublade auf und nahm ein Schriftstück heraus. »Das ist der Scheck«, sagte er und reichte ihn Emma. »Handsigniert von seiner Eminenz Norbert Bleckmann, der Preis für Anna. Ob Sie es glauben oder nicht, ich habe das damals in jener Nacht für einen Scherz gehalten. Aber es war kein Scherz, es war ihm bitter ernst. Er wollte diese Frau haben. In meinem Gewerbe kann man alles Mögliche kaufen, nur keinen Menschen. Das geht immer schief. Ich wollte ihn bei Gelegenheit Bleckmann als Gag schenken, aber da war ja alles zu spät.«

»Lieber Himmel!«, sagte Emma leise und gab ihm den Scheck zurück.

»Dann müssen wir über Friedhelm Werendonk sprechen«, sagte ich. »Er versuchte, Bleckmann zu kontrollieren, aber er war nicht immer erfolgreich. Was wissen Sie darüber?«

»Ich habe diese Frage erwartet«, nickte er. »Aber ich fürchte, ich kann da nicht helfen. Werendonk saß ein paar Mal hier und wollte Auskünfte über Bleckmann. Aber ich konnte seine Fragen nicht beantworten, ich hatte zu wenig Ahnung von Bleckmanns Geschäft. Werendonk sagte: ›Der Bleckmann läuft uns aus dem Ruder, der Bleckmann ist eine Chaosfigur, der Bleckmann ist nicht mehr verlässlich, der Bleckmann baut Scheiße, der Bleckmann ist krank.‹ Ich weiß, das hing mit Anna zusammen. Bleckmanns Annakrankheit war ja wirklich eine Krankheit, eine schwere Störung. Ich habe als Stammgast einen ziemlich bekannten Psychiater aus Köln. Der sagte mir: ›Eine Frau kann eine Krankheit sein.‹ Gott sei Dank kommt es nur selten vor. Da kann ich Ihnen nicht helfen, so gern ich es täte.«

»Sie selbst haben mit Werendonk oder seinem Chef Glatt keine Geschäfte gemacht?«, fragte Emma schnell und hart.

»Nein!«, sagte er ebenso schnell.

»Und Werendonk war kein Gast in Ihren Etablissements?«, fragte sie weiter.

»Nein, niemals. Der nicht.«

Dann war es erstaunlich still.

Emma fragte weiter: »Und Sie sind auch bei Glatt oder Werendonk nicht eingestiegen? Keine gemeinsamen Unternehmen?«

»Nein«, sagte er wieder.

»Und Sie sind auch nicht von Glatt oder Werendonk aufgefordert oder gebeten worden, in ein Geschäft einzusteigen?«, fragte ich.

»Nein«, sagte er.

Emma kam mit der nächsten Frage. »Und Sie sind auch nie von Dritten aufgefordert worden, sich an einem Geschäft mit den beiden zu beteiligen?

»Nein!« Um seinen Mund zuckte es, er war jetzt erkennbar sauer. Seine Hände suchten einander und verschränkten sich. »Sie stellen immer die gleiche Frage«, sagte er scharf und verächtlich. »Das wird lächerlich, ich bin doch nicht irgendwer.«

»Es kann auch sein«, bemerkte Emma kühl, »dass Sie in Ihren Betrieben Geld gewaschen haben, das von Werendonk aus dem Glatt-Imperium stammte. Diese Fragen mögen unangenehm sein, aber sie sind doch nicht abwegig. In Ihrem Geschäft läuft viel Bargeld.«

Die Stille hatte unvermittelt ein Ende, weil eine der beiden Figuren auf den Stühlen sich laut und ungeniert räusperte.

»Dann würde ich Sie bitten, uns mal den Peter und die Anna vorzuführen«, Emma wirkte klirrend kalt, eisig. Der Friede war vorbei.

»Gerne«, nickte Elvis vollkommen tonlos. Er stand auf, ging zu seinem Schreibtisch, drückte irgendeinen Knopf und befahl: »Anna und Peter sollen mal kommen.« Er wandte sich mir zu und fragte schroff: »Sie fotografieren doch wohl nicht?«

»Nein«, antwortete ich. »Wenn Ihnen das lieber ist, lege ich die Kamera auf den Tisch.«

»Ich wollte nur gefragt haben«, bemerkte er säuerlich.

Die Szene veränderte sich, als Anna und ihr Bruder hereinkamen. Die beiden standen seltsam unschlüssig nebeneinander und wirkten unsicher.

323

Anna war tatsächlich eine atemberaubend schöne Frau mit langen, blonden Haaren. Sie trug ein einfaches, sehr kurzes, durchsichtiges Kleid in Blautönen und an den Füßen silberne High Heels mit zwei Riemchen. Ihre Unterwäsche war winzig und schwarz. Wahrscheinlich war das ihr Kostüm für die Nacht, wahrscheinlich sah sie niemals anders aus, wahrscheinlich wollte Elvis das so, und sehr wahrscheinlich hielt sie selbst das für angemessen, denn sie bewegte sich mit frappierender Gelassenheit. Sie war es gewöhnt, dass Leute sie anstarrten. Sie war nicht geschaffen für einen Normalbetrieb, sie würde nicht einmal wissen, wie man eine Konservendose öffnete. Sie war ein Nachtvogel, und ich konnte Bleckmann plötzlich sehr gut verstehen. Ihre Augen schimmerten seidig, sie waren blau und groß. Diese Augen beherrschten ein Gesicht, das mich an Marilyn Monroe erinnerte. Sie trug kein Make-up. Ich dachte: Wenn diese Frau sich an der Stange räkelt, möchte ich zusehen dürfen.

Zwei Stühle wurden hereingebracht.

Elvis sagte barsch: »Hier, zwischen uns.«

Der dienstbare Geist mit den Stühlen setzte sie neben Elvis, der locker bemerkte: »Setzt euch, Kinder. Ihr braucht keine Angst zu haben. Das sind freundliche Leute. Und vielleicht können sie helfen, dass ihr deutsche Pässe bekommt.«

»Ja, warum denn nicht?«, bemerkte Emma strahlend.

Der Bruder war fast einen Kopf größer als Anna, ich schätzte ihn auf etwa 1,85 Meter. Er hatte das Gesicht seiner Schwester, er war ebenso schön, und er wirkte träge wie eine Katze. Er hatte dunkelbraune Haare, die er halblang trug. Sein Gesichtsausdruck war wie gemeißelt, seine Augen wirkten gelassen, schläfrig. Es war gut vorstellbar, dass dieses Gesicht sprühte, wenn er zornig wurde, und dass sein Körper explodierte, wenn es nötig war.

»Das ist wirklich beachtlich«, bemerkte ich. »Glückwunsch. Darf ich Anna ein Foto zeigen?«

»Aber ja«, nickte Elvis.

Ich holte das Foto von Zygmunt, dem bulgarischen Lkw-Fahrer, aus der Tasche und reichte es Anna. Ich fragte: »Können Sie sich an diesen Kerl erinnern?«

Sie nahm das Foto und schaute darauf. Sie lächelte sofort und nickte heftig. »Klar, dieser Mann am Wohnwagen.« Ihre Sprache war rauchig, sie klang nach Bar und lässigen Gesprächen. »Kam in Wohnwagen«. Sie sah Elvis an, als müsse sie sich vergewissern, ob sie sprechen dürfe. »Also, war so, dass Bleckmann mich im Wohnwagen zurückließ. Und ich kriegte Angst. War in Wald, und allein in Wald. Kam dieser Mann, hatte gute Augen. Habe ich gesagt, er darf zweimal. Ja, klar. Dann rief ich dich, Schach, du sollst mich holen. Kam Onkel Ben mit seinem Taxi. Ja, klar, das war so. Ich zurück in *Chérie*, und alles gut.«

»Tja, so war das«, murmelte Elvis.

»Und Peter bleibt jetzt auch hier?«, fragte ich.

»Ja«, sagte Peter. »Bleiben hier. Gut hier.« Er lächelte freundlich.

»Sie gehören schon zur Stammbesatzung«, bemerkte Elvis stolz. »Peter hat ein schnelles Firmenauto und fährt seine Schwester. Mal hier, mal da, je nachdem, wo die meiste Stimmung ist. Sie sind sehr variabel, das ist in meiner Branche notwendig.«

»Dann wären wir am Ende«, sagte Emma. »Wir sagen Ihnen Dank für die Auskünfte und wünschen alles Gute.«

Wir standen auf, wir gaben uns sehr förmlich die Hand und gingen hinaus.

Im Wagen sagte Emma: »Eindeutig schöne Menschen. Aber die Frau wird bald kaputt sein und irgendwo in der Nachtschicht der letzten Bordsteinschwalben vom Dienst enden, bei denen die letzten ungewaschenen Typen auftauchen. Ich dachte, so etwas gibt es gar nicht mehr. Aber das gibt es noch immer. Ich finde, der Junge ist noch schöner als sie.«

»Elvis hat gelogen«, sagte ich. »Er hat, verdammt noch mal, pausenlos gelogen.«

»Ja klar, ›mein Freund Bleckmann‹ und ›auf Bleckmann war kein Verlass mehr‹ und › ich konnte mich nicht mehr auf ihn verlassen‹. Die Sprache ist verführerisch.« Sie zündete sich einen Zigarillo an. »Ich hoffe nur, P-2 war erfolgreich.«

»Wenn wir daheim sind, können wir ihn anrufen. Willst du etwas essen?«

»Warum nicht? Eine kleine Sache in einer Kneipe, das wäre schön.«

Also suchten wir uns eine Kneipe und aßen eine Kleinigkeit, ehe wir uns auf den Rückweg machten.

Es war beinahe Mitternacht, als wir Köln verließen und über die A1 in die Eifel hochfuhren. Die Nacht war klar und kühl.

Ich setzte sie in Heyroth ab und fuhr heim. Ich war plötzlich müde, und ich wollte keine Neuigkeiten mehr. Aber dann dachte ich an den listigen Hans Hilberg und schaute mir im Internet den Lokalteil des *Trierischen Volksfreunds* für Daun an, der in ein paar Stunden auf dem Markt sein würde.

Die Überschrift lautete: *Eine gute Idee: Für Führungskräfte die GOLDENE KARTOFFEL:*

Der Text: *Hans Hilberg (42), einer der bekanntesten Kaufleute der Kreisstadt, will eine einleuchtende, neue Idee umsetzen. Er sagte dem TV: »Ich finde, dass wir hier in der Eifel genügend helle Köpfe haben, deren Ideen und Vorschläge für eine lebenswerte Landschaft viel zu selten erwähnt werden. Ich möchte den Orden der GOLDENEN KARTOFFEL ins Leben rufen, und alle zwei Jahre jemanden auszeichnen, der sich beim Leben auf dem Land besonders verdient gemacht hat und der Eifel eine Idee schenkte, die das Leben in der Provinz und auf dem Land schöner gestaltet und nachdrücklich lebenswerter macht. Wir finden hier immer wieder Bürger, die Ideen umsetzen, aber nicht selten damit stranden, weil diese Ideen kein Gehör finden und keine Öffentlichkeit erreichen. Das will ich ändern.«*

Der TV findet die Idee klasse und bittet seine Leser um Vorschläge.

Ich lachte, bis mir die Tränen kamen. Sebastian und Klara Jaax, die ersten Inhaber des Ordens der GOLDENEN KARTOFFEL.

Erst viel später entdeckte ich Licht auf meinem Dachboden und erinnerte mich an mein Gespräch mit Nina Brandt. Offensichtlich war sie meiner Einladung gefolgt und schlief jetzt oben unterm Dach.

Aber wo war ihr Porsche? Ich ging noch einmal vor die Tür, ich sah ihn dann, sie hatte ihn diskret unten an der Kirche geparkt.

Es war alles in Ordnung, ich konnte mich in mein Bett legen, keine bösen Geister, nirgendwo.

20. Kapitel

Ich wurde wach, weil Nina der Meinung war, ich hätte genug geschlafen, und weil sie mit einem Becher Kaffee, der überaus gut duftete, in meiner Schlafzimmertür stand. Es war zehn Uhr, tatsächlich Zeit, in den neuen Tag einzusteigen.

»Und du sollst schnell zu Emma rüberkommen, weil da P-2 ist«, sagte sie. »Was P-2 ist, weiß ich nicht, aber ich nehme an, das ist wichtig.«

»Es ist wichtig«, sagte ich und verfügte mich unter die Dusche.

Wenig später saß ich im Auto, um dem Zollfahnder zuzuhören, und ich hoffte inständig, dass alles gut verlaufen war.

Er saß bei Emma mit einem Kaffee am Tisch und strahlte mich an. »Eigentlich«, so verkündete er todmüde, »müsste ich dich wegen meiner rosigen Zukunftsaussichten knutschen, aber weil du es bist, will ich drauf verzichten. Die Sache ist vollkommen glatt gelaufen. Das Ehepaar hat um 19.30 Uhr das Haus verlassen und ist nach Daun ins Restaurant auf die Burg gefahren. Wir hatten große Besetzung, richtig viele Spesen. Zwei Wagen davor, zwei dahinter, ein Pärchen am Nachbartisch im Restaurant, einer beim Kaffeetrinken und Zeitunglesen in der Hotellobby. Aber was dann kam, war unserem Pärchen vollkommen neu: Der Orden DIE GOLDENE KARTOFFEL. Sag mal, wem ist denn der Scheiß eingefallen?«

»Dem, der zu dem Essen eingeladen hatte. Hans Hilberg, das Genie, hat wieder zugeschlagen. Und das Verrückte ist, es stand schon heute Morgen in der Zeitung.«

Sie sahen mich beide an, als sei ich ein bedauernswerter Fall.

»Na, los, Emma, hol die Zeitung. Seite eins im lokalen Teil oben rechts.«

Emma holte die Zeitung und schlug sie auf.

»Das ist nicht zu fassen. Und das lesen die Jaaxens heute Morgen?«, sagte sie.

»Das lesen sie«, nickte ich.

»Unser Pärchen hat anfangs gedacht, sie sitzen im falschen Film und werden dabei heimlich gefilmt. Versteckte Kamera oder so. Diese Leute redeten ständig über eine Goldene Kartoffel.« P-2 hatte vor Begeisterung ein rotes Gesicht. »Aber dann haben sie begriffen, dass es um einen Orden ging. Und weil wir beide verkabelt haben, haben wir erstklassige Aufnahmen vom ganzen Gespräch. Und die Klara Jaax war so stolz auf den ersten zivilen Orden ihres Lebens. Das könnt ihr euch nicht vorstellen. Sie war so gerührt, dass sie fast geweint hat.«

»Wie viele Leute waren auf dem Hof?«, fragte ich.

»Wir waren sechs. Zwei im Wohnhaus, vier in der Halle. Die besten Hacker, die ihr euch vorstellen könnt. Sie haben erst einmal den Zugangscode zu den Rechnern geknackt, dann das ganze Programm heruntergeladen, dann mit den elektronischen Zugangswegen zur Halle herumgespielt. Und wir haben die Automatik der Halle jetzt im Griff. Streng genommen können wir einen Lkw bei der Fahrt in die Halle filmen, und dann die Tore blockieren, wenn er drin ist.« Er lachte. »Und als wir dachten, wir sind im Wohnhaus fertig, haben wir auch die Buchführung gefunden. Sie ist verschlüsselt, aber wir werden sie lesen können. Wir nehmen an, schon morgen. Und noch etwas haben die Jungens eingerichtet: Was immer das Ehepaar Jaax auch in ihre Computer eingibt, wir lesen zeitsynchron mit.«

»Und ihr wart rechtzeitig spurlos runter vom Hof?«, fragte ich.

»Ja«, nickte er. »Mit einem Zeitpuffer von dreißig Minuten. Das langte, um zwei Kameras in den Hohlweg zu legen. Sie filmen alles, was da rein- und rausgeht, und sie sind so montiert, dass wir die Autonummern lesen können und die Gesichter der Fahrer haben.«

»Wie soll denn das jetzt weitergehen?«, fragte Emma.

Er antwortete: »Da hat sich viel geändert. Sie haben das Bundeskriminalamt hinzugezogen und die amerikanische *Drug Enforcement Administration,* also die Drogenbekämpfungsbehörde der Amis. Da sind noch heute Nacht zwei Leute von der amerikanischen Botschaft in Berlin hierher nach Bonn geflogen worden. Das musste sein, weil wir davon ausgehen können, dass ein großer Teil der Recherchen sich ins Ausland verlagern wird. Und da sind die Amis als Partner unverzichtbar. Sie haben einen gemischten Arbeitsausschuss gebildet, wir werden miteinander klarkommen. Wir werden erst einmal nicht einschreiten, wir nehmen auch das Lager nicht hoch, alles wird so laufen wie bisher, und niemand wird wissen, dass wir drin sind. Uns ist klar, dass das irgendwann auffliegt, aber bis dahin können wir die Halle mitlesen.«

»Das hört sich gut an«, nickte ich. »Was, bitte, ist denn in dem Lager?«

»An der Stelle komme ich in Schwierigkeiten«, sagte er. »In große Schwierigkeiten.«

»Sie haben dir verboten, darüber zu sprechen«, sagte Emma sachlich.

»Haben sie«, nickte er. »Mein Chef sagt, ihr müsst eure Unterschriften auf dieses Papier setzen.« Er holte zwei Papiere aus seiner Ledermappe und legte sie vor uns hin. Es war eine Unterlassungserklärung, wonach Emma und ich keine Erlaubnis hatten, über irgendein Detail des Falles jetzt und in Zukunft zu berichten.

»Das ist zwar heftig, aber ich unterzeichne«, sagte Emma.

Ich unterschrieb ebenfalls, denn die Dinge würden sich in den nächsten Tagen vollkommen verändern, spätestens dann, wenn die strafverfolgenden Behörden das Geheimnis um die Lagerhalle lüften würden. Dann würden die Karten neu gemischt.

»Ich bin erleichtert«, sagte er. »Ihr habt die Sache entdeckt, und ausgerechnet ihr dürft nichts wissen. Das ist peinlich, aber nicht zu ändern. Also lege ich mal los.« Er legte einen Block vor sich hin, dessen Blätter eng beschrieben waren.

»Die Halle ist genau 42 Meter lang. Die Regale beiderseits der betonierten Fläche liegen dreistöckig. Das heißt, wir haben insgesamt sechs mal 42 Meter. Sind nach Adam Riese 252 Meter Regal, also eine große Menge. Die Regale sind gut bestückt, wir haben keine großen Lücken gefunden, wir mussten wegen einer möglichen Gefährdung der Aktion mit Schätzungen arbeiten. Wir haben gefunden: Hochwertige Alkoholika, Whiskys, Wodkas, Kognaks sowie Rum sehr bekannter internationaler Marken. Dazu einige Meter an altem Riesling von der Mosel, einige Meter an Bier der drei bekanntesten Brauereien in Deutschland in 50-Liter-Fässern. Einige Meter an Sekt der vier größten Hersteller Deutschlands. Dann kommen Zigaretten hinzu, wir schätzen die Gesamtzahl auf ungefähr sechzehn Millionen, wobei ich darauf aufmerksam machen muss, dass eine genaue Zahl nicht ermittelt werden konnte. Die Regale sind eng gepackt, und wir konnten nicht riskieren, die mustergültige Ordnung in irgendeiner Weise zu stören, weil das dem Betreiber sofort auffallen würde. Auf gut Deutsch konnten wir die hinten an den Längswänden der Halle gepackten Zigaretten nicht zahlenmäßig genau erfassen. An allen Gebinden fehlen Zollmarken, was wir natürlich erwartet haben. Bis zur genauen chemischen Untersuchung gehen wir davon aus, dass es sich wahrscheinlich um eine Mehrheit an gefälschten Waren handelt. Wir nahmen Proben, um festzustellen, woher die Waren stammen, und wer sie in welchem Land gefälscht hat.«

»Moment, Moment«, unterbrach ich. »Wie nimmst du denn Proben aus versiegelten Flaschen?«

»Das ist ziemlich einfach«, sagte er. »Mit Spritzen, mit ganz normalen medizinischen Spritzen. Und wir brauchen jeweils auch nur eine winzige Probe aus einer Flasche. Das gilt im übrigen auch bei den Zigaretten, wo wir nur eine aus einer Unmenge von Packungen herausnehmen. Erfahrungsgemäß wird das nicht bemerkt, ist auch noch nie vorgekommen. Ich hatte einen sehr erfahrenen Kollegen bei mir, der sagte, dass die Zigaretten wahrscheinlich aus chinesischer Produktion stammen. Es sind die sechs bekanntesten in Europa angebotenen Marken. Sie werden immer unter einer Tarnladung transportiert und in etwa achtzig Prozent aller Fälle nicht aufgespürt. Ursprünglich wird der Weg vom Herkunftsland über Schiffe gewählt, und dann auf Lkws unter einer anderen Ladung versteckt.« Er unterbrach sich, lachte leise, er nahm eine Zigarettenschachtel aus seinem Jackett und zündete eine an. »Ich habe vor drei Jahren mit dem Rauchen aufgehört, jetzt packt es mich wieder. Aber nur diese eine Schachtel.«

»Ha, ha, ha!«, sagte ich und stopfte mir eine elegant gebogene Pfeife von Vauen, hellbraun, mit Schiffslack versiegelt.

»Kommen wir zu den Drogen«, murmelte Emma. »Ich vermute Bitteres.«

»Das kann man so sagen«, nickte P-2. »Wir fanden Kokain, Heroin, schwarzen und grünen Afghan, also hochwertiges Haschisch. Sowie eine große Menge rein chemisch hergestellter Drogen. Es dürften mehr als zweihundert Kilo sein. Im Wesentlichen Pillen, die dem Aufputschen dienen, sowie Pillen, die der Beruhigung dienen, also Diazepame, sowie einige mörderisch aufhellende Stoffe, die beim kleinsten Fehler des Konsumenten direkt in die nächste Klinik führen. Üble Sache. Auch da muss ich darauf hinweisen, dass wir erst einmal die genaue chemische Zusammensetzung der Stoffe brauchen, um zu sagen, woher sie kommen.« Dann sah er auf die Uhr und murmelte: »Verdammt, ich habe das nächste Meeting.«

»Eine Zahl fehlt mir noch«, sagte ich. »Es ist wahrscheinlich die Zahl, die euch echt aufgeregt hat. Wie hoch ist der Straßenverkaufswert aller dieser in der Halle lagernder Dinge?«

Er sah mich an, er nickte. »Gute Frage. Pi mal Daumen wären das achtzehn Millionen Euro«, antwortete er. Dann stand er auf und murmelte: »Bis demnächst, ich darf nicht zu spät kommen.«

»Was machen wir denn jetzt?«, fragte Emma in die Stille, als er die Haustür hinter sich geschlossen hatte.

»Es ist schwierig«, gab ich zu. »Wir haben die Halle, wir wissen, dass Glatt und Werendonk dort waren, dass sie also damit zu tun haben, dass sie also bei der Riesenschweinerei mit den geschmuggelten Waren beteiligt sind. Wir haben keine unmittelbare finanzielle Verbindung zwischen Werendonk, Norbert Bleckmann und Elvis, dem Stier. Sie kannten sich, sie kannten sich gut, das steht fest. Bleckmann machte mit Glatt und somit auch mit Werendonk einträgliche Geschäfte, sie betrieben gemeinsame Firmen. Dass auch Elvis damit zu tun hat, vermuten wir, aber wir wissen es nicht.«

»Haben wir denn jemanden, der es uns verraten würde?«, fragte sie.

»Natürlich. Werendonk wäre so jemand«, nickte ich.

»Aber wir können nicht an ihn heran«, murmelte sie. »Dann fliegt die Halle auseinander, dann wird die Arbeit von P-2 erheblich gestört.«

»Das ist aber doch sowieso nicht zu vermeiden«, murrte ich. »Wenn sie alle recherchieren, das BKA, die amerikanische DEA und der Deutsche Zoll, werden die Beschuldigten und Zeugen sofort die ersten Warnungen loslassen, und diese

Warnungen werden blitzschnell weitergegeben bis zu den Bauern Jaax in Hillesheim. Das ist schon deswegen unvermeidlich, weil es für jeden Beteiligten um Millionen geht.«

»Mit wem reden wir also?«, fragte sie.

»Mit deinem Mann und mit Kischkewitz. In genau dieser Reihenfolge«, lautete meine Antwort.

»Das wird ein ganz heikles Ding«, meinte sie tonlos, »und ich werde den Schleiertanz tanzen.«

»Dann wird es wenigstens hübsch«, versicherte ich ihr.

Wir versuchten es bei Rodenstock, bei dessen Handy wir auf eine interessante Aufklärung stießen. Seine Stimme war dunkel und hohl. »Hier ist Rodenstock, ausgeschlossen von jeder menschlichen Zuneigung. Erst wieder zu erreichen um 15 Uhr, wenn seine Foltergeister für genau dreißig Minuten eine Pause machen.«

Bei Kischkewitz waren wir erfolgreicher.

»Hör zu, wir haben ein Problem«, erklärte ich ihm. »Wir könnten in der Sache Bleckmann, Glatt, Werendonk und Werner Schach in Köln ein vorläufiges Ende ziehen. Wir sehen im Fall des toten Geologen aus der Lavagrube in Walsdorf eine Lösung. Wir haben einen Verdächtigen. Wir sollen aber nicht recherchieren, weil jetzt die halbe Bundesrepublik mitreden darf, also BKA, DEA und ZOLL und die Kripo in Köln. Wie kommen wir aus dieser Umklammerung raus?«

»Du redest von Werendonk, nicht wahr?«

»Genau. Wie seid ihr drauf gekommen?«

»Na, was glaubst du wohl? Dass wir hier rumsitzen und Däumchen drehen?« Und er hielt mir einen Vortrag über die mühsame Kleinarbeit der Polizei. Er setzte mir auseinander, wie sich eines zum anderen gefügt habe. Sie hatten mittlerweile auch mit dem alten Ehepaar gesprochen, das den zweiten Wagen am Tatort gesehen hatte. Von da aus sei der

Weg nicht mehr weit zum Tatverdächtigen gewesen. Nur der Beweis, der stehe eben noch aus ...

Ich referierte unseren aktuellen Wissensstand und wiederholte meine Frage nach der Umklammerung.

»Das ist ganz einfach«, schnaubte Kischkewitz. »In solchen Fällen gibt es eine Leiter der anstehenden Entscheidungen. Was ist wichtig. Wer geht wie vor, welche Ermittlung hat Vorrang? Wenn du mich also so fragst, dann antworte ich dir: Wenn du nachweisen kannst, dass eine Person dringend verdächtigt ist, eine andere Person getötet zu haben, dann ist das Mord und geht vor. Wir würden dann vorläufig festnehmen, die Person aus der Szene entfernen. Mit anderen Worten: Wir würden Werendonk vorläufig festnehmen und hätten dann eine Weile Ruhe. Das heißt, wir würden über das Schmuggellager gar nicht reden, sondern nur über diesen Mordverdacht.«

»Das klingt gut. Was würde Rodenstock antworten?«

»Todsicher genau das, was ich sagte.«

»Und wie arrangieren wir das?«

»Mach einen Termin mit ihm. Wir sitzen im Keller und haben ein Maschinengewehr.«

»Dann machen wir das so«, entschied ich. »Könntest du dann die Leute vom ZOLL und die übrigen benachrichtigen?«

»Gerne«, sagte er.

»Haben wir eigentlich ein Szenario für Bleckmann und seinen Mord an der alten Dame? Und das saubere Auto?«, fragte Emma.

»Es kann tatsächlich in einer Tankstelle gereinigt worden sein. Aber viel wahrscheinlicher ist die Annahme, dass Bleckmann selbst sein Auto reinigte. In dem etwas naiven Glauben, er könne damit verdecken, dass Annas Mama in seinem Auto saß. Ich sehe ihn buchstäblich auf der Wiese über dem Hof Jaax stehen und seinen Edelmercedes reinigen. Seine letzte klare Handlung. Er hat vielleicht auch einen Fernsehkrimi gesehen, in dem so etwas eine Rolle spielte. Die Leute lernen heutzutage ständig dazu. Wirst du dabei sein?«

»Oh ja«, nickte sie.

»Dann versuche ich es jetzt. Wir gehen über Lautsprecher.«

»Glatt Productions« säuselte eine Frau.

»Das Vorzimmer von Herrn Werendonk, bitte.«

»Vorzimmer Werendonk«, sagte die nächste Frau.

»Ich würde gern mit Herrn Werendonk sprechen. Mein Name ist Baumeister.«

»In welcher Angelegenheit, bitte?«

»In meiner«, sagte ich. »Nun verbinden Sie mich, bitte. Gute Frau, seien Sie sicher, er wird darauf warten.«

»Na ja«, sagte sie nur und stellte das Gespräch durch.

»Werendonk«, sagte Werendonk.

»Wir möchten noch einmal mit Ihnen sprechen, wenn es möglich ist. Es haben sich Fragen ergeben, dringende Fragen. Und da Sie uns schon einmal geholfen haben, nehmen wir an, Sie tun es noch einmal.«

»Schön«, sagte er. »Da Sie so sicher sind, stimme ich zu. Wann wollen wir uns treffen?

»Bei mir? Um zehn Uhr morgen früh?«

»Ich werde da sein«, sagte er flach.

»Er klingt gar nicht gut«, sagte ich zu Emma. »Jetzt kannst du Kischkewitz sagen, dass er seine Techniker schicken kann. Und das Maschinengewehr. Und wir sollten auf alle Fälle die Nina aus meinem Haus entfernen. Man kann nie wissen.«

Ich fuhr zurück in mein Haus nach Brück und erlebte auf meinem Dachboden eine junge Frau, die gerade drei große Koffer ausgepackt und ihren Inhalt auf mindestens zwanzig Quadratmeter ausgebreitet hatte.

»Das ist mir jetzt aber peinlich. Du musst zu Emma nach Heyroth übersiedeln. Es geht nicht anders. Dann kannst du zurückkommen.«

»Ich stehe hier doch nur im Weg herum«, klagte sie.

»Das tust du nicht«, versicherte ich ihr. »Es geht nur um einen Tag. Und ich helfe dir auch.«

Ich war noch nie gut im Kofferpacken, es dauerte fast drei Stunden, ehe sie mit ihrem Porsche meinen Hof verließ, und in Richtung Heyroth verschwand.

Dann kam gegen Abend die Delegation vom Leiter der Mordkommission Kischkewitz. Es waren zwei ältere Männer, die unentwegt miteinander schwatzten und nach einem Plan vorgingen, den ich nicht kannte und den sie auch nicht erläutern wollten, weil ich dabei nicht die geringste Rolle spielte.

Als sie fertig waren, baten sie mich zuerst auf mein Sofa, dann nacheinander auf zwei Sessel, um die Kameras endgültig einzustellen und die Mikrofone möglichst optimal auszurichten.

Sie erklärten mir spärlich: »Wir wissen ja nicht, wo er sich hinsetzt. Kann ja sein, er setzt sich nicht dahin, wo Sie ihn haben wollen. Ideal wäre das rote Sofa.«

Eingeschüchtert fragte ich: »Und alles funktioniert reibungslos?«

Das sei unbedingt so, erklärten sie mir mit ganz gelassenen Gesichtern. Es könnte zwar diese und jene Panne eintreten, aber generell sei die Einrichtung getestet und krisenfest.

Als sie verschwanden, war ich hundemüde, legte mich auf mein Bett und döste in voller Montur vor mich hin. Nichts ist schlimmer, als auf etwas zu warten und dabei ständig auf die Uhr zu sehen und zu erleben, dass die Zeit nicht vergehen will. Ich wurde vom eigenen Atem geweckt und zuckte erschreckt zusammen, nur um festzustellen, dass endlich weitere fünf Minuten verstrichen waren und eine ziemliche Menge von fünf Minuten noch vor mir lag.

Um vier Uhr morgens war ich sicher, dass die Katzen in meinem Wohnzimmer herumtobten und die technische Einrichtung in Einzelteile zerlegten.

Ich rannte hinunter, nur um festzustellen, dass die Katzen auf der Jagd waren und wahrscheinlich erst viel später durch die Katzenklappe zurückkehren würden.

Anschließend hatte ich massive Angst einzuschlafen und davor, Friedhelm Werendonk und Emma im Bademantel die Haustür öffnen zu müssen. Das musste schief gehen. Also kochte ich mir einen starken Kaffee und sah im Fernsehen einem Eisenbahnzug zu, der durch eine wildromantische Landschaft fuhr, und dessen Sprecher diverse Male versicherte, dass der Erbauer dieser Strecke nicht ganz richtig im Kopf gewesen sei.

Irgendwann schlief ich natürlich ein und wurde von meiner Klingel geweckt. Es waren zwei junge Männer, die einen sehr professionellen Eindruck machten und erklärten, dass sie die technische Einrichtung noch einmal durchchecken wollten, damit um Gottes willen nichts schiefgehen würde. Und sie würden bei mir bleiben und die Technik ständig im Auge haben.

»Dann machen Sie mal«, sagte ich. »Wenn Sie mich brauchen, bin ich im Badezimmer.« Ich war so hellwach, dass es beinahe schon störend wirkte.

Es war acht Uhr

Es war wie eine Wiederholung, zuerst kam der Volvo von Emma, dann der schwere Audi von Werendonk.

Werendonk sah erschöpft aus, seine Haut war grau, seine Augen gerötet, seine Bewegungen wirkten eckig und nicht koordiniert. Er wollte keinen Kaffee, nur ein Glas Wasser. Er setzte sich auf das rote Sofa und lehnte sich weit nach vorn, als habe er Angst einzuschlafen.

»Wir verstehen nicht, warum Sie uns in fast allen Punkten getäuscht haben«, begann Emma.

»Welche Punkte sollen das sein?«, fragte er beinahe gemütlich.

»Das ist einfach. Da ist zunächst der Punkt vom alten Albert Seeth. Wir haben mit ihm gesprochen, er versicherte, Sie hätten kein Wort verloren über Lava und Basaltschotter für das Firmengelände von GLATT PRODUCTIONS.«

Er trank von seinem Wasser, setzte das Glas übertrieben behutsam zurück auf den Tisch. »Dann steht Aussage gegen Aussage«, versicherte er ruhig.

»Oh, nein!«, sagte Emma scharf. »Nun müssen Sie uns nicht wie kleine Kinder darstellen, denen man ein Märchen auftischen kann. Albert Seeth hat Ihnen erklärt, er sei stinksauer über Ihr Benehmen bei der Suche nach einer günstigen Finanzierung seiner Lkws. Er hat Ihnen sogar gesagt, Sie sollten Ihrem Chef, dem Glatt, bestellen, das sei eine ausgesprochen miese Tour gewesen. Dann hat er Sie rausgeworfen. Haben Sie das Ihrem Chef berichtet und weitergegeben?«

»Sie haben keine Vorstellung von meinem Job«, stellte er fest. Er sah uns ruhig an, und er lächelte sogar leicht.

»Wir wollen Ihren Job nicht kennen lernen, wir wollen Fakten«, sagte Emma bestimmt. »Ihr Gerede macht uns krank.«

Langsam wurde er doch unruhig. »Das ist doch Ihr Problem, nicht meines«, gab er zurück. Aber sein Trotz wirkte aufgesetzt, gespielt.

»Und dann diese blöde Geschichte, der Geologe habe den Firmensitz niemals betreten«, fuhr ich fort. »Natürlich war er bei Ihnen. Er hatte entdeckt, dass Sie eine Falle für den alten

Seeth aufgebaut hatten. Genau das hat er Ihnen auch mitgeteilt. Es war sein Todesurteil, denn Sie konnten nicht riskieren, dass er damit an die Öffentlichkeit ging. Genau das wollte er aber tun, das hatte er gesagt.«

Er sah erst Emma sehr lange an, dann mich, dann schloss er sogar für Sekunden die Augen.

»Die Wirtschaft ist Krieg«, erklärte er tonlos. »Wenn wir Rücksicht nehmen, sind wir im Nullkommanichts geschluckt.«

»Das ist doch Unsinn!«, fauchte Emma. »Das passte vielleicht zu Norbert Bleckmann. Der hatte diese Sprüche drauf. Sie doch wohl nicht.«

»Ich habe einen Chef, der genauso denkt«, stellte er leise fest.

Ich sah die winzigen Kameralinsen, ich wusste, wo sie die Mikrofone versteckt hatten, ich dachte an mögliche Pannen, und ich fühlte die Wut wie einen heißen Ball in meinem Bauch.

»Herr Werendonk, Sie müssen sich schon entscheiden, für welche Ansichten und Handlungen Sie stehen. Es war doch vollkommen irrsinnig, Werner Schach in das große Spiel einzubeziehen. Das Risiko war viel zu hoch. Wie viel Geld haben Sie bei ihm gewaschen, und woher stammte es? Und hören Sie endlich auf, sich zu bemitleiden. Sie haben diese unsägliche Brühe angerichtet, jetzt müssen Sie die Suppe auch auslöffeln. Mit wie viel Kapital hat sich Elvis, der Stier beteiligt?«

»Er war mit einer Million dabei«, sagte er.

»Und wie viel Schwarzgeld haben Sie über Schachs Betriebe gewaschen?«

»Das kann ich nicht sagen, ich habe keine Notizen und keine Zahlen. Aber es war eine Menge. Schach führte schließlich ein Bargeldgeschäft, das war ausgesprochen günstig.«

»Und woher hatten Sie das Geld?«, fragte Emma.

»Aus verschiedenen Quellen«, sagte er leichthin. »Da kommt vieles zusammen, wenn man aufmerksam genug ist und es klug deichselt.« Er schloss wieder die Augen, als wolle er seinen eigenen Worten nachlauschen.

»Lieber Himmel, Sie waren doch gar nicht klug«, fauchte Emma. »Immer wieder diese Machos mit dem großen, aufgeblasenen Ego, das dauernd platzt. Sie sind ein Wurm, mehr nicht.«

»Ich nehme Ihnen ernsthaft ab, dass Sie dauernd die Drecksarbeit gemacht haben«, sagte ich. »Sie kommen mir vor wie jemand, der ständig öffentliche Latrinen zu putzen hat, der dauernd mit der Scheiße anderer Menschen beschäftigt ist, endlos, ohne je mit dieser Arbeit aufhören zu können. Haben Sie nie darüber nachgedacht, dass Sie dabei Ihre Würde verlieren?«

»Manchmal ja«, murmelte er merkwürdig entrückt und starrte vor sich hin.

»Und dann Dr. Christian Schaad«, sagte Emma und ließ diese Worte ganz langsam ausklingen. »War das nötig?«

»Glatt wollte das so. Er sagte: Der muss unbedingt weg!«

»Und warum ausgerechnet im Goßberg bei Walsdorf?«, fragte ich.

»Das fiel mir so ein«, murmelte er. »Ich hatte da mal eine Freundin, wir knutschten im Schatten der Lavahaufen. Aber ich habe ihn nicht gestoßen, er fiel von selbst.«

»Wem wollen Sie das erzählen?«, fragte ich aufgebracht. »Und ausgerechnet mit dem Wagen Ihrer Frau!«

»Das kann keiner beweisen«, sagte er sachlich.

»Doch, doch, es gibt einen alten Bauern, der Sie gesehen hat! Es gibt immer Zeugen, Herr Werendonk.« Ich fühlte mich plötzlich müde, ich wollte unbedingt auf meiner Terrasse sitzen und in Ruhe eine Pfeife genießen.

»Was machen wir jetzt mit Ihnen?«, fragte Emma ein wenig ratlos.

»Ich muss mal pinkeln«, sagte er leicht verlegen.

»Den Flur entlang, schräg rechts«, sagte ich.

Er stand auf und ging hinaus.

»Und kein Wort von der Halle«, flüsterte Emma stolz und grinste wie ein Lausejunge. »Wir sind richtig gut.«

»Na ja, sagen wir die Hälfte«, murmelte ich zurück.

Dann kam das dumpfe Geräusch. Es klang so, als sei ein Sack umgefallen. Ich starrte Emma an und sie starrte zurück, und wir waren sofort auf den Beinen und rannten in den Flur. Ich drückte die Tür zu der Toilette auf und da lag er auf den Knien vor dem Lokus.

Es roch sehr intensiv nach bitteren Mandeln.

»Blausäure!«, sagte Emma schrill. »Cyanid. Oh, verdammt!«

Die jungen Männer von Kischkewitz waren plötzlich hinter uns und sagten: »Notarzt und Krankenwagen. Sofort.«

Ich erinnere mich, dass wir alle durcheinander sprachen und keiner den anderen verstand. Schließlich hatten wir unsere Handys am Ohr und sagten alle ganz hysterisch dasselbe.

Werendonk rutschte langsam nach vorn, und es machte für grausige Sekunden den Eindruck, als sei er zu retten, als lebe er noch. Dann kippte er zur Seite.

Unter Blaulicht und lauter Sirene kam die Hilfe, die nicht mehr helfen würde.

Der Notarzt bemerkte leise und ironisch in meine Richtung: »Wir beide sollten einen Vertrag miteinander machen, dann bin ich auch günstiger.«

Ich antwortete ihm nicht, nach Scherzen war mir nicht zumute. Vollkommen fassungslos hockte ich in einem Sessel und sah Kischkewitz' Experten zu, wie sie ihre gesamte Technik aufräumten und verpackten. Die Sache war gelaufen, die Sache hatte ein Ende gefunden, ein elendes Ende.

Da musste man fragen, wie dieser Kischkewitz sich fühlte. Natürlich, er war einverstanden gewesen, Werendonk zu einem Gespräch zu bitten, aber er würde sich mit Sicherheit fragen, ob die Sache ebenso gelaufen wäre, wenn ein Team von ihm das Gespräch geführt hätte. Und er trug die ganze Verantwortung. Das Elend der vielen Möglichkeiten würde ihm für Monate den Schlaf rauben. Er hatte mit seinen Leuten gut und strikt gearbeitet und kassierte jetzt einen toten Täter, der sich vor meiner Badewanne gerichtet hatte.

»Dumm gelaufen«, sagte er mit einem messerscharfen Lächeln, als er aus meinem Haus marschierte.

Da hockten wir also, die Emma, die Nina und ich.

Wir mussten irgendetwas tun, uns aus der Starre befreien. Also zogen wir Nina wieder auf meinen Dachboden um, und sie berichtete uns lächelnd, sie habe es fertiggebracht, einige Dinge, die ihr bis jetzt heilig gewesen seien, einfach wegzuschmeißen. Vielleicht war das ja der Beginn eines neuen Lebens.

P-2 rief an und sagte, sie hätten ungefähr vierzig Leute und Firmen aus sechs europäischen Staaten identifiziert, und sie würden demnächst zugreifen und dem bösen Treiben in Hillesheim ein Ende bereiten. Also würde das Ehepaar Jaax etwas mehr als den Orden der GOLDENEN KARTOFFEL bekommen. Und natürlich überschlug sich P-2 vor Dankbarkeit und sicherte uns unsterblichen Ruhm zu, denn das Schmuggellager sei die absolute Krönung der Zollfahnder seit zehn Jahren.

Emma hatte Rodenstock vom Ausgang der Sache berichtet und freute sich für ihn, dass er sich bestätigt sehen durfte. Das könne seinem Heilungsprozess nur gut tun, sagte sie.

Die Katzen schauten kurz vorbei, verschwanden aber wieder, weil unsere Stimmung nicht gerade nach Jubel aussah und Katzen unklare Stimmungen vermeiden.

Dann meldete sich mein Telefon. Emma reichte es mir herüber, ich sagte: »Baumeister hier.«

Zu Anfang erkannte ich seine Stimme nicht, aber dann erinnerte ich mich an ihn.

Er teilte vertrauensvoll mit: »Gemeinde Blankenheim hier. Sozialamt. Wir beide haben ja schon mal miteinander gesprochen. Sie haben das mit dem Wasser und dem Strom für Herrn Schibulski erledigt, was ja an sich gut war. Nun ist er entschlafen, und ich frage mich, ob Sie uns noch einmal entgegenkommen könnten. Wir hätten da ein günstiges Angebot eines hiesigen Bestattungsunternehmens. Und weil die Gemeinde an sich nahezu pleite ist, frage ich mal an.«

»Wie viel wäre es denn?«, fragte ich.

»426,79 Euro«, sagte er. »Und wir stellen natürlich kostenlos den Friedhofsplatz für die Urne. Also das wäre sehr günstig.«

»Macht mal«, sagte ich.

ENDE